Gunnar Staalesen

Die Schrift an der Wand

Roman

Aus dem Norwegischen
von Kerstin Hartmann-Butt

Scherz

Mein dänischer Verleger und Freund Erik Vagn Jensen starb,
bevor dieses Buch fertig wurde.
Ich widme es ihm mit größter Hochachtung.

Besuchen Sie uns im Internet:
www.scherzverlag.de

Die Originalausgabe erschien unter dem Titel
»Skriften på veggen« bei Gyldendal Norsk Forlag, Oslo

3. Auflage 2001

ISBN 3-502-51713-4
Umschlaggestaltung: ja DESIGN, Bern: Julie Ting & Andreas Rufer
Gesamtherstellung: Ebner Ulm

Wenn ich ihn schon anrufe,
und er mir antwortet,
so glaube ich doch nicht,
daß er meine Stimme höre.
Hiob 9, 16

1

Als der Richter H. C. Brandt im Alter von sechzig Jahren eines Freitags nachmittags tot in einem der besseren Hotels der Stadt aufgefunden wurde, nur mit einer Garnitur äußerst delikater Damenunterwäsche bekleidet, dauerte es nicht besonders lange, bis es in der Gerüchteküche zu brodeln begann.

An den Pressestammtischen von Wesselstuen ertönte jedesmal brüllendes Gelächter, wenn ein neues Detail auf den Tisch kam, und die meisten davon wurden mit der blühendsten Phantasie ausgemalt. Auch ich bekam ein paar Tage später, bei einem ruhigen Mittagsbier mit Frikadelle in *Børsen* von meinem alten Klassenkameraden, dem Journalisten Paul Finckel, eine Handvoll Spekulationen serviert.

Daß man den Richter in Damenunterwäsche gefunden hatte, war an und für sich schon aufsehenerregend. Die Mutmaßungen über die Farbe der Kleidungsstücke waren zahlreich. Sowohl rosa als auch rot wurden häufig genannt. Nicht wenige bestanden hartnäckig auf lindgrün. Die meisten einigten sich schließlich darauf, daß sie schwarz gewesen sein mußten.

Die Frage, mit wem er in dem Hotelzimmer zusammengewesen war, gab Anlaß zu den wildesten Spekulationen. Denn kein Mensch glaubte, daß er dort allein gewesen war.

Eine Fraktion war davon überzeugt, daß es ein Mann gewesen sein müßte, da der Richter selbst Damenunterwäsche getragen hätte. Aber da niemand den Namen des Richters jemals in Verbindung mit den homosexuellen Kreisen der Stadt gehört hatte und der Mann zudem verheiratet und auch Großvater war, hätte man ihn folglich als verkappten Schwulen entlarvt. Und wer konnte dafür garantieren, daß der mögliche Partner nicht derselben Kategorie angehörte? Wäre dies der Fall, so hatte man an den Pressestammtischen zwar viele gute Tips, aber keine handfesten Beweise dafür, um wen es sich handeln könnte.

Einige behaupteten mit großem Nachdruck, der Richter habe seit Jahren eine Affäre mit einer seiner Mitarbeiterinnen gehabt, und ein Raunen ging durch die Versammlung, die einen Skandal witterte, als der Name genannt wurde.

An den Tischen, an denen nur männliche Journalisten saßen, fielen einige Frauennamen aus ihrer eigenen Berufsgruppe, darunter der einer sehr bekannten Reporterin einer Osloer Zeitung sowie ein nicht ganz so bekannter Name aus der Nachrichtenredaktion des Norwegischen Fernsehens.

Andere hatten für die ganze Affäre nur ein Achselzucken übrig und meinten, der Richter sei schlicht und ergreifend mit einer Nutte zusammen gewesen, und ob diese nun männlich oder weiblich gewesen sei – *so what?* – und bestellten einen neuen Halben.

Über die Todesursache wurde nicht weiter spekuliert.

Die meisten waren wohl der Überzeugung, daß es irgend etwas mit dem Herzen gewesen sei.

2

Sie saß in meinem Wartezimmer, als ich von der Beerdigung zurückkam.

Es war an einem dieser Februartage, von denen es viel zu viele gibt, obwohl es der kürzeste Monat im Jahr ist. Der Februar fällt irgendwie aus dem Jahr heraus. Die Steuererklärung ist abgegeben, die Touristensaison hat noch nicht begonnen, es steht nichts auf dem Plan. Ein feuchter Frost trampelte mit so schweren Gummistiefeln über Bergen, daß man es unter dem Tiefdruck kaum schaffte, aufrecht zu gehen. Graubrauner Eismatsch lag in den Rinnsteinen, und die Berge um die Stadt herum waren durch einen Nebeldunst, der so halsstarrig war, daß er sich nicht einmal nach einer offiziellen Sturmwarnung hob, kaum zu erkennen. Wie die Goldknöpfe an der Weste eines verschollenen Seemanns konnte man die Lichter der Fløyenbahn den Berghang hinauf schimmern sehen, und die Straßenbeleuchtung war selbst am Tag nicht abgeschaltet.

Auch die Beerdigung war keine besondere Show gewesen. Niemand hatte auf dem Sarg von Lasse Wiik getanzt, auch wenn ich mir in den finstersten Stunden eines früheren Daseins durchaus so etwas erträumt hätte. Aber es waren etwas zu viele Jahre vergangen, seit Beate und ich uns getrennt hatten, als daß der Tod ihres neuen Mannes jetzt einen tiefer greifenden Eindruck auf mich gemacht hätte. So neu war er denn doch nicht. Sie waren seit 1975 verheiratet gewesen, und sie hatte es mit ihm deutlich länger ausgehalten als mit mir.

Nach der Beisetzung stand ich ganz hinten in der Kondolenzschlange. Als ich sie formell umarmt und ein Bedauern gemurmelt hatte, standen wir einen Augenblick da, und unsere Blicke glitten auf dem Gesicht des anderen aus. »Das ging schnell«, sagte ich. »Er war fast ein Jahr krank«, sagte sie.

Ihr Gesicht war dasselbe, aber vielleicht ein wenig spitzer um die Kinnpartie als früher, wie bei einer Karikatur. »Was hast du jetzt vor?« fragte ich. Ihr Blick glitt an mir vorbei, zum Store Lungegårdsvann hinunter und an der ungepflegten Zahnreihe von Hochhäusern in Nedre Nygård entlang. Das große Autobahnkreuz, 1989 fertiggestellt, erinnerte an ein Instrument, das ein Zahnarzt dort vergessen hatte. »Tja, ich weiß nicht – vielleicht gehe ich wieder nach Hause zurück.« »Nach Hause? Du meinst nach Stavanger?« »Ja –«

Ich schlenderte zu Thomas und Mari hinüber, die am Rande einer Gruppe von Leuten standen, die ich nicht kannte. »Wann fahrt ihr zurück?« fragte ich. »Wir nehmen heute abend den Nachtzug. Ich habe morgen ein Seminar, an dem ich teilnehmen muß«, sagte Thomas. »Habt ihr Zeit, kurz vorbeizukommen, bevor ihr fahrt?« Sein Blick wanderte zu seiner Freundin hinunter. »Doch, das wäre nett.« »Und was macht ihr jetzt?« »Ich denke, es gibt ein kleines Treffen zu Hause, für die nächsten Angehörigen . . .«

Februar ist ein spärlicher Monat, lichtarm und lustleer. Lasse Wiik hatte den rechten Ausgangshafen gewählt. Der Winter lag noch immer wie eine Haut über dem Fjord. Der Frühling war nur eine ferne Androhung von Leben, an der er als Herzpatient sowieso nicht mehr richtig teilhaben konnte. Einen Augenblick lang beneidete ich ihn fast.

Dann hatte ich mich brav von dem schwarzgekleideten Trupp verabschiedet und war zum Mølledalsvei hinuntergewandert, wo das Auto auf mich wartete, genauso kalt und frostig wie der Februar. Ich fuhr in die Stadt, parkte gleich bei meiner Wohnung um die Ecke und ging zu Fuß zum Büro hinunter. Wenn ich das Auto brauchte, wäre ich in nur zehn Minuten wieder oben, und so wie sich der Verkehr in der Stadt die letzten Jahre entwickelt hatte, war es auf jeden Fall der geeignetste Ausgangspunkt für eine Autofahrt.

Unterwegs kaufte ich ein paar Zeitungen, die ich vor Schreck fast fallen ließ, als ich in meinem Wartezimmer jemanden sitzen sah. Meistens wurde ich angerufen, und die die kamen, während ich nicht da war, riskierten es selten, zu warten. Also mußte es sich wohl um etwas Dringendes handeln.

Sie legte die Wochenzeitschrift von 1974 schnell weg und stand auf, als ich hereinkam. Mit einem Blick auf den Lesestoff fiel mir auf, daß ich mir überlegen sollte, damit einmal zum nächsten Antiquariat zu gehen. Zumindest würde der Ertrag vielleicht den Kauf von einigen Exemplaren aus den 90er Jahren ermöglichen.

»Ja bitte? Ich bin Veum«, stellte ich mich vor. »Warten Sie auf mich?«

»Ja, ich hatte gehofft, daß Sie kommen würden.« Sie sah mich forschend, aber mit deutlicher Distanz im Blick an. »Ich bin – Frau Skagestøl.«

Wir gaben einander die Hand, ich schloß die Tür zu meinem Büro auf und ließ sie eintreten. Ihr Parfüm erinnerte mich unwillkürlich an Zitronen. Sie hatte einen Duft von herbstlicher Atmosphäre gewählt: eine Landschaft in der Ferne, bei klarem Wetter, in der man aber nie spazierengehen würde.

Im Büro sah sie sich rasch um. Ich wies auf den Klientensessel und fragte, ob ich Wasser für eine Tasse Kaffee aufsetzen solle.

»Nein danke, das ist nicht – notwendig.«

Ich ging um den Schreibtisch herum, setzte mich, öffnete die oberste Schublade und holte einen Notizblock und etwas zu schreiben heraus. Ein oder zwei Sekunden lang saßen wir nur da und betrachteten einander wie zwei politische Kontrahenten in einem Rededuell im Fernsehen, eine halbe Minute vor Beginn der Sendung.

Sie war Anfang Vierzig, hellblond und trug eine halblange Sportjacke in Braun und Beige, frisch gewaschene helle Jeans und halbhohe, schwarze Stiefeletten. Über der Schulter trug sie eine braune Handtasche. Ihr Gesicht war markant, mit gewölbten, hellen Augenbrauen, hohen Wangenknochen und einem Mund, der nicht mehr so leicht lächelte, wie er es wohl früher einmal getan hatte, wenn man die Lachfältchen um ihre Augen berücksichtigte. Sie war dezent geschminkt und trug eine einfache Goldkette um den dünnen Hals.

Sie flocht die Finger ineinander und streckte die Arme mit offenen Handflächen aus. Ein deutliches Zeichen dafür, daß sie keine Lust hatte, anzufangen.

Ich schob den Notizblock zur Seite und beugte mich ein klein wenig vor, um mehr Vertraulichkeit zu schaffen. »Ich habe den . . . Wie war gleich der Vorname?«

»Sidsel. Mit d.«

»Und womit meinen Sie, kann ich Ihnen helfen?«

Wieder schien sie mich mit großem Abstand zu betrachten. »Ich . . . Ich hätte nie gedacht, daß ich jemals in die Lage kommen würde – zu jemandem wie Ihnen zu gehen.«

»Sprechen Sie es ruhig aus. Einem Privatdetektiv.« Ich legte die Hand auf die linke Brust und lehnte mich mit einem kleinen Lächeln zurück. »Aber im Grunde meines Herzens bin ich Sozialpädagoge.«

»Ach? Waren Sie das früher?«

Ich nickte.

»Ich habe meinem Mann nicht gesagt, daß ich . . . Außerdem . . . Wir leben getrennt.«

»Ach ja?«

»Ich glaube, er würde es nicht . . . Sie kennen vielleicht den Namen. Holger Skagestøl.«

»Der Journalist?«

»Ja, er ist jetzt in – der Redaktionsleitung.«

»Ah, ja. Doch, ich kenne den Namen, ich weiß, wer er ist, aber ich bin ihm, glaube ich, nie begegnet.«

»Nein, das . . .« Sie öffnete die Handtasche und griff nach etwas, sah sich dann aber zuerst mit einem fragenden Blick um. »Darf ich rauchen?«

Ich öffnete die zweite Schublade von oben und holte einen kleinen Keramikaschenbecher heraus, den Thomas einmal in der Schule getöpfert hatte. »Selbstverständlich.«

»Sie rauchen selbst nicht?«

»Nein, ich halte mich an die anderen Laster.«

Sie lächelte blaß, steckte die Zigarette in den Mund und gab sich selbst Feuer. »Ich rauche auch nicht viel. Aber . . .«

». . . Sie sind nicht hergekommen, um mir das anzuvertrauen?«

Sie sah mich verblüfft an. »Nein.«

Ich warf ihr einen aufmunternden Blick zu.

»Wir haben drei Kinder. Torild ist sechzehn, Vibeke fünfzehn und Stian zehn.«

»Mmh? Geht es vielleicht um eines von ihnen?«

»Ja. Um Torild. Mit d.«

»Eine Familientradition?«

Sie zeigte nicht einmal die Spur eines Lächeln. »Ja, das könnte man – so sagen.«

»Und was ist nun mit ihr?«

Sie sog hektisch an der Zigarette und blies den Rauch aus, als habe sie vor, den Raum einzuräuchern. »Sie ist verschwunden. Sie ist seit – fast einer Woche nicht zu Hause gewesen!«

»So?«

Jetzt, da die Katze endlich aus dem Sack war, schien sich auch ihre Zunge zu lösen. »Ich hab schon gemerkt, nachdem wir, ja, nach der Trennung, daß sie nicht so, daß es ihr nicht gutging, sozusagen, aber es war ja nie, doch, es kam vor, daß sie etwas spät nach Hause kam, aber ich bin immer aufgeblieben und habe gewartet, bis sie kam, aber letzten Donnerstag, ja, da bin ich überhaupt nicht ins Bett gekommen, denn sie kam nicht!«

»Aha! Und wo war sie?«

»Na ja, ich dachte ja, aber sie war auch nicht in der Schule gewesen, es stellte sich heraus, daß sie – in letzter Zeit oft nicht dagewesen war, ohne daß ich davon wußte. Ich . . . Ich dachte natürlich, sie sei bei einer ihrer Freundinnen, also telefonierte ich herum, aber da war sie auch nicht, bei keiner von ihnen, und dann dachte ich, na ja, sie käme wohl nach Hause, wenn sie Hunger bekäme, aber dann wurde es Abend, und Nacht, und sie kam einfach nicht wieder.«

»Was haben Sie dann getan?«

»Also an dem Freitag sollte sie sowieso nicht in die Schule. Da war Planungstag. Aber dann rief ich Holger an.«

»Und der – was hat der gesagt?«

»Er fing natürlich an, mir die gleichen Fragen zu stellen, ob ich den und den angerufen hätte, und warum ich *ihm* nicht gesagt hätte, daß sie völlig außer sich gewesen sei, und ob ein Freund im Spiel sein könnte ...«

»Könnte er das?«

»Ein Freund?« Sie sah aus, als wisse sie kaum, was das war. »Jedenfalls kein fester. Nicht daß ich wüßte. Aber jetzt begreife ich ja, daß ... aber ich muß mich ja auch um die anderen kümmern, und das ist nicht so einfach, mitten in dieser Geschichte mit Holger und allem, es war nicht *meine* Schuld, daß es schiefgegangen ist!«

»Nein, das höre ich.«

»Oh? Was meinen Sie damit?«

»Na ja, ich ... Aber ein Freund ist also nicht im Spiel?«

»Nicht soweit ich weiß.«

»Haben Sie ihre Freundinnen auch danach gefragt? Die wissen oft mehr als ...«

»Jedenfalls hat keine etwas gesagt!«

»Hat sie sonst irgendwas mit ... ich meine ... Drogen, Alkohol, Polizei – zu tun gehabt?«

»Nein, sie ...« Ihr Blick wich einen Augenblick zur Seite. »Es kam natürlich vor, ein paar Mal, daß sie nach Hause kam und nach Bier roch, und rauchen tut sie schon lange.« Sie sah mit Widerwillen auf ihre Zigarette, die schon beträchtlich geschrumpft war.

»Aber ich kann nicht sagen – nicht – sie war nie, ich meine, betrunken ...«

»Das hört sich nicht ganz ungewöhnlich an – nein – leider. Sie ist – sechzehn, sagten Sie?«

»Ja, im Januar geworden.«

»Dann geht sie also in die Neunte?«

»Ja. In Nattland. Wir wohnen im Furudal, auf der Seite zum Natlandfjell hin.«

»Aha.« Ich hatte begonnen, mir Notizen zu machen.

Sie sah mich an, während ich schrieb. »Die Klassenlehrerin heißt Sandal. Helene Sandal.«

»Das hab ich. Besonders enge Freundinnen?«

»Das muß ... Åsa sein.«

»Mmh?«

Sie sah auf meinen Block. »Åsa Furubø. Sie und ... ihre Eltern, das waren gute Freunde von – Holger und mir, bevor ... Aber eigentlich waren Holger und Trond befreundet, ursprünglich, und nachdem – aber ich habe Randi in der Stadt getroffen, mit ihr Kaffee getrunken, also, wir reden schon miteinander.«

»Und wo wohnen sie?«

»Unten in ... Birkelundsbakken. Nicht weit von der Stabkirche, ich meine, wo die Stabkirche, bevor sie abbrannte ...«

»Aber Sie haben mit ihr gesprochen? Mit Åsa?«

»Sie war die erste, die ich angerufen habe.«

»Und sie konnte Ihnen auch nichts sagen?«

»Nein, Torild war nicht bei ihr.«

»Aber ... Donnerstag, Freitag ... Das ist jetzt fast eine Woche her.«

»Ja, ich ... Zuerst dachte ich, das Wochenende, sie kommt sicher am Wochenende zurück, aber dann, dann dachte ich, na ja, Montag fängt ja die Schule wieder an, und dann ...«

»Aber ehrlich gesagt, ein Mädchen, das noch nie vorher in dieser Weise weggeblieben ist – oder ist sie das?«

»Torild? Weggeblieben? Nein, nicht – so.«

»Nicht – so?«

»Nein, sie – sie ist nur ein paar Mal spät nach Hause gekommen.«

»Wie spät?«

»So – morgens, aber das war nach Feten, und ich, ja, beim ersten Mal bekam sie Hausarrest, aber dann, beim nächsten Mal – man kann seine Kinder ja schließlich auch nicht einsperren, oder?«

»Nein, wohl kaum. Wo war sie dann gewesen, haben Sie darüber gesprochen?«

»Nein. Das heißt, doch, in der Diskothek und so, unten in der Stadt, und ab und zu auf privaten Feten.«

»Jetzt neulich – oder früher?«

»Na ja ... Im letzten Jahr jedenfalls.«

»Auch als sie noch fünfzehn war, mit anderen Worten?«

»Ja!« Einen Moment lang funkelte es in ihren Augen. »Holger war ja selten vor Mitternacht zu Hause, jedenfalls, nachdem er Verantwortlicher geworden war, wie es so schön heißt. Aber mit wem er das war, das wissen die Götter, und ich, ich hatte an die beiden anderen zu denken, an Vibeke, die ein völlig anderer Typ ist, viel häuslicher sozusagen, und Stian, ja, er ist ja noch so klein, man will schließlich das Beste für seine Kinder, oder?«

»Natürlich wollen wir das.«

»Haben Sie ...?«

»Einen Sohn. Aber er ist jetzt erwachsen.«

»Und das geht gut?«

»Es geht gut. Er studiert in Oslo.«

»Glauben Sie, daß Sie sie finden können?«

»Tja, ich ... Aber eine Frage noch. Sie haben doch die Polizei eingeschaltet?«

»Ja, wir ... Das heißt, ich bekam ... Holger rief aus der Redaktion an, jeden Tag, um zu hören, ob es etwas Neues gäbe, wissen Sie, so wie das halt immer ist.«

»Ja, ich verstehe, aber – keine amtliche Vermißtenmeldung also?«

»Nein, Holger meinte, so wie die Lage war, würde sie sicher wieder auftauchen.«

»Und Sie haben nicht mit ihnen gesprochen?«

»Mit der Polizei? – Nein.«

»Aber wenn Ihr Mann nicht will, daß die Polizei eingeschaltet wird, wie glauben Sie, wird er wohl reagieren, wenn er erfährt, daß ich ...«

»Aber Sie brauchen doch nicht mit ihm zu sprechen, oder?«

»Vielleicht nicht sofort, aber ... Ich kann nicht dafür garantieren.«

»Wenn Sie sie nur finden, dann ... Zwischen Holger und mir ist es – sowieso ... Es spielt keine Rolle.«

»Ich werde mein Bestes tun, selbstverständlich. Ich habe schließlich eine gewisse Erfahrung, gerade mit solchen Fällen.«

Sie öffnete ihre Handtasche wieder. »Wieviel wird es ...«

»Der Preis? Das ... Aber Sie haben nichts von sich erzählt. Arbeiten Sie eigentlich?«

»Nein, im Moment nicht. Aber ich bin Vorschulpädagogin, und deshalb ... ich meine, ich sollte mich auskennen.«

»Mit Kindern, meinen Sie?«

»Mhm.« Sie nickte.

»Aber das tut man trotzdem nie. Kinder sind wie Erwachsene, nur noch ein bißchen unberechenbarer.«

Sie zog ein Scheckheft hervor. »Was soll ich eintragen?«

»Wenn es ein paar Tage dauert, dann werden es schnell fünf-, sechstausend.« Ich sah, wie sich ihre Augen einen Deut weiteten.

»Aber andererseits . . . Schreiben Sie zweitausend, als Vorschuß. Mit etwas Glück könnte es reichen.«

Sie schrieb, riß den Scheck ab und schob ihn mir über den Tisch zu, zusammen mit ihrer Scheckkarte. Ich betrachtete das Bild. Sie hatte damals längere Haare, und die Wangen waren noch nicht so markant. Aber ich sagte nichts.

Ich gab ihr die Karte zurück. »Sie haben nicht vielleicht ein Bild von ihr dabei?«

»Doch, natürlich, ich habe eins mitgenommen . . .« Sie zog eine aus einer Zeitschrift herausgerissene Seite hervor und gab sie mir mit leicht entschuldigendem Blick. »Stian hat es eingeschickt.«

Ich betrachtete die Seite. Sie zeigte eine dieser Gratulationsspalten, die sich die meisten Lokalzeitungen in den letzten Jahren zugelegt hatten, bei denen man ein Foto von der Person einsendet, der man herzlichen Glückwunsch sagen will, mit Vorliebe in Reimen, neben denen selbst die Geringsten unter den Gelegenheitspoeten als literarische Genies erschienen.

Der Text war vergleichsweise nüchtern:

Unsere große Schwester wird 16! Herzlichen Glückwunsch, TORILD, von den Kleinen, Vibeke und Stian.

Das Bild zeigte ein ernstes junges Mädchen, das feierlich in den Spiegel eines Paßbildautomaten blickt.

»Das ist das neueste, das wir haben«, sagte Sidsel Skagestøl mit Bedauern in der Stimme.

»Die Haarfarbe?«

»Blond. Aber dunkler als ich.«

»Und wie sieht sie sonst aus?«

»Sie ist ziemlich zierlich, aber . . .« Sie errötete leicht. »Mit weiblichen Formen.«

Nachdem sie gegangen war, blieb ich eine Weile sitzen und betrachtete das kleine Zeitungsbild. Hier war nichts von weiblichen Formen zu sehen, aber der Blick war recht selbstbewußt, so als solle nur ja niemand daherkommen und ihr erzählen, wie die Pyramiden gebaut wurden, wer Vasco da Gama war oder wie die Formel von Ferrosilit lautete.

Ich sah aus dem Fenster. Es hatte schon zu dämmern begonnen. Mir kam der Gedanke, daß es gefährlich war im Februar allein draußen zu sein, besonders, wenn man gerade erst sechzehn war und ja niemand kommen sollte und einem was erzählen.

Als ich eben zur Tür hinaus wollte, klingelte das Telefon.

Ich ging zum Schreibtisch zurück, hob den Hörer ans Ohr und sagte: »Ja, hallo.«

Niemand antwortete.

»Hallo? Hier ist Veum.«

Noch immer keine Antwort. Aber schwach, fast wie ein Hintergrundgeräusch, hörte ich ... Was war das? Eine Art synthetischer Orgelmusik?

»Hallo?« wiederholte ich irritiert.

Und die Melodie ... kam mir irgendwie bekannt vor ...

Es war »Oh, verlaß mich nicht«. Wie zu einer Beerdigung.

»Hallo?« sagte ich, etwas zaghafter diesmal, denn der Anruf konnte ja direkt aus einer Kapelle kommen. »Ist da jemand?«

Aber noch immer antwortete niemand. Dann wurde die Verbindung unterbrochen.

3

Familie Furubø wohnte in einer Doppelhaushälfte an dem Ende von Birkelundsbakken, wo es unmöglich ist, jemals den richtigen Gang einzulegen, wenn man bergauf fährt. Die Frau, die die Haustür unten öffnete, war von der patenten Sorte, ungefähr einsachtzig groß und mit dunklem, kurzem Haar. Sie hatte ein rundes Gesicht, braune Augen und einen besorgten Zug um den Mund.

»Ja? Wir brauchen nichts, wenn –«

»Frau Furubø?«

Sie nickte. Sie trug einen braunen Rock, eine hellgrüne Bluse und eine rotbraune, lockere Lederweste. Hinter ihr sah ich in einen Flur mit gelbgestrichenen Wänden.

»Ich heiße Veum und bin Privatdetektiv. Ich habe den Auftrag von Sidsel Skagestøl, ihre Tochter Torild zu finden, und in dem Zusammenhang würde ich gerne ein paar Worte mit – Åsa sprechen.«

»Aber, hat sich die Sache immer noch nicht aufgeklärt? Sidsel hat ja angerufen ... Das war doch ...«

»Letzten Donnerstag, denke ich.«

»Ja.« Sie warf mir einen mißtrauischen Blick zu. »Können Sie sich ausweisen?«

Ich gab ihr den Führerschein. Sie drehte und wendete ihn, als wäre er ein falscher Geldschein. »Hier steht nichts von – Detektiv.«

»Nein. Aber ich kann Ihnen sagen, wo Sie anrufen können, zwecks Referenzen.«

Sie gab mir den Führerschein zurück. »Nein, es ist sicher in Ordnung. Aber Åsa ist nicht zu Hause.«

Ich sah auf die Uhr. Es war zwanzig nach vier. »Aber ... Ist sie denn noch in der Schule?«

»Nein. Trond, mein Mann, hat sie nach der Schule abgeholt. Sie – hatten noch etwas zusammen zu erledigen.«

»Und wann erwarten Sie sie zurück?«

»Tja, ich ...«

Die Antwort blieb ihr erspart. Ein weißer Mercedes bog in die Auffahrt ein und parkte am Rand des kleinen Rasens. Der Motor wurde abgestellt, und ein junges Mädchen öffnete die Beifahrertür und stieg aus. Hinter dem Steuer erkannte ich undeutlich ein mageres Gesicht unter einem silbergrauen, aber jungenhaften Haarschopf.

Das Mädchen war ausgesprochen hübsch, mit dunklem, glattem Haar und natürlich roten Lippen. Sie war zierlich und trug Jeans und eine äußerst exklusive rotbraune Lederjacke. Über der Schulter hing ein hellbrauner Schulranzen, und ihre Füße steckten in weißen Basketballschuhen. Aber sie bewegte sich nicht wie eine Sportlerin, eher wie eine erschöpfte Bürokraft. Die blauen Augen nahmen meine Anwesenheit wahr, aber nichts deutete darauf hin, daß sie sich fragte, wer ich sei.

»Aber ...« hörte ich Randi Furubø direkt hinter mir murmeln.

Die andere Autotür schlug zu. Ein hagerer, drahtiger Mann kam auf uns zu. Er trug graue Hosen, einen farbenfrohen Wollpullover und eine beige Windjacke. Die Jugendlichkeit des Gesichts wurde noch durch die allzu früh ergrauten Haare betont; als habe er einmal im Leben eine schockartige Trauer erlitten. Der Blick, mit dem er mich ansah, war deutlich fragender als der des jungen Mädchens.

»Da kommen sie«, sagte Randi Furubø.

Das Mädchen ging geradewegs an uns vorbei in den Flur, ohne

etwas anderes zu sagen als ein knappes »Hallo« zur Mutter, die ihr mit einem unbestimmbaren Gesichtsausdruck hinterhersah und mir dann einen resignierten Blick zuwarf, der eine Art von Entschuldigung beinhaltete: Teenager ...

Der Mann blieb vor mir stehen.

Sie sagte: »Trond, das hier ist Veum, er ist eine Art Detektiv, und –«

Er wurde dunkelrot im Gesicht. »Was?! Aber wir kommen doch gerade von da unten! Es ist alles in Ordnung. Bereinigt und beglichen.«

»Jetzt komme ich nicht ganz mit«, begann ich.

»Wir haben die Lederjacke zurückgegeben, und ich habe ihr selbst eine neue gekauft!«

»Ja, das hab ich gesehen«, sagte Randi Furubø.

»Die Besitzerin des Ladens war mehr als zufrieden mit dem Resultat. Unter diesen Umständen gebe es keinen Grund, die Polizei zu benachrichtigen, sagte sie.«

»Aber er ist nicht deshalb hier, Trond!«

»Nicht?«

»Nein. Es geht um Torild! Sie ist immer noch verschwunden ...«

»Ach?« Er beruhigte sich sichtlich wieder.

»Verstehen Sie, Veum«, sagte sie, »das hier war etwas ganz anderes; sicher nur ein Mißver ...«

»Ja, es gibt keinen Grund, ins Detail zu gehen«, fiel ihr Furubø ins Wort, »wenn es gar nicht um die Geschichte geht.«

Er wandte sich wieder an mich. »Aber Sidsel hat doch schon mit Åsa gesprochen. Ich bezweifle, daß wir da noch weiterhelfen können.«

»Aber Ihre Tochter und Torild – sie waren doch Busenfreundinnen, oder nicht?«

»Busenfr ... – Sie sind seit der ersten Klasse zusammen zur Schule gegangen, und ihre Eltern waren gute Freunde von uns, jahrelang, der Vater und ich sind Kollegen, aber danach sollten Sie lieber –« Er brach ab.

»Genau das habe ich vor.«

Er sah wieder seine Frau an.

»Wir müssen doch *helfen*, Trond! Die arme Sidsel, sie muß ganz verzweifelt sein. Und ich habe nicht einmal ...«

»Ja ja . . .« Er wandte sich zu mir. »Aber nicht ohne daß wir dabei sind.«

»Wie Sie meinen.«

Ich sah sicher nicht besonders begeistert aus, denn er fügte rasch hinzu: »Sie haben die Wahl. Entweder reden Sie mit ihr in unserem Beisein, oder Sie reden überhaupt nicht mit ihr!«

»Okay, okay, ich danke für das Angebot.« Ich sah fragend zur Tür. »Dann können wir vielleicht . . .«

»Ja.«

Randi Furubø hielt die Tür auf, und er ging vor mir hinein.

»Hol du sie. Wir reden hier unten mit ihm.«

Er wies mich zu einer Tür rechts. Ich kam in ein kleines Fernsehzimmer mit einer zerschlissenen Ledergarnitur, Familienfotos an den Wänden, einem Bücherregal mit einer eher zufälligen Auswahl an Büchern und einem kleinen Kamin, neben dem ein Korb mit Holz stand und ein Stapel Zeitungen lag. Die Luft war stickig und kühl, und es roch leicht nach Kalkputz.

Nachdem er seine Jacke im Flur aufgehängt hatte, kam Furubø mir nach.

Ich drehte mich zu ihm um. »Heißt das, Sie sind auch Journalist?«

»Nein, ich habe mit der graphischen Gestaltung zu tun. Das heißt, ich gehöre zu denen, die der Zeitung Form geben.«

»Ich verstehe. Also Sie machen aus Konflikten Kriege und aus Kollisionen Katastrophen, jedenfalls, was die typographische Gestaltung angeht, meine ich?«

Er sah aus, als habe er den Spruch schon mehr als tausendmal gehört. »Falsch«, sagte er scharf. Er erinnerte mich stark an einen Fußballtrainer, der nach einem verlorenen Meisterschaftsspiel die Presse in der Umkleidekabine empfängt. »Diese Entscheidungen werden ein paar Stufen höher in der Rangordnung getroffen.«

»Von Leuten wie Holger Skagestøl vielleicht?«

»Zum Beispiel.«

Von der Tür ertönte ein Räuspern, und Randi Furubø schob ihre Tochter vor sich her in den Raum. »Hier sind wir. Und das ist der Mann, der mit dir reden will, Åsa.«

Sie entwand sich unwillig der Berührung der Mutter, ohne etwas zu sagen.

Ich lächelte und streckte meine Hand aus. »Hallo, Åsa. Varg heiße ich. Varg Veum.«

Trond Furubø schnaubte leise.

Sie gab mir brav und wohlerzogen die Hand, aber mit beinah gänzlich kraftlosem Griff. »Hallo.«

Sie stand hilflos vor mir. Die Lederjacke hatte sie abgelegt, und die weiße Hemdbluse verhüllte so gut sie konnte die Formen ihrer jungen Brüste.

Ich trat einen kleinen Schritt zur Seite und sah auf die Ledergarnitur, aber niemand machte den Vorschlag, daß wir uns setzen sollten.

Furubø sah auf die Uhr, und seine Frau sagte: »Ja, das Essen ist fertig.«

»Es wird nicht lange dauern. Du weißt, worum es geht, Åsa?«

Sie nickte.

»Deine Freundin Torild. Sie ist seit letzten Donnerstag nicht mehr nach Hause gekommen. Hast du eine Ahnung, wo sie sein könnte?«

Sie schüttelte den Kopf. »Nein.«

»Überhaupt keine?«

Sie schüttelte wieder den Kopf, aber diesmal ohne etwas zu sagen.

»Sie hat nicht vielleicht einen Freund, von dem ihre Eltern nichts wissen sollen?«

Sie sah zu Boden. »Nein.«

»Sicher?«

Sie hob den Blick kurz. »Jedenfalls hat sie mir nichts davon erzählt.«

»Bist du ganz sicher?«

»Hören Sie mal, Veum«, fiel Furubø ein, »wenn wir alle Fragen mindestens zweimal stellen, dann wird das hier eine endlose Angelegenheit.«

»Vielleicht sollten Sie einfach raufgehen und anfangen, wenn es so eilig ist? Mit dem Essen, meine ich.«

Seine Gesichtsfarbe wurde wieder dunkler. »Ich habe es draußen gesagt, Veum. Sie haben die Wahl zwischen zwei Möglichkeiten!«

»Ich hab es warm gestellt«, sagte seine Frau beruhigend.

Er starrte sie irritiert, aber wortlos an.

»Es ist okay, Åsa, ich glaube dir. – Aber sag mal . . . Bist du in letzter Zeit viel mit Torild zusammen gewesen?«

Sie sah zur Seite. »Nicht mehr als sonst.«

»Und was heißt das?«

»Ähm . . . Ein paar Abende in der Woche.«

»Und was macht ihr dann?«

»Ähm . . . Sitzen zu Hause und reden. Gehen in die Stadt und ins Kino. Und so.«

»Und so? Und was noch?«

»Ähm . . . Hamburger essen gehen, und so. Wenn wir Geld haben.« Ein flacher Blick zum Vater. »Rumlaufen und gucken, in Boutiquen, Plattenläden und so.«

»Unten in der Stadt.«

»Ja. Hier oben ist ja nichts los.«

»Und seid ihr dann nur zu zweit?«

»Nein, es sind fast immer noch mehr dabei.«

»Und wer?«

»Ähm, so'n paar, die wir halt kennen, Mädchen aus der Klasse, oder auch welche, die wir von früher kennen, von den Pfadfindern und so.«

»Bist du Pfadfinderin?«

»Jetzt nicht mehr.«

»Ich auch nicht.«

Sie sah mich desinteressiert an.

»Und seid ihr nur Mädchen?«

»Nein. Manchmal treffen wir auch ein paar Jungs.«

»Die aus eurer Klasse?«

»Nein, die . . . Die sind doch nur blöd!«

»Also welche, die älter sind?«

»Ja.«

»Aber ihr kennt sie?«

»Man lernt sich halt kennen.«

»So gut, daß man weiß, wie sie heißen?«

Sie zuckte mit den Schultern. »Ein paar schon.«

»Und wo sie wohnen?«

Darauf kaute sie ein wenig herum. »Kann sein.«

Die Mutter bewegte sich unruhig. Der Vater betrachtete mich mit zusammengepreßten Lippen. Aber keiner von beiden sagte etwas zu diesem Zeitpunkt.

»Ist Torild mit einem von diesen älteren Jungs – enger zusammen gewesen?«

Sie sah leer vor sich hin. »Hab ich nichts von gemerkt.«

»Aber es könnte so gewesen sein?«

Wieder zuckte sie mit den Schultern. »Na ja . . . Vielleicht.«

»Aus welchen Kreisen kamen denn diese Jungs?«

»Kreisen?«

»Ja, ich meine, gingen sie zur Schule, oder?«

»Ein paar gingen aufs Domgymnasium!« sagte sie schnell.

»Und die anderen?«

»Ein paar gehen zur Berufsschule. Und ein paar gehen eben nirgends hin.«

»Arbeitslos?«

»Weiß nicht. Hab sie nicht gefragt. Sind wir jetzt fertig?«

»Ich denke, ja«, sagte der Vater. »Es sieht nicht so aus, als kämen wir viel weiter.«

Ich sah Åsa an. »Und dir fällt überhaupt nichts ein, das uns helfen könnte, Torild zu finden, glaubst du?«

Sie schüttelte stumm den Kopf.

»Hat sie mal davon geredet, irgendwohin zu fahren? Oslo, Kopenhagen?«

»Nee! Wo sollte sie denn das Geld herkriegen?«

»Na ja . . . Trampen . . . Es kostet nicht so viel . . .«

»Wir haben Åsa streng verboten zu trampen!« sagte die Mutter scharf.

»Jedenfalls hat sie nie so was gesagt!« platzte Åsa dazwischen.

»Tja, dann . . .« Ich schrieb meinen Namen und Telefonnummer auf einen Zettel meines Notizblocks, riß ihn heraus und gab ihn ihr. »Wenn dir was einfallen sollte, dann melde dich bitte bei mir. Falls du nicht gleich mit ihrer Mutter sprichst.«

Sie nahm den Zettel und steckte ihn unbesehen ein.

Als sie zur Tür ging, sagte ich: »Tschüs!«

»Tschüs«, murmelte sie leise und ließ die Tür hinter sich offenstehen.

Randi Furubø machte ein paar zögernde Handbewegungen, verzog etwas unsicher den Mundwinkel, sah zur Decke und sagte: »Ja, ich . . . Das Essen.«

Wir nickten uns zum Abschied kurz zu.

Trond Furubø begleitete mich zur Tür. Bevor ich hinaustrat,

drehte ich mich noch einmal zu ihm um. »Vielleicht wäre es eine gute Idee, wenn Sie und Ihre Frau selbst mit Åsa über die Geschichte reden würdet. Vielleicht ist sie bei Ihnen offener.«

Er antwortete nicht.

»In dem Fall wäre ich Ihnen dankbar, wenn Sie sich bei mir melden würden.«

Er nickte kurz, aber abweisend.

»Die Sache mit der Lederjacke . . .«

»Ich sagte, das geht Sie nichts an, Veum!«

»Aber es –«

»Auf Wiedersehen!«

Einen Augenblick lang standen wir da und starrten einander an. Aber er kniff die Lippen zusammen, und mir war klar, daß ich handgreiflich werden müßte, um jetzt mehr aus ihm herauszubekommen.

Sobald ich aus der Tür war, wurde sie hinter mir so heftig zugeschlagen, daß ich den Luftzug im Nacken spürte.

Bevor ich wieder nach Hause fuhr, machte ich einen Schlenker über Sædalsveien zum Furudal hinauf.

Ich mußte ein wenig suchen, bis ich die richtige Adresse fand. Dazu gehörte ein großes Einfamilienhaus aus gebeiztem Holz, das sehr aufrecht am Rande eines ziemlich steilen Naturareals stand, mit einer Seitenterrasse, die an einem späten Winternachmittag nicht besonders sonnig war, aber von Mai bis September zweifellos eine günstige Lage hatte.

Der Eingang lag auf der Rückseite, und Sisdel Skagestøl mußte mich vom Fenster aus gesehen haben, denn sie öffnete, noch bevor ich klingeln konnte. »Ja? Haben Sie schon etwas herausgefunden?«

»Nein, tut mir leid. Aber ich habe mit Åsa geredet, und ich habe nur noch ein paar Fragen.«

»Ja?« Sie schob die Tür hinter sich halb zu. »Vibeke und Stian sind zu Hause. Macht es etwas, wenn wir hier draußen bleiben?«

»Nein, nein . . . In erster Linie wollte ich Sie fragen, ob Sie mir noch weitere Namen von engen Freundinnen von Torild nennen können.«

»Weitere? Mmh, ich weiß nicht . . . Da sind schon ein paar, aber ich glaube keine, die . . . enger war.«

»Ihnen fällt kein Name ein?«

»Ich kann Ihnen eine Liste geben, natürlich, aber dann muß ich mich schon hinsetzen und etwas nachdenken. Reicht es, wenn Sie sie morgen bekommen?«

Ich nickte. »Das zweite war ... Eine etwas heikle Frage vielleicht. Aber ... Ihnen ist nicht aufgefallen, daß Torild in der letzten Zeit mit besonders teuren Klamotten nach Hause gekommen ist?«

»Mit besonders teuren Klamotten! Sie meinen doch nicht etwa, daß –?«

»Es ist nur eine Frage.«

Sie sah mich ein wenig verwundert an. »Aber ich denke jedenfalls, daß ich Ihnen darauf eine ziemlich klare Antwort geben kann. Nein, das ist mir ganz und gar nicht aufgefallen. Und es wäre mir aufgefallen! Alle Kleiderkäufe werden von mir getätigt, oder von uns gemeinsam, wenn es nicht nur eine Jeans oder so was ist, das sie selbst aussuchen kann. Aber sonst ... Nein, nichts.«

»Das ist gut.«

»Aber warum fragen Sie so was?«

»Na ja, ich hatte nur den Eindruck, daß es da einen ... Vorfall gegeben hätte ... Zwischen Åsa und ihren Eltern.«

»Åsa? Darauf wäre ich nie gekommen.«

»Nein. Tja, das war schon alles. Wenn Ihnen nicht noch etwas einfällt?«

»Nein, leider.«

»Ich wollte sowieso morgen in der Schule vorbeischauen. Kann ich dann gleich hier vorbeikommen, wegen der Liste?«

»Ich werde da sein. Wann ungefähr?«

»Irgendwann zwischen zehn und zwölf?«

»Ist gut.« Sie blieb stehen, die eine Hand an der Türklinke. Mit der anderen berührte sie meine Schulter. »Ich hoffe, Sie finden sie!«

»Ich auch.«

Sie öffnete die Tür hinter sich. Dann schenkte sie mir ein blasses Lächeln und verschwand wieder im Haus.

Ich ging den Weg zurück zum Auto und fuhr nach Hause.

Gegen halb neun rief Thomas an und fragte, ob er und Mari auf dem Weg zum Bahnhof vorbeikommen könnten.

Wir hatten also nicht mehr als eine knappe Stunde, kaum genug für eine gemeinsame Tasse Tee und eine halbe Flasche Bier. Wir erwähnten weder die Beerdigung noch Stavanger mit einem Wort. Ich wußte nicht, wieviel Beate ihnen von ihren Plänen erzählt hatte.

Danach begleitete ich sie hinunter und blieb am Bahnsteig stehen, und wir unterhielten uns, bis der Zug abfuhr. Als sich der rotbraune Schlafwagen in Bewegung setzte und langsam an mir vorbeiglitt, beugten sie sich zum Fenster hinaus und winkten.

Beim Verlassen des Bahnhofs kam ich an ein paar Teenagermädels vorbei, die alle mit einer Colaflasche in der Hand und einer Zigarette im Mundwinkel die Wartehalle durchquerten. Die Art, wie sie gingen, zeigte, daß zumindeset ein paar von ihnen die Cola mit etwas weitaus Stärkerem gemischt hatten.

Kinder kommen und gehen. Ehe du dich versiehst, sind sie erwachsen und verschwinden. Einige nehmen den Zug nach Oslo, andere nur den Bus in die Stadt. Aber die Richtung ist dieselbe. Sie wollen weg, weg, während die Eltern dastehen und sich fragen, was eigentlich vor sich geht. Oder sich an so einen wie mich wenden, um nach den Gründen zu suchen.

4

Am folgenden Tag lag bitterer Frost in der Luft, der einen kalt und mit feuchten Pranken begrüßte.

Das Auto hatte kaum Zeit gehabt, richtig warm zu laufen, als ich schon vor der Nattland Schule parkte und ausstieg. Das flache Schulgebäude lag am Rande des engen Tals, das Sædal mit Sandalsbotn verbindet, und der Februar hatte seine Runen in Schwarz-Weiß in den steilen Hang auf der gegenüberliegenden Seite geritzt. Die Straßen trugen Namen wie Marsveg und Merkurveg, als erwarteten sie jederzeit Besuch von anderen Orten unseres Sonnensystems und als hätten sie alles getan, damit die Gäste sich wie zu Hause fühlten.

Es war Pause, und auf dem Schulhof konnte man leicht zwischen den Grundschulkindern und denen, die in der Mittelstufe waren, unterscheiden. Die Kleineren waren mit Spielen beschäftigt, die anderen zogen suchend ihre Kreise, die Mädchen Arm in Arm, die Jungs mit den Händen so tief es ging in den Hosentaschen.

Ich ging zum Lehrerzimmer und fragte nach Helene Sandal.

Eine brünette Frau in den Dreißigern mit leicht von Akne verfärbter Haut, ovaler Goldbrille, rotem Pullover und blauen Jeans kam an die Tür.

Ich stellte mich vor und sagte ihr, worum es ging.

Sie nickte ernst. »Kommen Sie herein.« Sie sah durch die offene Tür in ein kleines Büro. »Wir können hier reingehen.«

Die Büroeinrichtung bestand aus einem Schreibtisch, zwei Stühlen und einem Telefon. Auf einer Seite des Schreibtisches lag ein Berg von ungefähr dreißig Arbeitsheften, die darauf warteten, korrigiert zu werden.

»Torilds Mutter hat mich engagiert«, erklärte ich.

»Ich verstehe.«

»Ich war ursprünglich beim Jugendamt, deshalb hab ich ... schon öfter mit ähnlichen Fällen zu tun gehabt.«

Sie sah auf die Uhr. »Wie kann ich helfen?«

»In erster Linie wüßte ich gerne Ihre Meinung über Torild, als Schülerin und als ... Mensch.«

Sie preßte die Lippen zusammen, um zu zeigen, daß sie nachdachte. »Tja. Sie hat sich verändert.«

»Wie langen kennen Sie sie schon?«

»Seit der Siebten. Fast drei Jahre.«

»Und ...«

»Das ist natürlich eine wichtige Phase im Leben eines jungen Menschen. Das wissen Sie genausogut wie ich. Aber ...« Sie betrachtete mich zögernd. »Ich weiß nicht, ob Frau Skagestøl Sie über die familiäre Situation informiert hat.«

»Doch. Die ist mir bekannt. Hat man Torild etwas angemerkt?«

»Das ist etwas schwer zu sagen. Ich hatte eigentlich das Gefühl, daß sie schon vorher am Schwimmen war.«

»Und was meinen Sie mit am Schwimmen?«

»Tja, ich ... Als ich sie in der Siebten bekam, war sie eine ganz normale Schülerin, fachlich gesehen besser als der Durchschnitt, gar kein Zweifel, nett und freundlich und ... wie gesagt, ganz normal. In der achten Klasse ... Das ist eine etwas schwierige Klassenstufe. Wer die Neigung hat, der Schule überdrüssig zu werden, wird es häufig in dieser Klasse. Die Grundschuljahre sind endgültig vorbei. Die Lehrer stellen strengere Anforderungen. Aber gleichzeitig wirkt der Weg bis zum Ende der 10. noch sehr weit. Ich will nicht sagen, daß Torild zu denen gehörte, die die Schule satt hatten. Sie machte ihre Aufgaben pflichtbewußt, jedenfalls die schriftlichen. Mit den mündlichen war sie manchmal ein wenig lasch. Aber besorgniserregender war der Eindruck, daß sie – wie soll ich sagen – sich ausklinkte? Sie war in den Stunden unaufmerksam, und sie ... Oft konnte ich an ihrem Blick sehen, daß sie völlig abwesend war.« Sie sah aus dem Fenster. »Sie saß nur da und schaute raus.«

Ich folgte ihrem Blick. Auf den Bäumen des Tals bis hinunter nach Sandalen lag eine weiße Rauhreifdecke. Das gesamte Bild hatte etwas Unveränderliches, als sei die Zeit freiwillig stehengeblieben, und als habe eine Phase des ewigen Frostes begonnen. »Sie sind doch sicher im Bilde ... Hatten Sie den Eindruck, daß Drogen mit im Spiel waren?«

Sie nickte schwach. »Ich würde es nicht ausschließen.«

»Haben Sie die Eltern davon unterrichtet?«

»Ja. Ich hatte ein Gespräch mit der Mutter.«

»Mit dem Vater nicht?«

»Nein. Es war ihm nicht möglich, zu kommen.«

»Gab es danach eine Veränderung?«

»Eine Weile wurde es vielleicht besser. Sie schien sich zusammenzureißen. Aber dann ... dann fing es wieder an.«

»Und Sie haben die Eltern noch mal darauf angesprochen?«

»Ja, aber ... Diesmal nur telefonisch. Es sind uns trotz allem Grenzen gesetzt, wieweit man sich um jeden einzelnen Schüler kümmern kann. Es gibt andere, die zum Beispiel fachlich viel größere Probleme haben. Und noch andere kommen aus instabilen Familienverhältnissen. Wir haben Einwandererkinder und einen Integrationsfall mit einer Körperbehinderung. Kurz gesagt –«

Eine Schulglocke läutete. Sie stand auf. »Ich muß gehen. War sonst noch etwas?«

»Ja, selbstverständlich. Können Sie mir noch ein paar Minuten schenken?«

»Na ja, okay.« Sie blieb stehen, wie um zu unterstreichen, daß es nicht viele werden durften.

»Ich möchte nur wissen ... Hatte sie enge Freundinnen, vielleicht welche, die sie beeinflußt haben? Haben Sie noch bei anderen ähnliche Anzeichen festgestellt?«

Ihr Gesicht verspannte sich ein wenig. »Ich kann mich nicht genauso frei über andere äußern, ohne die Erlaubnis der Eltern.«

»Ich habe schon mit Åsa Furubø gesprochen. Sie waren viel zusammen, wie mir scheint.«

»Ja, das stimmt wohl.«

»Gab es andere?«

»Astrid vielleicht. Nikolaisen.«

»Wie ist sie?«

»Wie gesagt, ich kann nicht . . . Aber«, sie tippte mit dem Zeigefinger auf ihre Armbanduhr, »ich muß gehen.«

»Gibt es eine Möglichkeit, Astrid und Åsa hierher zu schicken? Damit ich mit ihnen sprechen kann?«

»Åsa vielleicht. Astrid fehlt heute.«

»Ach ja? Wie lange fehlt sie denn schon?«

»Seit gestern. Diese Woche«, sagte sie trocken.

»Torild war ja auch nicht in der Schule an dem Tag, als sie verschwand. Kam das häufiger vor?«

»Ziemlich oft. Aber sie hatte hinterher immer Entschuldigungen dabei.« Mit einem bitteren Lächeln fügte sie hinzu: »Aber nach dem, was ich jetzt gehört habe, waren sie vermutlich gefälscht.«

»Ich verstehe. Ist es in Ordnung, wenn ich dieses Büro benutze?«

Sie sah sich um. »Wenn niemand sonst hier rein will, dann – Ich denke, ja. Wenn Sie warten, dann schicke ich Ihnen Åsa her.« Mit einem kurzen Nicken verließ sie mich.

Ich stellte mich in die Türöffnung und wartete. Das Lehrerzimmer war so gut wie leer. In einer Sofaecke saß ein verhältnismäßig junger Mann in kariertem Flanellhemd und brauner Cordhose und las Zeitung. Auf den Tischen lagen eine Handvoll Zeitschriften und ein paar Tageszeitungen. Die Tische waren mit kleinen Kreuzstichläufern und einem nicht brennenden Teelicht in der Mitte dekoriert, und an einer Kante stand eine in Eile zurückgelassene Kaffeetasse. Vermutlich die von Helene Sandal.

Der Mann mit der christlichen Tageszeitung sah verstohlen in meine Richtung, als überlegte er, ob ich ein getarnter Verhütungsmittel-Vertreter sei, der sich mit den Taschen voller Gratisproben auf das Schulgrundstück geschlichen hatte, um ungehindert eine Kampagne gegen die jungen, schutzlosen Seelen zu starten.

Es klopfte, die Tür zum Korridor ging auf, und mit neugierigem Gesichtsausdruck kam Åsa herein. Als sie mich erkannte, konnte sie ihre Enttäuschung nicht verbergen.

»Hallo, Åsa!« sagte ich gekünstelt locker als der Sozialarbeiter, der ich nun einmal war.

Sie sah zu dem Lehrer in der Ecke, als hoffte sie, er könnte sie aus der unangenehmen Situation retten.

»Ich dachte ... Es gibt vielleicht ein paar Dinge, über die du leichter reden kannst, wenn deine Eltern nicht dabei sind.«

»Oh?«

»Komm hier herein, dann setzen wir uns ...«

»Kann ich mich nicht weigern?«

Ich wartete ein wenig mit der Antwort. »Welchen Grund solltest du dafür haben?«

Sie sah weg. »Na ja, ich ...«

»Hast du etwa was zu verbergen?«

»Was sollte das sein?«

»Keine Ahnung. Gäbe es sonst einen Grund, nicht auf meine Fragen zu antworten?«

Sie ließ sich auf den Stuhl fallen und blieb in einer lässigen, halb abgewandten Stellung sitzen, die ihrem Rücken auf die Dauer sicher kaum gutgetan hätte.

»Ich denke an – wonach ich dich gestern gefragt habe. Mit mir kannst du ganz offen sprechen, Åsa. Ich werde deinen Eltern kein Wort erzählen. Alles, was ich brauche, sind ein paar Informationen, die mir dabei helfen können, herauszufinden, wo Torild abgeblieben ist.«

Sie sah mich feindselig an. »Na gut!«

»Also ... Wann hast du sie zuletzt gesehen?«

Sie war überrumpelt. »Wann ich sie zuletzt gesehen habe? Das war an dem Tag, als wir ... Sie ...«

»Ja?«

»Am Tag bevor sie verschwand.«

»Mittwoch letzter Woche?«

»Ja, dann war es wohl Mittwoch!«

»Wo hast du sie gesehen?«

»Wo? Was meinen Sie?«

»Na, dann laß es mich anders ausdrücken. Was habt ihr gemacht?«

Sie zuckte mit den Schultern. »Wir sind in die Stadt gefahren. Rumgelaufen, wie immer.«

»Ja, erinnerst du dich, wo ihr wart?«

»Äh, nee ... wir sind einfach nur so rumgelaufen.«

»Ihr wart nicht im Kino?«

»Nein.«

»Irgendwo 'ne Cola trinken?«

»Nein, ich glaub nicht.«

»Wenn ihr 'ne Cola getrunken hättet, wo könnte das dann gewesen sein?«

»Ähm ... Burger King ... Oder 'ne andere Snackbar.«

»Aber das weißt du also nicht mehr?«

»Nein.«

»Wart ihr zu zweit oder waren noch andere dabei?«

»Noch andere.«

»Und wer?«

»Äh ...«

»War Astrid dabei?«

»Astrid Nikolaisen?«

»Ja?«

»Vielleicht.«

»Wart ihr oft mit ihr zusammen?«

»Oft zusammen? Warum wollen Sie das wissen? Hat Helene was gesagt?«

»Was sollte sie gesagt haben?«

»Na ja ...«

»Weißt du, warum Astrid heute nicht in der Schule ist?«

Sie grinste plötzlich. »Es ist nicht das erste Mal.«

»Wie – nicht das erste Mal?«

»Sie kommt in die Schule, wenn sie Bock hat.«

»Aha. Ich verstehe.«

»Nee, tun Sie nicht!«

»Ach nein? Und was verstehe ich deiner Meinung nach nicht?«

Sie sah mich trotzig an, ohne zu antworten.

»Seid ihr zusammen nach Hause gefahren? Du und Torild, meine ich.«

»Nein, wir – Ich bin früher zurückgefahren.«

»Solltest du zu einer bestimmten Zeit zu Hause sein?«

»Ja. Halb elf.«

»Und was hat sie dann gemacht?«

»Das weiß ... Ich kann mich nicht erinnern.«

»Nein?«

»Nein!«

»Und du bist sicher, daß das am Mittwoch war, und nicht am Donnerstag?«

»Ja, ich glaube schon«, sagte sie und blickte zur Seite.

Ich fing an einem anderen Ende an. »Das mit dieser Lederjacke, die dein Vater –«

»Ja, was soll damit sein?«

»Hattest du die ... gestohlen?«

Ihr Blick flackerte, und sie bewegte stumm die Lippen, als übte sie im stillen an einer Antwort, bevor sie sie herausließ. Schließlich sagte sie nur: »Ja.«

»Habt ihr das öfter gemacht?«

»Nein! Jedenfalls nicht so teure Sachen.«

»Nur so'n bißchen Kleinkramklauerei?«

»Tun das nicht alle?«

»Tun sie das?«

»Meine Güte, sind Sie blöd! Wenn Sie hören würden –«

»Was passierte zu Hause?«

»Na ja ... Ich war so dumm, sie mit nach Hause zu nehmen. Ich hätte sie ja ...«

»... zurücklassen können?«

»Ja!«

»Und wo?«

Sie antwortete nicht.

»Okay. Deine Eltern haben es also gemerkt. Und dann?«

Sie zögerte. »Mein Vater ... Er wurde wütend. Sagte, ich sollte sie zurückgeben, daß wir runter in den Laden gehen müßten und erzählen, was ich gemacht hatte, und dann ... Na ja, das haben wir dann auch gemacht.«

»Welcher Laden war das?«

»Die Lederboutique.«

»Und dann kaufte er dir eine neue?«

Sie nickte. »Mmh.«

»Als eine Art Belohnung?«

»Ja, stellen Sie sich vor! Eine Belohnung dafür, daß ich freiwillig mitgekommen war, daß ich es zugegeben hatte, und weil er ... Irgendwie hat er wohl kapiert, daß ich eine brauchte!«

»Eine neue Lederjacke?«

»Ja!«

»Ich verstehe ...«

»Das ...!« Aber diesmal unterbrach sie sich selbst. »Sind wir jetzt fertig?«

»Nicht ganz.«

Ich hielt inne, und sie sah mich ungeduldig an. »Ich muß zurück in den Unterricht!«

Ich lächelte leicht, als sei es das erste Mal, daß ich eine Schülerin der Mittelstufe so etwas sagen hörte. »Es war doch Donnerstag, stimmt's? Als du sie das letzte Mal gesehen hast?«

Sie wurde rot. »Na ja, kann schon sein!« Sie stand auf und ging zur Tür. Ohne sich umzusehen, fügte sie hinzu: »Wenn Sie es sagen!«

Sie versuchte, die Tür mit Schwung hinter sich zuzuknallen, aber die war nicht dafür konstruiert. Sie glitt nur einfach mit einem leisen Seufzer ins Schloß, wie hinter einem resignierten Klassenlehrer.

5

Sidsel Skagestøl öffnete die Tür hastig, als glaubte sie, es wäre Torild, die an der Tür geklingelt hätte.

Als sie sah, wer es war, trat sie zur Seite. »Kommen Sie herein.« Sie sah mich fragend an. »Haben Sie etwas ...?«

»Nein, leider. Noch nichts Konkretes. Ich ...«

»O Gott! Ich habe solche Angst, Veum. Wo kann sie denn sein?«

»Das müssen wir versuchen, herauszufinden.«

»Ja ... natürlich. Entschuldigen Sie.«

»Ich verstehe Sie doch.«

Sie trug Jeans und eine weiße Hemdbluse, von der ich unter dem blauen Wollpullover nur den Kragen und die Manschetten sah. Ihr Haar war locker und luftig, als hätte sie es gerade gewaschen und geföhnt, und sie bewegte sich mit einer jungmädchenhaften Anmut durch den Raum, einer Mischung aus Schüchternheit und Sinnlichkeit.

Sie wies mit der Hand zur Garderobe. »Sie können da ablegen.«

Ich tat, was sie mir sagte, folgte ihr durch den Flur, an der Küche vorbei, die nach hinten hinaus lag, und gelangte in ein großes, offenes Wohnzimmer, das ebenso großzügig möbliert war wie der Ausstellungsraum eines Möbelgeschäfts. Eine pflaumenfarbene Ledergarnitur füllte den Raum vor den großen Fensterfronten nach Süden und Osten, während eine Eßecke in dunkelbrauner Eiche den Schwerpunkt am anderen Ende des Raumes, direkt vor der Küchentür bildete. Mitten im Raum standen ein weiteres Ecksofa und drei Sessel in Dunkelgrün bei einem flachen, schwarzen Couchtisch. Es sagt etwas über die Größe des Raumes, daß er trotzdem nicht überfüllt wirkte. Es gab reichlich freie Fläche, wo sich die Kinder tummeln konnten, wenn man sie ließ.

Aus einem Radio, zentral plaziert in einem großen, dunklen Wandregal, strömten vormittagsfrische Klänge in den Raum. Sie hatte auf dem dunklen Couchtisch für zwei gedeckt. »Ich habe ein paar Brötchen geschmiert und Wasser aufgesetzt. Jetzt muß nur noch der Kaffee durchlaufen, dann – Wenn Sie möchten?«

»Danke, gern.«

»Da liegen Zeitungen . . .« Sie zeigte auf die zwei Bergenser Zeitungen, die zusammengefaltet neben dem weißen Kaffeeservice lagen, als sei sie eine Sekretärin, die für ihren Chef einen Lunch zubereitet hatte.

Ich blätterte ein wenig in einer Zeitung, während sie in der Küche war und den Kaffee kochte. In Møhlenpris hatte es eine Drogenrazzia gegeben, und zwei Fünfzehnjährige hatten am Tag davor gegen 15.30 Uhr eine Post in Åssane überfallen. Die Razzia endete damit, daß zehn Personen verhaftet wurden, weil sie im Besitz unterschiedlicher Mengen von Drogen waren, hauptsächlich Haschisch und Tabletten. Die beiden Fünfzehnjährigen wurden eineinhalb Stunden später festgenommen, nachdem sie gerade mal achtzig Kronen für Hamburger und Cola an einem Kiosk ausgegeben hatten. Im letzten Jahr waren in Bergen zwei neue Fälle von Aids registriert worden, beide aus dem Drogenmilieu, und die Gesundheitsbehörde warnte, daß es für Heterosexuelle keinen Grund gäbe, sich sicherer zu fühlen als für Homosexuelle.

Da waren die Comics schon lustiger.

Sidsel Skagestøl kam mit einer weißen Thermoskanne in der einen und einem Teller mit aufgeschnittenen Brötchen in der anderen Hand zurück. Sie stellte den Teller ab und schenkte uns beiden Kaffee ein, nachdem ich die Frage, ob ich etwas hinein haben wolle, mit Nein beantwortet hatte.

Einen Augenblick saßen wir stumm da.

Dann nickte sie zum Teller. »Bitte schön.«

»Danke.« Ich nahm ein Brötchen mit Ziegenkäse und roter Beete. »Sie haben offensichtlich noch nichts von ihr gehört?«

»Nein, hab ich nicht ... Und Sie? Haben Sie mit jemandem gesprochen?«

Ich nickte. »Mit Åsa und ihren Eltern und mit Helene Sandal.«

»Und ... konnten sie Ihnen irgendwas sagen?«

»Vorläufig habe ich mehr Fragen als Antworten.«

»Wie zum Beispiel –«

»Diese Liste, von der wir beim letzten Mal sprachen, von ihren Freundinnen. Haben Sie die fertig?«

Ihr Blick glitt an mir vorbei zu den Regalen an der Wand, wo Fotografien ihrer Kinder versammelt standen. »Nein, ich – Als ich anfing, die Klassenliste durchzugehen, ging mir auf, daß ... ich keine Ahnung hatte. Noch vor ein paar Jahren, in der Grundschule, hätte ich auf Anhieb fünf bis sechs Namen auflisten können. Als sie bei den Pfadfindern war, noch ein paar mehr. Aber jetzt ... Mir wurde plötzlich klar, wie wenig ich sie kannte, so jedenfalls. Ich meine, mit wem sie zusammen war. Mir fällt tatsächlich niemand außer Åsa ein.«

»Und was ist mit Astrid Nikolaisen?« fragte ich und biß von meinem Brötchen ab.

»Astrid Nikolaisen ... tja ... Für mich ist sie nichts weiter als ein Name. Sie war nie hier. Ich weiß, daß sie eine von Torilds Freundinnen in der Klasse ist, das heißt, seit sie in die Siebte gekommen ist, aber ... Ich glaube, ich kann nicht mehr dazu sagen.«

Ich schluckte. »Haben Sie vielleicht ihre Adresse?«

Sie sah zum Wandregal. »Doch, sie steht wohl auf der Klassenliste ... Aber warum ...«

»Hören Sie, Sidsel ... Ist es in Ordnung, daß ich Sie so nenne?«

Sie nickte.

»Helene Sandal hat angedeutet, daß Torild bei einigen Gelegenheiten Symptome von Drogenmißbrauch gezeigt habe ...«

Sie streckte die Hand nach der Kaffeetasse aus, überlegte es sich dann aber anders. »Tja, das ... das wurde nie ... Wir sind der Sache nie auf den Grund gekommen.«

»Aber sie hat Sie beide zu einem Gespräch bestellt.«

»Ja. Aber nur ich bin hingegangen.«

»Ihr Mann ...«

Es zuckte leicht in ihren Mundwinkeln. »Holger war beschäftigt. Es war ja auch abends, und da war er meistens in der Redaktion.«

»Aber es kam nichts dabei heraus?«

»Nein.«

»Haben Sie hinterher mit Torild darüber gesprochen?«

»Selbstverständlich! Aber sie stritt es hartnäckig ab. Das sei nur etwas, das Frau Sandal erfunden habe, weil sie sie nicht leiden könne. Oder weil sie mit ihren schulischen Leistungen unzufrieden sei. Ich konnte nicht ...« Sie sah mich mit ihren großen, blauen Augen unsicher an. »Ich konnte sie nicht zwingen, es zuzugeben!«

»Und eine Weile später bekamen Sie erneut einen Anruf?«

»Ja, und wir machten die gleiche Prozedur noch einmal durch, mit dem gleichen Resultat.«

»Und das Ganze hat Sie nicht mißtrauisch gemacht?«

»Mißtrauisch? Ich war in Sorge, natürlich! Sie haben ja selbst ... Sie wissen sicher selbst, wie das ist. Nachts aufzubleiben und sich zu fragen, ob sie wohl nach Hause kommt oder nicht, wo sie sein könnte, mit wem sie zusammen ist. Sich die schlimmsten Dinge vorzustellen, wie man es in solchen Situationen immer tut ... Ich kann die Male nicht mehr zählen, wo ich sie vor mir gesehen habe, blutend, mißhandelt, vergewaltigt oder in einem demolierten Auto. Und wenn sie endlich kommt, dann bist du so froh, daß nichts passiert ist, daß du ihr die Verspätung nachsiehst und daß sie nach Bier und Zigaretten riecht und du keine Ahnung hast, wo sie gewesen ist. Denn wenn man fragt, dann antwortet sie einfach ... irgendwas.«

»Irgendwo, meinen Sie?«

»Ja. Fete. Diskothek. Snackbar.«

»Nichts Regelmäßiges?«

»Nein. Und du denkst an die Zeit, als sie klein war, wie glücklich du warst, als sie geboren wurde ... sie war schließlich die erste! Wie du sie angezogen hast, die ersten Schuhe, die vergoldet da hinten im Regal stehen ...«

Ich sah in die Richtung. Sie waren so klein, daß sie einer Puppe gehört haben könnten.

»Alle Fotos ... ich glaube, ich habe zusammen mindestens zwanzig Alben, Veum! Der erste Tag im Kindergarten, in der Schule, immer gleich strahlend und freundlich, aber dann ... die Konfirmation letztes Jahr, als sie darauf bestand, bürgerlich konfirmiert zu werden, und Holger so sauer wurde, daß er das letzte halbe Jahr fast nicht mit ihr geredet hat. Sie können das auf dem Bild von uns fast sehen. Den Trotz, der aus ihrem Blick leuchtet. Triumphierender Trotz.«

Sie stand auf, ging zum Regal, nahm ein Bild herunter und betrachtete es einen Augenblick, bevor sie es mir herüberbrachte. Während ich es genau studierte, holte sie zwei andere und setzte sich neben mich.

»Sehen Sie«, sagte sie, und hielt mir das eine hin. Es zeigte ein drei, vier Jahre altes Mädchen mit hellen Locken in einem Sommerkleid mit Blümchenmuster, fotografiert auf einer Bank irgendwo in einem Park, das seine Beinchen gerade in die Luft streckt und den Fotografen so glücklich anstrahlt, daß man das Lachen förmlich noch in ihrer Kehle glucksen zu hören glaubt. »So war sie einmal. Und hier –«

Auf dem nächsten Bild war sie älter, ungefähr zehn oder elf, in Pfadfinderuniform, ein wenig selbstbewußter dreinblickend vielleicht, die Haare eine Ahnung dunkler, aber ebenso strahlend mit ihrem breiten Lächeln.

»Aber dann –« Sie zeigte auf das Bild, das ich in den Händen hielt. Es zeigte eine ernste junge Dame, mit frischgeschnittener kurzer Zottelfrisur, ohne die Andeutung eines Lächelns um die schmollenden Lippen und einer Düsternis in den Augen, die auf den anderen Fotos nicht dagewesen war.

Die drei Stadien des Kindes, wie auf einem Gemälde von Edvard Munch. Auf dem letzten war sie schon im Begriff, erwachsen zu werden.

Ich nahm noch ein Brötchen und biß hinein. »Ich habe Sie wohl gestern schon danach gefragt, aber ... Hatte sie noch keinen Freund?«

Sie errötete leicht, als weckten die Worte bei ihr unangenehme

Erinnerungen. »Sie hatte nie – Ich weiß nicht, nennt man das heute ... einen festen Freund?«

»Das wissen die Götter. Aber Sie und ich sprechen jedenfalls dieselbe Sprache.«

»Ich gehe davon aus, daß sie auch ab und zu verliebt war, wie alle – anderen, aber sie hat zu Hause nie davon erzählt.«

»Sie hat sich ihrer Mutter nicht anvertraut?«

Ein Hauch von Kälte erschien in ihren Augen. »Nein, stellen Sie sich vor, das hat sie nicht.«

»Da gibt es also mit anderen Worten keine Namen zu nennen?«

Sie schüttelte verneinend den Kopf.

»Hab ich das richtig verstanden, zu Hause bei Åsa, daß die beiden zusammen bei den Pfadfindern waren?«

»Ja, das stimmt, von klein auf und bis zur siebten, achten Klasse. Dann hörten sie plötzlich alle beide auf.«

»Haben Sie eine Vermutung, warum?«

»Nein, sie sagten nur, sie hätten die Nase voll. Daß sie da rausgewachsen seien.«

»Vielleicht könnte man mit einem der Leiter von damals sprechen?«

»Ich kann mir nicht denken, daß das etwas mit dieser Geschichte zu tun hat!«

»Nein ... wahrscheinlich nicht. Aber haben Sie vielleicht trotzdem einen Namen?«

»Von einem der Leiter? Tja ... die, mit der wir in den letzten Jahren am meisten zu tun hatten, war eine, die hieß ... Wie hieß sie noch gleich ... Genau! Sigrun Søvik.«

Ich notierte. »Und die Adresse von Astrid Nikolaisen, haben Sie die?«

Sie nickte, stand auf, ging wieder zum Wandregal und zog eine Schublade der Kommode heraus. Sie blätterte in einem Stapel und zog dann eine Fotokopie hervor, kam damit herüber und gab sie mir. »Die hier müßte von diesem Jahr sein.«

Ich ging die Klassenliste durch, ließ den Blick schnell über die Namen gleiten, bis ich zu Astrid Nikolaisen kam. Ich sah zu ihr auf. »Könnte ich die erst mal behalten, falls noch mehr Namen auftauchen?«

»Rechnen Sie damit?« fragte sie ängstlich., als befürchtete sie plötzlich, daß ich ihr etwas verheimlichen könnte.

»Nur damit ich Sie nicht jedesmal nerven muß, wenn –«
»Sie nerven mich nicht! Ich bezahle schließlich dafür, oder?«
»Doch, so gesehen ... Aber ...« Ich hielt die Liste in die Luft mit einer Wiederholung der Frage im Blick.
»Natürlich können Sie sie behalten! Ich hab ja immer noch die vom letzten Jahr. Es hat sich nicht so viel geändert.«
Ich leerte die Kaffeetasse. »Noch etwas, das ich wissen sollte?«
Sie warf mir einen schnellen Blick zu. »Was sollte das sein?«
»Na ja, ich ... Wie lange sind Sie – Sie und Ihr Mann – schon getrennt?«
»Seit August. In den Sommerferien, da ging es nicht mehr.«
»Klassisch.«
»Nicht so wie Sie denken. Der Fehler war, daß wir überhaupt keine Ferien zusammen hatten. Es gab viel Unruhe bei der Zeitung, Sie erinnern sich sicher, weiße Seiten und so weiter, also konnte er nicht fahren, bevor die Schule wieder anfing. Und da waren wir ja schon – Und dann fuhr er schließlich eine Woche nach London oder so, allein, und als er wiederkam –« Sie zuckte mit den Schultern. »Solche Dinge geschehen ja schließlich nicht über Nacht. Sie brauen sich zusammen, wie ein Unwetter.«
»Und Torild war auf See, in einem offenen Boot?«
Sie sah mich verständnislos an. »Wie?«
»Ich meine ... Wie nahm sie es auf? Reagierte sie irgendwie auffällig?«
Sie sah traurig vor sich hin. »Nein, ich – Na ja, wie ich gestern sagte, sie wurde irgendwie etwas ... ja, abwesender. So als würde sie sich ausklinken, noch mehr, aus dem, was noch an Familienleben übrig war. Sie war abends noch öfter weg, brachte nie jemanden mit nach Hause, und kam selbst spät zurück.«
»Und die anderen Kinder ... reagierten die genauso?«
»Nein, das war es ja gerade.« Sie wandte ihren Blick zum Fenster und sah hinaus.
Als sie sich wieder mir zuwandte, konnte ich deutlich die Angst in ihren Augen sehen. Sie ballte die Faust vor der Brust. »Wenn so was passiert, dann fragt man sich ja selbst ... ist es mein, oder unser Fehler? Was haben wir falsch gemacht? Aber die anderen sind doch ganz genauso erzogen worden! Stian, na ja, er ist zehn, und ich meine ... Er ist vollkommen abhängig von Mama und – Papa. Während Vibeke – sie kommt wunderbar zurecht, nimmt die Si-

tuation zum Anlaß, nachzudenken, und ist in der Schule genauso gut, wie sie es immer war. Also was ist dann der Grund?«

Ich hob hilflos die Hände. »Veranlagung. Umgebung, und da denke ich nicht unbedingt an die Familie. Ihre Freunde. Die Lehrer. Es ist so unglaublich viel, was mit hineinspielen kann. Die Schuld kann man sowieso äußerst selten irgendwo festmachen. Da gibt es immer mehrere Komponenten.«

Sie nickte. »Ja, das ist wohl wahr.«

»Haben Sie heute mit Ihrem Mann gesprochen?«

»Ja, ich spreche im Moment jeden Tag mit ihm ... darüber.«

»Haben Sie ihm von mir erzählt?«

»Nein, ich ... Er hat angefangen, davon zu reden, daß wir ... Daß die Polizei eingeschaltet werden sollte.«

»Das kann ich gut verstehen.«

»Aber Sie haben selbst gesagt –«

»Anders ausgedrückt: Die Polizei hat etwas, das ich nicht habe, nämlich einen Apparat. Das bedeutet, daß sie über ihr ganzes Netz eine Suchmeldung rausschicken kann, auch in die anderen nordischen Länder, mit einer durchschnittlichen Erfolgsquote, an die ich nicht im Traum heranreiche. Auf der anderen Seite: Bevor nicht sicher ist, daß etwas passiert – ich meine, daß etwas Ernstes geschehen ist –, wird sich die Polizei wohl kaum die Zeit nehmen, so genaue Nachforschungen anzustellen, wie ich es jetzt tue.«

Also ...«

»Ich möchte Ihnen dringend empfehlen, sie von der Polizei suchen zu lassen, aber lassen Sie mich auch weitermachen. Es sei denn, Sie wollen die Ausgaben lieber einsparen.«

»Das Geld spielt keine Rolle«, sagte sie schnell. »Das Wichtigste ist, daß wir sie finden, und daß es ihr gutgeht.«

»Ich sollte wohl mittlerweile selbst mal mit Ihrem Mann sprechen.«

»Wenn er Zeit hat«, sagte sie säuerlich. »Außerdem glaube ich, ich kann Ihnen fast garantieren, daß Sie Ihre Zeit vergeuden. Er hat nichts über Torild zu sagen, was ich Ihnen nicht auch erzählen könnte.«

»Nein? Aber es kann doch sein, daß Sie etwas übersehen haben, was ihm einfällt?«

»Mmh«, sagte sie in einem Tonfall, der andeutete, daß sie sich das nicht vorstellen konnte.

Ich stand auf, mit einem letzten Blick auf Torilds drei Lebensstadien, die immer noch vor uns auf dem Tisch standen. »Tja, dann werd ich wohl . . .«

Das rätselhafte Geschlecht. Werden wir sie jemals wirklich kennenlernen? Oder würden sie immer irgend etwas vor uns verborgen halten, etwas, das wir vielleicht einmal gewußt, aber unterwegs auf der Entwicklungsleiter vergessen hatten?

Sie begleitete mich zur Tür. »Sie rufen an, sobald Sie etwas Neues zu berichten haben?«

»Selbstverständlich.«

Unten an der Ampel, die den Verkehr im Sædalsvei nur notdürftig reguliert, blieb ich bei Rot stehen und wartete. Plötzlich kam mir der Gedanke, daß gewisse Situationen im Leben ganz genauso sind. Man steht bei Rot und wartet, und wenn es endlich grün wird, kommt ein verspäteter Lastwagen, trifft einen frontal, und man hat nicht die geringste Chance.

Als es Grün wurde, fuhr ich mit besonderer Vorsicht um die erste, unübersichtliche Kurve.

6

Die Bewohner von Mansverk mochten es nie, wenn die Gegend bei ihrem ursprünglichen Namen genannt wurde: Krötenmoor. Aber damals, Ende der fünfziger Jahre, als wir uns mit ein paar Jungs von da oben um ein paar Mädchen aus Fridal stritten, nannten wir sie immer nur Kröten, was so heftige Reaktionen auslöste, daß wir die Mädchen aus Fridal relativ schnell ihrer Wege gehen lassen mußten und uns wieder den zentraleren Stadtteilen zuwandten, wo wir selbst das Hausrecht hatten.

Astrid Nikolaisen wohnte in dem dreizehn Stockwerke hohen Wohnblock, der das Wahrzeichen des Ortes ist. Der Durchgang in seiner Mitte machte das Bauwerk zu einer Art Triumphbogen Mansverks und wurde, wenn der Wind aus der entsprechenden Richtung blies, zu einem regelrechten Windkanal.

Ich fand ihren Nachnamen auf einem der Briefkästen bei den Fahrstühlen, mußte aber Etage für Etage die Außengänge abklappern, um die richtige Wohnung zu finden. Zusätzlich zu den zwei

Fahrstühlen gab es in jedem Außenflügel des Gebäudes Treppenhäuser, und ich arbeitete mich im Zickzack zum fünften Stock hinauf, wo ich den richtigen Namen an einer Tür fand und klingelte.

Die Frau, die öffnete, sah jünger aus, als ich erwartet hatte. Trotz der übertriebenen Schminkschicht wirkte sie nicht viel älter als Anfang Dreißig. Sie trug enge schwarze Leggings und einen quergestreiften Wollpullover, der so lang war, daß sie ihn auch als Minikleid hätte tragen können. Das Haar war so schwarz und gut frisiert, daß es aussah wie eine Perücke.

»Ja?« sagte sie und zog die dunkelroten Lippen zu einer Art Schmollmund zusammen.

»Veum. Ich komme von . . . Sie sind doch Frau Nikolaisen?«

»Das Frau können Sie ruhig vergessen. Aber ich heiße Nikolaisen, ja.«

»Ist Astrid Nikolaisen da?«

Sie betrachtete mich abschätzend, und ich fügte hinzu: »Ist sie vielleicht Ihre Schwester?«

Trotz der Schminkschicht sah ich, daß sie errötete. »Ja, nein, meine Tochter. Einen Moment, ich seh mal nach, ob sie da ist.«

Sie schloß die Tür wieder, und ich blieb draußen stehen und wartete. Von hier aus blickte ich direkt auf die Garagenanlage von Bergens Sporveier. Die etwas zufällige Kombination von Werkstatthallen und Wohnblöcken machte Mansverk nicht gerade zu einem Vorzeigeprojekt für die Stadtplanung der fünfziger Jahre.

Die Tür hinter mir ging wieder auf.

Dieselbe Frau wie eben sagte: »Und worum geht es?«

»Eigentlich geht es um eine Freundin von ihr, Torild Skagestøl, die seit fast einer Woche verschwunden ist.«

»Was hat Astrid damit zu tun?«

»Nichts, nehme ich an. Ich wollte sie nur etwas zu Torild fragen. Mit wem sie zusammen war und so was.«

Sie sah immer noch etwas mißtrauisch aus. »Sind Sie von der Polizei?«

»Nein.«

»Jugendamt? Sozialamt?«

»Nein, weder noch. Ich bin hier im Auftrag der Familie.«

»Sie ist gerade aufgestanden. Aber okay. Sie können reinkommen.«

Als ich ihr in die Wohnung folgte, sah ich schnell auf die Uhr. Es war zehn nach halb zwölf. War Astrid Nikolaisen demnach nun ein Abend- oder ein Nachtmensch?

Der Flur war mit großen, hellroten Königslilien auf lila Grund tapeziert. Durch eine offene Tür hörte man, auffällig laut, einen Reklamespot von einem der lokalen Radiosender.

Sie klopfte an eine Tür. »Ich bin's, Gerd. Können wir reinkommen?«

Ich nahm durch die Tür so etwas wie eine Zustimmung wahr. Die Frau öffnete sie und trat zur Seite, um mich hineinzulassen. Als ich an ihr vorbeiging, spürte ich den Duft eines schweren Parfüms: wie von Maiglöckchen, die viel zu lange in einem geschlossenen Raum gestanden hatten.

Das Mädchen in dem Zimmer war dabei, den Reißverschluß ihrer engen Jeans zuzuziehen, nicht ohne Schwierigkeiten, und das Weiß ihres üppigen Oberkörpers wurde von dem schwarzen BH noch hervorgehoben, den sie gerade schon übergestreift hatte. Der Blick, den sie mir zuwarf, war frech und herausfordernd, und ihr volles Gesicht sah aus wie eine etwas aufgedunsene Version des der Mutter, nur noch stärker geschminkt, wenn nicht sogar mit etwas verschwommenen Konturen, weil sie nur allzu deutlich noch die Maske des Vortags trug.

»Astrid! Zieh dich an!« sagte die Mutter über meine Schulter.

Ich drehte mich zu ihr um. »Ich kann hier draußen warten.«

»Das ist nicht nötig. Zieh den Pullover an!«

»Ja ja, Meckertante!« sagte die Tochter. »Er hat bestimmt schon mal 'nen BH gesehen.«

Ich wartete ein paar Sekunden, bevor ich mich wieder umdrehte. Jetzt hatte sie einen einfarbigen dunkelroten Pullover über den Kopf gezogen und richtete ihre dunklen, leicht rotgetönten Haare. »Was will er denn?«

»Über Torild Skagestøl reden«, sagte ich.

»Gehen Sie ruhig rein.« Die Mutter schob mich behutsam weiter ins Zimmer. »Antworte ihm, so gut du kannst, Astrid. Ich bin in der Stube beim Aufräumen, wenn was ist.«

Dann ließ sie uns allein.

Ich sah mich um. Es war ein ziemlich kleiner Raum, möbliert mit einem ungemachten Bett und einer weißen Kombination aus Schminktisch und Kommode. Auf dem Boden lagen zwei Sitzsäcke. Neben dem Bett stand ein altmodischer Sprossenstuhl, und auf dem Boden vor dem Fenster lag ein unordentlicher Stapel mit Comics und Musikzeitschriften, ein paar Modezeitschriften und eine Handvoll Schundromane. Diverse Kleidungsstücke lagen im Zimmer verstreut, als habe sie nach etwas gesucht, aber ich wußte aus Erfahrung, daß Teenager recht häufig ihre Umgebung auf diese Weise gestalteten.

Sie wandte mir das zerknitterte Gesicht zu, mit einem für ihr Alter etwas zu zynischen Blick. »Was is'n mit Torild?«

»Willst du dich nicht setzen?«

Sie setzte sich auf die Bettkante und nickte zu einem der beiden Ledersäcke. »Sie auch.«

»Ich glaube, ich bleibe lieber stehen«, sagte ich und lehnte mich an den Türrahmen.

»Ihr seid befreundet, oder?«

»Nee, nich' so richtig. Wir sind manchmal zusammen inner Stadt unterwegs, aber mehr auch nich'.«

»In der Stadt?«

»Ja, im *Jimmy* und so.«

»*Jimmy,* das ist eine Spielhalle, stimmt's?«

»Wenn de willst, kannste spielen, ja. Ich geh da hin auf'n Hamburger und um mit Leuten zu quatschen. Da triffste immer coole Typen.«

»Ja, kannst du mir ein paar nennen?«

»Nee, warum sollte ich? Was haste mit denen zu schaffen?«

»Aber Torild ging da also auch hin?«

Sie nickte.

»Und Åsa?«

»Die auch, ja. Wir sind echt viele!«

»Was ...« Ich biß mir auf die Zunge. »Sag mal, so was kostet doch Geld, oder?«

»Gibt's 'n sons' irgendwas gratis, außer Kaffee inner Kirche un' so?«

»Wo hattet ihr das Geld her?«

Sie sah mich verächtlich an. »Na von zu Hause. Taschengeld. Manche hatten Jobs. Ich jobbe ab und an mal im Mekka.«

»An der Kasse?«

»Nee, füll die Regale auf.«

»Klaut ihr manchmal auch was?«

»Was soll'n das? Ich dachte, Sie wollten was wegen Torild wissen.«

»Åsa mußte gestern eine Lederjacke, die sie geklaut hatte, wieder zurückbringen.«

Ihr Gesicht wurde etwas länger. »Echt?«

»Ihr Vater ist mitgegangen.«

»Das is' ja stark!«

»Du meinst, das war okay?«

»Na ja, ich hab jedenfalls nie was geklaut!« Aber sie sah mich nicht an, als sie das sagte.

»Wie ist es mit Drogen, wird da unten gedealt?«

»Wo? Im *Jimmy?* Auf'm Klo kannste kaufen, was de willst, und wenn's das Hotel Norge is'.«

»Nimmt Torild Drogen?«

»Torild??! Daß ich nich' lach'! Das Edelpüppchen?«

»In der Schule haben sie gesagt . . .«

»Inner Schule, ja! Mit wem haste denn geredet? Mit Pickel?«

»Aber die Eltern meinten auch . . .«

»Sie hat's bestimmt mal probiert, so wie alle eben. Aber sie ist bestimmt nich' so drauf, da kannste Gift drauf nehm'.«

»Mmh?«

»Genau!«

»Weißt du, wo sie ist?«

»Nee. Ich wußte noch nich' mal, daß sie weg war!«

»Wann hast du sie das letzte Mal gesehen?«

»Das letzte Mal? Du, Derrick, glaubste, ich hab 'n Gedächtnis wie'n Elefant, oder was? Scheiße, ich hab doch keine Ahnung. Das war wohl irgendwie letzte Woche.«

»Donnerstag, Freitag?«

»Freitag war's auf kein' Fall! Da war ich auf 'ner Fete.«

»Aber Donnerstag?«

»Ja . . . Is' gut möglich, daß sie kurz im *Jimmy* war den Tag. Mit Åsa. Und irgend 'nem Typ.«

»Einem Mann?«

Ihr Blick flackerte wieder. »Weiß nich'. Kann sein, ich bild's mir nur ein. Keiner, den ich kannte, jedenfalls.«

»Das kann wichtig sein, Astrid.«

Plötzlich klingelte es an der Tür: drei kurze Töne.

Sie verdrehte die Augen. »Meine Fresse! So'n Bahnhof!«

Wir hörten, daß draußen die Tür geöffnet wurde, und gleich danach ertönte eine Männerstimme.

»Jetzt geh ich. Das is' der Kenneth, und da gibt's Zoff!«

»Was meinst du mit Zoff?«

»Die woll'n bumsen! Daß der ganze Block 's hört! Verstehste? Aufräumen! So'ne Scheiße! Sie hat ja wohl nach gestern die Betten ...«

»War der Kenneth da auch da?«

»Nein, da war's 'n anderer, natürlich!«

Ein dünnes Räuspern ertönte von der Tür her. Die Frau, die mich hereingelassen hatte, sah von mir zu ihrer Tochter. »Jetzt glaube ich, dein Gast muß gehen, Astrid.«

»Und ich geh auch, daß du's nur weißt!«

»Aber ... Willst du nichts essen?«

»Ich schieb 'n Hamburger rein oder so was in der Richtung – unterwegs!«

»Na dann ...« Die Mutter rückte zur Seite, um uns vorbeizulassen.

Draußen im Flur hatte ein athletisch gut gebauter Mann in einem schwarzen T-Shirt, dunkler Hose und Tätowierungen an den Unterarmen gerade seine schwarze Lederjacke auf einen Bügel gehängt. Er war in den Dreißigern, hatte nach hinten gekämmtes, pomadig glänzendes Haar und ein muskulöses Gesicht mit tiefen Furchen von den Nasenflügeln abwärts.

»Hallo, Astrid!« sagte er mit einem selbstsicheren Lächeln.

»Hallo«, sagte sie kurz und abweisend.

»Sie will gehen«, sagte die Mutter schnell.

»Meinetwegen kann sie ruhig bleiben.«

»Sie will gehen, hab ich gesagt!«

Er sah mich hart an. »Und was is' das hier für'n Vogel? Ihr Lover?«

Ich hielt seinen Blick fest. »Nein, ich bin die Putzfrau.«

Er kam schnell auf mich zu und hob eine Hand. »Paß auf, sonst helf ich dir putzen, ja!«

Gerd Nikolaisen ging dazwischen. »Er will auch gehen! Das ist nur einer von ...«

»Einer von ...?«

»Einer, der eine Freundin von Astrid sucht, die nicht nach Hause gekommen ist.«

»Torild Skagestøl«, sagte ich. »Wissen Sie vielleicht was darüber?«

Einen Augenblick befand er sich auf unsicherem Boden. »Was wissen, ich . . . Was meinste denn?«

»Na ja, also wenn nicht, dann können Sie sich ruhig in die hinteren Gemächer zurückziehen. Dann haben wir nichts weiter zu besprechen.«

Er wandte sich an die beiden anderen. »Hört ihr, wie der mit mir redet? Provoziert er, oder bin ich das?«

Gerd Nikolaisen faßte ihn am Arm. »Komm, Kenneth! Wir gehen ins Wohnzimmer. Die wollten sowieso gehen.«

Er riß sich los. »Das hab ich schon kapiert! Wenn du nich' mit dem Gelaber aufhörst, dann geh ich vielleicht auch!«

Ich fühlte, wie sich meine Bauchmuskeln spannten, bewegte mich in Richtung Ausgang und wandte mich an Astrids Mutter. »Wenn jemand von Ihnen etwas von Torild hören sollte, dann würden wir uns freuen, von Ihnen zu hören.«

»Ich glaube nicht. Aber wo kann ich . . .«

Der Mann, den sie Kenneth nannten, zündete sich mit einer aufreizenden Handbewegung eine Zigarette an. In seinen Augen blitzte es immer noch wütend.

»Sie können bei ihr zu Hause anrufen. Sie steht auf der Klassenliste. Skagestøl. Im Furudal.«

»Auf'm Snobberg«, murmelte Kenneth.

Ich kam ihm nah genug, daß er mir Zigarettenrauch ins Gesicht blasen konnte. Ich hätte ihm natürlich einen Ellenbogen mitten in die Visage schlagen können. Aber ich hatte Besseres zu tun, als die nächsten Stunden in der Schlange vor der Notambulanz zu verbringen. »Entschuldigen Sie die Störung«, sagte ich und ging.

Astrid folgte mir. Auf dem Weg zu den Fahrstühlen sagte sie: »So 'n Arschloch! Hält sich für'n Weltmeister, nur weil . . .«

»Nur weil . . .?«

»Ach nee. Nix.«

Vor dem Haus fragte ich sie, ob ich sie irgendwo hinfahren könne.

Sie sandte mir einen Blick, der unterstellte, daß ich ihr weit mehr vorgeschlagen hatte, als eine freundschaftliche Mitfahrgelegenheit. »Und wohin?«

Ich seufzte. »Na ja, wohin willst du denn? In die Stadt?«

»Vielleicht. Na gut.«

Ich schloß zuerst ihr die Tür auf, bevor ich auf meine Seite ging. Als ich mich hinter das Steuer setzte, saß sie schon auf dem Platz daneben. »Aber wenn Sie irgendwas machen, dann kurbel ich die Scheibe runter und schrei!« sagte sie mit einem matten Lächeln, so daß es eher wie eine Einladung klang als wie eine Warnung.

7

Ich nahm die Abkürzung über Leitet und Brattlien, und Bergens Zentrum lag plötzlich wie eine unerwartete Senke im Gelände links von uns. Als ich im Øvre Blekevei parkte, sah sie sich mißtrauisch um. »Was woll'n wir hier?«

»Parken.«

»Hätt'ste nich' vorher Bescheid sagen können, daß de aufs Land willst, dann hätt ich 'n Bus genomm'.«

»Es dauert fünf Minuten, zum Fiskertorg runter zu gehen.«

»Ich will aber nich' zum Fiskertorg!«

Ich beugte mich an ihr vorbei und öffnete ihre Tür.

Sie rutschte tiefer in den Sitz. »Faß mich nich' an!«

»Bleib ganz ruhig. Nicht mal mit Gummihandschuhen.«

Mit einem Wutschnauben stieg sie aus dem Wagen. Während ich ihn abschloß, stand sie da und sah sich um. »Und wo muß ich jetzt lang?«

»Warst du denn noch nie auf dem Hochfjell?« Ich zeigte in Richtung Telthussmauet. »Der kürzeste Weg geht da lang. Aber wenn du die Aussicht genießen willst«, ich zeigte die Straße hinauf, »kannst du auch über Skansen runterwandern.«

»Leck mich!« Mit einem verächtlichen Blick wählte sie die erste Alternative.

Ich machte keinen Versuch, sie zu begleiten. Sie ging mit dem leicht x-beinigen, wiegenden Gang eines jungen Mädchens, das die letzten fünf Jahre alle Sportstunden geschwänzt hatte. Nicht mal ein alter Penner hätte, gegen den Wind und bergauf, Schwierigkeiten gehabt, sie wieder einzuholen. Aber ich hatte das Gefühl, daß sie meine Gesellschaft nicht mehr sonderlich zu schätzen wußte.

Als ich bei der Zeitung ankam, fragte ich an der Rezeption einen höflichen Herrn mit sehr gepflegtem, grauem Bart und einem aufgeschlagenen Besucherprotokollbuch vor sich nach Holger Skagestøl.

»Werden Sie erwartet?«

»Nein, leider nicht.«

»Und Ihr Name?«

»Veum.«

Er wählte eine interne Nummer, bekam Anschluß und vermittelte sehr effektvoll mein Anliegen.

Danach sah er zu mir auf. »Skagestøl fragt, worum es geht.«

»Seine Tochter.«

Das bahnte mir den Weg. Der Pförtner gab mir einen Besucherausweis aus Plastik, den man an den Jackenaufschlag steckte und informierte mich, in welche Etage ich mußte. Als ich oben ankam, stand Holger Skagestøl vor dem Fahrstuhl und wartete auf mich.

»Veum? Der Privatdetektiv? Was haben Sie mit Torild zu tun?« bellte er, noch ehe sich die Tür hinter mir wieder geschlossen hatte.

»Ihre Frau hat mich engagiert, um nach ihr zu suchen.«

»Was?« Er sah mich mit einem Gesichtsausdruck an, als sei das das absolut Lächerlichste, was er jemals gehört hatte. »Na ja, dann kommen Sie mal mit rein.«

Ich folgte ihm durch einen langen Korridor mit viel zu greller Deckenbeleuchtung, die wie ein Symbol für die Lichtstärke wirkte, mit der die Tätigkeiten dort drinnen das Leben außerhalb des Hauses durchleuchteten. Und es war sicher nicht ganz ausgeschlossen, daß da oben noch ein paar tote Fliegen herumlagen, kleine Schönheitsflecken auf der Lampenpracht.

Holger Skagestøl war ein magerer, schlaksiger Mann, über einsneunzig groß. Seine hellbraune Hose wurde von einem strammen Ledergürtel an ihrem Platz gehalten, und der silbergraue Schlips hing locker geknotet über dem weißen Hemd mit den schmalen blauen Streifen. Seine Haare hatten einen unbestimmbaren Braunton und zeigten völlig weiße Partien um die Ohren und an der Stirn, wie ein Irish Coffee mit etwas zu viel Sahne.

Er wies mich in ein schmales Büro mit Aussicht auf die andere Seite der Nygårdsgate, wo in einem erleuchteten Raum mit großen Fenstern zur Straße eine Gruppe jung gebliebener Frauen eine

Mischung aus Gymnastik und Ballettübungen ausführten. »Wir können das hier benutzen«, sagte er, wie um zu unterstreichen, daß er mich nicht in sein eigenes einlud. »Nehmen Sie Platz«, fügte er hinzu und zeigte auf einen Stuhl gegenüber dem Schreibtisch.

Bevor er weitersprach, betrachtete er mich mit einem milden Kopfschütteln. »Ich selbst habe die Polizei angerufen, aber Sidsel ... Nun gut.«

»Sie haben sie also jetzt als vermißt gemeldet?«

»Nicht offiziell. Man hat schließlich seine Beziehungen. Ich habe mich umgehört, sozusagen, und habe angeregt, daß die Angelegenheit mit gewisser Aufmerksamkeit behandelt wird.«

»Die Angelegenheit?«

»Ja? Daß Torild von zu Hause weggelaufen ist, natürlich!«

»Weggelaufen? Finden Sie es angebracht, es so zu formulieren?«

»Ja, wie sollte ich es denn sonst nennen?«

»Und wohin ist sie weggelaufen, glauben Sie?«

Er leckte sich über die schmalen Lippen. »Na ja, das weiß ich nicht.«

»Aber Sie machen sich doch Sorgen, oder nicht?«

»Doch, natürlich, ich sagte doch gerade, daß ich die Po ... Was wollen Sie eigentlich?«

»Hören Sie, Skagestøl, ich habe einen Auftrag von Ihrer Frau, und vorläufig sammle ich Puzzleteile, um einen Eindruck von Torilds Leben zu bekommen, mit welchen Freundinnen sie zusammen war, wo sie oft hinging und so weiter. In dem Zusammenhang bin ich davon ausgegangen, daß ihr Vater ...«

»Ja, ja, was ich am wenigsten brauchen kann, ist eine Predigt; davon hatte ich zu Hause mehr als genug. Also, was wollen Sie wissen?«

»Tja, was können Sie mir denn über Ihre Tochter erzählen?«

»Erzählen? Worauf wollen Sie hinaus? Ihre Lebensgeschichte? Die haben Sie ja wohl von Sidsel zu hören bekommen, denke ich?«

Ich fühlte, wie sich meine Bauchmuskeln verknoteten und mußte mich anstrengen, meine Stimme in einer ruhigen Tonlage zu halten. »Erzählen Sie einfach! Egal was.«

»Na ja, sie ...« Er sah aus dem Fenster. »In meinem Beruf ... Sie war immer ein liebes Mädchen. In den letzten Jahren hat es in der

Schule mal ein bißchen Ärger gegeben, aber das war nicht, ich glaube nicht, daß es schlimmer war als das, was alle durchmachen. Sie verlieren die Lust, wissen Sie? Wenn die Schule selbst es nicht schafft, ihr Interesse wachzuhalten, wie sollen wir Eltern es dann schaffen?«

»Aber – Sie haben sich doch informiert?«

»Um ehrlich zu sein, Veum, die Kinder, um die hat Sidsel sich gekümmert. Ich habe für den Lebensunterhalt gesorgt und die großen, praktischen Entscheidungen getroffen.«

»Äh, die großen?«

Er sah mich irritiert an. »Ja, wie den Kauf des Hauses, das Ökonomische generell, die Reise nach Disneyland, solche Dinge. Aber alles, was mit dem Zuhause sonst, ich meine, all das Häusliche und damit auch die Kinder, das war Sidsels Verantwortungsbereich. Irgendeine Aufteilung muß es ja geben, oder?«

»Doch, schon, aber . . .«

»Kommen Sie jetzt bloß nicht mit der Geschlechterrollenmoral, denn wir waren uns über diese Verteilung selbstverständlich beide einig. Und kommen Sie mir auch nicht mit vernachlässigten Kindern, denn Torild hat mehr Aufmerksamkeit bekommen als viele andere. Sehen Sie sich doch um, Veum! Schauen Sie sich die Alleinerziehenden an, wieviel Zeit haben die für ihre Kinder?«

»Manche Kinder brauchen vielleicht mehr Aufmerksamkeit.«

»Torild nicht.«

»Nein?«

»Es lief in der Schule einigermaßen gut. Sie hatte reichlich Hobbys, spielte Handball, war bei den Pfadfindern.«

»Damit hat sie doch aufgehört, oder?«

»Klar, aber noch bis vor einem Jahr, oder nicht?«

»Doch? Also warum glauben Sie, ist sie weggelaufen?«

Er hob ratlos die Hände. »Was weiß man eigentlich von seinen Kindern?«

»Eben.«

»Wahrscheinlich ist sie im Rebellieralter. Vielleicht hat sie sich mit ihrer Mutter gestritten – die kann ganz schön anstrengend sein, kann ich Ihnen sagen. Sie wissen, wie Kinder sind, und vielleicht insbesondere Mädchen.«

»Woran denken Sie da?«

»In dem Alter, Veum? Sie sind sensibler, oder?«

Im Übungsraum auf der anderen Straßenseite hatte die Ballettfraktion das Training für heute beendet. Jetzt standen einige der Teilnehmerinnen in kleinen Trauben herum und redeten, während andere schon auf dem Weg in die Garderobe waren. Ich holte meinen Blick wieder zurück. »Also Sie meinen mit anderen Worten, daß ihr Wegbleiben einfach das Ergebnis eines pubertären Aufbegehrens ist?«

»Ja.« Er betrachtete mich reserviert. »Und natürlich der Situation innerhalb der Familie, ja, Sie sind im Bilde, vermute ich.«

»Ich weiß, daß Sie von Ihrer Frau getrennt sind, ja.«

»Das war natürlich nicht gerade hilfreich.«

»Nein. Was sagt die Polizei?«

»Na ja, Sie wissen, wieviel die sagen. Solange keine formelle Vermißtenmeldung ergangen ist.«

»Mit wem haben Sie denn gesprochen?«

»Tja, ich weiß nicht, ob ich Lust habe, Ihnen gegenüber meine Beziehungen offenzulegen.«

»Haben Sie Angst, daß ich mit ihnen weglaufen könnte?«

»Es sind jedenfalls Leute auf höchster Ebene, Veum.«

»Ach. Mit anderen Worten, mehr haben Sie mir nicht zu erzählen?«

»Mir fällt jedenfalls nichts ein.«

Er schüttelte den Kopf.

»Und ihre Freundinnen?«

»Na ja, ich ... Außer Åsa, ja; mit der war sie schon von klein auf zusammen.«

»Ja, das habe ich gehört. Kennen Sie eine namens Astrid?«

»Nein, nicht soweit ich mich erinnern kann.«

»Tja, dann werde ich Sie nicht länger aufhalten.« Ich stand auf.

Er brachte mich zur Tür. »Sie halten mich nicht auf, Veum! Verstehen Sie mich nicht falsch. Ich mache mir genauso große Sorgen wie Sidsel wegen Torilds Verschwinden.«

Genauso große? dachte ich.

»Aber ich ... das ist nicht mein Gebiet, verstehen Sie, ich kann nicht ... da ist so vieles andere, was ich ... Und es geht doch meistens gut, oder nicht?«

»Doch, das tut es meistens.«

»Wer ... Ich meine, hat denn Sidsel genug Geld dafür? Ich meine, Ihr Honorar . . .«

»Ja.«

»Ja, denn wenn nicht ... Ich werde mit ihr reden. Keine Sorge, Veum.«

»Das, Skagestøl, ist sozusagen gerade meine geringste Sorge.«

»So?« Wir blieben vor dem Fahrstuhl stehen. »Tja, dann – dann viel Glück. Und wenn noch etwas sein sollte, dann melden Sie sich nur ruhig wieder!«

»Danke schön.«

Noch ein schnelles Lächeln, und dann war er wieder auf dem Weg zurück zu seinem Büro, noch bevor der Fahrstuhl hielt.

Als ich auf die Straße hinaustrat, fiel mir eine Frau auf, die aus einem Eingang auf der anderen Straßenseite kam, mit gerötetem Gesicht und aufgelöstem Haar. Sie sah verstohlen in beide Richtungen, bevor sie den Mantelkragen um den Hals zog und davoneilte; fast als käme sie von einem heimlichen Rendezvous. Aber es war wohl doch nur die Ballettstunde gewesen.

8

Das Ledergeschäft bestand aus zwei Abteilungen. Die eine war für Jugendliche und eher durchschnittliche Steuerzahler, mit Sonderangeboten bis knapp unter einem Tausender. Die andere war äußerst exklusiv und lag buchstäblich eine Ebene über dem Rest des Ladens.

Das junge Mädchen, dem ich mein Anliegen mitteilte, befand sich auf der untersten Ebene, aber sie schüttelte auf meine Frage hin verständnislos den Kopf und verwies mich rasch an die Geschäftsführerin, die in der oberen Region waltete.

Der charakteristische Geruch von Haut und Leder wurde mit jedem Schritt, den ich weiter in den Laden tat, stärker. Als ich die vier Stufen zur Oberklasse hinaufstieg, fiel mir ein anderer, unbestimmbarerer Geruch auf, der mich ein wenig an Formalin erinnerte; wahrscheinlich kam er von den Pelzen, die hier mehrere Ständer füllten. Ich fand die Geschäftsführerin in einem Mittelding zwischen Büro und Glasvitrine am Ende des Raumes.

Es war eine dieser äußerst gut restaurierten Frauen, blaßhäutig und mit einem schwachen Rotton im Haar, deren Alter die zweite

Hälfte der Vierziger nie zu überschreiten scheint. Sie sah aus, als sei sie in einem Kosmetiksalon geboren und aufgewachsen, ein Luxustier, das mit einer locker über die Schultern geworfenen Pelzjacke hingegossen, mit einem Glas Champagner in der Hand in einer Sofaecke sitzend und nicht den Alltag in etwas so Vulgärem wie einer Boutique verbringen sollte. Der rostrocke Lederrock und die hellgrüne Seidenbluse ließen darauf schließen, daß sie wahrscheinlich auch in der Wahl ihrer Dessous sehr anspruchsvoll war. Vielleicht fiel mir gerade deshalb plötzlich der Richter H. C. Brandt ein. Wo hatte wohl er seine Einkäufe gemacht?

Der Blick, mit dem sie mich maß, ordnete mich schnell in die Kategorie Laufbursche mittleren Alters ein. Ihre Stimme war kristallklar und kühl, als sie sich hinter dem dunkelbraunen, schmalen Schreibtisch erhob. »Womit kann ich Ihnen behilflich sein?«

»Mein Name ist Veum. Varg Veum.«

Ich streckte die Hand aus, und sie reichte mir ihre zu einem schnellen Händedruck, ebenso kühl wie ihr Blick, ohne sich die Mühe zu machen, sich vorzustellen.

»Es geht um diesen Ladendiebstahl ...«

Sie hob die Augenbrauen. »Wovon sprechen Sie?«

»Gestern war ein Vater hier, nicht wahr? Um einen Diebstahl zu bereinigen, den seine Tochter begangen hatte.«

»Oh, Sie meinen ...« Es bildeten sich winzige Blüten über ihren hohen Wangenknochen. »Das war sehr unangenehm. Und noch viel unverständlicher.«

»Unverständlich?«

»Sie kamen hier an ... Wer hat denn überhaupt Anzeige erstattet? Wir haben jedenfalls nicht ...«

»Es geht eigentlich um ein anderes Mädchen aus demselben Milieu.«

Auf ihrer Stirn bildete sich eine nachdenkliche, geschwungene Furche, fast wie ein Unendlichkeitszeichen. Dann blieb sie vor einem der Ständer stehen. »Sehen Sie mal hier. Bei den Werten, die wir hier hängen haben, treffen wir die strengsten Sicherheitsvorkehrungen.« Sie zog eines der Kleidungsstücke hervor, eine kurze, grüne Lederjacke mit äußerst delikaten Stickereien am Bund. Mit langen, weißen Fingern, deren Nägel das gleiche Rot aufwiesen wie der Rock, zeigte sie mir, wie die Jacke mit einer Kette am Ständer befestigt war. »Das tun wir, damit niemand einfach so hereinkommen, ein paar Sachen an sich reißen und wieder weglaufen kann. Zusätzlich ist jedes Teil mit einer Alarmplakette gesichert, die zu piepen beginnt, wenn man versucht, durch die Tür zu gehen, ohne bezahlt zu haben.«

»Und die hängt auch dran, wenn man etwas anprobiert?«

»Natürlich. Außerdem ... Wir sehen uns unsere Leute ganz genau an.« Dabei maß sie mich mit einem scharfen Blick. »In dieser Branche wird man schnell zu einem Menschenkenner.«

»Aber wie hat Åsa es geschafft? Das junge Mädchen, von dem ich sprach.«

»Tja, das ist eine gute Frage!« Sie sah mich mit deutlich ironisch hochgezogenen Augenbrauen an.

»Ja, ich frage – Sie.«

»Es war schlicht und einfach gar kein Diebstahl.«

»Nein?«

»Wir haben mit der Verkäuferin gesprochen, die ihr die Jacke verkauft hat. Sie erkannte sie sofort wieder. Sie wunderte sich nämlich darüber, daß ein so junges Mädchen so viel Bargeld bei sich hatte.«

»Mit anderen Worten, sie hat sie also gekauft?«

»Genau.«

»Aber wieso ... Was hatte sie dazu zu sagen?«

»Das ist ja gerade das Unglaubliche. Sie hat es abgestritten! Sie hätte die Jacke nicht gekauft, sondern gestohlen. Und der Vater bestand darauf, daß sie recht hätte!« Es blitzte in ihren perlgrauen Augen. »Stellen Sie sich das vor!«

»Aber sie kam doch mit einer neuen Jacke nach Hause.«

»Die der Vater bezahlt hatte, ja! Zusätzlich, obwohl sie die andere zurückgaben.«

»Aber warum ... Hätten sie nicht einfach die nehmen können, die sie behauptete, geklaut zu haben?«

»Sie wollte es. Der Vater weigerte sich. Wenn sie eine Jacke wolle, dann solle sie sich eine andere aussuchen.« Sie senkte die Stimme. »Obwohl die sogar noch teurer war. Ja, uns war das ja egal«, fügte sie hinzu. »Wir wurden ja in jedem Fall für zwei bezahlt.«

»Mmh.«

»Ja, merkwürdig, oder? Aber das ist auf jeden Fall nichts, womit sich die Polizei zu befassen hätte, meinen Sie nicht auch?«

»Nein, die Polizei ... Wenn, dann die Steuerfahndung.«
»Die Steuerfahndung?«
»Ja, um zu überprüfen, wie Sie das Ganze abgerechnet haben.«
Ich lächelte leicht, als ich ging. Jedenfalls damit hatte ich ihr zu denken gegeben.

9

Das Lokal, das sie *Jimmy* nannten, lag in einer zentral gelegenen Seitenstraße, in der Nähe einer der am stärksten verkehrsverseuchten Hauptstraßen des Zentrumrings und weniger als fünf Minuten zu Fuß vom Konzertpalais, dem Hauptsitz der Bergen Kinos, das nun weder an Konzerte noch an Palais erinnerte, aber ausgezeichnet zu der neuen, zeitgerechten Abkürzung paßte: KP, mit dem Zusatz 1–14.

Ich konnte mich noch vage an das Lokal als eine etwas unmoderne Snackbar aus den sechziger, siebziger Jahren erinnern, immer ein Jahrzehnt zu spät, um die Jugendlichen anzusprechen. Erst Ende der achtziger Jahre, als man enthusiastisch auf die neuen elektronischen Spielautomaten setzte, schien das Lokal seine Klientel gefunden zu haben: wenige unter zehn, aber noch weniger über dreißig Jahre alt. Den alten Namen, ursprünglich nach James Dean, hatte es allerdings durch alle fallenden und steigenden Konjunkturen hindurch so standhaft behalten, daß er längst zu einem Begriff geworden war. Alle wußten, wo das *Jimmy* lag.

Eine Art Snackbarfunktion erfüllte es wohl immer noch, wenn auch weit entfernt von so modernen Dingen wie Kebab und frischen Salaten. Hier bekam man heiße Würstchen in aufgetautem Brot und von Fett glänzende Hamburger aus der Mikrowelle mit Senf, Ketchup und Zwiebeln als Geschmacksbeilage. Wenn man Zeit hatte zu warten, ließ sich dort auch immer ein Kaffee organisieren. Meistens gingen aber Cola und dergleichen über den Tresen.

Obwohl es hier dämmrig war wie in einer Kathedrale, war mir wie einem Kanarienvogel auf einer Katzenschau zumute, als die Tür hinter mir zuschwang und eine Handvoll phosphorfarbene

Teenagergesichter mich von den Zuschauerplätzen um die farbensprühenden, lärmenden Automatenbildschirme herum ansah. Es war, als trüge ich ein Kastenzeichen auf der Stirn, in dem die Zahl 50 stand und ständig aufleuchtete, so daß alle sehen konnten, in welcher Mannschaft ich spielte. Die einzigen, die mich keines Blickes würdigten, waren die, die gerade mitten in einem Spiel waren. Die übrigen verloren schnell das Interesse, allerdings mußte ich feststellen, daß einige von ihnen jedesmal, wenn ich mich bewegte, nervös in meine Richtung sahen, unsicher, welche Instanz ich wohl repräsentieren mochte.

Die Spielautomaten waren in vier Reihen angetreten, zwei an jeder Seitenwand und zwei mit dem Rücken zueinander mitten im Raum. Sobald ich mich an die Beleuchtung gewöhnt hatte, orientierte ich mich schnell im übrigen Lokal.

Hinter der Theke ganz hinten saß ein großgewachsener Kerl Ende Dreißig mit prallen Armmuskeln unter der ketchupbefleckten weißen Kochjacke. Er hatte einen mausfarbenen kleinen Schnauzbart, eine Zigarattenkippe im Mundwinkel und eine Art zornigen Lebensüberdruß im Blick, der für potentielle Unruhestifter nichts Gutes verhieß. Er saß da und las im Licht der offenen Hintertür in einer Zeitung. Als ich hereinkam, warf er einen abwartenden Blick über den Rand der zusammengefalteten Zeitung, und seine einzige Reaktion war ein Anflug von Mißtrauen, der seine Mundwinkel kurz leicht zucken ließ, dann hatte er sie wieder unter Kontrolle.

Vor dem Tresen standen ein paar Barhocker, und ganz hinten rechts entdeckte ich zwei runde Tische, an denen niemand saß. Zwischen fünfzehn und zwanzig Jugendliche waren um die Automaten versammelt, vier, fünf davon Mädchen. Eines der Mädchen spielte zusammen mit einer Freundin. Es war Astrid Nikolaisen.

Ich klimperte ein wenig mit ein paar Münzen, stellte mich vor einem der Automaten auf und betrachtete die Standbilder, die mich dazu verleiten sollten, mich in den Kampf zu stürzen und die entführte Bankmagnatentochter zu finden und zu befreien, irgendwo im Ghettoviertel einer amerikanischen Großstadt vom Typ New York.

Der Titel leuchtete mir in Buchstaben wie bei einem mittelmäßigen Gruselfilm aus den 50er Jahren entgegen: *RANSOM!*

»Willste spiel'n?«

Ich sah auf den Jungen hinunter, der neben mir Platz genommen hatte. Er hatte glattes, helles Haar, einen langen, strähnigen Pony und war um eine 9 im Nacken glattrasiert.

»Weiß nicht recht. Kannst du's mir zeigen?«

»Hast du Geld?«

»Ich bezahl schon.«

Er schob mich behutsam zur Seite und benutzte seinen Zeigefinger. Seine blaue, seidig glänzende Fliegerjacke hatte eine große grün- und orangefarbene Drachenfigur auf dem Rücken. »Steck das Geld hier rein. *One oder two player?*«

»Äh . . . One.«

Er grinste. »Dann spiel ich alleine.«

»Du wirst auf eine ganz schöne Übermacht treffen.«

»Pöh. Ich weiß, wo die herkomm'.«

Und das wußte er wirklich. Nachdem er gewählt hatte, welche Person er spielen würde, welche Waffen er gebrauchen und welche Eigenschaften die wichtigsten sein würden (rohe Gewalt, Intelligenz, Schnelligkeit), befand er sich plötzlich in einer Seitenstraße im Ghetto. Bewaffnete Gangster tauchten von überall her auf, hinter Hausecken und Abfalleimern, in den Fenstern die Etagen hinauf und unter Kanaldeckeln. Der Junge machte sie in einem rasenden Tempo nieder, und die Punktzahl oben rechts in der Ecke schnellte nach oben, denn neue Horden folgten.

Während er spielte, und ich so tat, als würde ich das Geschehen verfolgen, schielte ich aus dem Augenwinkel, um zu sehen, ob irgendwo sonst im Raum etwas passierte, das mir nicht entgehen durfte.

Der Mann hinter dem Tresen hatte sich wieder in die Zeitung vertieft. Ein paar neue Spieler waren von draußen hereingekommen; einige standen da und zählten Münzen, um zu sehen, ob sie genug hatten für eine weitere Runde.

Plötzlich begegnete ich dem Blick von Astrid Nikolaisen, die sich mit einer Grimasse von dem Automaten abwandte, von dem ihr das Endergebnis *GAME OVER* entgegenleuchtete.

Es vergingen ein paar Sekunden, bis sie mich wiedererkannte. Aber da klappte ihr laut die Kinnlade herunter, und sie trabte auf mich zu, als hätte sie vor, mir ihre neuen Zahnfüllungen zu zeigen. »Was is'n das für'n Scheiß? Verfolgste mich, oder was?«

Der Mann hinter dem Tresen sah auf und legte die Zeitung beiseite.

Ich sagte ruhig: »Immer mit der Ruhe. Dies ist ein freies Land, oder?«

»Nich' für solche wie dich!« Sie drehte sich zum Tresen. Der Mann dort war schon auf dem Weg um ihn herum. »He, Kalle. Das hier is'n Schnüffler!«

Vom Automaten neben mir ertönte ein höllischer Krach. Ich warf einen Blick auf den Bildschirm. Ein kolossaler Riese füllte das Ende der Seitenstraße aus, wo er von meinem tapferen Mitstreiter mit Maschinengewehrkugeln bepfeffert wurde, bis die ganze Gestalt dastand und blinkte und zum Schluß zu einer pulsierenden Ziffer auf dem Asphalt zusammenschrumpfte: *1000, 1000, 1000!*

Der Mann, den sie Kalle genannt hatte, blieb vor mir stehen. In aufgerichtetem Zustand wirkte er noch größer, und er stank aus dem Maul nach Zwiebeln und Nikotin. »Was soll das heißen?«

»Das müssen Sie die junge Dame fragen! Ich bin hier, um zu spielen.«

Der Junge neben mir blickte auf. »Wir sind zusamm'. Is' mein Onkel!«

Kalle sah mißtrauisch von dem Jungen zu Astrid Nikolaisen.

»Er war vor 'n paar Stunden bei uns und hat gesagt, er würd nach Torild suchen!«

»Tor . . .«

»Du braust nur den Kenneth zu fragen!«

Er drehte sich wieder zu mir. »Stimmt das?«

»Hab ich gesagt, daß das nicht stimmt?«

»Er is' mein Onkel!« sagte der Junge. Er war inzwischen in einem großen Lagerraum und schickte einem der Gangsterbosse eine abschließende Maschinengewehrsalve entgegen.

»Was red'ste 'n da für'n Scheiß, Ronny?!« fauchte Astrid Nikolaisen. »Du hast doch überhaupt kein' Onkel!«

»Hab ich nich'?« Rattatattataaaa! – Und er mähte vier, fünf Gangster auf einen Streich mit dem MG nieder.

Kalle blinzelte mich an und legte den Kopf leicht schief. »Bulle oder Sozialarbeiter?«

»Das letztere ist mein Beruf.«

»Dann stimmt es also, was Astrid sagt?«

»Es stimmt, daß ich bei ihr zu Hause war und ihr ein paar Fragen gestellt habe, die eine Klassenkameradin von ihr betreffen, ja. Einer der Namen, die während des Gesprächs fielen, war der von diesem Laden hier.«

Er sah Astrid irritiert an.

»Ja und? Was soll damit sein?«

Ronny jubelte. Das Schlußbild auf dem Bildschirm zeigte die Tochter des Bankmagnaten in heißer Umarmung mit ihrem Retter, während die Botschaft *BONUS 10000, BONUS 10000, BONUS 10000!!!* über den Bildschirm flimmerte.

Kalle zeigte mit einem dicken Finger auf ihn. »Und du! Brauchst dich hier nicht mehr blicken zu lassen!«

»Sprechen Sie nicht so mit meinem Neffen!« sagte ich.

»Häh? Is' er wirklich ... Ich rede, wie ich will, scheißegal mit wem!«

»Wieso legst du dich hier eigentlich so ins Zeug«, fragte ich mit sanfter Stimme. »Hab ich etwa nicht für das Spiel gezahlt? Hast du vielleicht was zu verbergen?« Ich machte eine extra große Nummer daraus, einen forschenden Blick durch das Lokal zu werfen.

Jetzt hatten sich mehrere Jugendliche um uns versammelt, die meisten als neugierige Zuschauer, aber ein paar mit einem Gesichtsausdruck, als warteten sie nur darauf, mitzuhelfen, mich vor die Tür zu setzen.

»Haste jetzt fertiggeglotzt?«

»Astrid hat selbst den Namen dieser Freundin genannt. Torild. Du weißt, wer das ist?«

»Ich kenn wohl verdammt noch mal nich' die Namen von allen, die hier rumlaufen!«

»Nein?« Ich wandte mich an Astrid. »Vielleicht kannst du ihm erklären, wer sie ist?«

Sie sah unsicher von mir zu ihm. »Torild. Die, die ... Eine von denen, mit denen ich immer zusammen bin.«

Er räusperte sich häßlich. »Tja, egal, wer's is', ich hab dir nichts über sie zu erzählen. Wenn sie von zu Hause abgehauen is', dann ...« Er zuckte mit den Schultern.

»Hab ich was davon gesagt, daß sie von zu Hause weggelaufen ist?«

Sein Blick wich zur Seite. »Ja? Haste nich' deshalb ...«

Astrid sah ihn mit leerem Blick an. Keiner von beiden war ein besonders geschickter Lügner.

Ronny zupfte mich am Jackenärmel. »Woll'n wir weiterspiel'n, Onkel?«

Ich schüttelte den Kopf. »Jetzt nicht, Ronny. Ein andermal.«

»Versprochen?«

»Ja.«

»Na dann, tschüs!« Etwas beklommen schlenderte er zurück zu den Kumpels, mit denen er gekommen war.

Plötzlich klingelte das Telefon hinter der Theke. Kalle sah mich an und nickte zum Ausgang. »Das is' die Tür.«

Ich rührte mich nicht. »Das sehe ich.«

Einen Augenblick lang standen wir da und starrten einander an, und ich sah, wie sich die Muskeln in seinen Oberarmen spannten. Dann drehte er sich abrupt zur Theke. »Jajaja, ich komm ja schon!«

Ich folgte ihm, während sich die Horde von Jugendlichen langsam zerstreute. Als er den Hörer abnahm, drehte er sich zu mir um und starrte mir wütend ins Gesicht.

»*Jimmy!* Ja. Nein, nich' jetzt. Nein. Ich erklär's dir später. Ja. Okay. Tschüs!«

Er knallte den Hörer auf und zischte: »War sonst noch was?«

»Einen Hot dog, nur mit Ketchup, bitte!«

Er stemmte die großen Fäuste gegen die Theke, als wollte er drüberspringen.

»Übrigens«, sagte ich, »ich glaube, ich laß es. Ich traue mich nicht recht . . .« Ich schielte kurz hinter die Theke. »Lange her, daß ihr Besuch vom Gesundheitsamt hattet, was?«

»Wenn du jetzt nich' verdammt schnell durch die Tür da hinten verschwindest, dann dauert es jedenfalls nich' lange, bis sie dich besuchen! Klar?«

»Klar . . . *This town ain't big enough for both of us.* Das bedeutet . . .«

»Ich kenn den Film!«

»Ich auch. Aber haste den Abspann mitgekriegt?«

»Absp . . .«

»Da, wo steht, wer das Drehbuch geschrieben hat. Und das warst verdammt noch mal nicht du, Kalle!«

Mit diesen Worten drehte ich mich um und ging zur Tür. Aber

ich warf einen schnellen Blick hinter mich, um sicherzugehen, daß mir niemand THE END in den Nacken schmiß.

10

Vor dem *Jimmy* hielt ich einen Augenblick inne und überdachte die Situation.

Bis jetzt hatte ich keine großen Fortschritte gemacht. Ich könnte für heute Feierabend machen, ins Büro gehen und die leeren Felder in meinem Fragebogen mit Tipp-Ex ausfüllen. Oder ich konnte mich im nächsten Hauseingang niederlassen und auf einen Schachzug des Schicksals warten, der hoffentlich einträfe, bevor ich alt und grau war.

Ich sah mich um. Über der Stadt hing ein hoher, grau-weißer Himmel. Es war gerade erst halb fünf, und es würde erst in einer Stunde dunkel werden. An einer Ecke anderthalb Häuserblocks weiter schien ein verlockendes Licht aus einer Konditorei. Ich entschied mich dafür, dem Schicksal eine halbe Stunde Zeit zu geben.

In der Konditorei bestellte ich eine Tasse Schokolade mit Sahne und eine Zimtschnecke und setzte mich damit an einen Tisch am Fenster mit Blick auf das *Jimmy*.

Nicht lange nachdem ich mich gesetzt hatte, kam Ronny heraus, drehte sich zur Tür und zeigte irgend jemandem den Stinkefinger, dann sah er sich um und zog schnell ab um die nächste Ecke.

Ansonsten passierte nicht viel mehr, als daß der Verkehr in Richtung Stadt zunahm. Die Rücklichter der vorbeifahrenden Autos zeichneten rote Streifen an der beschlagenen Fensterscheibe entlang, und am Straßenrand wurden plötzlich gebührenpflichtige Parkplätze frei.

Als die geplante halbe Stunde verstrichen war, ohne daß das Schicksal zum Zuge gekommen war, stellte ich mein Geschirr zusammen und trug es zum Tresen, mit einem schiefen, kleinen Lächeln für die üppige Dame dahinter, als hätten wir an diesem Donnerstagnachmittag einen heimlichen Augenblick geteilt. Das Lächeln, das ich zurückbekam, deutete an, daß es genauso gewesen war; ich hatte es nur nicht mitgekriegt.

Die Luft draußen war kalt und rauh, und ich steckte die Hände tief in die Manteltaschen. Ich hatte gerade beschlossen, einen kleinen Schlenker am *Jimmy* vorbei zu machen, bevor ich für heute aufgab, als die Tür plötzlich aufging.

Zwei der jungen Mädchen kamen heraus, die Köpfe eng zusammengesteckt und leicht gekrümmt gegen den scharfen Wind, der sich wie ein unwillkommener Gast durch die schmalste Stelle der Straße zwängte. Keine von ihnen war Astrid Nikolaisen.

Beide trugen enge Jeans und etwas zu große Regenjacken. Die eine hatte ein breites, rotes Stirnband im dunklen Haar, die andere trug einen schwarzen Samthut mit einer breiten, vorn hochgeschlagenen Krempe. Direkt vor dem *Jimmy* blieben sie im gelbweißen Schein einer schwankenden Straßenlaterne stehen. Das Mädchen mit dem Hut hielt einen kleinen Zettel in der Hand und zeigte, was darauf geschrieben stand. Ihre Freundin sah ihr mit halbgeöffnetem Mund ins Gesicht, als könnte sie ihr Erschrecken nicht unterdrücken – wenn es nicht ein Ausdruck gespannter Erwartung war.

Das Mädchen mit dem Hut sagte etwas, und das andere nickte. Die mit dem roten Stirnband schob ihren Arm unter den der Freundin, und als der Verkehr eine Denkpause einlegte, überquerten sie die Straße.

Dies war der Zeitpunkt für eine schnelle Entscheidung.

Ich beschloß, Astrid Nicolaisen erst einmal ihrer eigenen Wege gehen zu lassen, wartete, bis die beiden Mädchen um die Ecke verschwunden waren und folgte ihnen dann mit gehörigem Abstand.

Es gab keinen Grund, vorsichtig zu sein. Es sah nicht so aus, als hätten sie auch nur den geringsten Verdacht, daß jemand auf die Idee kommen könnte, ihnen zu folgen.

Nach fünf Minuten blieben sie plötzlich stehen. Sie steckten die Köpfe wieder zusammen. Es sah aus, als würden sie eingehend die Fassade des großen, hell erleuchteten Gebäudes auf der anderen Straßenseite betrachten. Die mit dem Hut hatte plötzlich eine andere Haltung eingenommen, als sei sie angespannter, und die Freundin sah sich wachsam um, während sie sprach.

Ich selbst blieb vor einem Schaufenster stehen und tat, als würde ich die Titelseiten von drei Tageszeitungen betrachten: zwei aus Oslo und eine lokale, die sich, von der Farbgebung abgesehen, nicht sonderlich unterschieden.

Jetzt trennten die beiden Mädchen sich. Das mit dem Hut überquerte die Straße. Die Freundin blieb stehen und sah ihr eine Sekunde lang nach: dann drehte sie sich abrupt um und rannte in meine Richtung.

Ich starrte noch angestrengter auf die großen Überschriften mit den Trivialitäten von gestern. Ein Staatspolitiker tobte wegen ungerechter Behandlung in der abendlichen Tagesschau, und ein Schlittschuhstar hatte an einem Mittwoch im Februar seine Höchstform erreicht. Das Haukeland Krankenhaus war in einer Krise, und in Lindås hatte es einen Verkehrsunfall gegeben, also was war daran eigentlich neu?

Das Mädchen zog an mir vorbei, ohne mir einen Blick zuzuwerfen. Ich atmete erleichtert auf, froh darüber, daß sie noch in dem Alter war, in dem man die über Zwanzigjährigen kaum wahrnimmt. Dann ging ich schnell in die entgegengesetzte Richtung.

Die Freundin bog gerade um die nächste Straßenecke, und ich erhöhte mein Tempo.

Als ich selbst um die Ecke kam, sah ich noch ihren Rücken, der gerade durch den Haupteingang des renommierten Hotels verschwand.

Ich folgte ihr weiter. Durch die großen Glasfenster konnte ich sie durch die Rezeption und in einen offenen Fahrstuhl gehen sehen, ohne sich auch nur mit einem Blick an die Rezeptionsangestellten zu wenden.

Die Fahrstuhltür glitt hinter ihr zu, und ich verfolgte die Zahlen auf der Anzeigetafel daneben: dritter, vierter, fünfter Stock.

Ich sah auf die Uhr. Es war 17.20.

Unwillkürlich sah ich die Fassade hinauf, als sei irgendwie zu erwarten, daß sie an einem der Fenster auftauchen und mir zuwinken würde.

Der Name des Hotels stand in großen Buchstaben über dem Eingang.

Zum zweiten Mal an diesem Tag ertappte ich mich beim Gedanken an den Richter H. C. Brandt. In ebendiesem Hotel hatte er den Tod gefunden, vor knapp einer Woche.

Vorigen Freitag, oder?

Aber Torild Skagestøl war am Donnerstag verschwunden, jedenfalls von zu Hause.

Den Kopf voller neuer Ideen machte ich mich auf den Weg zurück zu meinem Büro.

Unten öffnete ich den Briefkasten und blätterte schnell den Stapel Post durch. Ein Prospekt, drei weitere Reklamesendungen, zwei Rechnungen und ein ganz weißer, neutraler Umschlag, auf dem mein Name in Maschinenschrift geschrieben stand.

Ich entledigte mich der PR-Kampagnen, steckte die Rechnung in die Manteltasche und schaute auf die Rückseite des Briefumschlags, während ich auf den Fahrstuhl wartete.

Kein Absender, aber in Bergen abgestempelt.

Im dritten Stock stieg ich aus dem Fahrstuhl, ging den Korridor entlang und schloß mein Büro auf.

Drinnen blinkte das Lämpchen des Anrufbeantworters. Jemand hatte sich die Mühe gemacht, eine Nachricht zu hinterlassen. Ich hängte meinen Mantel auf, setzte mich hinter den Schreibtisch, griff nach dem Brieföffner und schlitzte den weißen Umschlag auf.

Darin lag ein einsames, zusammengefaltetes Blatt Papier.

Ich faltete es auseinander.

Jemand hatte per Computer eine einfache, standardisierte Todesanzeige aufgesetzt:

†
Unser aller Freund
Varg Veum
ist heute plötzlich von uns gegangen
24. Februar
Niemand

Ein Schreck fuhr mir in die Glieder, und ich sah automatisch auf die Uhr. Das Datum zeigte den 18.2. – der 24. war nächste Woche Mittwoch.

Dann kam der Schock, wie mit wohldosierter Verspätung. Ich fühlte, wie ein Zittern mich erfaßte, und die Hand mit dem weißen Blatt Papier unwillkürlich zu zittern begann, wie bei einem Greis in der Abteilung für Altersdemenz. Eine heftige Übelkeit überkam mich, und die Buchstaben flimmerten vor meinen Augen, als ich endlich mit großer Kraftanstrengung den Blick wieder scharf stellen konnte.

Ich atmete tief ein und aus, einmal, zweimal, drei . . .

Das war ein Scherz, natürlich. Makaber, aber ein Scherz. Oder?

Eine Warnung?

Und wenn ja, von wem?

Und warum?

Mit matten Bewegungen spulte ich das Band des Anrufbeantworters zurück, um zu hören, welche frohen Botschaften dort verborgen liegen mochten.

Es war nur eine: dieselbe, fast digital klingende Orgelmusik wie beim letzten Mal.

»Oh, verlaß mich nicht.«

Und jetzt hatte ich einen Verdacht, an wessen Beerdigung sie dabei dachten.

11

Bevor ich das Büro verließ, rief ich Kari Bjørge, meine feste Freundin im Einwohnermeldeamt an und fragte, ob sie am Abend schon etwas vorhabe.

Das hatte sie. »Ich habe Eva versprochen . . . Sie hat zwei Karten für das Konzert in der Grieghalle, und ich glaube, sie braucht Gesellschaft.«

»Ich verstehe.«

Sie durchschaute meinen Tonfall und fügte schnell hinzu: »Aber ich kann es sicher verschieben, wenn du . . .«

»Neinneinnein! Auf keinen Fall.«

Sie zögerte ein wenig. »Wir können uns morgen sehen, oder nicht?«

»Doch, sicher! Ist es ein gewöhnliches Philharmonie-Konzert?«

»Ja.«

»Na dann viel Spaß.«

»Danke dir.«

Und so ging ich also doch nach Hause.

Ich untersuchte die Eingangstür sehr gründlich, bevor ich aufschloß, ging langsam und vorsichtig von Zimmer zu Zimmer, schob die Türen bis ganz an die Wand auf und schaltete das Licht ein, bevor ich eintrat.

Die Wohnung war leer wie ein Pfadfindergelübde nach zwanzig Jahren.

Ich schmiß einen Veum special zusammen: Porree und gehackte Tomaten in der Pfanne geschmort, dann Rührei darübergegossen und das ganze zu einer Art Omelette verwandelt, chaotisch anzusehen, aber rund im Geschmack.

Ich setzte einen Kaffee auf und blieb bei einer Fernsehdiskussion sitzen, die so tiefsinnig war wie eine Gratisnummer auf der Reeperbahn. Danach schenkte ich mir einen Aquavit ein, legte eine Ben-Webster-CD ein und holte mir ein Buch vom Wartestapel auf meinem Nachttisch.

Aber ich konnte mich nicht konzentrieren.

In mir rumorte ein schlechtes Gewissen, ein Gefühl, an das ich seit der Zeit beim Jugendamt so gewöhnt war. Eigentlich sollte ich wirklich nicht hier sitzen und mich ausruhen. Ich sollte unterwegs sein und nach Torild suchen.

Von dem alten Mann ein Stockwerk unter mir hörte ich nichts. Er war vor ein paar Jahren Witwer geworden, und danach waren die einzigen Geräusche von unten das Öffnen einer Bierflasche, oder wenn er selten einmal um sechs Uhr morgens das Radio etwas zu laut aufdrehte.

Um halb zwölf klingelte es plötzlich unten an der Tür.

Ich ging zum Fenster, öffnete es vorsichtig und spähte hinunter. Es war Karin.

»Hallo«, lächelte sie im Abenddunkel zu mir herauf. »Störe ich?«

Ich ging hinunter und machte ihr auf. Sie kam herein und gab mir einen schnellen Kuß. »Du hast dich angehört, als brauchtest du Gesellschaft.«

Wir gingen nach oben, und sie hängte ihren dunklen Mantel im Flur auf. »Ich hab meine Zahnbürste mitgebracht«, sagte sie mit einem kleinen Lächeln.

Ich küßte sie sanft. »Zahnbürste und gute Laune. Viel mehr braucht man nicht.« Eine leichte Wolke von Rotweinduft umgab sie. »Kann ich dir etwas anbieten?«

Sie sah mich fröhlich an und erwiderte meinen Kuß mit geöffneten Lippen. »Ja . . .«

Im Schlafzimmer zogen wir einander langsam aus. Ich legte sie auf das Bett, strich mit der Zungenspitze über ihren Bauch hinunter, teilte vorsichtig ihre Schamlippen und küßte sie noch einmal, mit Gefühl. Sie seufzte mit dem ganzen Körper, spreizte die Beine noch weiter und verschlang mich mit gierigen Lippen, wie nach langer Entbehrung.

»Eva und ich sind einen Wein trinken gegangen nach dem Konzert«, sagte sie später. »Ihr Mann hat sie verlassen wegen eines Mädchens, das seine Tochter sein könnte.«

»Ein klügerer Mann als ich hat einmal gesagt: Wenn du älter wirst und vernünftig bist, werden die Frauen, auf die du fliegst, älter sein als du.«

Sie schmiegte sich ganz in meine Achselhöhle, küßte mich unter dem Ohr und sagte: »Also deshalb läuft es mit uns beiden so gut . . .«

»Mmh.«

Am nächsten Morgen benutzte sie ihre Zahnbürste, küßte mich wieder, und wir gingen gemeinsam in die Stadt. Deshalb sah ich die Titelseite der Zeitung erst, als ich schließlich in mein Büro kam. Aber da traf mich dann die größte Schlagzeile wie ein dumpfer Schlag zwischen die Augen:

JUNGES MÄDCHEN TOT AUF DEM FANAFJELL GEFUNDEN.

12

Sidsel Skagestøl nahm sofort nach dem ersten Klingeln den Hörer ab, als hätte sie daneben gewacht. Ihre Stimme klang laut und angespannt. »Hallo?«

»Hier ist Veum.«

»Oohh.« Der Fall in der Intonation war so deutlich, daß ich ihn fast vor mir sah. »Das . . . Ich dachte, es sei Holger.« Dann nahm sie sich zusammen. »Gibt es etwas Neues?«

»Nein, leider nicht. Ich habe sie nicht gefunden, wenn Sie das meinen.«

»Ja, ich . . . Holger ist gerade unten.«

»Bei der Polizei?«

»Ja. Er . . .« Ihre Stimme erstarb.

»Ich habe den Artikel in der Zeitung gesehen.«

»Es ist ja überhaupt nicht sicher, daß sie es ist!«

»Natürlich nicht. Sie ... Das Mädchen muß ja in jedem Fall erst mal identifiziert werden.«

»Ja.«

»Kann ich etwas für Sie tun?«

»Im Moment nicht.« Aber sie fügte hinzu: »Haben Sie überhaupt etwas herausbekommen? Wo sie sein könnte?«

»Nein, aber ich bin dabei.«

»Ich glaube, ich muß auflegen, Veum, damit die Leitung frei ist, wenn er anruft.«

»Ja. Wenn irgendwas sein sollte, dann haben Sie bitte keine Skrupel, anzurufen. Wenn der Fall schon – abgeschlossen sein sollte, dann haben Sie sogar Anspruch darauf, noch Geld zurückzubekommen. Ich werde eine detaillierte ...«

»Schon in Ordnung, Veum. Bis dann.« Ohne weitere Höflichkeitsformeln legte sie auf.

Ich legte den Hörer vorsichtig auf die Gabel, blieb sitzen und sah aus dem Fenster. Es fielen vereinzelte Schneeflocken auf die Stadt, nicht viel mehr als die Asche eines erloschenen Lagerfeuers irgendwo oben im Himmel. Die Wolkendecke über den Bergen war auch aschgrau, ohne die Spur eines Leuchtens nach dem Sonnenaufgang.

Eine junge, vorläufig noch nicht identifizierte Frau war ungefähr in der Mitte zwischen Fanaseter und Nordvik am Osthang des Fanafjells in einem Kieshaufen gefunden worden. Sie war nur halb bekleidet, und es gab deutliche Anzeichen von Gewaltanwendung. Allerdings war es noch zu früh für eine Aussage darüber, ob sie das Opfer eines Sexualverbrechens geworden war. Auch die Todesursache stand noch nicht fest. Der Leiter der Untersuchungen, Oberkommissar Dankert Muus, gab zu verstehen, daß die Polizei sich vorläufig darauf konzentriere, die Frau zu identifizieren und außerdem die Spuren am Fundort zu sichern und auszuwerten.

Ich stand auf, ging zum Waschbecken, goß mir ein Glas Wasser ein, trank es, ging wieder zum Schreibtisch, setzte mich, räumte einige Papierhaufen zur Seite und zählte langsam bis zehn. Dann nahm ich den Hörer ab, wählte die Nummer der Polizei und fragte nach Muus.

Er war nicht da.

Ich zögerte einen Moment. »Es geht um die Leiche auf dem Fanafjell. Können Sie mich mit jemand anderem verbinden?«

Das konnte sie. Ich bekam Eva Jensen nach zwanzig Sekunden an die Strippe.

»Hier ist Veum.«

»Ach . . .«

»Es geht um diese junge Frau, die ihr gefunden habt. Ist sie schon identifiziert?«

»N-nein. Muus ist gerade in der Gerichtsmedizin, zusammen mit einem Mann, der . . .«

». . . möglicherweise der Vater ist. Holger Skagestøl, stimmts?«

»Darüber kann ich keine . . .«

»Okay. Die Sache ist die – ich arbeite an einem Fall. Ein Mädchen ist seit circa einer Woche verschwunden. Torild Skagestøl. Vorläufig habe ich äußerst wenig Spuren von ihr gefunden, und wenn dann plötzlich eine junge Frau auftaucht, tot, dann mache ich mir Gedanken, wenn Sie verstehen, was ich meine.«

»Wir haben auch noch nicht so viele Details, Veum.«

»Wenn Muus zurück ist, könnten Sie ihn bitten, mich anzurufen?«

»Darauf können Sie sich verlassen, Veum.«

Nach dem Gespräch saß ich da und starrte vor mich hin.

Es war tote Zeit, im wahrsten Sinn des Wortes. Ich setzte die Namen, die ich mir in Verbindung mit Torild Skagestøls Verschwinden notiert hatte, auf eine Liste.

Åsa Furubø (Trond, Randi)
Astrid Nikolaisen (Gerd, Kenneth?)
Helene Sandal, Nattland Schule
Sigrun Søvik, Pfadfindergruppenleiterin
»Jimmy«: Kalle? (Ronny)

Und was war mit dem Hotel, wohin ich den beiden Mädchen aus dem *Jimmy* gefolgt war? Fast mechanisch erweiterte ich die Liste um einen Namen:

H. C. Brandt, Richter.

Danach rief ich Paul Finckel an.

Seine Stimme klang belegt, als sei er früh aufgestanden – oder als habe er schon Wochenende.

Er kam mir zuvor. »Varg? Sag nichts! Du hast doch nicht etwa auch mit diesem Mord was zu tun?«

»Das kommt darauf an. Weißt du was darüber?«

»Sie ist noch nicht identifiziert.«

»Das weiß ich. Aber hast du was über die Umstände?«

Ich hörte, wie er in Papieren blätterte. »Ob sie in Umständen war? Ich beteuere meine Unschuld, Herr Anwalt.«

Ich wartete.

»Jedes Lachen verlängert das Leben, Varg. Wußtest du das nicht?«

»Doch. Aber meine Tage sind auch so schon lang genug.«

»Hier, woll'n mal sehen. Sie wurde gestern abend gefunden. Gegen zehn. Es war ein Jogger, der, äh, aus natürlichen Gründen mal an den Wegrand mußte und dann da oben am Abhang herumrutschte. Der Himmel weiß, ob der jemals wieder joggen geht.«

»Jogger wirft so schnell nichts um.«

»Jedenfalls entdeckte er, daß dort etwas lag, unter ein paar Sträuchern, ging näher heran, um nachzusehen, und – tja. Den Rest kennst du.«

»Nicht mehr, als in der Zeitung steht.«

»Viel mehr ist auch nicht zu sagen. Ihre Kleidung war in Unordnung, aber die Polizei kann noch nicht sagen, ob sie vergewaltigt wurde oder ob sie anderen sexuellen Übergriffen ausgesetzt war, wie es so schön heißt.«

»Todesursache?«

»Noch nichts, bis jetzt. Weißt du mehr?«

»Noch nicht. Aber ich suche ein Mädchen, seit ein paar Tagen, und finde sie nicht ...«

»Wie heißt sie?«

»Tja – Wenn sie es *nicht* ist, dann ...«

»Hundert Prozent vertraulich, Varg.« Er senkte die Stimme. »Eine Hand wäscht die andere. Wenn du das nächste Mal anrufst, könnte ich äußerst beschäftigt sein.«

»Unter uns also, Paul. Sie heißt Torild Skagestøl.«

Ich sagte ihren Nachnamen schnell und wie zufällig dahin, aber er schaltete sofort. »Verwandt mit Holger?«

»Die Tochter.«

»Aha.« Ich hörte, wie er notierte. »Noch etwas?«

»Noch nicht. Aber wenn man mir bestätigt, daß sie es ist, dann hab ich vielleicht noch ein paar zusätzliche Informationen.«

»Können wir das nicht gleich erledigen?«

»Ich muß sie selbst erst überprüfen, Paul. Wenn ich ganz ehrlich bin, hab ich so gut wie nichts rausbekommen.«

»Merkst du langsam das Alter, Varg?«

»Nicht mehr als du, hoffe ich. Danke dir, soweit.«

»Gleichfalls, alter Wolf.«

Ich legte auf und verschob wieder ein paar Papierhaufen. Einer der Zettel glitt auf den Boden. Als ich mich hinunterbeugte, um ihn aufzuheben, klingelte das Telefon.

Ich griff nach dem Zettel, legte ihn vor mich hin, nahm den Hörer ab und sagte: »Hallo?«

»Hier ist Muus. Wie ich höre, haben Sie angerufen?«

»Ja, ich . . . Ist sie identifiziert?«

Er räusperte sich. »Vielleicht sollten Sie vorbeikommen, Veum.«

»Und wann?«

»Ich seh schon zur Tür.«

»Bin in fünf Minuten da.«

Als ich den Hörer auflegte, fiel mein Blick auf das Blatt vor mir.

Ich zuckte zusammen. Das hatte ich in all dem Durcheinander fast vergessen.

Vor mir lag meine eigene Todesanzeige, datiert auf fünf Tage später.

13

Wir waren einander in den letzten Jahren so konsequent aus dem Weg gegangen, daß mir, als ich Dankert Muus nun traf, plötzlich auffiel, wie merklich älter er geworden war.

Nicht nur hatte er beträchtlich zugenommen. Zusätzlich war sein Haar sowohl grauer, als auch dünner geworden. Der bissige Zug um seinen Mund war eingewachsen, aber dafür hatte er eine neue, irgendwie ruhige Ausstrahlung bekommen. Es schien nicht mehr so, als drohte er, über den Schreibtisch zu springen und einen in den Boden zu stampfen, wenn man ihm widersprach. Vielleicht würde er gerade noch die Schreibmaschine nach einem werfen.

Er begrüßte mich durch die offene Tür mit einer schweren Handbewegung. »Kommen Sie rein, Veum. Setzen Sie sich.«

Ich tat, was er sagte und sah mich schnell im Raum um. Dem Büro war deutlich anzumerken, daß die ganze Abteilung im Laufe des nächsten Jahres in den neuen Flügel umziehen sollte, der an der Ecke Allehelgensgate und Nygate gebaut wurde. Jedenfalls hatte er die letzten fünf, sechs Jahre keinen Malerpinsel mehr gesehen. Und das hatte Dankert Muus gewissermaßen auch nicht.

Er sah mich unter schweren Lidern an. »Jensen hat gesagt, irgendwie hätten Sie nach diesem Mädchen gesucht?«

»Ich habe nach einem Mädchen gesucht, ja. Das ist richtig.«

Er holte tief Luft und stieß sie langsam wieder aus. »Ich fürchte, ich kann bestätigen, daß es sich um dieselbe . . . Wenn der Name stimmt, den Jensen sich notiert hat.«

Mein Körper fühlte sich plötzlich schlapp an, als käme ich nach einem viel zu kalten Frühsommertag nach einem etwas zu langen Tauchgang wieder an die Oberfläche. »Torild Skagestøl.«

Er nickte. »Ihr Vater hat sie soeben identifiziert. Ich war mit ihm in der Gerichtsmedizin, und wir haben eine vorläufige Erklärung von ihm bekommen, bevor er nach Hause mußte zu seiner Frau.«

Ich sah blitzartig Sidsel Skagestøl vor mir in dem großen Wohnzimmer mit Aussicht nach Osten. Jetzt würde ihr etwas von der Aussicht verlorengehen, für ziemlich viele der kommenden Wochen. Vielleicht würde sie sie nie wieder richtig genießen können.

»Er hat erzählt, sie sei seit Ende letzter Woche verschwunden gewesen, und seine Frau habe Sie engagiert, um nach ihr zu suchen.«

»Ja, aber erst am Mittwoch, und ich bin erst gestern so richtig mit den Nachforschungen in Gang gekommen.«

»Und was haben Sie herausgefunden?«

»Nicht viel. Ich habe mit ein paar Klassenkameradinnen von ihr gesprochen. Sie waren am Donnerstag zusammen in der Stadt; zum Rumlaufen und Gucken, Schaufenster ansehen, und waren wahrscheinlich kurz in einem Lokal, das *Jimmy* heißt, kennen Sie das?«

Er nickte.

»Da wurden sie gesehen, die Freundin Åsa, sie selbst und ein Kavalier.«

»Åsa . . .« Er hielt den Kugelschreiber bereit.

»Furubø. Sie waren früher dick befreundet und hielten immer noch zusammen. Ich glaube nicht, daß Åsa mir alles erzählt hat, was sie weiß. Sie kann euch zum Beispiel sicher den Namen von diesem Kavalier sagen.«

»Weiter?«

»Und dann eine weitere Schulfreundin von ihr, Astrid Nikolaisen.« Ich wartete, während er sich den Namen und die genaue Adresse notierte. »Sie war es, die mir erzählte, sie habe die drei im *Jimmy* gesehen, wahrscheinlich letzten Donnerstag.«

»Und dieser Kavalier ...«

»Mit dieser Unbekannten hatte ich noch nicht zu rechnen angefangen. Und jetzt werde ich wohl kaum dazu ...«

»Nein, das werden Sie wohl nicht.«

»Nein?«

»Nein!« Er schwang sich ein Stück mit seinem Bürostuhl herum, richtete den Blick auf einen Punkt irgendwo an der Wand und zeigte mit einem Finger, so knackig wie ein Weißwürstchen, darauf. »Sehen Sie den Kalender da, Veum?«

»Ja.« An der Wand hing ein klassischer Ganzjahreskalender, ohne Illustration, das Kalendarium unterteilt wie ein Fenster in die Zukunft, was es zu diesem Zeitpunkt des Jahres in gewisser Weise auch war. Um eine der Ziffern war mit Filzstift ein großer, dunkelroter Kreis gezeichnet.

»Sehen Sie das markierte Datum da?«

»1. März?«

»Genau.« Er zog die Mundwinkel zur Seite und entblößte die Zähne, was man mit gewissem Wohlwollen vielleicht als ein Lächeln bezeichnen konnte. Ich hätte es eher ein Wolfsgrinsen genannt. »Der Tag der Befreiung!«

»Ist das nicht immer noch der 8. Mai?«

»Der Tag meiner Befreiung, Veum! Der Tag, an dem ich abtrete, in den Ruhestand!«

Einen Augenblick war mir, als würde die Zeit mir in den Nakken blasen, wie der Frostatem an einem kalten Wintertag. Ein Leben ohne Muus? War das möglich? Und warum empfand ich nicht das geringste Anzeichen eines Glücksrausches bei dem Gedanken?

»Sie sind mit anderen Worten sechzig?«

»Am 27. Februar!« lächelte er, stolz wie ein Sechsjähriger.

»In dem Alter sollten vielleicht auch Privatdetektive in Pension gehen.«

»Sechzig?« sagte Muus trocken. »Die meisten geben auf, wenn sie vierzehn sind.«

»Und wie gedenken Sie also die kommenden Jahre zu verbringen? Als Gerichtsdiener oder als Stadtbote?«

Ein neuer Zug erschien auf seinem Gesicht, ein ganz anderer, ein weicherer Zug, als ich je darin gesehen hatte. »Ich habe immer besondere Freude an Blumen gehabt, Veum.«

»Ach ja?«

»Schon zu Ostern werden meine Frau und ich zur Frühjahrsblüte nach Holland fahren. Und den Rest des Jahres werde ich so viele Stunden wie möglich draußen verbringen, im Garten.«

»Das klingt nett.«

Er sah mich scharf an. Dann verschwand der verträumte Ausdruck aus seinem Gesicht, und er kehrte zu dem zurück, was noch sein grauer Alltag war. »Was ich also meine, Veum, ist Folgendes. Ich gedenke nicht, mir die letzten paar Wochen meines Daseins in diesem Kämmerlein dadurch versauen zu lassen, daß Sie uns die ganze Zeit zwischen den Füßen rumrennen und den Superdetektiv spielen, auf Kosten von uns gewöhnlichen, Überstunden schiebenden Angestellten! Ist das klar?«

»Ich hatte nicht die Absicht ...«

»Ist das klar, hab ich gefragt?«

»Ja.«

»Und ich habe auch nicht die Absicht, wie Vegard Vadheim zu enden.«

»Nein, das kann ich verstehen.«

»Nur noch eins, bevor Sie gehen, Veum.«

»Ich hab's nicht eilig.«

»Aber ich!« Er hantierte mit einem großen, weißen Umschlag. »Während Ihrer Nachforschungen, haben Sie da irgendwas ...« Er zögerte.

»Ja?«

»Ich meine ...« Er wirkte fast peinlich berührt. »Hatte sie irgend etwas zu tun mit – Sie wissen schon, diesen sogenannten satanistischen Kreisen?«

»Nein, überhaupt nichts, aber das ... Warum fragen Sie danach?«

»Ach, war nur so eine Idee. Sie wissen, der Ort, wo wir sie gefunden haben, lag nicht so weit vom Lysekloster entfernt, und ...

Ja, es gab doch Gerüchte, daß da oben – wie nennen sie das, schwarze Messen? – abgehalten würden.«

»Ja, ja, irgendeine Form von karnevalistischen Aktivitäten gab es da offensichtlich, aber ... Ist das der einzige Grund, weshalb Sie fragen?«

Er sah zehn Zentimeter über den höchsten Punkt auf meinem Kopf. »Ja.«

Als ich sein Büro verließ, hatte ich den Schock noch nicht ganz verwunden. Blumen? Muus? Die einzigen Pflanzen, von denen ich mir vorstellen konnte, daß er Freude an ihnen hatte, mußten Kakteen sein.

Auf dem Weg nach draußen sah ich kurz in Eva Jensens Büro. Sie saß am Telefon, nickte kurz und wendete mir den Rücken zu, um zu unterstreichen, daß sie keine Minute übrig hatte für umherziehende Ritter.

Ein neuer Mann war in das Büro von Vegard Vadheim eingezogen, ein großer, brünetter Teddybär von einem Kerl, Mitte Dreißig, mit dunklem Bart, einem gemütlichen Lächeln und einer offensichtlich positiven Lebenseinstellung.

Er warf mir durch die offene Tür einen Blick zu, grüßte mit einem Finger an der Stirn, und ich hielt inne.

Ich sah in seinem Gesicht, daß er unsicher wurde, weil er mich nicht einordnen konnte. »Wir haben uns sicher noch nicht richtig vorgestellt.«

»Nein.« Er stand auf und kam um den Schreibtisch herum.

»Oberkommissar Atle Helleve«, sagte er in unverfälschtem Vossdialekt.

Wir gaben uns die Hand. »Ich bin Veum. Varg Veum.«

»O ja, Sie waren das, der ... Ich habe von Ihnen gehört.«

»Das habe ich befürchtet. Wenn es nicht von Vadheim ...«

»Nein, ich ...« Sein Gesicht verdunkelte sich. »Ich bin ihm nie begegnet, bevor ...« Er machte eine vage Bewegung mit der Hand.

Ich seufzte, und er riß sich zusammen. »Wollten Sie sonst noch etwas?«

»Nein, ich wollte nur guten Tag sagen, im Vorbeigehen.«

»Guten Tag.«

Ich nickte, lächelte schief und wanderte weiter nach draußen, ohne daß jemand hinter mir herlief, um mich festzuhalten, mich in

Gewahrsam zu nehmen oder mir sonst irgendein Angebot zu machen, das ich nicht ablehnen konnte.

14

Das Herz war mir schwer, als ich vor dem abschüssigen Nachbargrundstück im Furudal parkte. Langsam ging ich durch die Pforte zum Eingang und zögerte ein wenig, bevor ich klingelte.

Holger Skagestøl öffnete selbst. Sein mageres Gesicht war jetzt bis auf die Knochen scharf geschnitten, und es lag ein Zug von Verkniffenheit um seinen Mund, der vielleicht noch nie so deutlich gewesen war. »Ja?« fragte er unwirsch, bevor er mich wiedererkannte. »Ach, Veum.«

»Ich hoffe, ich bin nicht aufdringlich.«

Er sah mich mit toten Augen an.

»Ich wollte nur sagen, daß es mir leid tut. Es ist so furchtbar und traurig. Sie war noch so jung.«

Er verzog keine Miene.

»Ich ... Wenn Sie Ihrer Frau einen Gruß von mir ausrichten könnten –«

Plötzlich schien wieder Leben in ihn zu kommen. Ein kurzer Ruck ging durch seinen Körper, er trat zur Seite, öffnete die Tür weit und sagte: »Sie können ihn sel ... Kommen Sie nur rein, Veum.«

Ich trat zögernd in den Flur. »Ich möchte wirklich nicht –«

Er schloß die Tür hinter uns. »Nein, nein, es ist völlig in Ordnung. Gehen Sie nur hinein.« Er nickte in Richtung Wohnzimmer.

Sidsel Skagestøl saß auf der dunkelgrünen Couchgarnitur, wie bei meinem letzten Besuch. Ohne daß sie es bemerkte, fiel Asche von der brennenden Zigarette in ihrem Mund auf den weißen Pullover herunter.

Als ich den Raum betrat, hob sie den Kopf und sah mich an, mit dem glasigen Blick eines Menschen, der eine kräftige Dosis Beruhigungsmittel eingenommen und noch immer das Bedürfnis nach mehr hatte.

Ich trat näher und streckte ihr die Hand entgegen. »Frau Skagestøl ...«

Sie nahm mit der einen Hand die Zigarette aus dem Mund und gab mir die andere, als wisse sie nicht genau, wohin sonst damit. Ihre Hand war kalt und feucht, und ich nahm sie in beide Hände. »Ich finde keine Worte, es ist furchtbar.«

Ich hörte, wie Holger Skagestøl sich hinter mir bewegte, etwas unruhig, als frage er sich, was sie wohl sagen würde.

Sie öffnete den Mund. Die Lippen sahen trocken aus, und sie ließ die Zungenspitze suchend darübergleiten, bevor sie sagte: »Torild, sie ...«

»Ja, ist schon gut, Sidsel, Veum weiß alles«, sagte Skagestøl.

»Sie ist nicht mehr da«, fuhr Sidsel Skagestøl fort, als habe er gar nichts gesagt.

»Ich hatte gehofft, ich könnte sie finden, bevor so etwas passiert.«

»Sie sind zu spät dazugekommen, Veum. Da war es längst passiert.«

Ich drehte mich ein Stück auf ihn zu. »Hat man Ihnen gesagt, wann?«

»Nein, nein!« sagte er schnell. »Aber ... Vor mehreren Tagen jedenfalls. Daran bestand für den Pathologen kein Zweifel.«

»Ja, Sie waren ja da und ...«

Ich sah hinunter auf Sidsel Skagestøl. Sie saß da und rauchte angestrengt und ganz in sich versunken.

Ich trat ein wenig beiseite und dämpfte die Stimme. »Sie haben sie gesehen –«

Er nickte und zog sich fast bis an das große Fenster zurück. »Sie sah nicht schön aus. So möchte man seine ...«, seine Stimme brach, und er mußte sich zusammenreißen, um den Satz zu vollenden, »... Tochter nicht sehen.«

»Nein.«

»Sie ...« Er hielt eine Hand vor das Gesicht. »Sie war ganz aufgequollen im ... Und sie hatte blaue Blutergüsse auf der Haut.«

Ich sah ihn an. Er kämpfte mit sich, um die Gesichtsmuskeln unter Kontrolle zu behalten. »Es war widerlich! Sie zeigten mir Bilder vom Fundort ... Ihre Kleider ... Sie waren hochgezogen ... Das Hemd, die Jacke ... Aber die Hose war runtergezogen, und sie war na ... Hatte nichts darunter an. Lag auf dem Bauch mit dem Gesicht nach unten und ... Hier, Veum, genau hier ...« Er legte seine Hand im Rücken auf die Hüfte, ganz rechts außen. Im

Blick, den er mir zuwarf, blitzte eine Mischung aus Angst und Bitterkeit. »Hier hatte jemand, irgendwer, ein Zeichen in ihre Haut geschnitten.«

Ich spürte, wie ich eine Gänsehaut bekam. Es prickelte in der dünnen Hautfalte zwischen Daumen und Zeigefinger. »Ein Zeichen?«

»Wie das Brandmal bei einer Kuh!«

»Aber wie – wie sah es aus?«

»Ungefähr so ähnlich wie ein umgekehrtes Kreuz.«

»Ich verstehe.«

»Tatsächlich, Veum? Verstehen Sie wirklich?« Er zischte mich fast an.

Das klang so scharf, daß seine Frau uns das Gesicht wieder zuwandte und mit kläglicher Stimme sagte: »Worüber sprecht ihr?«

Skagestøl trat schnell zu ihr. »Es ist nichts, Liebes, gar nichts.«

»Gar nichts?« wiederholte sie, als habe sie das Wort noch nie gehört.

Ich blieb am Fenster stehen. Er beugte sich hinunter, legte die Arme um sie und zog sie an sich.

Ich drehte mich zum Fenster und sah hinaus. Einen Moment lang fragte ich mich, wer sich um die anderen Kinder kümmerte. Aber vielleicht hatte man ihnen noch nichts gesagt. Vielleicht waren sie noch nicht aus der Schule zurück.

Ich bekam die Antwort auf meine Frage schneller, als ich erwartet hatte.

»Ich will es sehen!« rief plötzlich Sidsel Skagestøl hinter mir. »Ich *will*, Holger! Ich *will*!«

»Ist ja gut, Sidsel, ist ja gut«, versuchte er sie zu beruhigen. Er sah entschuldigend zu mir auf, als ich mich ihnen wieder zuwandte.

»Ich will sehen, wo sie gefunden wurde!«

»Aber wir müssen hier sein. Vibeke und Stian kommen bald nach Hause, und wir . . .«

»Ich will nicht hier sein! Wie soll ich es ihnen denn sagen?«

»Du brauchst es nicht, ich werde . . .«

»Ich . . .« Sie stand mit einer abrupten Bewegung auf. »Ruf mir ein Taxi!«

»Ein Taxi? Aber . . .«

Sie stand erhobenen Hauptes da. Plötzlich erinnerte sie mich an eine betrunkene Frau, die plötzlich beschlossen hat, von einem etwas zu feuchten Nachspiel nach Hause zu gehen. »Du kannst mich nicht dran hindern, Holger!«

»Nein, dran hindern . . .«

»Wir sind noch nicht einmal mehr verheiratet!«

»Nur getrennt«, murmelte er.

Es war, als ginge ihr jetzt erst auf, daß ich auch da war, und sie hielt meinen Blick fest. »Sie können mich fahren, Veum!«

»Ich! Aber ich . . . Meinen Sie nicht, Sie sollten . . .« Ich sah ihren Mann an. »Sie sollte sich hinlegen.«

Er griff vorsichtig nach ihrem Arm, aber sie zog ihn mit einer dramatischen Geste weg. »Nein, hab ich gesagt! Nein, nein, nein! Ich schreie!«

Holger Skagestøl sagte leise: »Vielleicht ist es am besten . . . Vielleicht tut es ihr gut, und dann hab ich die Kinder für mich, erst einmal.«

Sie sah mich wieder mit diesem aufgeregten Ausdruck an, als habe sie überhaupt nicht gehört, daß er etwas gesagt hatte. »Na? Was ist?«

Ich hob resigniert die Arme. »Na gut. Ich kann Sie natürlich hinfahren, wenn Sie meinen, Sie . . .« Ich dämpfte die Stimme. »Aber ich bin ganz und gar nicht sicher, ob es der Polizei gefällt.«

»Der Polizei? Was hat die damit zu tun?«

»Na ja, jetzt ist es doch schließlich ein Fall für die Polizei, oder?«

»Aber sie ist un . . ., sie ist meine Tochter, oder?«

Ich nickte. »Doch, zweifellos.«

»Also fahren wir?«

Ohne eine Antwort abzuwarten, drehte sie sich zur Tür und ging. Gehorsam, als sei ich ihr Hund, folgte ich ihr, mit einem entschuldigenden Blick in Richtung des unfähigen Dompteurs, der zurückblieb, um auf die Kinder zu warten. Die anderen Kinder.

15

Ich hielt ihr die Wagentür auf. Sie stieg ein und hatte schon gesetzestreu den Sicherheitsgurt angelegt, bevor ich um den Wagen herum auf meinen Platz hinter dem Steuer angekommen war.

Als ich den Motor anwarf, fragte sie: »Wissen Sie, wo wir hin müssen?«

»So ungefähr.«

Dann sagte sie nichts mehr, bis wir vor der Kreuzung in Paradis auf Grün warteten. »Man sollte doch meinen, daß eine Krisensituation wie diese eine schlechte Beziehung wieder kitten könnte.«

Ich schielte zu ihr hinüber. »Oft tut sie das.«

»Mmh«, sagte sie nachdenklich, mehr zu sich selbst.

Ich bog bei Hopskiftet nach rechts ab und folgte der Autobahn in Richtung Rådal. Die weißen Schneeflocken tupften einen Grauton in die Landschaft, wie auf einem alten Kupferstich.

Sie saß ganz stumm neben mir und atmete gleichmäßig und ruhig. Es war, als habe sie die unterdrückte Hysterie hinter sich gelassen, sobald wir das Haus in Furudal verließen. Jetzt waren wir eher wie ein Ehepaar mittleren Alters, das einander nichts mehr zu sagen hatte, auf dem Weg zu irgendeinem Einkaufszentrum.

In Rådal zeugte der Gestank von der Müllhalde davon, daß es nicht mehr lange dauern würde, bis die fast dreißig Jahre alte Entsorgungsanlage so voll war, daß sie überlief. Dann waren wir draußen in dem breiten Landwirtschaftsgebiet zwischen Stend und dem Fanafjell, wo der Wind vom Meer her die Schneeflocken waagerecht in die Landschaft schickte, wie etwas zu übermütig gezogene Ritzen in der Kupferplatte. Die Kirche in Fana mit ihrem mittelalterlichen grauen Steinpflaster lag wie ein Mahnmal von Leben und Tod am Fuße des Fanafjells, und ich schaltete in einen niedrigeren Gang, um den Wagen problemlos die ersten steilen Kurven bergauf zu lenken. Als wir uns dem höchsten Punkt der Straße näherten, legte sie plötzlich die Hand auf meinen Arm und zeigte nach links. »Fahren Sie auf den Parkplatz da, Veum.«

Ich tat, was sie sagte.

Sie umfaßte den Türgriff. »Ich hab das Bedürfnis nach etwas frischer Luft, bevor . . .«

Ich nickte und schaltete den Motor aus.

Es standen keine anderen Autos dort. Wir befanden uns so völlig außerhalb jeder Saison, daß das Café auf dem Fanaseter geschlossen war, und falls sie in den Gehegen dort hinten noch Tiere hielten, dann kamen zu dieser Jahreszeit weder Kindergartenkinder noch andere, um sie zu besichtigen.

Sidsel Skagestøl ging vor mir her zu dem alten Aussichtspunkt, wo das Stativ für ein Panoramafernglas, dem der fleißige Kiefernwuchs längst die Aussicht versperrt hatte, immer noch an seinem Platz stand. Sie ging weiter die Felsen hinauf in Richtung Norden, bis sie endlich das Gefühl hatte, weit genug oben zu sein, stehenblieb und den Blick umherwandern ließ, während der Wind an ihren blonden Haaren zerrte, und sie den dunkelgrünen Mantel eng um sich ziehen mußte, um nicht zu frieren.

Ich trat neben sie und folgte ihrem Blick in die Ferne. Im Südwesten schnitt der Korsfjord zwischen Austevoll und Sotra tief in die Landschaft ein, wo sich der Liatårn mit seinen 341 Metern über dem Meeresspiegel erhob. Im Nordwesten, auf der anderen Seite des Nordåsvanns lagen die Häuser von Bønes an der langgestreckten Westseite des Løvstakken entlang wie eine schorfige Wunde in der Natur, und dahinter wiederum stach der höchste Punkt des Lyderhorns 396 Meter hoch in die Luft. Hinter den Bergen zeichnete der Horizont seine Linie wie eine zarte Grenze zwischen Grau und Weiß irgendwo weit draußen auf dem offenen Meer.

»Das Leben ist etwas, das man verliert«, sagte sie leise. »Stück für Stück.«

»Mhm . . .«

»Die Kindheit liegt so weit zurück. Man ist jung und wild, voller Erwartungen an das Leben, und dann – dann ist plötzlich diese Phase vorbei. Man begegnet der Liebe oder auch nicht, in all ihren Schattierungen. Und ehe man sich's versieht, ist sie auch vorbei. Die Kinder, die man in die Welt setzt . . .« Sie schluckte und blinzelte die Tränen aus den Augen, als sei der Wind ihr zu scharf. »Plötzlich sind sie auch weg.«

»Aber das Leben geht weiter, Sidsel.«

Sie schien mich nicht zu hören. »Manche würden sagen, das Leben sei etwas, das wir aufbauen, Stein für Stein, bis wir am Tag, an dem wir sterben, mit einem fertigen Gebäude dastehen.«

»Mmh.«

»Ich würde es anders beschreiben. Das Gebäude ist das, was du bekommst, wenn du geboren wirst. Ein stattliches Haus, in das jemand dich einlädt. Aber es vergehen nicht viele Sekunden, bevor sie anfangen, es dir wieder abzureißen, Stück für Stück, bis du zum Schluß dasitzt, ganz allein, auf dem unbebauten Grundstück. Und manche Häuser«, fügte sie mit plötzlicher Heftigkeit hinzu,

»die werden nicht einmal ganz abgerissen! Die stehen da, in alle Ewigkeit, als unvollendete Leben.«

Sie drehte sich abrupt um und sah nach Osten, wo die kleine Gletscherzunge auf der anderen Seite des Hardangerfjords wie eine Daunenfeder zwischen den Bergen von Fusa lag. »Und da – liegt der Folgefonn, wie er seit Tausenden von Jahren dagelegen hat. Der stirbt nie.«

»Na ja. Mit Gletschern ist es wie mit Menschen. Auch sie kommen und gehen. Sie brauchen nur etwas mehr Zeit dazu.«

Sie begann, wieder bergab zu gehen. »Wollen wir weiterfahren?«

»Das entscheiden Sie.«

Wir setzten uns wieder ins Auto.

Das Tal im Osten des Fanafjells ist mit Nadelwald zugewachsen, bis zur Spitze des Lyshorn, und die Straße führt in schmalen Windungen hinunter nach Nordvik und Lysefjord. In einer Kurve, ein oder zwei Kilometer von der Spitze entfernt, standen zwei Autos am Straßenrand, ein Streifenwagen und ein Zivilfahrzeug. Ein uniformierter Polizist stand in der Mitte zwischen den Wagen, als würde auch er dort parken.

Er folgte uns mit dem Blick, bis ich an die Seite fuhr und hinter den beiden anderen parkte. Dann setzte er sich augenblicklich in Bewegung und kam auf uns zu. Als wir aus dem Wagen stiegen, sagte er: »Tut mir leid, aber das Gebiet ist gesperrt für alle, außer für die Polizei.«

»Dies ist die Mutter der Toten«, sagte ich mit einer kleinen Handbewegung in Sidsel Skagestøls Richtung.

Der junge Polizist errötete. »Na ja, dann ... Tut mir wirklich leid, aber ich kann Sie wirklich nicht hinter ... Aber Sie können natürlich schauen ...« Er räusperte sich. »Ich meine, Sie verstehen sicher ... Wir sind da unten immer noch bei der Spurensicherung. Um keine Spur zu übersehen«, sagte er direkt an Sidsel Skagestøl gewandt.

Sie nickte, sah aber weder ihn noch mich an. Ihr Blick ging in Richtung der steilen Böschung auf der anderen Seite des Kantsteins. Mit einem Gesichtsausdruck, als würde ihr kurz schwindelig, bewegte sie sich langsam auf den Straßenrand zu, leicht hintenübergebeugt, als habe sie Angst, dem Sog von dort unten nachzugeben.

Ich folgte ihr diskret, während ich den Blick des Polizisten im Nacken spürte. Er sagte nichts, aber er würde sich sicher bemerkbar machen, wenn wir versuchten, das rotweiße Markierungsband aus Plastik zu übertreten, das den Tatort für die Polizei abriegelte.

Von der Bordsteinkante sahen wir einen steilen Hang hinunter auf eine neugepflanzte Fichtenschonung. Unter der Straße lag ein Betonkanal für einen der Bäche aus dem Berg hinter uns. Um die Tunnelöffnung herum waren zwei Personen in Zivil dabei, minutiös das abzusuchen, was der genaue Fundort sein mußte, der unterhalb der Straße lag.

Ich bemerkte es sofort. Etwas stimmte nicht.

Ich drehte mich um und sah quer über die Straße. Dort erhob sich die Fjellwand schräg zur Spitze des Fanafjells, und die Bäume standen wie hohe, dunkle Wachposten bis an den Straßenrand.

Langsam richtete ich meine Aufmerksamkeit wieder auf Sidsel Skagestøl. Sie stand gerade und reglos da, fast apathisch und starrte die Böschung hinunter, nicht viel anders als eine Selbstmordkandidatin, die auf einer Brücke steht und sich überlegt, ob es sich lohnt, zu springen. Unter der Fassade schlugen die Gefühle wie schäumende Wellen gegen die Felsen, mit so großer Kraft, daß die Schaumkronen bis in ihre Augen spritzten. Aber sie sprang nicht; sie stand nur da, einsam und würdevoll, als sei sie schon auf dem Friedhof und nähme vor der endgültigen Beisetzung zum letzten Mal Abschied.

Sie warf einen raschen Blick zur Seite, wie um sich zu versichern, daß ich es war, der da stand. »Ich kann es mir irgendwie nicht vorstellen.«

»Das ist sicher besser so«, sagte ich leise.

»Sie ist nicht hier gestorben . . .«

»Wahrscheinlich nicht.«

»Dies ist nur ein Lagerplatz – für ihren Körper. Sie selbst ist nie hier gewesen. Nicht die eigentliche Torild.«

»Da haben Sie ganz recht. Jetzt, wo Sie es gesehen haben, finde ich, sollten Sie das Bild dieses Ortes wegwischen – nicht aus der Erinnerung, denn das werden Sie vermutlich nicht schaffen, jedenfalls lange Zeit nicht, aber aus Ihrem Bewußtsein, von dem Ort, wo Sie sind – und wo Ihre Tochter auch auf irgendeine Weise immer sein wird.«

Sie wandte mir ihr Gesicht ganz zu. Zum ersten Mal an diesem Tag sah sie mir gerade in die Augen, und der Schatten eines Lächelns legte sich über ihren Mund. »War das der Sozialpädagoge in Ihnen, der da gesprochen hat?«

Ich erwiderte ihr Lächeln. »Wahrscheinlich. Aber er hat meistens recht. In meinem Innern, meine ich.«

Während der Rückfahrt beschäftigte mich nur ein einziger Gedanke: Die Polizei mußte es doch auch gesehen haben? Daß etwas nicht stimmte!

Ich fuhr sie nach Hause. »Soll ich Sie reinbringen?«

»Das ist wohl nicht nötig.« Sie sah zur Pforte, wo Holger Skagestøl uns schon entgegenkam.

»Wie geht es dir, Sidsel?« fragte er. »War es okay?«

Ein Zucken lief über ihr Gesicht. Sie wurde zu einer ausgeschnittenen Papierfigur, die jemand mit einer unvermittelten Handbewegung zusammengeknüllt hatte. »Warum sollte es nicht? Es war nur ein Ort, oder? Du kannst ruhig selber mal hinfahren. Du findest Torild nicht – auch da nicht!«

Er machte eine linkische Handbewegung und sah niedergeschlagen in meine Richtung, um sich dann wieder an sie zu wenden. »Die Kinder sind tapfer. Alva ist auch drinnen. Ich habe sie angerufen und gebeten . . .«

»Oh! Auch das noch!«

»Die Kinder können heute nacht da schlafen, Sidsel. Du kannst dich richtig ausruhen.«

»Wer ist Alva?« fragte ich.

»Meine Schwester«, sagte Skagestøl kurz.

»Es könnte gut sein, daß es das Beste für Sidsel wäre, mit den Kindern zusammenzusein.«

»Und was geht Sie das an, Veum?«

»Nichts, genaugenommen, aber sie war vollkommen ruhig jetzt, während der Fahrt.«

Er lief rot an. »Vollkommen ruhig jetzt! Was wollen Sie damit andeuten?«

Er kam mit einer abrupten Bewegung auf mich zu, als wollte er mich angreifen.

Ich zog mich sofort ein, zwei Schritte zurück.

»Herrgott noch mal, Holger! Benimm dich nicht wie ein Idiot! Komm jetzt! Wir können Alva ja wohl schlecht allein da drinnen sitzenlassen, oder? Sie könnte den Kindern ja ein Loch in den Bauch reden!«

Holger Skagestøl nahm sich zusammen, warf einen letzten, irritierten Blick in meine Richtung, kehrte mir dann den Rücken zu und folgte seiner Frau durch die Pforte. »Sie liest ihnen vor, Sidsel!«

Keiner von beiden nahm sich die Zeit, sich richtig von mir zu verabschieden. Meine Aufgabe als Chauffeur war erfüllt, ein besonderer Spurensucher war ich auch nicht gewesen. Im Grunde gab es absolut keinen anderen Grund, mir dankbar zu sein, als meine schiere, zufällige Anwesenheit.

Ich setzte mich ins Auto, fuhr rückwärts in eine Einfahrt, um zu wenden, und während ich langsam den steilen Hang nach Sædal hinunterfuhr, dachte ich: Sie müssen es doch gesehen haben! Die Polizisten!

16

Sollte ich es riskieren, sofort bei Muus anzurufen, auf die Gefahr hin, bei der erstbesten Gelegenheit eins auf die Schnauze zu kriegen? Oder sollte ich tun, was er mir gesagt hatte: mich um meinen eigenen Kram kümmern?

Das Problem war, daß ich im Moment keinen eigenen Kram hatte, und Müßiggang ist aller Laster Anfang. Die Todesanzeige, die ich mit der Post bekommen hatte, schwelte wie eine Androhung des Jüngsten Gerichts in meiner Schreibtischschublade, und ich hätte sie am liebsten völlig vergessen.

Ich rief Paul Finckel an.

»Meine Güte!« stöhnte er. »Ist heute der große Hab-mich-lange-nicht-beim-Paul-gemeldet-Tag, oder was? Oder hast du mir was Neues zu berichten?«

»Nein. Ich habe nur bei der Fundstelle eine Entdeckung gemacht.«

»Was? Doch wohl nicht ganz unten?«

»Nein, nein.«

»Na, denn da sollte für alle abgesperrt sein!«

»War es auch.«

»Und, bist du allein hingefahren, oder was?«

»Nein, mit der Mutter. Sie war es, die mich engagiert hatte.«

»Mit der Mutter? Und wie hat sie es verkraftet? Ist dir klar, daß das hier ein verdammt guter Artikel werden kann, Varg?«

»Du kennst mich doch, Paul. Ich will nicht in die Zeitung!«

»Du bist ein Teil der Informationsvermittlung, Varg! Du kannst nicht verhindern, daß ...«

»Doch, wenn du auch nur das Geringste von mir haben willst, dann kann ich das sehr wohl verhindern.«

»Schon gut, aber erzähl mir wenigstens ...«

»Sie hat es soweit gut verkraftet, Paul. Schockiert und traurig, natürlich, aber ganz normal, für eine Mutter, die gerade ihre Tochter verloren hat. Das ist alles, Paul. Mehr hab ich nicht zu erzählen.«

»Also weshalb zum Teufel rufst du mich dann an?«

»Um dir noch eine Frage zu stellen.«

»Ja, hab ich's mir doch gedacht!« Er raschelte etwas mit dem Hörer. »Also, dann mal los, keine falsche Bescheidenheit, spuck's aus, erzähl's dem Onkel!«

»Ihr Presseleute habt es doch immer so mit den Augenzeugen. Dieser Jogger, der die Leiche gefunden hat, kennst du seinen Namen?«

»Den Namen? Ich weiß nicht mal, was für Joggingschuhe er trägt. Die Polizei hst nicht die klitzekleinste Information über ihn durchsickern lassen.«

»Aber es ist ein Mann?«

»Tja, jedenfalls hieß es immer er, als ich das erste Mal mit der Polizei sprach.«

»Aber du hast da doch sicher deine Quellen? Keine Leckage?«

»Nicht ein Tropfen, Varg, nicht ein ... Ziemlich auffällig eigentlich, findest du nicht?«

»Doch, genau das finde ich nämlich auch.«

Aber hinterher fühlte ich mich beruhigt. Die Polizei hatte es auch gesehen.

Zumindest war Müßiggang auf jeden Fall der Anfang von rastlosen Wanderungen – auf und ab in meinem Büro.

Ich sah zum Nordnes-Kalender an der Wand. Vielleicht sollte ich es wie Muus machen: einen roten Kreis um das Datum malen, das irgend jemand zu meinem definitiven Abgangsdatum auserwählt hatte – Mittwoch nächster Woche.

Sollte ich Konsequenzen daraus ziehen, daß dies dann mein allerletzter Freitag war, und ihn zum Freitag aller Freitage erklären? Sollte ich eine Suite im Solstrand Hotel bestellen und Karin zu einem Winterwochenende einladen, das sie niemals vergessen würde? Oder war es eine Art Lähmung, die einen traf, wenn man eine solche Botschaft bekam: Lehn dich zurück und laß alle Hoffnung fahren –

Ein paar Minuten lang durchforstete ich mein Hirn danach, wer mir wohl solch eine Mitteilung geschickt haben könnte. Es könnte eine Art makabrer Witz sein, natürlich, aber der einzige in meinem Umkreis, der dafür sowohl phantasievoll als auch geschmacklos genug wäre, war der, mit dem ich gerade telefoniert hatte, und er hätte sich in dem Fall sicher die Chance nicht entgehen lassen, wenigstens eine winzige Andeutung fallenzulassen.

Im Laufe meiner bald achtzehnjährigen Tätigkeit als Privatdetektiv hatte ich selbstverständlich so einigen Menschen auf die Füße getreten, aber nicht so fest, hoffte ich, daß jemand den Wunsch haben könnte, zu solch einem drastischen Zeichen zu greifen, um es mir heimzuzahlen. Jedenfalls, wenn man vorhatte, die Drohung in die Tat umzusetzen. In meiner Situation würde es, wie ich fürchtete, nicht viel helfen, bei der Polizei Anzeige zu erstatten. Gerade diesen Fall würde sie mich wohl bitten, selbst zu übernehmen.

Das beste war, an etwas anderes zu denken.

Zweimal im Laufe des vergangenen Tages hatte ich mich bei dem Gedanken an den Richter Brandt ertappt. Und Muus hatte mir nur was den Mord betraf ausdrücklich verboten, Nachforschungen anzustellen.

Noch hatte keine Todesanzeige in der Zeitung gestanden, aber die Gerüchte, die in der Stadt kursierten, besagten, daß die Beisetzung aufgrund der besonderen Umstände in aller Stille erfolgen würde. Ein Kondolenzbesuch bei der Witwe würde kaum als höflich und taktvoll angesehen werden. Aber das Hotel aufzusuchen, in dem er gestorben war, konnte mir niemand verbieten.

17

Bergen war in einer Phase der Expansion, ähnlich wie in den siebziger Jahren. Damals waren es Bankfilialen, die an jeder Straßenecke aus dem Boden schossen. Jetzt waren es Hotels. Manche würden sich vielleicht genötigt fühlen zu sagen, der Tourismus habe übernommen, was die Finanzkräfte aufgegeben hätten. Aber wenn man genauer hinsah, wem die Hotels gehörten, wurde einem klar, daß in Wirklichkeit nur die Pferde gewechselt wurden. Die Personen im Hintergrund und die Gelder, die sie einsetzten, waren noch immer dieselben.

Das Hotel, in dem Richter Brandt seine letzten Stunden verbrachte, hatte immer zu einem der besten der Stadt gezählt, obwohl wechselnde Besitzer ihm in den letzten Jahrzehnten zu einem etwas zweifelhafteren Ruf verholfen hatten, als zu seinen Blütezeiten. Ich durchquerte die Eingangshalle auf dem Weg zum Restaurant im ersten Stock, ging aber weiter die Treppen hinauf, kam an der Garderobe für die Säle im zweiten vorbei und stieg von dort aus weiter nach oben.

Für einen Freitag war auffällig viel Betrieb auf den Gängen. Es war offensichtlich, daß die letzten Geschäftsreisenden dieser Woche ihre Zimmer so lange wie möglich behalten hatten, und daß man zum Wochenende eine Großbelegung erwartete, vielleicht irgendeine Art von Kongreß.

Die Zimmermädchen hasteten mit Handwagen voller sauberer und dreckiger Wäsche, Stapeln von Handtüchern und frischgeöffneten Putzmittelbehältern vorbei. An strategischen Orten im Flur standen rote Plastikkisten, die sich schnell mit Leergut aus den geräumten Zimmern füllten.

Ich hielt eines von ihnen an, eine rothaarige Mollige mit lustigen Sommersprossen und einem Lächeln, das schnell zu einer besorgten Miene wurde, als ich meinen offiziellen Ton anschlug und fragte: »Sie waren es doch, die Richter Brandts Leiche gefunden hat, oder nicht?«

»Ich, nee!« sagte sie bestürzt im Sogndialekt. »Das war die Annebeth, aber die is' heut' nich' hier!«

»Oh?«

»Sie is' krankgeschrieben, schon seit . . .«

»Aber –«

»Frag Gro Anita, die wohnt mit ihr zusamm'!«

»Und wo finde ich sie?«

»Im fünften. So 'ne füllige, dunkle –«

Ich bedankte mich für die Hilfe, verließ die füllige Rothaarige und ging auf die Suche nach der fülligen Dunklen, zwei Etagen weiter oben.

Ich fand sie, als sie gerade aus einem Zimmer kam, den Arm voller Bettwäsche. Sie war nicht nur füllig und dunkel, sondern auch auffallend hübsch, mit einem südländischen Einschlag, der sich aufgrund ihres stark abgeschliffenen Sørlanddialekts nicht näher zuordnen ließ.

Die braunen Augen sahen mich bedauernd an, als ich in der Türöffnung auftauchte. »Woll'n Sie hier rein? Wir sind wohl 'n bißchen spät dran, aber an der Rezeption ham sie gesagt, ihr kämt nich' vor drei Uhr.«

»Ja, aber ich bin kein Gast.«

Die vollen Lippen verzogen sich zu einer bissigen Grimasse. »Und woher kommen Sie? Vom Arbeitsamt?« Sie drängte sich an mir vorbei in den Flur und bog nach rechts ab.

Ich folgte ihr. »Nein, ich wollte eigentlich mit Annebeth sprechen.«

Sie eilte weiter. »Die is' krank!« sagte sie und verschwand durch eine offene Tür.

Von der Türöffnung aus sah ich, wie sie die Schmutzwäsche in einen großen Korb warf und mit flinken Händen anfing, von den Regalen an den Wänden saubere herunterzuholen. »Ja, ist sie denn im Krankenhaus?«

»Nein, sie ist zu Hause.«

»Aber dann müßte ich sie doch –«

»Aus dem Weg!« kommandierte sie. »Ich hab keine Zeit zu verschwenden!«

Ich trat zur Seite und trabte hinter ihr her, zurück zu dem Zimmer, aus dem sie gekommen war. Ohne mich anzusehen fing sie an, das Bett zu beziehen.

»Es ist ziemlich wichtig.«

Sie hielt einen Moment mit der Arbeit inne, richtete sich im Rücken auf, stemmte die Hände ins Kreuz und schnitt eine Grimasse. »Und für wen? Sie haben noch gar nich' gesagt, wie Sie heißen.«

Ich lächelte entschuldigend. »Nein, tut mir leid, aber es ging so schnell. Ich heiße Veum. Und vertrete die Versicherungsgesellschaft von Richter Brandt, und es geht nur um ein paar Details bezüglich seines Todes, die wir . . .«

»Ob sich der Typ umgebracht hat, was?«

»Na ja . . .«

»Dann kriegt seine Olle wohl nichts, was?«

»Doch doch, die Regelung gilt nur für die ersten zwei Monate nach der Vertragsunterzeichnung. Aber . . .«

Sie sah mich herausfordernd an. »Ja, ich kann Ihnen nich' helfen!«

»Nicht einmal mit der Adresse von Annebeth?«

»Na ja –« Sie musterte mich mit dem handfesten, forschenden Blick, der es gewohnt ist, Zudringlichkeiten von schlaftrunkenen Handelsreisenden abzuwehren. »Wir teilen uns 'ne kleine Wohnung in der Steinkjellergate.« Sie gab mir die Hausnummer und die Etage.

Ich lächelte. »Dann sind wir fast Nachbarn.«

»Ich hoffe, das bedeutet nich', daß wir Sie von jetzt ab ständig abends vor der Tür rumhängen haben!«

»Haben Sie viele – solche?«

»Mir reicht's, danke!« Mit einem Seufzer beugte sie sich wieder über das Bett, aber nicht um ein Liebeslager herzurichten, weit eher eine Folterbank, ihrem Gesichtsausdruck nach zu urteilen.

Ich machte mich aus dem Staub, bevor sie mich fragen konnte, bei welcher Versicherungsgesellschaft Richter Brandt denn gewesen sei, und ob ich mich nicht ausweisen könne.

Die Steinkjellergate liegt am Ende der alten Einfallstraße, die von Norden nach Bergen hereinführt. Die Brückenanlage war erneuert worden, aber die Bebauung war immer noch historisch, und auch die Steigung war dieselbe.

Die Hausnummer, die ich bekommen hatte, befand sich im schmalsten Teil der Straße. Die beiden Mädchen teilten eine Wohnung im zweiten Stock hinter einem Türschild aus Pappe, auf dem stand: *Hier wohnt Gro Anita Vebjørnsen und Annebeth Larsson.* Die letzten drei Worte waren später und mit einem anderen Stift hinzugefügt worden.

Die Tür war neuer als das Haus und aus lackiertem Holz. Links davon war ein schmales Fenster. Durch eine geriffelte Scheibe konnte man vage das Licht vom Flur erkennen.

Ich drückte auf den weißen Knopf der schwarzen Klingel.

Nach einer Weile hörte ich vorsichtige, tapsende Schritte, als sei die Bewohnerin eine alte Frau. Dann wurde es still. Niemand machte Anstalten, die Tür zu öffnen. Sie schien nur dazustehen und zu warten, in der Hoffnung, daß der, der da geklingelt hatte, wieder ginge.

Aber ich hatte in meinem Leben auf zu viele Klingelknöpfe gedrückt, um so leicht wieder zu gehen.

Dieses Mal bekam ich Antwort. »Wer ist da?« klang es dünn durch die massive Tür.

»Ich heiße Veum. Ich komme von der Versicherung.«

Nach einer kurzen Drehpause klirrte es im Schloß, die Tür wurde einen Spalt geöffnet und ein schmales Frauengesicht schaute ängstlich zu mir heraus. »Worum geht es?«

»Es geht um Richter Brandt. Wir müssen ein paar Detailfragen klären.«

Ihr blondes Haar fiel in dünnen, ungepflegten Wellen auf die Schultern, und sie betrachtete mich durch große, goldgerahmte Brillengläser, die ihr etwas zu weit auf die Nase gerutscht waren. Sie war blaß, hatte hektische Blüten auf den Wangen und trug nicht viel mehr als einen blauweißen, wattierten Morgenmantel. »Können Sie sich ausweisen?«

Ich holte eine der Visitenkarten hervor, die ich mir von einem Bekannten aus der Druckereibranche hatte anfertigen lassen, bevor er Konkurs machte und den ganzen Mist in Brand steckte. Wenn sie so hartnäckig sein sollte, daß sie die Telefonnummer kontrollierte, kam sie nicht viel weiter als zu meinem Anrufbeantworter, der auf neutrale Art alles entgegennahm, von Begräbnismusik bis zu den Posaunen des Jüngsten Gerichts. In dem Fall hoffte ich, sie würde begreifen, daß die Versicherungsgesellschaft Nemesis zu den kleineren in der Branche gehörte, und daß die Dame in der Vermittlung gerade Mittagspause machte.

Aber so gründlich ging sie nicht zu Werke. Sie gab mir nur Führerschein und Visitenkarte zurück, machte die Tür hoch und das Tor weiter und murmelte matt: »Ich hoffe, es dauert nicht zu lange. Ich bin krankgeschrieben.«

Ich trat in den Flur, wartete, bis sie die Tür hinter uns geschlossen hatte und folgte ihr in einen Raum, der sich als eine Küche zum Hinterhof entpuppte. Eine Februartaube pickte melancholisch auf der Fensterbank herum, in der Hoffnung, dort ein paar überwinterte Brosamen zu finden.

Sie hatte mit einer halbvollen Kaffeetasse neben sich vor dem Kreuzworträtsel einer Wochenzeitschrift gesessen. Ich setzte mich dazu und warf einen schnellen Blick durch den Raum, bevor ich meinen Notizblock herausholte und ein offizielles Gesicht aufsetzte.

Der Raum war irgendwie halbherzig feminin eingerichtet, deutlich dadurch geprägt, daß ihn zwei verschiedene Individuen mit höchst unterschiedlichem Geschmack eingerichtet hatten. Die eine bevorzugte das großgeblümte Muster der Gardinen, die andere einen eher klaren, fast kryptographischen Stil, der sich auf der Tapete zeigte.

»Möchten Sie eine Tasse Kaffee?« fragte sie, und als ich nickte, hatte ich das Vergnügen, zu sehen, wie sie sich streckte, um eine Tasse aus dem Küchenschrank zu holen.

Sie trug eine engsitzende, teenagerhafte Pyjamahose in rosa kleingeblümter Baumwolle unter dem Morgenmantel, und die nackten Füße steckten in zwei dunkelroten Pantoffeln mit großen Pompons, die wie die Leihgabe einer Diva aussahen, die sie vergessen hatte, zurückzugeben. Wenn sie nicht Gro Anita gehörten. Ich hatte kaum Zweifel, welche von ihnen Blumen und Pompons mochte und welche die mit der Vorliebe fürs Kryptographische war.

Sie schenkte aus einer gelbweißen Thermoskanne Kaffee ein, schob die Zeitschrift zur Seite und sah mich fragend an.

Ich nickte zum halbfertigen Kreuzworträtsel hin. »Ein unvorhergesehener Tod ist genauso. Eine lange Reihe unbeantworteter Fragen und ein Fragebogen, den man Stück für Stück ausfüllen muß, senkrecht und waagerecht, bis man – im besten Fall und wenn man ein gutes Wörterbuch hat – schließlich die Lösung findet, herausfindet, was eigentlich passiert ist.«

Sie bewegte sich unruhig. Mit dem Handrücken fühlte sie auf ihrer Stirn, wie um zu unterstreichen, daß sie Fieber hatte. Ihre Lippen waren trocken und gesprungen, mit weißen Hautplättchen auf dem dunklen Grund.

»Und es gibt immer noch ein paar Spalten, die wir nicht ausfüllen konnten.«

Sie ließ die Wimpern flattern, nicht als Versuch, mich zu beeindrucken; eher wie jemand, der plötzlich in etwas zu grelles Tageslicht tritt. Aber sie sagte immer noch nichts.

»Wie gesagt ... Um gleich zur Sache zu kommen ... Sie waren es doch, die ihn gefunden hat?«

Sie nickte. Ihr Blick glitt zum Fenster. Die Taube war jetzt verschwunden, als hätte sie Gefahr gewittert. Noch immer fielen Schneeflocken auf die Stadt, wie zum Zeichen eines nie enden wollenden Verrats, blieben aber nicht liegen, weil sich das Quecksilber immer noch einen oder zwei Millimeter oberhalb der Null hielt.

»Können Sie mir erzählen, was geschehen ist?«

Als sie endlich etwas sagte, war ihre Stimme so leise, daß ich mich vorbeugen mußte, um sie zu verstehen. »Ich weiß nicht, was da drinnen passiert ist. Ich hab ihn nur gefunden.«

»Ja, ich weiß, aber ... Sie wußten, daß er dort drin war?«

»Ja, wir hatten ja Bescheid bekommen, daß das Zimmer bis zwei Uhr besetzt war.«

»Und das war völlig normal so?«

Ihr Blick glitt wieder davon. »J-ja – Das passiert oft, daß die Gäste das Zimmer etwas länger brauchen.«

»Klar, aber, ich meinte ... Sie hatten den Richter schon mal gesehen, oder?«

»Ja, er ... Es hieß, er hätte wichtige Treffen da – Konferenzen.«

»Mmh.« Ich sah sie aufmunternd an.

»Also ... Ich hatte ihn da schon gesehen.«

»Und ... Haben Sie gesehen, mit wem er diese Treffen hatte, davor?«

»Ma-manchmal – Ja.«

»Waren es Männer?«

Sie antwortete nicht.

»Frauen?«

Sie nickte.

»Verschiedene Frauen?«

Sie zuckte mit den Schultern. »Vi-vielleicht.«

»Jung?«

Ihre Lippen wurden schmal.

»Sehr jung?«

Erneutes Nicken. »Das ... «

»Ja?«

»Na ja, ich war nur froh, daß ich es nicht war! Und wenn ich noch so viel dafür bekommen hätte!«

»Tja, so würden wohl die meisten denken.«

»Das alte Schwein! Er hat nur bekommen, was er ...« Abrupt brach sie ab, entsetzt über das, was sie zu sagen im Begriff gewesen war.

Ich holte den Zeitungsausschnitt mit dem Bild von Torild Skagestøl hervor, legte ihn auf den Tisch und schob ihn zu ihr hinüber. »Das Mädchen hier, war das vielleicht eine davon?«

Sie sah schnell auf das Bild, fast als habe sie selbst Angst, wiedererkannt zu werden. Sie nickte leicht. Dann beugte sie sich weiter vor und betrachtete es gründlich, um dann mit weit entschlossenerer Miene zu nicken. »Etwas andere Frisur, vielleicht, und mit 'nem viel frecheren Gesicht, aber ... Ja ...« Sie sah mir gerade in die Augen. »Ich bin sicher, daß sie es ist!«

Ich beugte mich vor. »Daß sie es auch an dem Tag war, von dem wir sprechen?«

Sie wurde unsicher. »Ich g-glaube, aber ... Ich habe sie an dem Tag nicht so deutlich gesehen, aber sie war es fast immer. Mehrere Male. Ich bin mir jetzt ganz sicher. Und wenn sie an mir vorbeikam, an uns, im Flur, sah sie uns gerade ins Gesicht, mit dem frechsten Blick der Welt, als ob wir, als ob wir nicht begriffen, was sie da drinnen machten, als ob wir nicht wüßten, was sie für eine war!«

Ich spürte ein merkwürdiges Rauschen in mir, eine Mischung aus Zufriedenheit und Angst. Zufriedenheit über das, was ich erreicht hatte, Angst davor, wohin es führen würde. »Aber ... Okay. Gehen wir zurück zu dem besagten Tag, vorigen Freitag, stimmt's?«

Sie bestätigte es mit einem matten Nicken.

»Erzählen Sie mir, wie es kam, daß Sie ... daß Sie ihn gefunden haben.«

Sie schob die große Brille den Nasenrücken hinauf, aber schon wenige Worte später war sie schon wieder heruntergerutscht. »Ich hab zuerst sie gesehen. Sie hatte es – sie schien es sehr eilig zu haben, denn auf dem Weg zum Fahrstuhl war sie noch damit beschäftigt, die Bluse in die Hose zu stecken, aber als sie mich sah . . .«

»Ja?«

»Ich kam gerade aus einem Zimmer ganz am Ende des Flurs, und dann . . . Als sie mich entdeckte, drehte sie sich ganz schnell weg, als ob sie«, sie suchte nach dem richtigen Ausdruck, »ja, nicht gesehen werden wollte, irgendwie. Und dann verschwand sie um die Ecke, und dann ist sie sicher die Treppe runter gegangen.«

»Fanden Sie ihr Verhalten sofort auffällig?«

»Ja, aber nicht so . . .«

»Sind Sie danach in das Zimmer gegangen?«

»Nein, nein, es war ja noch nicht zwei, und sie hatten das Zimmer . . .« Es verschlug ihr die Sprache.

»Ja, und weiter?«

»Dann machte ich die anderen Zimmer.«

»Und wie spät war es, als Sie zu Brandts Zimmer kamen?«

»Ich hab nicht nachgesehen, aber zehn vor halb drei, so ungefähr, nach dem, was die Polizei gesagt hat. Es war jedenfalls 14.25, als sie mich von der Rezeption anriefen.«

»Erzählen Sie mir, was passiert ist.«

»Es ist gar nichts passiert. Als ich zu dem Zimmer kam, klopfte ich an und wartete, wie wir es immer machen sollen. Aber es hätte ja sein können, daß er schon gegangen war, während ich in einem der anderen Zimmer beschäftigt war, also . . . Als keiner antwortete, schloß ich auf.« Sie hielt die Hand vor den Mund, und die Erinnerungen an das, was sie gesehen hatte, schienen so stark zu sein, daß sie unwillkürlich ihre eigenen körperlichen Reaktionen wiederholen mußte.

»Zuerst war es so still, daß ich sicher war, er wär' schon weg. Aber es war ein Geruch da drinnen, ein undefini . . .Und als ich dann hineinging, da lag er da, auf dem Bett, in einer völlig verrenkten Stellung, nur in – in . . . Ich mußte mich übergeben, also lief ich zur Toilette, aber es kam nichts hoch, der Magen zog sich nur zusammen, der ganze Bauch, und das tat so weh, ich glaube, deshalb bin ich dann auch krank geworden.«

»Durchaus möglich.«

»Ich selbst trage nie solche . . . Ich meine, schwarz, ich finde, das wirkt so ordinär.«

Ich unterließ es, das zu kommentieren. »Gab es etwas im Zimmer, das darauf hindeutete, was dort vorgegangen war?«

»Es sah aus, als hätten sie gefeiert. Sie hatten sich mit Bier aus der Minibar bedient, und es lagen Kissen auf dem Boden, der eine Stuhl war umgekippt, und im Bad . . .«

»Ja?«

»Direkt hinter der Kloschüssel – ich sah es, als ich mich übergeben wollte – lag ein Glas auf dem Boden, ein leeres Pillenglas.«

»Was haben Sie damit gemacht?«

Sie sah mich mit großen Augen an. »Damit gemacht? Ich habe es der Polizei erzählt, natürlich!«

»Stand etwas auf dem Etikett?«

»Meinen Sie, ich hätte da draufgeguckt? Ich hatte mehr als genug damit zu tun, nicht umzukippen. Ich hätte selbst – ja . . .«

Ich leerte meine Kaffeetasse. »Ist Ihnen in dem Zimmer noch irgendwas besonders aufgefallen?«

»Nichts weiter, außer, daß er . . . Er hatte versucht, etwas an die Wand zu schreiben –«

»Was? Er hatte versucht, etwas zu schreiben?«

»Zuerst dachte ich, es wär Blut. Daß er es verschmiert hätte, aber dann . . . Es war ja sonst kein Blut da, und ich – ich begriff, daß es Lippenstift war.« Sie betrachtete mich mit einem Ausdruck äußersten Unbehagens. »Er hatte sich ja geschminkt, schlimmer als die schlimmste . . .« Sie strich sich um die Lippen, wie um es mir zu zeigen.

»Er hatte also versucht, etwas zu schreiben? Mit Lippenstift?«

»Ja.«

»Und was?«

»Erst sah es nur aus wie irgendwelche Striche, aber dann . . . Es war ein Buchstabe.«

»Ein Buchstabe? Und welcher?«

»Ein großes – T.«

In meinem Beruf sind Informanten fast noch wichtiger als in der Zeitungsbranche, und sie sind durch eine ebenso unbedingte Schweigepflicht geschützt. Vielleicht hatte ich deshalb so viele nützliche Kontakte bei der Tagespresse.

Die Redaktionsetage war ein hellerleuchtetes Labyrinth, nicht in erster Linie, um es schwerer zu machen sich darin zurechtzufinden, sondern um auf dem momentan verfügbaren Raum für so viele Menschen wie möglich Platz zu schaffen.

Ich fand Laila Mongstad in einer kleinen Abseite ganz hinten, mit der Hälfte eines Fensters zur Rückseite des Parteihauses der Sosialistisk Venstreparti in der Fosswinkelsgate und der katholischen Schule daneben. Vor bald vier Jahren war sie zu einem überraschend späten Zeitpunkt in ihrer Karriere von der kleinen rotznasigen Konkurrenz in der Christian Michelsensgate zu dieser Zeitung beordert worden, und es war ihr längst gelungen, ihren Ruf als erstklassige und sozial engagierte Lokalreporterin zu festigen, so daß die Zeitung aufgrund ihrer Enthüllungen schon zweimal wegen einer Verleumdungsklage vor Gericht gestanden hatte.

Vielleicht war all der Dreck, den sie ans Licht schaufelte, dafür verantwortlich, daß ihr früher so freigebiges Lächeln etwas angestrengt wirkte.

Vielleicht forderte aber auch schlicht und einfach das Alter seinen Tribut. Sie hatte mit großer Power über dreißig, vierzig Jahre als Journalistin gearbeitet und obwohl aus ihren blaugrauen Augen noch immer Energie und Arbeitsfreude leuchteten, konnte ich mir doch schnell ausrechnen, daß sie auf jeden Fall die Sechzig überschritten hatte, seit wir das letzte Mal miteinander in Berührung gekommen waren. Weiter als zu einer Berührung waren wir allerdings auch nie gekommen.

Gegen das Lächeln, das sie mir zuwarf, war nichts einzuwenden. Ihre eierschalenfarbene Seidenbluse betonte ihre großen Brüste, aber mir fiel auf, daß sie die rote Strickjacke unten zugeknöpft hatte, wahrscheinlich um die Taillenweite über der engen dunkelblauen Hose wegzuretuschieren.

»Wie geht's?« fragte ich vorsichtig als Einleitung.

»Bist du gekommen, um zu plaudern, oder bist du bei der Arbeit?« fragte sie zurück, während sie den Stuhl vom Computer, an dem sie gerade arbeitete, wegdrehte.

»Beides.«

»Dann schlage ich vor, du setzt dich.«

»Danke. Was zuerst, Vergnügen oder Arbeit?«

Sie lächelte schief. »Was dauert länger?«

»Du weißt von diesem Mädchen, das sie gefunden haben, oben auf dem Fanafjell –«

»Holgers Tochter. Schrecklich! Aber ...«

»Sie war seit einer Woche verschwunden, und ich ... Ich bekam vor zwei Tagen den Auftrag, sie zu suchen.«

»Ich verstehe. Du kamst zu spät?«

»In jeder Hinsicht. Aber etwas habe ich trotzdem rausgefunden.«

»Und das wäre?«

»Einer der Orte, wo sie sich recht häufig aufgehalten haben soll, ist eine Spielhalle, das *Jimmy.*«

Sie verzog das Gesicht. »*Jimmy ...*«

»Kennst du den Laden?«

Sie zog eine Schublade in ihrem Schreibtisch auf. »Woher weißt du, daß sie öfter da war?«

»Eine ihrer Freundinnen hat es erzählt.«

»Es muß nichts weiter bedeuten, aber ...«

Sie holte einen großen, hellbraunen Umschlag aus der Schublade, öffnete ihn und kippte an die zwanzig Schwarzweiß-Vergrößerungen auf den Schreibtisch. »Einer unserer Fotografen hat die hier Anfang Januar von einem parkenden Wagen aus gemacht.«

Sie schob vier der Aufnahmen zu mir herüber.

Ich betrachtete sie. Sie zeigten den Eingang des *Jimmy.* Ein junges Mädchen kam gerade heraus. Auf dem nächsten Bild bewegte sie sich den Bürgersteig entlang, während der dunkle Schatten eines fahrenden Autos von rechts ins Bild kam. Auf dem dritten Foto stand sie leicht vornübergebeugt und sah in den Wagen hinein, und auf dem vierten stieg sie ein und setzte sich nach vorne, neben den Fahrer.

Das Nummernschild des Wagens war nicht retuschiert und gut lesbar. Ich sah zu Laila Mongstad auf. »Habt ihr die Nummer überprüft?«

Sie nickte.
»Und?«
Sie sah sich um und beugte sich so nah zu mir, daß ich den frischen Kambiumduft ihres Parfüms wiedererkannte. »Ein nicht ganz unbekannter Lokalpolitiker – Du kennst Hallstein Grindheim?«
»Der von der Kristelig Folkeparti?«
»Leider kann man den Fahrer nicht erkennen –«
»Du meinst, ihr wißt nicht, wer am Steuer saß?«
»Genau.«
Ich betrachtete die anderen Bilder. »Gibt es noch mehr von der Sorte?«
Sie blätterte ein paar Kopien weiter, zog dann drei heraus und reichte sie mir herüber.
Eines davon war fast identisch mit dem ersten, das ich gesehen hatte. Es zeigte ein junges Mädchen, das gerade das *Jimmy* verließ. Auf dem nächsten ging sie eine andere Straße entlang, ich mußte ein paar der Reklameschilder genauer ansehen, um zu erkennen, welche. Das dritte zeigte sie auf dem Weg durch den Haupteingang desselben Hotels, dem ich vor ein paar Stunden einen Besuch abgestattet hatte.
»Und nun?«
Sie zuckte mit den Schultern. »Wir können so was auch nur in begrenztem Rahmen verfolgen, aber . . . Eine Verabredung auf einem Zimmer?«
Sie reichte mir ein viertes Foto. »Hier kommt sie gerade wieder raus, zwei Stunden später.«
»Und wohin ging sie?«
»Zur Bushaltestelle und nahm den letzten Bus nach Hause.«
»Aber darüber habt ihr noch nichts geschrieben, soweit ich mich erinnern kann, oder?«
»Nein. Vorläufig sammeln wir nur Hintergrundmaterial. Wenn wir mit *dem* Stoff an die Öffentlichkeit gehen, dann brauchen wir handfeste Beweise.«
»Wunderbar. Weißt du noch mehr? Ich gehe davon aus, daß ihr auch im *Jimmy* rumgeschnüffelt habt?«
»Du weißt, wem der Laden gehört?«
Ich zögerte. »Nein, aber jetzt wo du es sagst – Bjørnstjerne Bjørnson ist es nicht –«

»Nein, aber du bist auf der richtigen Spur. Die Initialen sind dieselben.«

»Birger Bjelland?«

»Mmh.«

»Ist das mit anderen Worten endlich eine Möglichkeit, den Kerl dranzukriegen?«

Sie verzog skeptisch den Mund. »Tja. Laß es uns lieber so sagen: Er hat ja längst bewiesen, daß er so viele Leben hat wie eine Katze. Vielleicht können wir sein Lebenskonto um eines reduzieren, wenn das hier richtig einschlägt.«

»Und was ist mit Hallstein Grindheim? Habt ihr ihn mit den Fotos konfrontiert?«

»Noch nicht. Aber sobald wir eine Frontalaufnahme von ihm haben, wird er die auf der Titelseite wiederfinden!«

»Mit oder ohne Kleider?«

Sie zeigte die Zähne, und mir fiel auf, wie spitz ihre Eckzähne waren. »Auch ohne . . .«

»Aber zurück zum *Jimmy*. Habt ihr da geschnüffelt oder nicht?«

»Ich bin zu alt und in jedem Fall vom falschen Geschlecht.«

»Aber?«

»Ja klar, ich habe jüngere Kollegen, mit 'nem ausreichend großen Kaliber zwischen den Beinen.« Sie sah mich herausfordernd an, als wollte sie andeuten, daß meines möglicherweise ihren Ansprüchen nicht genügte. »Aber es ist schwierig, ihnen was Definitives nachzuweisen. Von außen betrachtet ist es eine ganz gewöhnliche Spielhalle. Die meisten Kunden sind Jungs, und tatsächlich scheint es durchaus möglich, daß auch da ein gewisser Verkehr herrscht, aber . . . Die Spezialität scheinen Mädchen zu sein und vorzugsweise Teenager. Die erwachsenen Mädels findet man wohl immer woanders.«

»In der Bar im *Week End*, zum Beispiel?«

»Mal abgesehen davon, daß mittlerweile auch das Hotel seinen Namen gewechselt hat, schon . . . Ja.«

»Ach ja? Vor kurzem erst?«

»Jemand hat die Familie ausgezahlt.«

»Jemand?«

»Und es ist auch diesmal nicht Bjørnstjerne Bjørnson.«

»Verstehe. Und wie nennt sich das Hotel jetzt? Die Konservenfabrik?«

»Hast du länger nichts gegessen?«

»Ja.«

»Pastell.«

»Also gestrichen haben sie es auch?«

Sie nickte.

»Zum Kotzen.«

»Deshalb hab ich gefragt –«

»Mmh. Tja –« Ich machte eine fragende Handbewegung. »Mit anderen Worten willst du damit andeuten, daß das *Jimmy* als eine Art Vermittlungszentrale fungiert?«

»Ja, leider.«

»Und wie geht das vor sich?«

»Es kommt ein Anruf für den, der gerade hinter der Theke Dienst hat. Er notiert sich etwas auf einen Block, und nach einer Weile wird die Nachricht diskret einem der Mädchen zugesteckt, das für den Auftrag in Frage käme.«

»Und dann werden einige von ihnen im Wagen abgeholt, während andere an einem genauer vereinbarten Ort antreten?«

»So ungefähr.«

Ich studierte wieder die Fotos, versuchte in den Gesichtern der beiden jungen Mädchen zu lesen. Nach dem Körperbau zu urteilen, mußte es sich um zwei verschiedene Mädchen handeln, aber die Fotos waren zu unscharf, als daß man sie hätte identifizieren können.

Ich legte eines der Fotos aus der Serie, die am Hoteleingang endete, zur Seite und schob es ihr hinüber. »Könnte das Torild Skagestøl sein?«

Sie sah mich nachdenklich an. Dann nahm sie das Bild und betrachtete es mit weit ausgestrecktem Arm. »Ich glaube nicht, daß ich sie jemals gesehen habe. Aber vielleicht kann jemand anders …« Ihr Blick wanderte wieder zu mir. »Meinst du, daß es eine direkte Verbindung zwischen ihrem Tod und dem hier gibt?«

»Es wäre nicht das erste Mal, daß eine …« Etwas in mir sträubte sich, das Wort auszusprechen. »Daß so was mit einer Prostituierten passiert, oder?«

»Nein, da hast du natürlich recht.« Sie sah plötzlich besorgt aus. »Sollte ich die Redaktionsleitung davon unterrichten?«

»Aus Rücksicht auf den Ruf des Mädchens – und ihrer Eltern – wäre es mir lieber, es könnte erst einmal unter uns bleiben.«

»Ich werde darüber nachdenken«, sagte sie mit plötzlich formeller Miene.

Ich wies mit dem Zeigefinger auf das Bild von der Hotelfassade. »Läuten da nicht in deinem Kopf noch ein paar andere Glocken?«

Sie lauschte. »Dooooch?«

»Freitag letzter Woche, im selben Hotel.«

Sie schnippte mit den Fingern. »H. C. Brandt!« Es blitzte in ihren Augen. »Meinst du ...«

»Es gab doch Gerüchte, denen zufolge er Damenbesuch auf dem Zimmer hatte, oder nicht?«

»Das hatte er, Varg, keine Frage!«

»Eben.«

»Ein Richter und ein Mann von der Kristelig Folkeparti. Das wird langsam zu einem ...«

»Und sie haben nicht gerade an einem Lesezirkel teilgenommen, stimmt's?«

»Aber – Das hier ist dann wohl streng genommen ein Fall für die Polizei, oder?«

»Selbstverständlich, ich habe auch nicht ... Ich meine, nach Torild Skagestøl habe ich gesucht, bevor sie gefunden wurde. Ich habe der Polizei das bißchen, was ich wußte, erzählt, aber du sitzt, was das *Jimmy* angeht, auf weitaus mehr Sprengstoff -«

Sie sah mich zweifelnd an. »Aber ich weiß nicht, ob ich damit jetzt schon raus will. Außerdem bin ich sicher, daß die Polizei den Betrieb da längst im Archiv hat.«

»Im Archiv – und nichts unternommen?«

»Sind von den Mädchen welche minderjährig?«

»Na ja, nein, keine von denen, mit denen ich gesprochen habe.«

»Eben. Also muß erst nachgewiesen werden, daß jemand an ihnen verdient.«

Ich dachte nach. »Wer ist im Moment am besten über den Prostitutionsbetrieb in der Stadt informiert? Ich meine, außer der Polizei?«

»Da würde ich mit jemandem aus einer der besonders aktiven frauenpolitischen Gruppen sprechen, Ottar oder Kvinnefronten.«

»Kannst du mir jemand empfehlen?«

»Eine von denen, mit denen man reden kann, und die außerdem den fachlichen Hintergrund hat, um zu wissen, wovon sie redet, ist Evy Berge.«

»Und was macht sie?«

»Krankenschwester in der Ambulanz in Haukeland.«

»Hast du eine Telefonnummer?«

Sie drehte sich zum Computer um und klickte die Maus an. Als die Telefonliste auf dem Schirm erschien, sagte sie: »Ein paar von den Mädels mußten sich Geheimnummern zulegen. Ja, Evy auch. Das bedeutet, daß du sie für dich behalten mußt.« Sie schrieb etwas auf einen gelben Notizblock. »Hier hast du die Nummer und auch die von ihrer Station, für den Fall, daß sie Dienst hat. Übrigens . . .« Sie begann, im Papierstapel links auf ihrem Schreibtisch zu blättern. »Habe ich nicht . . . Doch, sieh mal hier!«

Sie reichte mir ein Rundschreiben, dessen Überschrift NEHMT EUCH DIE NACHT ZURÜCK! eine Demonstration in der C. Sundsgate am nächsten Montag um 23.00 Uhr ankündigte.

»Wirst du da sein?« fragte ich.

»Nein, ich bin noch immer etwas auf Distanz zu dem Ganzen. Aber hättest du gut davon?« fügte sie mit einem leicht süffisanten Lächeln hinzu.

»Bist du jetzt bei dem angelangt, was du plaudern genannt hast? Oder wie soll ich das verstehen?«

Sie beugte sich vor und kam etwas näher zu mir, sah mir mit einem unbestimmbaren Funkeln in die Augen und sagte leise: »Hast du denn noch etwas Nettes auf Lager, Varg? Sehe ich da nicht eine verhinderte Verliebtheit, ganz tief drinnen?«

Das Schlimmste war, daß sie mich fast dazu brachte, zu erröten. »Eine – verhinderte . . .?«

»Ja?« Sie beugte sich noch einen Deut weiter vor und ergriff meine Hände. Weiter kamen wir nicht. Die Tür zum Treppenhaus sprang mit einem Knall auf, und wir hörten das Klacken schneller Schritte näherkommen. Dann gellte eine laute Stimme durch den Raum: »Das mach ich nicht mit, verdammte Scheiße! Nie im Leben, Scheiße noch mal!«

Trotz des sprachlichen Niveaus erkannte ich die Stimme sofort. Es war Holger Skagestøl.

19

Laila Mongstad ließ meine Hände los, als habe sie sich verbrannt, und in einer synchronen Bewegung standen wir auf und sahen über die Trennwand dorthin, woher die Töne kamen.

Holger Skagestøl trieb eine Gruppe von acht, neun Kollegen vor sich her.

Ein Mann in den Dreißigern mit leicht zerzaustem, blonden Haar, in einer kurzen Lederjacke und mit einer großen Fototasche über der Schulter kam zuerst, gefolgt von einem Typen gleichen Alters in Lederweste und Jeans. Es war Bjørn Brevik, einer der Journalisten des Hauses, der tat, was er konnte, um Skagestøl von dem Fotografen fernzuhalten. Dicht hinter Skagestøl folgte Trond Furubø und eine Handvoll anderer, ein paar von ihnen damit beschäftigt, die Gemüter zu beruhigen, die anderen hauptsächlich aus purer Neugier.

»Ich will diesen Film haben, verstehst du! Ich will ihn haben!« brüllte Holger Skagestøl, so daß es in den Redaktionsräumen widerhallte.

»Das mußt du mit der Schlußredaktion abmachen!« antwortete der Fotograf.

»Ihr könnt mich verdammt noch mal nicht wie – wie – wie irgendwen behandeln! Ich arbeite schließlich auch hier im Haus!«

»Sollte uns das etwa besondere Vorteile verschaffen?« unterbrach ihn Bjørn Brevik scharf.

»Vorteile?« Skagestøl griff Brevik am Hemdkragen und zog ihn zu sich heran. »Hier geht es um simplen Persönlichkeitsschutz! Die Kampagne für mehr Rücksichtnahme, schon mal davon gehört, du verdammter Grünschnabel? Ich will verdammt noch mal nicht mein Familienleben über die ganze Titelseite ausgebreitet sehen!«

Auch Brevik wurde deutlich lauter. »Laß mich los!«

Skagestøl schien noch fester zuzufassen.

Trond Furubø packte ihn am Arm. »Holger –«

»Loslassen! Hast du gehört? Ich –«

Brevik stemmte die Ellenbogen nach oben und machte sich von dem Griff frei, so plötzlich, daß ein Hemdknopf wie ein Streifschuß über die Schreibpulte flog. »Keine Rede davon, irgendein Familienleben auszubreiten! Das ist eine Nachrichtenreportage!«

»Nachricht? Sie haben den Täter schon gefaßt! Warum nehmt ihr nicht statt dessen ein Bild von ihm?«

»Ein ganz normales Illustrationsfoto?« piepste der Fotograf mit Fistelstimme.

»Illustrations . . .! Soll ich dir vielleicht deinen verdammten Fotoapparat in die Fresse hauen, was?«

Trond Furubø mischte sich ein. »Holger! Es hat keinen Sinn. Wir gehen zur Schlußredaktion –«

Skagestøl ließ langsam ab. Plötzlich geschah eine Veränderung in seinem Gesicht, und als er weitersprach, hatte er Tränen in der Stimme: »Das mußt du doch verstehen, Bjørn. Es geht um meine Tochter.«

Bjørn Brevik nickte. »Diesmal ist es deine Tochter, morgen die eines anderen. Wie hättest du dich verhalten, in meiner Situation?«

»Ich hätte Rücksicht genommen –«

»Hättest du?«

Skagestøl hatte jetzt auch Tränen in den Augen. »Ja?«

»Also, wenn es nicht um dich persönlich gegangen wäre?«

Trond Furubø ging um Holger Skagestøl herum und baute sich Auge in Auge vor Bjørn Brevik auf. »Wir gehen damit zum Chef, einverstanden?«

Brevik sah ihn herablassend an. »Von mir aus.«

Die Gruppe löste sich auf. Diejenigen, die nur neugierig gewesen waren, zogen sich zurück, sichtlich enttäuscht, daß das Drama vorbei war. Der Fotograf war noch immer bemüht, Brevik zwischen sich und Skagestøl zu haben, und gemeinsam gingen sie alle zur Tür.

Trond Furubø ließ seinen Blick über uns andere wandern, die wir dastanden wie Zinnsoldaten in unseren Kästchen, an einem x-beliebigen Verkaufstag im Spielzeuggeschäft.

»Was glotzt ihr so, verdammt noch mal?« warf er uns hin, ohne sich an jemand Spezielles zu wenden.

Als er mich entdeckte, änderte er den Kurs ein wenig und wurde lauter. »Na, jetzt bist du wohl zufrieden, was? Verdammter Schnüffler!«

Die Tür schlug hinter ihm zu, und die Zurückgebliebenen drehten sich nach mir um, als ginge ihnen erst jetzt auf, daß sie einen Neuen in ihrer Runde hatten.

Ich setzte mich hin und sah Laila Mongstad an. »Hast du eine Ahnung, worum es ging?«

»Nein, aber das werden wir früh genug erfahren.«

»Aber was war denn das mit ... Haben sie jemand festgenommen?«

Sie griff nach dem Telefon. »Wenn du einen Moment wartest, werde ich mal ...« Sie wählte eine Nummer, gab die Frage weiter und lauschte dann schweigend. »Aha ... genau ... nein, es war nur ... danke dir.«

Sie legte auf und nickte. »Es dreht sich um den Jogger, der sie gefunden hat. Aber er tritt bis jetzt nur als Zeuge auf.«

Aha. Dann hatten sie es also gesehen.

Als ich ging, gab sie mir einen flüchtigen Kuß auf den Mund, wie um zu zeigen, was für gute Freunde wir noch immer waren, wenn es denn nicht nur ein Ausdruck ihrer generellen Freigebigkeit war.

20

Samstag morgen war ich früh unten an der Tür, um die Zeitung hereinzuholen.

Der Artikel war nicht zu übersehen. Der Redakteur hatte offensichtlich zu Gunsten von Bjørn Brevik entschieden.

Die Überschrift lautete: ELTERN UNTER SCHOCK – Freund der Toten im Verhör.

Ein großes Foto zeigte Holger und Sidsel Skagestøl, als sie von einem uniformierten Beamten aus dem Polizeigebäude begleitet wurden. Holger Skagestøl stand im Vordergrund, etwas zu nah am Blitzgerät, und sein überbelichtetes Gesicht drückte mit unmißverständlicher Deutlichkeit aus, daß es ihm nicht gefiel, fotografiert zu werden. Sidsel Skagestøl wurde teilweise von ihm verdeckt, aber ihr Blick war auf den Fotografen gerichtet, überrumpelt und angstvoll, als sei ihr in einer dunklen Seitenstraße unerwartet jemand zu nah getreten.

»Wir ahnten noch nicht einmal, daß sie einen Freund hatte«, war Sidsel und Holger Skagestøls Kommentar, als sie gestern gegen Mittag erfuhren, daß die Polizei einen Freund der toten

Torild Skagestøl (16) zum Verhör aufs Polizeirevier beordert hatte«, hieß es in dem Bericht. »Oberinspektor Dankert Muus, der die Untersuchungen leitet, will keinen weiteren Kommentar abgeben, sondern nur bestätigen, daß der junge Mann als Zeuge vorgeladen wurde. Von anderer Seite wurde der Redaktion bestätigt, daß es sich bei dem Zeugen um den jungen Jogger handelt, der spät am Donnerstag abend den Fund der Leiche gemeldet hatte. Die Polizei will noch keine Auskunft darüber geben, ob die Tote vor oder nach ihrem Tod sexuell mißbraucht wurde. Torild Skagestøls Umgebung ist zutiefst schockiert über den Mord. Freunde und Lehrer beschreiben sie als eine gute Kameradin und eine angenehme Schülerin. Ein mögliches Motiv für die Tat ist bislang noch unklar.«

Viel mehr war dem Artikel nicht zu entnehmen, der wegen der frühen Druckzeit Freitag abend deutlich kürzer gefaßt war, als er es an einem gewöhnlichen Wochentag gewesen wäre.

Nach einem fast ebenso kurzgefaßten Frühstück rief ich Karin an und fragte, ob sie fertig war.

Wir verbrachten das Wochenende zwar nicht in einer Suite in Solstrand, aber ausschließlich im Bett in einer Hütte in Sotra, die ich ab und zu von einem entfernten Cousin ausleihen durfte, der im Februar verständlicherweise nicht viel Verwendung dafür hatte.

Schon auf der Sotrabrücke stellten wir fest, daß der Wind auf Südwest gedreht hatte, daß das Quecksilber stieg und das Wochenende wohl kaum dazu einladen würde, das Haus zu verlassen.

Von der Hütte aus konnte man das Meer sehen, und nachdem der Wind um einiges heftiger geworden war, hatte man das Gefühl, sich mit ständigem Meeresrauschen in den Ohren irgendwo im Inneren eines gigantischen Schneckenhauses zu befinden. Die Wolkendecke, die vorbeiflatterte, war in verschiedenen Grautönen gehalten, und wir hatten kaum den Kamin angezündet, als der erste Blitz seinen weißen Strich in den Horizont zeichnete und den Himmel dort fast zerriß.

Der darauffolgende Donner ließ Karin Hals über Kopf auf meinen Schoß springen, und auch als das Gewitter weitergezogen war, war sie nicht leicht von dort wieder wegzubewegen. Während auf der Kochplatte die Teekanne gluckste, breiteten wir unsere Schlafsäcke aus und gingen in Deckung, wie zwei wintermüde Teddybären, denen es für das erste Nacktbad noch zu früh war.

Wir liebten uns wie zwei Siebzehnjährige, die zum allerersten Mal auf Hüttenurlaub sind.

Später tranken wir Tee, aßen Vollkornbrot mit dicken Käsescheiben und unterhielten uns. Der Vorteil, sich in unserer Lebensphase zu verlieben, ist, daß es so viele Steine zu lüften gibt, so viele Zweige zur Seite zu schieben, einen so weiten Lebensweg zurückzuverfolgen.

Spät in der Nacht, als sie mit regelmäßigen, leicht gurrenden Lauten neben mir schlief, lag ich auf dem Rücken und dachte nach. War das das Glück? Sollte so das Leben eigentlich sein – immer schon? Und wenn ja, wie lange würde es dauern? Wer zum Teufel hatte mir meine Todesanzeige geschickt?

21

Montag morgen meldete ich mich auf dem Polizeirevier. Ich kam aus freien Stücken, und niemand warf mich hinaus, ehe sie erfahren hatten, was ich wollte.

Am Sonntag waren die Artikel noch sensationeller, nicht zuletzt weil sie sich auf Details berufen konnten, die am Samstag noch nicht bekannt gewesen waren. NEUER SATANISTENMORD? fragte eine. DEM SATAN GEOPFERT? eine andere. Keine von beiden hatte ein Bild von Sidsel und Holger Skagestøl auf der Titelseite, aber beide hatten ein Porträt von Torild aus einem Klassenfoto herausgeschnitten und es sehr publikumswirksam neben den Artikel gesetzt.

Es war das Zeichen, das in ihre Haut geritzt worden war, und die Nähe des Fundorts zum Lysekloster, die die Grundlage für derartige Spekulationen bildeten. Die Zeitungen hatten alte Gerüchte von schwarzen Messen und blasphemischen Orgien in den ehrwürdigen Klosterruinen ausgegraben. Diese waren zu einer ziemlich spekulativen Suppe zusammengebraut worden, und nur wenige der Zutaten hatten die Qualität meiner Informationen.

Die Montagsausgaben zielten in eine andere Richtung: FALL GEKLÄRT? hieß es in einer Überschrift. »ZEUGE« IM VERHÖR meldete Holger Skagestøls eigene Zeitung, mit deutlichen Anführungszeichen. VOM GELIEBTEN ERMORDET? fragte Paul Finckel in der seinen. (Ob er wohl versucht hatte, mich im Laufe des Wochenendes zu erreichen?)

Überraschenderweise präsentierte keine der Zeitungen Namen, Alter oder Foto des vielbesungenen »Zeugen«, es hieß nur, daß es sich um einen jungen Mann aus dem näheren Umfeld der Toten handelte.

Muus war nicht in seinem Büro, aber als ich bei Atle Helleve hereinsah, saß er mit einer Auswahl besagter Zeitungen vor sich an seinem Schreibtisch.

Ich klopfte an den Türrahmen. Er sah auf, erkannte mich wieder und deutete ratlos auf die Presseberichte. »Sehen Sie sich das an! Wildere Improvisationen gibt es nicht einmal beim Jazzfestival in Voss!«

»Kann ich reinkommen?«

»Hauen Sie sich hin, bevor es jemand anderes tut.«

»Wieviel ist dran an den Artikeln?«

»Nicht viel, das kann ich Ihnen versichern.« Er kratzte sich den Bart. »Warum fragen Sie?«

»Möglicherweise hab ich ein paar – Zusatzinformationen. Bin da auf was gestoßen.«

»Ach ja?« Er betrachtete mich mit unverhohlener Skepsis.

»Aber ich kriege diesen sogenannten Jogger nicht unter.«

»Nein?«

Einen Augenblick sahen wir einander stumm an, aber er nahm den Köder nicht an. »Sie zuerst.«

»Also – Als Richter Brandt am letzten Freitag tot aufgefunden wurde, hat man da eine Obduktion vorgenommen?«

Er setzte sich gerade hin. »Der Fall ist abgeschlossen und verriegelt, Veum! Wenn ein Wort bei der Pr . . .«

»Die Presse weiß schon das meiste, was es in dem Fall zu wissen gibt, Helleve. Wenn sie den Richter bis jetzt nicht in schwarzer Seidenunterwäsche beschrieben haben, dann werden sie es wohl auch weiterhin kaum tun.«

»Aber woher zum –«

»Auch hier im Haus sind nicht alle Schotten wasserdicht. Es gehen schon so lange Gerüchte um, daß der Fall in Wirklichkeit schon gestorben ist. Solange man ihm nichts Neues . . .«

»Was Neues? Was meinen Sie?«

»Also, wurde nun eine Obduktion durchgeführt, oder nicht?«

»Ja, es wurde. Ein heftiger Infarkt mit Todesfolge.«

»Ein Infarkt, verursacht durch . . .«

»Sie wissen, im Alter des Richters, und bei den Aktivitäten, mit denen er offensichtlich beschäftigt war . . . Wie gesagt, der Rest sei Schweigen!«

»Und die Schrift an der Wand, wurde die untersucht?«

»Die Schrift an – Das Zeichen oder was er da versucht hatte, zu schreiben . . .« Er schüttelte den Kopf. »Nichts deutete darauf hin, daß es sich um ein Verbrechen handelte, Veum. Was die Leute in ihrer Freizeit tun –«

»War es denn nicht während der Arbeitszeit?«

»– und wie sie sich gerne verkleiden, das bleibt ihre eigene Angelegenheit. Ein Fall für die Polizei ist es jedenfalls nicht.«

»War es nicht ein großes T? Der Buchstabe, den er mit seinem Lippenstift gemalt hatte?«

»Schon möglich.«

»T wie Torild, zum Beispiel.«

Er verdaute das ein paar Sekunden. »Wollen Sie damit andeuten, daß dieses Mädchen, daß sie es . . .«

»Vielleicht. Ehrlich gesagt, ich weiß es nicht, Helleve, aber ich habe leider einige Indizien dafür, daß es der Fall gewesen sein könnte.«

»Daß sie und Brandt – Daß er schlicht und einfach ihr Kunde war?«

»Möglich.«

»Aber dann müssen wir . . . Das hier müssen wir eingehender untersuchen. Und es darf verdammt noch mal nicht zu den Wölfen da draußen durchsickern, Veum!« Er deutete völlig überflüssigerweise auf die ausgebreiteten Zeitungen.

»Dieses Pillenglas, das in seinem Zimmer gefunden wurde . . .«

»Woher zum Teufel haben Sie das denn?«

Ich zuckte mit den Schultern. »Eine zuverlässige Quelle. Habt ihr rausgefunden, was drin war?«

»Ich glaube, wir haben die Ergebnisse der Analyse noch nicht bekommen. Es galt nicht als sonderlich wichtiges Indiz. Ich meine, ich weiß, daß solche Leute oft Pillen schlucken. Was für welche spielt eigentlich kaum eine Rolle.«

Ich nickte zu den Zeitungen. »Diese Satanismusgeschichte, ist da was dran?«

Er hob unschlüssig die Arme. »Sie hat eine Art Zeichen, hier hinten, auf dem einen Schinken, aber . . .«

»Keine anderen Zeichen?«

»Nein.«

»Und die Todesursache?«

»Sie wurde erstickt. Allem Anschein nach hat jemand ein Kopfkissen oder etwas ähnliches auf ihr Gesicht gedrückt. Genauso, wie wir sicher sind, daß Richter Brandt eines natürlichen Todes gestorben ist, wenn man bei einem solchen Aufzug von natürlich sprechen kann, genauso sicher sind wir, daß das hier ein regulärer Mord ist.«

»Irgendwelche Zeichen von Mißbrauch?«

Helleve schielte zur Tür und beugte sich vor. »Muus sagt, Sie seien ein verdammtes Arschloch. Andere hier im Hause sagen, man könnte sich auf Sie verlassen.«

»Also, mit anderen Worten . . .«

Er seufzte. »Nein. Es gibt keine Anzeichen einer Vergewaltigung. Aber . . .«

»Es wurden Samenzellen in ihr gefunden, von einem kurz zuvor vollzogenen Geschlechtsverkehr.«

»Genug für eine DNA-Analyse?«

»Mehr als genug.«

»Und wie lange dauert es gewöhnlich, bis ihr die Ergebnisse bekommt?«

»Oh, ich habe keine Ahnung. Das ist ein äußerst zeitaufwendiger Vorgang.«

»Aber in diesem Fall muß der, von dem die Samenzellen stammen, nicht notwendigerweise der Täter sein. Also, ich meine, wenn es Torild Skagestøl war, mit der Brandt –«

»Sie sind ganz schön fix im Schlüsse ziehen«, unterbrach er mich. »Erstens wissen wir nicht, ob Brandt Geschlechtsverkehr hatte, wir wissen nicht, ob er mit Torild Skagestøl zusammen war –«

»Ich komme darauf noch zurück!«

»Wir wissen nicht einmal, ob Torild Skagestøl tatsächlich – Prostituierte war, oder wie man das sonst nennen soll, in ihrem Alter.«

»Gibt es ein schöneres Wort?«

»Nein, mal ehrlich, Veum, ich habe selbst eine Tochter. Es ist erst ein paar Jahre her, da war sie noch bei den Pfadfindern.«

»Ja, ich weiß. Aber sie hat aufgehört.«

»Das tun wohl die meisten.«

»Sie hatte keine Narben von Nadeleinstichen?«

»Wir haben keine gesehen.«

»Aber eine Blutuntersuchung würde sicher zeigen, ob sie vom Inhalt des Pillenglases gekostet hat.«

»Tja, auch die Ergebnisse haben wir noch nicht!«

»Aber ich habe meine Schlußfolgerungen ja noch gar nicht beendet, Helleve. Denn wenn sie tatsächlich mit Brandt Geschlechtsverkehr gehabt hatte und dieser Freund auf irgendeine Weise davon Wind bekommen hätte . . . dann liegt der Gedanke an einen Mord im Affekt, provoziert durch Eifersucht oder schlicht und einfach aus blinder Wut nicht ganz so fern, oder?«

»Wissen Sie etwas über diesen Freund, Veum?«

Ich hielt ihm Daumen und Zeigefinger der rechten Hand fest zusammengekniffen vor das Gesicht. »So gut wie gar nichts. Ich wußte nicht einmal, daß sie einen Freund hatte. Wie habt ihr ihn gefunden?«

»Eine ihrer Freundinnen gab uns seinen Namen.«

»Åsa Furubø?«

Er zuckte mit den Schultern. »Der Rest war Peanuts. In gewisser Weise hatte er sich ja auch selbst ins Rampenlicht gestellt.«

»Wahrscheinlich seid ihr da oben am Fundort auf den gleichen Gedanken gekommen wie ich, oder?«

»Und der wäre . . .?«

»Warum hätte er eine lange und unwegsame Böschung zu einer dünnbewachsenen Schonung hinuntersteigen sollen, um seine Notdurft zu verrichten, wenn er auf der rechten Straßenseite direkt zwischen den Tannen hätte verschwinden können?«

»Nein, genau. Aber er selbst sagt, es sei eben einfach so gewesen, daß er vor dem Scheinwerferlicht eventuell vorbeifahrender Autos in Deckung gehen wollte.«

»Soll das heißen . . . Streitet er es ab?«

»Natürlich! Der Junge ist ein harter Brocken, kann ich Ihnen sagen! Was glauben Sie wohl, warum er immer noch den Status eines ›Zeugen‹ hat?«

»Mmh. Meinen Sie, ich könnte mit jemandem reden? Åsa? Irgendein anderer? Es kommt vor, daß die Leute leichter mit einem – einer Privatperson reden, als mit euch.«

Er sah mich finster an. »Aber nur ... Nein, ich glaube, Sie sollten höchstens ... Diese Prostitutionsgeschichte, wie sind Sie darauf gekommen?«

Also erzählte ich ihm, was ich wußte, sowohl vom *Jimmy* als auch von den Wanderungen junger Mädchen zu Autos und Hotelzimmern, unter Berufung auf Pressequellen, die ich nicht beim Namen nennen konnte und Zimmermädchen, deren Namen ich allerdings meinte, preisgeben zu können.

»Also dieses Mädchen, das Sie dazu gebracht haben, viel zuviel zu sagen, sie war sich also sicher, daß es wirklich Torild Skagestøl war, die Brandt an dem Tag bei sich hatte?«

»So gut wie.«

»Ich denke, wir werden wohl auch noch mal mit ihr darüber reden müssen. Beim letzten Mal war es offensichtlich etwas zu oberflächlich.«

»Dieses Lokal, das *Jimmy*«, sagte ich, »das erinnert einen ein wenig an diese Schuppen, die es in den 50er und 60er Jahren gab und die als die reinsten Verkupplungszentralen entlarvt wurden. Sie wissen, wem es gehört?«

»Nein.«

»Birger Bjelland.«

»Dem scheinheiligen Stavangerheini! Na, wenn wir dem bloß was nachweisen könnten, dann ...«

»Das ist offensichtlich nicht leicht.«

»Er unterscheidet messerscharf zwischen seinen legalen Geschäften und den illegalen, von denen alle überzeugt sind, daß er sie betreibt.«

»Unsere Wege haben sich in den letzten Jahren oft genug gekreuzt.«

»Aber ohne daß Sie ihn bei etwas Illegalem erwischt hätten, was? Ich meine so erwischt, daß es auch im Gerichtssaal juristisch ausgereicht hätte.«

»Stimmt leider. Aber was ist mit ... Al Capone haben sie doch zum Schluß mit einer Steuergeschichte drangekriegt.«

»Nutzlos. Er hat einen erstklassigen Steuerberater und liefert zu den gesetzlichen Fristen jedes Jahr lupenreine Steuererklärungen und Jahresabrechnungen ab.«

»Aber eines Tages macht er einen Fehler, Helleve, und an dem Tag ...«

»An dem Tag werden wir in der Tür stehen und ihn hier daheim willkommen heißen, da können Sie Gift drauf nehmen, Veum!«

»Ist es in Ordnung, wenn ich mich wegen der Prostitutionsgeschichte ein wenig umsehe, auf eigene Faust?«

»Solange Sie streng dabei bleiben, und ich meine nicht als Kunde, Veum. Aber sobald Sie sich an den Mord ranmachen, und wenn es nur ein Millimeter ist, dann ist es aus und vorbei. Dann haben Sie unverzügliche Meldepflicht – hier, oder beim nächsten Polizeirevier. Ist das klar?«

»Befehl erhalten. Aus und vorbei.«

»Und nicht ein Wort an die Presse, Veum!«

»Kein Wort zu niemandem, wie gesagt. Hab ich doch irgendwo schon mal gehört«, sagte ich und ging.

22

Das *Jimmy* machte um zwölf auf, und es war gerade zehn nach, als ich mich dem Eingang näherte.

Als ich durchs Fenster hineinsah, erkannte ich die Silhouette eines Mannes, die sich deutlich gegen die grelle Beleuchtung im Hinterzimmer abzeichnete. Hinter der Theke saß der Typ namens Kalle, in derselben schmutzigen Kochjacke wie beim letzten Mal, aber mit einer neuen Zeitung und wahrscheinlich frisch aufgebrühtem Kaffee in der Tasse. Als ich die Tür öffnete und hineinging, hörte ich das Geräusch einer Tür, die geschlossen wurde. Als ich aufsah, war der Mann, der an der Tür zum Hinterzimmer gestanden hatte, verschwunden.

Kalle schielte mit bissigem Gesichtsausdruck zu mir herüber.

Ich sah mich schnell um. Über einen der hintersten Spielautomaten gebeugt stand ein Junge mit langem, hellem Pony und spielte. Er sah kurz in meine Richtung, mit einem deutlichen Anflug von schlechtem Gewissen, als wüßte er, daß er eigentlich in der Schule sein sollte, und wer konnte wissen, ob ich nicht doch vom Jugendamt kam.

Kalle setzte seine Kaffeetasse hart ab und erhob sich hinter der Theke. »Und womit kann ich dienen?«

»Eigentlich suche ich meinen Neffen.«

»Neffen? Leck mich am Arsch!«

»Ronny.«

»Der traut sich hier nich' mehr her. Ich hab ihm die Meinung gegeigt. Den werden Sie in Zukunft wohl woanders suchen müssen.«

Ich trat etwas näher. »Sag mal ... Kalle ... Wie war gleich der Nachname?«

»Persen«, sagte er, ein wenig überrumpelt. »Was geht das übrigens Sie an?«

»Eigentlich wollte ich mit Bjelland selber reden.«

»Bj ...« Er warf unwillkürlich einen Blick in Richtung Hintertür.

»Wieso 'n das? Ich bin hier der Ge-geschäfts-äh-führer!«

»Geschäftsführer, Sie? Mit BWL-Kenntnissen vielleicht, was? Weiß Bjelland von dem, was du hier betreibst, oder ist das auf deinem eigenen Mist gewachsen?«

Sein Gesichtsausdruck wurde noch bissiger. »Was soll ich 'n betreiben?«

Der Junge in der Ecke schaute einen Augenblick zu uns herüber, dann warf er eine neue Münze ein und begann ein neues Spiel. Die Einleitungsmusik tönte hohl und blechern durch den Raum.

»Ich glaube, du weißt, worauf ich rauswill. Junge Mädchen und Jungs ... Ich bin am Donnerstag hier draußen stehengeblieben, und ich hatte jedenfalls keine Probleme, rauszufinden, wo zumindest eine von ihnen gelandet ist. Am selben Ort wie Torild Skagestøl letzten Freitag, stimmts?«

Kalle Persen beugte sich so abrupt über die Theke, daß ich automatisch einen Schritt zurückwich. Er fuchtelte mit einem kräftigen Zeigefinger vor meinem Gesicht herum und schnarrte: »Ey, Süßer ... Wenn de nich' Lust hast, den Rest deines Lebens mit zerdetschten Kniescheiben rumzurennen, würd ich dir empfehlen, dich da fein rauszuhalten! Kapiert?«

»Könnte ich das schriftlich haben, damit ich es mit aufs Polizeirevier nehmen kann, um es den Jungs da zu zeigen?«

»Kannste praktisch kriegen, einen Abend, wo du's am wenigsten erwartest!«

»Das müßte vor Mittwoch passieren.«

»Vor Mittwoch? Was meinste denn damit?«

»Vergiß es. Du empfiehlst mir mit anderen Worten, selbst mit Bjelland zu reden? Und wo finde ich ihn?«

»Er steht im Telefonbuch.«

»Also ist er es nicht, der sich im Hinterzimmer versteckt?«

Eine Art Lächeln wuchs unter dem Mäusefell über seiner Oberlippe hervor. »Kannst ja nach hinten gehen und nachsehen.«

»So eilig ist es denn doch nicht.« Ich wendete mich zur Tür. »Schönen Tag noch.«

»Leck mich am ...«

»Die Einladung hab ich schon beim letzten Mal ausgeschlagen, und ich werd' es jetzt wieder tun.«

Ich ließ die Tür angelehnt, als ich hinausging, so daß er die Freude hatte, sich um die Theke herum durch das ganze Lokal zu bewegen, um sie wieder zu schließen – hinter mir.

Aber noch war die Zeit nicht gekommen, Birger Bjelland einen Besuch abzustatten, wenn sie überhaupt jemals kommen sollte.

Statt dessen ging ich zurück ins Büro und sah nicht ohne eine gewisse Furcht die Post durch. Aber diesmal waren keine Todesanzeigen dabei.

Ich unternahm einen Versuch, Evy Berge zu erreichen. Bei ihr zu Hause nahm niemand ab, und als ich auf ihrer Station in Haukeland anrief, war sie gerade im Operationssaal beschäftigt. – Ob sie sie bitten könnten, zurückzurufen? – Aber ich zog es vor, keinen Namen zu hinterlassen. Man konnte nie wissen. Vielleicht landete er da oben im Computernetz, und wenn ich das nächste Mal eingewiesen wurde, stellten sie fest, daß ich meine sämtlichen inneren Organe dem pathologischen Institut vermacht hatte.

Ich sollte mit einem der Mädchen reden.

Astrid war wohl die härteste Nuß, aber Åsa war wahrscheinlich schwerer zu fassen zu kriegen, jedenfalls wenn ich vermeiden wollte, daß die Eltern dabei waren.

Ich blätterte in meinen Notizen zurück, mit dem Gefühl, daß da noch ein Faden war, an dem ich ein wenig ribbeln wollte, bevor ...

Die Pfadfindergruppenleiterin Sigrun Søvig, hatte ich mir aufgeschrieben.

Als ich im Büro der Norwegischen Pfadfindervereinigung anrief, bekam ich die Telefonnummer ihrer Arbeitsstelle genannt, einem Bauunternehmen mit Büros im Stadtteil Søndre. Wenn ich also sowieso nach Landås wollte, war das kein weiter Umweg.

Mindemyren ist der kälteste Ort in Bergen. Im Winter scheint sich der Eisnebel dort unten nie zu heben. Wenn man sein Auto zu lange stehen läßt, bekommt man schnell Probleme, es wieder in Gang zu kriegen.

Die Baufirma hatte ihre Büros im ersten und zweiten Stock über einem Lagerraum hinter großen, grauen Stahlgardinen. Ich fand Sigrun Søvik in großkariertem, rotem Flanellhemd und grauem Pullover in intensive Studien vertieft vor einem PC, wo sie eine Konstruktion, die mit diversen technischen Daten versehen war, mit Hilfe behutsamer Anschläge auf der Tastatur vor ihr langsam herumdrehte. Die Wände um sie herum waren voller Graphiken. Auf einigen meinte ich das Muster des Bildes auf dem Monitor wiederzuerkennen.

Sie sah zerstreut zu mir auf, als ich in der Tür zu ihrem kleinen Büro auftauchte. »Ja? Bitte?«

Sie war von kräftiger Statur, mit dunkelblondem Haar, im Nakken kürzer als in der Stirn, durchdringendem Blick und einem auffällig breiten Nasenbein, das so aussah, als habe sie es einmal gebrochen. Der ungeschminkte Mund wirkte etwas zu klein für das große Gesicht. Und wenn sie ihn wie eine Hofdame zusammenzog, schien er eigentlich gar nicht dorthin zu gehören, als habe sie ihn nach einem tragischen Unfall transplantiert bekommen.

»Mein Name ist Veum.«

»Ja? Sind wir verabredet?«

»Nein, ich komme wegen eines Todesfalles.«

Sie drehte den Stuhl ganz herum und stand auf. »Ein Todesfall? Was soll das heißen?«

»Ich weiß nicht, ob Sie in der Zeitung ... Torild Skagestøl.«

»Aah, Torild ...« Aus irgendeinem Grund sah sie fast erleichtert aus. »Ich hatte schon befürchtet ... Aber warum kommen Sie zu mir?«

»Weil ich dachte, daß Sie vielleicht etwas über Torild wüßten, das ... ich meine, sie von einer anderen Seite kannten, als die Eltern.«

Ihr Mund wurde noch kleiner. »Von einer anderen Seite? Wer sind Sie eigentlich?«

»Ich bin Privatdetektiv und habe in der Woche, als Torild verschwunden war, nach ihr gesucht.«

»Privatdetektiv? Aber ich verstehe immer noch nicht – Warum kommen Sie zu mir?«

»Sie waren doch ihre Gruppenleiterin bei den Pfadfindern, oder?«

»Doch, ich war Leiterin der Gruppe, bei der sie war, aber das ist ... sie ist seit Anfang letzten Jahres nicht mehr dabei gewesen.«

»Da hat sie aufgehört?«

»Ja, es ... Kurz vor dem Sommer, soweit ich mich erinnern kann.«

»Und Åsa Furubø hörte gleichzeitig auf, stimmt das?«

Sie kratzte sich an der Stirn, wie um der Erinnerung nachzuhelfen. »Doch, das kann schon sein ... Sie waren ja Busenfreundinnen.«

»Sie sagen das so, als sei daran etwas Suspektes?«

Sie lächelte, aber nicht von Herzen. »Suspekt? Ich meinte nur – Busenfreundinnen haben eine Tendenz sich zusammenzurotten. Immer in die Fußspuren der anderen zu treten, sozusagen. Wenn die eine aufhört, dann tut es die andere oft auch.«

»Es gab also keinen besonderen Grund dafür, daß sie aufhörten, gerade zu dem Zeitpunkt?«

»Einen besonderen Grund? Haben sie selbst so was gesagt?«

Ich hielt die Antwort zurück und nahm wahr, wie die Pause sie unruhig machte, als fürchtete sie sich vor dem, was ich sagen würde.

»Nein. Das haben sie nicht –«

Dieses Mal fiel sie mir schnell ins Wort. »Nein, denn es ist unsere Erfahrung, daß es genau in dem ... entweder hören sie da auf oder sie machen weiter, und dann bleiben sie oft dabei bis auf die Leiterebene. Aber viele bekommen, wie Sie sich sicher denken können, in dem Alter andere Interessen.«

»Klar. Ich war übrigens selbst einmal Pfadfinder und habe auch ungefähr in dem Alter aufgehört.«

»Ja, genau das wollte ich . . .«

»Aber darum ging es mir ja eigentlich nicht. Wie lange waren die Mädchen in Ihrer Gruppe?«

»Torild und Åsa?« Ich nickte. »Oh, so sieben bis acht Jahre. Schon von der Vorschule an.«

»Na dann sollten Sie sie ja recht gut kennen, oder?«

»Doch, ja, soweit . . . Wissen Sie, im Laufe eines solchen Zeitraumes verändern sie sich doch ziemlich.«

»Klar. Aber was hatten Sie für einen Eindruck von ihnen?«

»Na ja, das . . . Sie waren ganz normale, süße kleine Mädchen, aus geordneten Verhältnissen.«

»Mmh. Heißt das, daß Sie auch ihre Eltern kannten?«

»O ja. Es kam schon vor, daß wir Veranstaltungen hatten, wo die Eltern dabei waren. Besonders zu Weihnachten oder wenn wir eine Tour geplant haben, und dann natürlich, wenn sie ihren Pfadfindereid ablegten. In den letzten Jahren haben wir sie nicht mehr so oft gesehen. Als die Mädchen groß geworden waren, sozusagen.« Sie zögerte etwas. »Außer . . .«

»Ja?«

»Als wir das letzte Mal im Pfingstlager waren, das war im Norden von Radøy, nicht weit von Bøvågen, da kamen Torilds Vater und Åsas Mutter eines Vormittags zu Besuch.«

»Torilds Vater und Åsas Mutter? War das nicht etwas ungewöhnlich?«

»Nein, denn normalerweise kamen sie immer zusammen, die vier, aber Åsas Vater war verreist, das hatte man mir schon vorher gesagt, und Torilds Mutter fühlte sich nicht wohl, also –«

»Und wie haben die Mädchen darauf reagiert?«

»Na ja, gar nicht weiter. Es ist sowieso immer etwas gezwungen, wenn die Eltern zu Besuch kommen. Auch Kinder brauchen es manchmal, ohne Aufsicht zu sein!«

»Auch Kinder?«

»Ja!« Sie sah mich herausfordernd an.

»Na ja, gut –« Ich nickte ihr aufmunternd zu. »Und weiter?«

»Sie bekamen einen Kaffee, über dem Lagerfeuer gekocht, wanderten ein wenig durch das Lager und runter zur Bucht, wo wir immer badeten, und dann fuhren sie wieder. Das war alles.«

»Und im August desselben Jahres trennten sich Torilds Eltern.«

»Oh – das wußte ich nicht. Aber ... Da hatten die Mädchen ja auch aufgehört.«

»Sie können mir also gar nichts erzählen, was die Geschichte mit Torild irgendwie erhellen könnte?«

»Nein, ich ... ich muß zugeben, ich war ganz schön schockiert, als ich es in der Zeitung las, aber ... Und wenn es wirklich stimmt, daß sie irgend was mit diesem Satanismus zu tun hatte, dann hat sie sich ganz schön weit von der Pfadfinderidee entfernt, im Laufe nicht einmal eines Jahres, das muß ich wohl sagen dürfen.«

»Wenn ich sagen würde, daß sie mit Drogen zu tun hatte, ja, vielleicht sogar mit Prostitution – würde Sie das wundern?«

Eine Bewegung kam in ihr Gesicht, ein Ausdruck von Entsetzen, Unglauben und irgend etwas, das ich nicht ganz entschlüsseln konnte. Als sie endlich antwortete, hatte sie ein schwaches Vibrato in der Stimme: »Ja, das würde mich wirklich schockieren, Veum.«

»Haben sie nie Tendenzen in die Richtung gezeigt, als Sie ...«

»Sie waren Kinder, Veum!« unterbrach sie mich. »Kinder ...« Sie wendete sich wieder ihrem Monitor zu, als könnte das Muster darauf ergiebigere Antworten auf meine Fragen geben, als sie es selbst konnte.

Aber sie blieb stumm. Wenn sie Antworten fand, so übersetzte sie sie mir nicht.

Ohne sie mit weiteren Fragen zu stören, nickte ich ihr zu und verließ sie, so leise wie die Zeit, die kam und ging, so leise und unmerklich wie der Übergang zwischen Kindheit und Erwachsenenalter plötzlich in einem jungen Leben eintreten kann, lange bevor man es erwartet, und ohne daß man darum gebeten hat.

23

Die Aussicht auf die Garagen der städtischen Straßenbahn und die Werkstätten von Mansverk war immer noch dieselbe. Ich konnte nicht einmal erkennen, ob sie ein paar der Busse umgestellt hatten.

Nachdem ich bei Astrid Nikolaisen und ihrer Mutter geklingelt hatte, stand ich da und wartete.

Die Gardinen in den Fenstern waren ganz zugezogen. Erst nach einer Weile registrierte ich eine winzige Bewegung, als würde jemand vorsichtig durch den Spalt sehen.

Dann hörte ich drinnen tapsende Schritte, und die Tür wurde vorsichtig einen Spalt weit geöffnet.

Gerd Nikolaisen sah älter aus als bei meinem letzten Besuch. Jetzt ging sie mindestens auf die Vierzig zu. Ihr Haar war diesmal unordentlicher, als sei sie gerade aufgestanden, und sie trug auch nur einen langen, dunkelroten Morgenmantel. Die dicke Schminkschicht vermochte die häßliche Schwellung ihres einen Auges nicht zu verbergen, und die Unterlippe auf der anderen Seite war so angeschwollen, daß ihr ganzes Gesicht wie eine tragische Clownsmaske aussah.

Sie betrachtete mich mit toten Augen. »Was gibt's?«

»Erinnern Sie sich an mich? Ich bin Veum – ich war schon mal hier, am Don . . .«

»Ich erinnere mich. Astrid ist nicht zu Hause.«

Sie wollte die Tür schon wieder zumachen, und ich lehnte mich vorsichtig nach vorn. »Und wo ist sie? In der Schule?«

»Das bezweifle ich.«

»Wo denn dann?«

Sie zuckte matt mit den Schultern. »Keine Ahnung.«

»Haben Sie gelesen, was mit Torild passiert ist?«

Sie nickte wortlos.

Ich sah mich nach beiden Seiten um. »Könnte ich vielleicht einen Augenblick reinkommen?«

Wieder zuckte sie mit den Schultern, bevor sie zur Seite trat. Es spielte keine Rolle für sie.

Ich folgte ihr durch den dunklen Flur ins Wohnzimmer.

Es war spartanisch eingerichtet, dominiert von verchromten Stahlrohrmöbeln mit schwarzen, nicht ganz sauberen Stoffkissen. In einer Ecke stand ein Fernseher und auf dem Boden darunter ein Videogerät, umgeben von einer Unzahl von Kassettenhüllen. In einem Regal stand ein Radio, ein doppeltes Cassettendeck und eine Lücke, wo der CD-Player hätte sein sollen. Die losen Kabel dahinter ließen denn auch darauf schließen, daß dort einmal einer gestanden hatte.

Aus dem Radio dröhnte ein durch Werbung finanzierter Sender seine halbhysterischen Spots in den Äther und in Gerd Nikolaisens Wohnzimmer. Sie ging und drehte irritiert die Lautstärke herunter. Als sie sich zu mir umdrehte, schnürte sie den Morgenmantel in der Taille enger zusammen, aber nicht so schnell, als daß ich nicht einen Blick auf die nackte Haut ihrer Brust erhaschen konnte.

Ich blieb stehen. »Diese Mädchen – Ist Ihnen klar, in welchen Kreisen sie sich bewegt haben?«

Sie nickte zu einem der Stühle, zum Zeichen, daß ich mich setzen sollte, und folgte mir dann, um sich auf das Sofa auf der anderen Seite des niedrigen Tisches zu setzen. Die Tischplatte war aus schwarzem Kunststoff und lag auf dem gleichen Stahlrohrfundament wie die anderen Möbel. »Klar – was meinen Sie denn damit?«

»Ich meine – wissen Sie, in welchen Kreisen sie sich bewegen, wenn sie in der Stadt sind?«

Sie nahm ein Päckchen Zigaretten vom Tisch, schüttelte eine Zigarette heraus, steckte sie in den Mund und sah sich nach etwas um, womit sie sie anzünden konnte.

Ich griff nach einem tonnenförmigen Feuerzeug, zündete und hielt ihr die Flamme hin. Ihre schmalen Finger mit der Zigarette dazwischen zitterten, als sie sich vorbeugte, und es war nicht zu übersehen, wie hellrot sie die Haut bis an den Ansatz ihrer rotlackierten Nägel abgekaut hatte.

»Nein, ich ... Man kann unmöglich alles unter Kontrolle haben, immerhin war ich die ganze Zeit mit ihr alleine.«

Sie lehnte sich zurück, schlug die Beine übereinander, so daß der Morgenmantel auseinanderfiel, und sog den Rauch so tief ein, daß er ihr beinahe zwischen den Beinen wieder herausgeströmt wäre. Dann blies sie ihn langsam auf normalem Wege wieder aus. Durch den blauen Rauch hindurch sah ich ihre Augen. Sie waren dunkelbraun, fast schwarz, als bestünden sie nur aus Pupillen.

»Aber – machen Sie sich keine Sorgen, wenn so was passiert wie mit Torild?«

Es zuckte leicht um ihre Mundwinkel. »Astrid kann auf sich selbst aufpassen. Besser, als ich es ihr beigebracht habe.«

»Wie meinen Sie das?«

»Vergessen Sie es.«

Ich seufzte. »Müßte Astrid nicht eigentlich in Ulriken zur Schule gehen?«

»Das ... Sie hat sich da unten mit den Lehrern in die Wolle gekriegt, und dann kam sie nach Nattland, das war wohl, als sie in der Fünften war, denke ich.«

»Und da hat sie also Torild und Åsa erst kennengelernt?«

»Åsa?«

»Åsa Furubø.«

»Oh? Ja, hat sie wohl.«

»Sie war nicht bei den Pfadfindern?«

»Bei den Pfadfindern? Astrid?« Ihre Oberlippe zog sich in einem schiefen Grinsen zurück, das die unregelmäßigen Zähne entblößte. Dann bildete sich eine Furche zwischen den Augenbrauen. »Doch, stimmt eigentlich, sie hat es mal versucht, ein paar Wochen.« Sie beugte sich vor und schnippte Asche in einen überquellenden Aschenbecher. »Aber als es daran ging, die Ausrüstung zu kaufen, wurde es zu teuer. Außerdem hatte sie kein Interesse.«

»Und wofür hatte sie Interesse?«

Sie sah mich fragend an. »Na ja, wofür interessieren sich Mädchen in dem Alter? Sie lief eine Weile in die Reithalle, aber wir hatten ja kein ... Dann ging sie eben nur noch neben den anderen her, wenn die ritten, half ein bißchen im Stall und so, und dann hörte sie da auch auf.«

Ich saß schweigend und wartete auf die Fortsetzung.

»Ansonsten – Popmusik und Kino und abends auf die Piste.« Mit einer leicht bitteren Grimasse stellte sie fest: »Sie fing früh an, mit Jungs zu gehen, die ...«

»Die ...?«

»Na ja, die deutlich älter waren als sie! So hat sie es sich wohl angewöhnt ...«

»Angewöhnt?«

»Ja?«

Jedes Mal wenn ich eine neue Frage stellte, sah sie mich an, als sei ich schwer von Begriff. Jetzt wechselte sie die Kniestellung, das andere kam nach oben, mit dem Resultat, daß noch ein Stück ihres Schenkels zum Vorschein kam. Trotzdem hatte die Bewegung nichts Verführerisches, sie war eher ein Ausdruck vollkommener Gleichgültigkeit. »Astrid und ich – wir gehen eigentlich nicht wie

Mutter und Tochter miteinander um, sondern eher wie zwei Freundinnen. Deshalb nennt sie mich auch Gerd. Sie dürfen nicht vergessen . . . ich war ja so jung, als ich sie bekam.«

»Wie jung?«

»Sechzehn.«

». . . einhalb?«

Sie sah mich verständnislos an.

»Aber wie war das mit dem Angewöhnen?«

»Wie? Na ja . . . weil wir ja fast gleichaltrig sind –« Sie hielt einen Augenblick inne, als erwartete sie, daß ich protestierte, aber ich sagte nichts. »Es konnte schon mal vorkommen, daß einer von ihren Verehrern ziemlich interessant war, auch für mich eben – und umgekehrt.«

»Mmh?«

Schnell setzte sie hinzu: »Ja, nicht so, daß wir . . . Sie müssen nicht glauben, daß wir – getauscht hätten. Aber es konnte eben – Situationen geben, wo man – eifersüchtig wurde, verstehen Sie?«

Ich hob meine Hand zu meinem Auge und nickte zu ihrem. »Diese Flecken, die Sie da . . . und hier . . .« Ich führte die Hand hinunter zur Unterlippe. »Sind die das Ergebnis einer solchen Situation?«

Sie preßte die Lippen zusammen, und es knisterte in ihren Augen. Die Hand, in der sie die Zigarette hielt, zitterte jetzt noch deutlicher, und bevor sie etwas sagte, atmete sie einmal tief durch die Nase aus.

Die Worte kamen über ihre Lippen hergekrochen wie Sumpfgetier unter einem umgewälzten Stein. »Ich kam nach Hause . . . gestern . . . Ich war nur unten gewesen, um einen Film auszuleihen und Zigaretten zu kaufen. Und sie glaubten wohl, sie könnten es schaffen, so auf die Schnelle . . .«

Ich wartete.

»Ich klingelte nicht. Das Quietschen ihres Bettes konnte ich ja bis zur . . .« Sie nickte zur Wohnungstür. »Sie war splitternackt, aber er hatte nur die Hose runtergezogen. Aber sie fickten wie die Kaninchen . . . Wie die Kaninchen!«

Das einzige Geräusch, das zu hören war, als sie Atem holte, war das gedämpfte, aber dennoch nachdrückliche Werbegebrabbel aus dem Radio.

In ihren Augen standen Tränen. »Sie hätten wohl Schamgefühl genug haben sollen, es sein zu lassen – hier in meiner eigenen Wohnung – wo ich jederzeit reinkommen konnte – Aber so ist er, nach ihm die Sintflut! Und sie . . .«

»Was geschah dann?« fragte ich leise.

»Es gab einen höllischen Krach, natürlich. Ich halt mich nicht gerade zurück, wenn ich erst mal in Fahrt bin!«

»Nein, das . . .«

»Sie sprang wie der Blitz in ihre Klamotten, und seitdem hab ich sie nicht mehr gesehen. Aber er . . .« Ein Ausdruck des Schmerzes trat in ihre Augen. »Er schlug einfach drauflos, als ob ich was falsch gemacht hätte. Hier – und hier – und guck mal hier –«

Mit einer harten Bewegung zog sie den Morgenmantel über ihre Schultern und entblößte den Oberkörper. Um die Brüste und auf dem Bauch hatte sie große blaue Flecken.

Sie sah an sich hinunter. Die kleinen Brüste sahen ziemlich kümmerlich aus. »Kann ich was dafür, daß ich keine hab, daß ich nicht so große hab wie sie? Wenn er auf Küken Appetit hatte, dann hätte er doch wohl woanders hingehen können, oder?«

»Von wem sprechen wir eigentlich?«

»Von wem? Na, von Kenneth!«

»Und wie heißt der Kenneth weiter?«

»Kenneth Persen! Kennen Sie ihn?«

»Nein, aber . . . Ich bin ihm begegnet, als ich das letzte Mal hier war und gerade gehen wollte.«

»Ja . . .« Sie hob resigniert die Hände und zog den Morgenmantel wieder um sich zusammen.

»Glauben Sie, Astrid könnte bei ihm sein?«

Sie sah mich bitter an. »Wenn ja, na dann gute Nacht, würd ich sagen.«

»Wissen Sie, wo er wohnt?«

»Warum? Haben Sie vor, ihn zu besuchen?«

Ich zuckte mit den Schultern. »In erster Linie wollte ich ja mit Astrid sprechen.«

»Er wohnt in einem Loch von einer Wohnung in Nedre Nygård. In der Jonas Reins Gate.«

»Sagen Sie . . . Astrid, Torild . . . wären Sie überrascht, wenn ich sagen würde, daß sie möglicherweise mit – Prostitution zu tun hatten?«

Der letzte Rest von Leben in ihren Augen erstarb. »Nein. Mich kann nichts mehr überraschen. Nichts.«

»Na ja, dann –« Ich stand auf.

Sie begleitete mich in den Flur. Ihr Blick reichte mir nicht weiter als auf Brusthöhe, als sie sagte: »Es hat gutgetan, mit jemandem zu reden.«

Ich zog meine Brieftasche hervor und gab ihr eine Visitenkarte, auf der nur mein Name und die Telefonnummer vom Büro standen. »Wenn Ihnen noch was einfallen sollte, oder wenn Sie mit jemandem reden müssen, dann können Sie hier anrufen. Wenn ich nicht da bin, können Sie eine Nachricht hinterlassen.«

»Danke«, sagte sie mit einem Gesichtsausdruck, als müßte sie das Wort erst testen, weil sie nicht mehr wußte, wann sie es zuletzt benutzt hatte.

»Ist doch selbstverständlich«, sagte ich und ging.

24

Plötzliche Todesfälle machen etwas mit jedem von uns. In jedem Fall machen sie uns älter.

Auch Randi Furubø war gezeichnet von den Ereignissen der letzten vierundzwanzig Stunden, wenn auch nicht so deutlich wie Gerd Nikolaisen. Ihr kräftiger Körper war irgendwie geschrumpft. Die Schultern schienen nach unten gebogen, als habe sie den vergeblichen Versuch unternommen, in sich selbst hineinzukriechen, um die Realität auszusperren.

Sie trug denselben braunen Rock, aber die Bluse war schwarz, und sie hatte die grau-weiße Strickjacke darüber bis oben hin zugeknöpft. Sie richtete instinktiv, aber unnötigerweise, ihr kurzgeschnittenes, dunkles Haar, während sie mich mit kritischen Blikken maß. »Veum?«

»Ja, tut mir leid, aber ich würde so gern noch mal ein paar Worte mit Åsa wechseln –«

»Sie ist in der Schule«, sagte sie bedächtig. »Und außerdem dachte ich wirklich . . .«

»Ja?«

»Daß jetzt die Polizei den Fall untersuchen würde.«

»Selbstverständlich. Ich betreibe nur ein paar Recherchen im Hintergrund.«

»Und was sollte das für ein Hintergrund sein, wenn ich fragen darf? Da sollten Sie doch wohl besser zu Torilds Familie gehen, oder?«

»Nicht direkt zur Familie vielleicht. Eher in das Milieu, in dem sie sich ab und zu bewegt hat.«

Ein Funke von Neugierde erschien in den braunen Augen. »Das Milieu – Sie meinen doch nicht etwa ... Ist denn was dran an dieser ...« Sie sah ein Stück den Berg hinunter, dorthin, wo die Stabkirche in Fantoft gestanden hatte.

»Vielleicht könnte ich reinkommen?«

Sie sah mich zweifelnd an, als sei ich ein Zeuge Jehovas und sie unsicher, ob sie mich wohl wieder loswürde. Dann trat sie mit leicht mißvergnügter Miene zur Seite. »Sie können hier drinnen ablegen.«

Dieses Mal kam ich ein Stockwerk höher. Das Wohnzimmer war einfach und stilecht, mit Parkettfußboden, Grünpflanzen in den Fenstern, Regalen mit Büchern und dezentem Nippes und etwas steifen Möbeln in Rot und Mahagoni, die sich als ausgesprochen bequem erwiesen. An einer Wand hing eine Handvoll Familienfotos, unter anderem ein Foto vom vermutlich ersten Schultag, auf dem Åsa frohgemut den Fotografen anstrahlte, als könnte ihr niemals etwas Böses widerfahren.

Ich sah auf die Uhr. »Wann erwarten Sie Åsa zurück?«

»Trond wollte sie abholen. Wir müssen ihr in diesen Tagen ein bißchen zusätzliche Aufmerksamkeit schenken. Sonst fürchte ich ... Die Sache mit Torild ist ihr natürlich unheimlich nahgegangen.«

»Selbstverständlich. Ich hatte fast erwartet, daß sie zu Hause geblieben wäre.«

»Nein, wir – sie selbst! – hat beschlossen, daß es am besten wäre, ganz normal weiterzumachen, in die Schule zu gehen, als sei es ein ganz gewöhnlicher Tag, und sich zu benehmen, als sei nichts geschehen –«

»Ja, das ist sicher nicht dumm.«

Sie wirkte wie eine Frau, die die Situation völlig unter Kontrolle hatte, deshalb kam ich direkt zur Sache. »Hören Sie, Frau Furubø, als ich anfing, an diesem Fall zu arbeiten ... Ziemlich schnell bin ich auf ein Milieu gestoßen, in dem sich in einem gewissen Rahmen – junge Mädchen prostituiert haben.«

Sie wurde sichtbar blasser. »Åsa nicht!« stieß sie heftig hervor. »Ganz sicher nicht!«

»Nein, dafür habe ich auch keine Indizien gefunden.«

»Na!« Sie atmete auf. »Aber warum kommen Sie da hierher und – sagen das so, als ob . . .«

»Aber Torild war allem Anschein nach darin verwickelt, und Åsa und sie waren schließlich Busenfreundinnen.«

»Ja, waren! Aber ich hatte den Eindruck, daß es viel weniger war, daß sie jetzt viel weniger zusammen waren als – als früher. Åsa würde nie . . .«

»Und was war mit der Geschichte mit der Lederjacke?«

Sie sah mich leicht verblüfft an. »Mit der Lederj . . . Na ja, aber . . . Das war ein ernster Schock für uns, natürlich, daß Åsa dabei war und was hat mitgehen lassen –«

»Na ja, mitgehen lassen?«

»Ja, ja, es war wohl Ladendiebstahl, wenn Sie es so ausdrücken wollen! Aber von so was zu . . . Die Sache ist jedenfalls aus der Welt!«

Ich fuhr mir über die Stirn. »Lassen Sie uns das hoffen.«

»Ja, das ist sie wirklich! Was meinen Sie eigentlich?«

»Na ja . . . Aber Sie haben gesagt, Åsa und Torild seien viel weniger zusammen gewesen als früher?«

»Ja, Åsa – sie hat nicht so viel erzählt, aber sie – Loyalität ist in unserer Familie immer ein wichtiges Grundprinzip gewesen – aber ich habe jedenfalls mitbekommen, daß Torild – daß sie jetzt oft geschwänzt hat, daß sie andere Freundinnen hatte, Freunde – ja, Jungs, die viel älter waren als sie, soweit ich weiß, kurz gesagt . . . Sie verkehrte in anderen Kreisen.«

»Aber Åsa ging ab und zu auch in die Stadt, oder?«

»Natürlich tat sie das. In welchem Jahrhundert leben Sie, Veum? Es hat keinen Zweck, sie einzusperren, auch wenn man das noch so gerne möchte!«

»Aber noch im letzten Jahr, zu Pfingsten, waren sie immerhin zusammen im Pfadfinderlager.«

»Ja, das waren sie – das war wohl, während sie noch . . .«

»Und dann hörten sie plötzlich beide auf. Das kam sehr plötzlich, oder? Daß sie aufhörten, meine ich.«

»Doch, das mag sein. Aber sie waren wohl da rausgewachsen. Sowohl Åsa als auch . . .«

»Sie waren doch draußen im Lager, um sie zu besuchen . . .«

»Waren wir? Doch, mag sein, wir sind oft . . . Also, wenn es nicht zu weit weg war.«

»Und ihr habt den Mädchen damals nicht angemerkt, was dazu geführt haben könnte, daß sie so plötzlich . . .«

»Nein, angemerkt? Ich kann mich überhaupt nicht daran erinnern!«

»Sie haben sie mit Torilds Vater zusammen besucht . . .«

Ihr Gesichtsausdruck wurde deutlich strenger. »Sollte daran etwas Ungewöhnliches sein?«

»Nein, ich . . .«

»Trond war über Pfingsten bei einer Gruppentour über den Folgefonn, und Sidsel – sie war an dem Tag ganz einfach nicht in Form. Sie wollen doch wohl nicht andeuten, daß . . . Woher haben Sie eigentlich diese Informationen?«

Bevor ich antworten konnte, hatte sie wieder das Wort ergriffen. »Sidsel und Holger und Trond und ich, wir waren befreundet seit – seit bald zwanzig Jahren. Wir haben zusammen Urlaub gemacht, wir haben mehrere Wochen im selben Segelboot gelebt, wir waren zusammen in der Sauna, wir waren die besten Freunde, ohne daß uns jemals in den Sinn gekommen wäre, nicht eine Sekunde lang, daß wir – daß da etwas sein könnte . . . Aber so etwas gibt es ja wohl nicht?« Sie sah mich anklagend an.

»Doch, sicher! Habe ich . . .«

»Aber heutzutage, da ist alles so sexuell fixiert, daß zwei gute Freunde wie Holger und ich nicht einmal gemeinsam nach Radøy fahren und unsere Mädels im Pfadfinderlager besuchen können, ohne daß die Leute hinter unserem Rücken reden. Ja, denn Sie haben das ja wohl nicht von Sidsel, denn dann . . .«

»Nein, nein. Das kann ich Ihnen versichern.«

»Sie, Herr Privatdetektiv! Sie sind es vielleicht gewohnt, Ihre Vormittagsbesuche bei Frauen zu machen, die sich mit Ihnen hinlegen, wenn Sie nur Ihr charmantes Lächeln spielen lassen . . .«

»Na, na . . .«

»Aber ich, ich würde einen wie Sie nicht zweimal ansehen, und wenn Sie nur in Badehose hier auf dem Teppich vor mir posieren würden, ich . . .!« Sie brach ihre Tirade ab, als habe sie sich plötzlich selbst reden hören, und mit roten, hektischen Blüten auf den Wangen versuchte sie, alles mit einem gekünstelten Lachen wegzuwischen.

»Das wäre wohl kaum ein vertretbares Benehmen, das muß ich zugeben.«

»Gut, reden wir nicht mehr davon. Aber eines will ich Ihnen sagen, Herr Veum. Wenn Sie nach einer zerrütteten Familie suchen, dann müssen Sie ins Furudal fahren. Die Beziehung ist kaputtgegangen, aber nicht Tronds und meine. Obwohl wir natürlich die ersten sind, die es bedauern. Ich meine, jetzt ist alles anders. Jetzt kann ich mich mit Sidsel treffen und Trond und Holger arbeiten ja zusammen, aber wir vier, wir können nie wieder etwas zusammen unternehmen, und das vermisse ich, wirklich!«

»Sie arbeiten nicht?«

»Nein, und das ist es nicht, was ich vermisse! Sondern gute Freunde!«

Ich nickte. »Haben Sie mit einem von ihnen geredet, nachdem Torild gefunden wurde?«

»Ja, ich habe angerufen, sofort, als ich es erfahren hatte, und mit beiden gesprochen. Ja, Holger ging ans Telefon, er war kurz da ... Aber was soll man sagen? Ein Kind zu verlieren – gibt es etwas Schlimmeres? Sie sind so jung, noch nicht fertig, und du hast sie begleitet, mit all deiner Liebe und Zärtlichkeit, über so lange Zeit, und dann plötzlich – sollen sie nicht mehr dasein!«

Sie sah ängstlich auf die Uhr. »Man kann es sich ganz einfach nicht vorstellen, glaube ich, bevor es einem selbst widerfährt. – Den beiden muß fürchterlich zumute sein. Ich hoffe nur ...«

»Was?«

»Daß der Schuldige gefunden wird, natürlich!«

»Ja, klar. – Åsa hat nie Namen genannt von diesen Freunden von Torild?«

Sie schüttelte leicht den Kopf. »Nicht, daß ich mich entsinnen könnte.«

Mit schweren Bewegungen begleitete sie mich nach unten und hinaus.

Ganz oben im Birkelundsbakken kam mir ein weißer Mercedes entgegen. Hinter dem Steuer erkannte ich schemenhaft Trond Furubø. Neben ihm saß Åsa.

Einen Augenblick überlegte ich, ob ich umkehren und hinter ihnen herfahren sollte, aber ich beschloß schnell, daß die Familie kaum für einen weiteren Besuch eines Mannes bereit war, der streng genommen nichts mehr mit der Angelegenheit zu tun hatte.

Statt dessen bog ich nach rechts ab, in Richtung Sædal.

25

Die Trauer stand Sidsel Skagestøl gut. Ihr Gesicht zeigte eine Art abgeklärter Schönheit, und auf eine Weise schien sie größer geworden zu sein, wie um aufgerichtet dem scharfen Gegenwind zu trotzen.

Ich folgte ihr in das große Wohnzimmer.

Dort war es eigenartig still. Weder das Radio noch andere Geräte liefen, und das Haus lag so weit abseits von den großen Verkehrsadern, daß nicht einmal ein fernes Dröhnen heraufdrang. Es war, als hätte sie sich vorgenommen, sich in der unerwarteten Situation durch nichts stören zu lassen.

Fast fühlte ich mich unangenehm berührt, als der pflaumenfarbene Ledersessel knarrte, als ich mich hineinsetzte, während sie sich auf die gegenüberliegende Seite eines kleinen rundes Tisches setzte, in dessen Mitte eine ziselierte Messingplatte mit hieroglyphenähnlichem Muster eingelassen war.

Sidsel Skagestøl trug ein graumeliertes, langärmeliges Oberteil und eine schwarze, weite Hose. Mit einem kurzen Seitenblick nahm sie eine Zigarette vom Rand eines Aschenbechers, prüfte, ob sie noch am Leben war, und sog dann den Rauch so langsam ein, bis ihr Blick die gleiche Farbe zu bekommen schien.

Mit einem traurigen Lächeln sagte sie: »Wir glauben, wir haben sie für immer. Aber wir müssen einsehen, daß das nicht stimmt.«

»Nein.«

»Es ist etwas Besonderes mit der Ältesten. Sie war die einzige – eine Weile. Ich erinnere mich noch . . . Ich stand an ihrem Bett und betrachtete sie im Schlaf. Stand da und horchte auf ihren Atem. Sah das kleine Bündel unter der Decke mit den Pu-der-Bär-Figuren.« Sie wurde etwas nachdrücklicher. »So unschuldig! So unberührt von allem! Und jetzt, sechzehn Jahre später, sitze ich hier, und sie ... sie ist ...« Sie machte eine vage Bewegung mit der Hand, in der sie die Zigarette hielt, so daß der Rauch eine Art Kreis in die Luft malte, als befände sich ihre Tochter irgendwo im Raum, für uns unsichtbar, aber doch anwesend.

»Das müssen schreckliche Tage gewesen sein. Ich meine, noch schrecklichere vielleicht wegen der Presseartikel.«

Sie betrachtete mich mit eigentümlich abwesendem Blick »Oh, das – Es war wohl schlimmer für Holger. Ich selbst habe das alles irgendwie ausgesperrt. Aber Holger ...«

»Er nahm es schwerer?«

»Als der erste Artikel erschien, ich weiß nicht, ob Sie ihn gesehen haben, der mit dem Foto ... Er fing an zu weinen. Schlicht und einfach zu weinen. Das hatte ich nicht mehr gesehen seit dem Tod seines Vaters, und das ist fast zwanzig Jahre her. Nicht einmal über Torild hatte er weinen können, aber der Artikel, der wühlte ihn so auf, daß ... Hinterher sprach er davon, vor Gericht zu gehen, und dann setzte er mich einfach in ein Taxi und fuhr selbst weg – zur Zeitung, nehme ich an. Als er zurückkam, war er grau im Gesicht. Er sah zehn Jahre älter aus, als ob die Reaktion bei ihm erst da eingetreten wäre.«

»Wo ist er jetzt?

Sie zuckte mit den Schultern. »Wieder bei der Arbeit. Bei der Polizei. Ich weiß es nicht.«

»Aber er hat sich angeboten, Ihnen zu helfen, ich meine, in diesen Tagen ...«

»Er hat angeboten, hier zu schlafen, ja. Aber wozu sollte das gut sein? Es ist vorbei, so oder so.«

»Definitiv?«

Sie nickte stumm, beugte sich vor und schnippte die Asche von der Zigarette.

»Sonst kann eine Situation wie diese ja oft etwas bewegen in – in solchen Konflikten.«

»Nicht bei uns.«

Es war nicht der richtige Tag, um zu fragen, warum. Außerdem ging es mich genaugenommen auch nichts an. Statt dessen sagte ich: »Die Polizei hat ja einen Zeugen festgenommen.«

»Ja, Helge Hagevik, kann das stimmen?«

»Sicher. Ich habe noch ni ... Kannten Sie ihn?«

»Nein.« Sie ließ den Blick durch das große Fenster wandern, wo wir den westlichen Teil des Gulfjells sehen konnten, die Neubaugebiete in Sandal und die etwas alteingesesseneren Gebäude in Midttun und Øvsttun. »Aber ich fange an zu begreifen, daß meine Tochter ... Daß Torild ein Leben außerhalb ihres Zuhauses hatte, von dem ich nichts wußte.«

»Hat jemand etwas gesagt?«

Sie machte eine vage Kopfbewegung. »Etwas gesagt – worüber?«

»Nein, ich dachte nur – Dieser junge Mann, das war offenbar jemand, den sie kannte?«

»Offenbar.« Sie seufzte. »Jetzt, hinterher, denkt man an all die Male, wo man nicht da war, denkt, daß – vielleicht ist es deshalb passiert – wenn du zu dem Handballspiel gegangen wärst, dich für die Kuchenlotterie gemeldet hättest, mit im Elternbeirat gewesen wärst, ja, dann wäre alles anders gekommen.«

»Auch, daß Sie sie im letzten Jahr nicht im Pfadfinderlager auf Radøy besucht haben?«

Sie sah mich verständnislos an, und ein paar nachdenkliche Falten traten auf ihre Stirn. »Radøy – Aber da war ich doch krank?« Sie legte die Hand auf den Bauch, als spürte sie die Nachwirkungen immer noch.

»Ja.«

Sie war jetzt wacher. »Wie in aller Welt kommen Sie jetzt gerade darauf?«

»Ach, ich ... Vergessen Sie's.«

»Nein, ich verlange eine Antwort!« sagte sie scharf. »Dies ist nicht der richtige Zeitpunkt, um den heißen Brei herumzureden.«

»Tut mir leid, es fiel mir nur so ein. Ich habe mit der Pfadfindergruppenleiterin gesprochen, mit Randi Søvik, und sie hat einfach nur erwähnt, daß nur Ihr Mann und Randi Furubø sie besucht haben.«

»Ja? Und mit Ihrem dreckigen Schnüfflerinstinkt haben Sie sofort eine – eine Konfliktquelle gewittert?«

»Nein, nein, ich ...«

Plötzlich lachte sie. Aber es war kein herzliches Lachen. »Meine Güte, Sie sehen aus, als hätten Sie in die Hose gemacht! Jetzt tut es mir wirklich leid, daß ich Sie engagiert habe. Wenn das hier das Ergebnis ist, dann ... Ich kann Ihnen versichern, daß – selbst wenn Holger und Randi auf diesem Ausflug nach Radøy etwas so

Unpassendes getan hätten – was ich mir in meinen wildesten Phantasien nicht vorstellen kann, die Chemie zwischen den beiden hat nie *so* gestimmt –, dann kann ich Ihnen jedenfalls versichern, daß das nicht gereicht hätte, um mich aus der Fassung zu bringen. Die Gründe dafür, daß Holger und ich auseinandergegangen sind, liegen viel tiefer ...« Sie setzte den Zeigefinger an die Stirn. »In unserer ganzen Art zu denken und zu sein, verstehen Sie? Und das ist alles, was ich zu der Sache zu sagen habe. Punkt!«

Sie stand auf. »Und nun, denke ich, ist es Zeit, daß Sie gehen.«

Ich kam auf die Beine und hob entschuldigend die Hände. »Sie müssen mir glauben, daß es nicht meine Absicht war, zu ...«

»Und Sie brauchen nicht wiederzukommen, Veum. Ich hoffe, ich habe Sie zum allerletzten Mal gesehen, ist das klar?«

Ich spürte, wie meine Gesichtshaut durchsichtig wurde, und der Versuch eines entschuldigenden Lächelns brachte kaum mehr als eine groteske Grimasse hervor.

Im Flur draußen drehte ich mich ein letztes Mal zu ihr um. »Dann wünsche ich Ihnen alles Gute, für die Zukunft ...«

»Unser herzlichster Dank, im Namen der Familie«, sagte sie sarkastisch und schloß demonstrativ die Tür hinter mir.

Als ich den kurzen Gartenweg entlangging, hörte ich ein undefinierbares Geräusch hinter mir, als schlüge sie mit den Händen gegen die Wand, stampfte auf den Boden, oder als taumelte sie nur von Weinkrämpfen geschüttelt im Haus herum.

Dann knallte eine Tür, mit einer Kraft, die die ganze Außenwand erzittern ließ.

Deutlicher hätte sie es nicht unterstreichen können. Ein Abschied ist ein kleiner Tod, sagen die Franzosen. Aber hier wurde ein regelrechter Mord begangen.

Als ich im Auto saß, hatte ich das Gefühl, daß etwas Endgültiges und Unabwendbares geschehen war. Ich hatte nur noch nicht begriffen, was.

Als ich im Büro ankam, versuchte ich noch einmal, Evy Berge anzurufen. Aber es hieß, sie sei in einer Besprechung, und die würde den Rest des Tages andauern.

Ich machte mir eine Notiz, daß ich sie etwas später von zu Hause aus privat anrufen wollte.

Mein Anrufbeantworter war tot. Niemand hatte versucht, mit mir Kontakt aufzunehmen, nicht einmal, um ein wenig wohlklingende Begräbnismusik zu spielen.

Ich öffnete die Schublade, in der der Brief mit der selbstgemachten Todesanzeige lag. Noch einmal drehte ich den Umschlag herum und sah auf die Rückseite, als sei der Name des Absenders mit unsichtbarer Tinte geschrieben und würde erst nach ein paar Tagen hervortreten.

Der Brief war in Bergen abgestempelt, am 17. Februar. Wenn ich ihn zur Polizei mitnehmen und sie bitten würde, ihn näher zu untersuchen, fänden sich vielleicht Fingerabdrücke darauf. Meine, die des Briefträgers und die des- oder derjenigen, die den Brief auf dem Postweg berührt hatten. Ob sie auch noch einen letzten, bis jetzt unbekannten Fingerabdruck finden würden, davon war ich gar nicht so überzeugt.

Mit einem Schulterzucken legte ich den Brief wieder in die Schublade zurück.

In der Schublade darunter lag die Flasche.

Ich nahm sie heraus, schraubte den Verschluß ab, hielt die Flasche an die Nase und sog den unvergleichlichen Duft von Anis und Kümmel ein.

Ich konnte der Versuchung nicht widerstehen, stand auf, ging zum Waschbecken und holte das Wasserglas, kehrte zurück und schenkte mir ein paar Fingerbreit vom Wasser des Lebens ein.

›Hat der zum Tode Verurteilte noch einen letzten Wunsch?‹

›Ein letztes Glas, Herr Henker.‹

›Genehmigt.‹ (Gluck-gluck)

›Dann trinke ich auf alle, die noch am Leben sind auf dieser Erde, ich trinke auf die Kinder, die weiterleben werden, und auf die Erwachsenen, die so lange durchgehalten haben, ich trinke auf Pfarrer und Heizer, Präsidenten und Installateure; auf alle, die . . .‹

›Es war die Rede von einem Glas, nicht von einer Vorlesung.‹
›Oh, ich bitte . . .‹ (Gluck-gluck)
Der Rest ist Gerissenheit. Selig sind die Einfältigen, denn auf Erden kriegen sie es dicke. Den Sieg tragen die Skrupellosen davon.
Ich stellte das Glas wieder hin, mit einem heftigen Knall. Genauso heftig, wie Sidsel Skagestøl die Tür zum Rest ihres Lebens für mich verschlossen hatte. Genauso heftig, wie jemand ihre Tochter aus dem Boden gerissen hatte, in den sie gepflanzt worden war, und sie als Jagdtrophäe aufgehängt hatte, irgendwo auf der Rückseite eines Sterns, nach dem man bis zum Jüngsten Gericht suchen konnte, ohne daß man ihn finden würde. Genauso heftig, wie sie einen Brief mit falscher Anschrift stempeln: ›Empfänger unbekannt‹.
Ich rief Karin an.
»Hast du heute abend was auf dem Programm?« fragte sie.
»Um elf Uhr muß ich auf eine Hurenkundendemonstration.« Als sie nicht sofort etwas sagte, fügte ich hinzu: »Ich meine natürlich eine Demonstration gegen . . .«
»Das dachte ich mir.«
»Ich muß eine Frau treffen, die wahrscheinlich etwas weiß über den Fall, an dem ich – na ja, den, zu dem ich gerade ein paar Nachforschungen anstelle. Vielleicht könntest du mitkommen?«
»Ist das dein Ernst?«
»Du weißt, daß ich es nicht mag, dich in die praktische Seite meines Broterwerbs hineinzuziehen, aber – es könnte ihnen vielleicht leichter fallen, mit mir zu sprechen, wenn du dabei wärst.«
»Gehen wir vorher essen?«
Ich schob das Glas endgültig zur Seite. »Selbstverständlich. Wann treffen wir uns?«
Wir verabredeten eine Zeit.
Bevor ich das Büro verließ, rief Sigrun Søvik an. Ihre Stimme klang zögernd und unsicher, als sei sie sich nicht sicher, ob sie das Richtige täte.
»Wenn Sie vorhaben, mich für die Pfadfinderbewegung zu werben, dann sind Sie ganz schön spät dran«, versuchte ich, einen leichteren Ton anzuschlagen.
Es gelang mir nicht. Mit hohler Stimme sagte sie: »Es geht um die beiden Mädchen.«
»Ja? Torild und Åsa . . .«

»Ja, mir ist da was eingefallen, das ich vielleicht – das Sie vielleicht wissen sollten, aber ich möchte nicht noch mehr Salz in die Wunden streuen, der Familie, meine ich, deshalb . . .«

»Wollen Sie es mir jetzt erzählen?«

»Wir könnten uns morgen irgendwann treffen, bei einer Tasse Kaffee?« sagte sie schnell.

»Ja, warum nicht?«

Wir verabredeten Zeit und Ort, sie legte auf und ich notierte mir das Ganze.

›Allzeit bereit‹, hieß es nicht so? Aber zu was? Vielleicht war das die Frage. Bereit zu sein – oder nicht?

Ich schüttelte die spekulativen Gedanken ärgerlich ab und verschloß die Tür sehr sorgsam, als ich mich auf den Weg machte, um mit meiner Freundin vom Einwohnermeldeamt zu Abend zu essen.

27

Die Ostseite von Nordnes war bei weitem nicht der wärmste Ort, an dem man einen schon von vornherein unterkühlten Montagabend im Februar verbringen konnte.

Die kleine Handvoll Demonstranten hatte sich auf dem Sunnhordalandskes Kai aufgestellt, und sie standen dicht beisammen, wie aus einer Art Fahnentreue, aber höchstwahrscheinlich eher, um sich warm zu halten.

Die Blicke, mit denen sie uns begegneten, waren zunächst skeptisch. Aber als sie sahen, daß wir Hand in Hand daherkamen und ich noch dazu wiedererkennend ein paar Gesichtern aus der Zeit beim Jugendamt zunicken konnte, entspannten sie sich und nahmen uns in einem Kreis auf.

Die Plakate, unter denen sie standen, trugen leicht wiedererkennbare Parolen wie: NEIN ZUR PORNOGRAPHIE! HOLT EUCH DIE NACHT ZURÜCK! NEIN ZUM VERKAUF VON GESCHLECHT UND KÖRPER! GENUG IST GENUG! und PORNO = THEORIE, VERGEWALTIGUNG = PRAXIS!

Ein paar Mädels mit zu Berge stehender Punkfrisur und Ringen in der Nase und an diversen anderen Stellen, hatten sich mit dem weit aufsehenerregenderen Spruch WIR BLASEN GRATIS! aufgebaut, ohne daß jemand Anstoß zu nehmen schien.

Es waren äußerst wenige Männer da. Ich zählte drei, abgesehen von mir selbst. Einer von ihnen erinnerte an einen angeheuerten Leibwächter. Die beiden anderen sahen aus, als seien sie ziemlich früh in den Siebzigern gezähmt worden und hätten nur zu ganz besonderen Gelegenheiten allein Ausgang.

Was die Frauen betraf, so war das ganze Spektrum vertreten. Einige von ihnen wären sogar dann unbehelligt geblieben, wenn sie splitternackt zu einer Mitternachtsmesse der Hell's Angels irgendwo in Mittelnorwegen erschienen wären. Andere hätten wohl kaum eine Vormittagsversammlung der Pfarrervereinigung unangetastet überstanden. Jedes Alter, von Mittelschülerinnen bis zu Großmüttern, war vertreten. Alle zeichneten sich allerdings durch ein glühendes Engagement für ihr Geschlecht aus, ungeschminkt bis zur Selbstverleugnung. In dem kalten Nordwind ballten sie die Fäuste gegen die vereinzelten Autofahrer, die an diesem Montagabend durch die C. Sundsgate rollten, und riefen im Chor: »Nieder mit den Hurenkunden! Kein Verkauf von Frauenkörpern! Nieder mit den Hurenkunden! Kein Verkauf von Frauenkörpern!«

Evy Berge erwies sich als eine kräftige Frau, fünf Zentimeter größer als ich, mit breiten, fast slawischen Gesichtszügen und kurzen hellen Haaren. Sie war Ende Dreißig, und der Blick, mit dem sie mich maß, war stahlblau mit einem nicht zu verachtenden violetten Kern.

»Laila Mongstad hat mir geraten, mich an dich zu wenden. Ich habe den ganzen Tag versucht, dich zu erreichen.«

»Wir sind viel zu wenige auf der Station. Da ist ständig der Bär los.« Sie nickte Karin zu, als sei sie eine Mitverschworene. »Eben das Los der Frauen, stimmt's?«

Karin nickte. »Doch, ich glaube, da hast du recht.«

»Du glaubst? Ich weiß es! Sieh dich um! Wer steht hier immer mehr unter Druck und ist mit ständig knapperen Budgets konfrontiert? Krankenschwestern, Lehrer, Postangestellte –«

»Die Polizei«, warf ich ein.

»Ja, das wären aber auch die einzigen! Und wer, glaubst du, vertreibt sich den Montagabend damit, im Auto herumzufahren und Prostituierte aufzusammeln?«

»Krankenschwestern, Lehrer und Postangestellte!« sagte ich.
»Hör' nicht auf ihn«, begann Karin.
»Direktoren . . .«
»Er sagt das . . .«
»Geschäftsführer und Abteilungsleiter . . .«
». . . nur so.«
»Oberärzte und Politiker. Männliche . . .«
Ich nickte. »Ich weiß.«
»Kurz gesagt, der Machtapparat. Die, die auch sonst in der Gesellschaft in Machtpositionen sitzen, die müssen auch, wenn sie sich Sex kaufen, in der Machtposition sein. Sie müssen sicher und buchstäblich gesprochen obenauf sein, um sich nicht da angegriffen zu fühlen, wo sie am allerverletzlichsten sind, wenn du verstehst, was ich meine.«
»Du sprichst mit vorbildlicher Klarheit. Es ist nicht mißzuverstehen. Genau deshalb muß ich mit dir reden.«
Sie sah sich um. »Hier? Jetzt?«
»Es passiert doch nicht viel, oder? Dann vergeht die Zeit schneller.«
»Na gut.« Sie zuckte mit den Schultern, und wir gingen ein ganz kleines Stück weg von den anderen, wie eine kleine Ausbrechergruppe von drei Leuten, die es vielleicht doch nicht gratis macht.
»Hinter was bist du eigentlich her?«
»Ganz kurz. Ich habe beim Jugendamt gearbeitet, bin seit bald zwanzig Jahren Privatdetektiv und weiß über das klassische Prostitutionsmilieu in der Stadt ziemlich genau Bescheid. Jetzt hatte ich einen Fall, der das Ganze wieder aktuell gemacht hat. Das junge Mädchen, das ermordet oben auf dem Fanafjell aufgefunden wurde.«
Sie nickte. »Aha.«
»Und deshalb will ich wissen, ob es in dem Betrieb neue Elemente gibt, neue Läden, wo man sich trifft und nicht gerade süße Musik die Herzen erfüllt, aber in jedem Fall jemand dabei abkassiert. Ich habe beispielsweise ein Lokal namens *Jimmy* entdeckt . . .«
»Die Spielhalle?«
»Ja. Und Laila Mongstad ist dabei, das zu dokumentieren, als Grundlage für eine größere Reportage.«
Sie lächelte. »Prima! Phantastisch!« Sie dämpfte die Stimme.

»Natürlich finden wir allein, auf eigene Faust, nicht so viel heraus. Aber man kommt auf uns zu, nicht zuletzt ein Teil der Prostituierten selbst.«

»Und wie sieht der Markt aus, im Moment?«

»Tja, du weißt doch wohl, warum wir gerade heute abend hier draußen sind, oder?«

Ich nickte. »Das ist altbekannt. Der Straßenstrich der fünfziger Jahre, der vom Strandkai aus hierher gezogen ist. Der Mädchenstrich vom Ole Bulls Plass, der jedenfalls zum Teil in diese Richtung verlagert wurde.«

»Zum Teil, ja. Neu ist natürlich die Rekrutierung aus dem Drogenmilieu, oft von sehr Jungen, mit ganz neuen Treffpunkten. Der Bereich um Bystasjonen zum Beispiel, ja zeitweise mitten auf der Torgalmenning, besonders im Sommer.«

»Die Schulferien?«

»Harte Zeit für viele Kids.«

Ein Lieferwagen mit großem, deutlich sichtbarem Firmenzeichen fuhr langsam an der Gruppe vorbei, die sich jetzt auf fast dreißig vergrößert hatte. Der Mann hinter dem Steuer beugte sich nach rechts und zeigte uns mit aggressiven Handbewegungen den Finger.

In gebrochenem Sprechchor erhoben sich die Stimmen: »Hurenkunden fahren langsam! Hurenkunden fahren langsam!«

Dann gab er Vollgas, spuckte Abgase aus seinem rostigen Enddarm, ließ die Hinterräder quietschen und verschwand um die nächste Ecke, ohne sich umzusehen.

»Dies ist die brutalste Form von Prostitution, natürlich – und die sichtbarste. Die, die von der Arbeit nach Hause eine Stunde länger brauchen oder nur kurz mal wegfahren, während die Kinder Sesam-Straße gucken.«

»Also auch so früh?« wunderte sich Karin.

»Aber ja. Um diese Zeit herrscht Konjunktur an der Mädchenbörse, meine Liebe«, sagte Evy Berge. »Kurz mal schnell zum Tollbodkai und auf die Parkplätze in der Umgebung, eine schnelle Nummer von Hand«, sie machte ein paar untermalende Bewegungen, »oder ...«, sie hob die Hand an den Mund, »vielleicht sogar ein Quicky auf dem Rücksitz, wenn man so viel ausgeben will.« Sie zog eine Grimasse und sah mit Ekel im Blick zu mir. »Männer!«

»Nicht alle«, sagte ich.

»Nein, nein, Schnuckelchen, nicht alle!«

Karin sah aus, als wolle sie etwas sagen, doch ich kam ihr zuvor. »Okay, aber die Mädchen, die ihre Aufträge woanders herbekommen, die landen oft in einem Hotelzimmer, oder?«

Sie sah plötzlich müde aus. Dann hielt sie uns ihre Hand hin, und in dem pädagogischen Stil, den sie offenbar pflegte, zählte sie an den Fingern ab: »Es gibt in der Stadt folgende verbreitete Formen der Prostitution. Erstens: Die, die hier draußen abgeht. Zweitens: Die über Kontaktanzeigen in Zeitungen, Zeitschriften und über den Telefonmarkt. Vom Typ ›Gut gebaute Blondine, 24, sucht gutsituierten Herrn für Vormittagsverabredung. Volle Diskretion erwünscht und gesichert.‹ Das sind Mädchen, die allein in einer gut ausgestatteten Wohnung leben und ihr Studium oder ihre Hobbys durch Prostitution finanzieren. Sie sind es, die in Zeitungsinterviews auftauchen, wo sie behaupten, sie hätten eine vollkommen professionelle Einstellung zu dem, was sie tun. Sie tun es freiwillig, und sie haben keine Skrupel dabei, sie sind, wie sie selber sagen, eine Art barmherzige Samariterinnen der Liebe, und sie wollen sowieso rechtzeitig damit aufhören.«

»Vielleicht sind sie das.«

»Vielleicht leben wir in einer degenerierten Gesellschaft! Einer Gesellschaft, in der man alles kaufen kann, sogar Liebe.«

»Wir sprechen von etwas, das manche das älteste Gewerbe der Welt nennen, oder nicht?«

»Wenn du mich fragst – abartige Männer sind älter.«

»Na gut, wenn du zu denen gehörst, die eine fundamentalistische Einstellung zur Schöpfungsgeschichte haben, dann schon.«

Sie überhörte die Bemerkung und fuhr in ihrer Auflistung fort. »Drittens: Hotelprostitution. Der ist am schwersten beizukommen. Wer kann die Bekanntschaften, die tatsächlich einfach beim Tanzen oder an der Hotelbar gemacht werden, von denen unterscheiden, wo es sich nur um Angebot und Nachfrage handelt? Wer kann schon volle Kontrolle darüber haben, was nachts in den Hotelzimmern passiert, ohne zur totalen Überwachung auf allen Ebenen zu greifen?«

»Nein, eben.«

»Und schließlich viertens: Die, wie soll ich sie nennen, institutionalisierte Prostitution. Die sich hinter anderen Branchen und

Betrieben verbirgt. Von den vieldiskutierten Massagesalons haben wir hier in der Stadt ja auch ein paar. Sie wechseln jedes halbe Jahr die Adresse, aber es sind dieselben Leute, die sie führen, und dieselben, die dahinterstehen und sie finanzieren. Ich kann dir die Adressen von mindestens zwei regulären Bordellen in der Stadt geben.«

»Aber hör mal, wie sieht es denn da mit den Zuhältern aus? Dort kann doch zum Beispiel die Polizei ansetzen.«

Sie sah Karin an, als sie antwortete. »Ich kann dir garantieren, daß in den allermeisten Fällen Männer dahinterstecken und auf jeden Fall an den Fäden ziehen. Diese Mädchen hier im Viertel, die haben alle ihre sogenannten Beschützer. Und haben sie keinen, dann kriegen sie einen. Wenn nicht, dann werden sie davongeprügelt. So einfach ist das.« Nach einer winzigen Pause fügte sie hinzu: »Das Schlimmste ist fast, daß sie sie brauchen. Einige der Kunden sind ekelhafte Schweine, und da kann es von Vorteil sein, jemanden in der Nähe zu haben, nach dem man rufen kann.«

»Das ist zum Kotzen!« sagte Karin mit Überzeugung.

»Einige von denen, die von Hotels aus operieren, haben auch ihre Hintermänner. Zum Teil ganz einfach unter den Hotelbesitzern.«

Ich hob die Hand. »Ja? Gibt es da jemanden, der sich zur Zeit besonders hervortut?«

»Du erinnerst dich sicher an das *Week End?*«

»Das jetzt *Pastell* heißt, ja.«

»Dort ist es ja ein paar Jahre ganz nett zugegangen, unter den neuen Besitzern. Aber letztes Jahr wurde das Hotel wieder verkauft, und jetzt – jetzt ist wieder alles beim alten. Das einzig Neue ist der Name und der Barkeeper.«

»Der Barkeeper?«

»Einer von unseren Kontaktleuten unter den Taxifahrern erzählt, daß eine der Telefonnummern, die zur Zeit in Umlauf sind, die Direktverbindung zur Bar im *Pastell* sei. Du brauchst nur nach Robert zu fragen.«

»Robert, gebongt. Du kannst sicher sein . . .«

Plötzlich wurde es um uns herum irgendwie still. Evy Berge hob den Kopf. Dann wurde sie blaß um die Nasenwurzel, wie ein witterndes Wildtier. »Wenn man von Kakerlaken spricht, dann kriechen sie unter deinen Stiefeln vor! Da hast du genau die Sorte.«

Ich folgte ihrem Blick. Karin zog sich augenblicklich ein paar Schritte zurück und ich fühlte, wie ihre Hand sich um meinen Oberarm krallte.

Zwei Typen kamen über die Straße geschlendert. Der eine trug sein Haar zu einer Schmalzlocke frisiert, wie ich sie seit den Fünfzigerjahren nicht mehr gesehen hatte. Das weiße Hemd, die hellblauen Jeans und die schwarzen Schuhe sahen unter dem langen, schwarzen Wollmantel hervor und versetzten ihn eindeutig in ebendieses Jahrzehnt. Er war schwer und kräftig, nicht von der Sorte, die den ganzen Vormittag im Fitneßstudio verbringt, um dich verprügeln zu können, eher der Typ, der den Bauch anhebt und ihn dir an den Kopf knallt, was allerdings kaum weniger effektiv ist.

Der andere wirkte in gewisser Weise älter. Er war klein und ging mit steiferen Schritten und einem winzigen Einknicken in einer Hüfte, als hätte er sie sich früher einmal verletzt. Sein Gesicht war etwas dicklich und der Bart weiß. Er hatte die blaue Strickmütze tief in die Stirn gezogen und den Kragen der karierten Holzfällerjacke hochgeschlagen, als wollte er eigentlich nicht erkannt werden.

Die Demonstranten rückten enger zusammen, und in den Gesichtern spiegelten sich Angst und Irritation, aber auch reine Wut wider. Der größte Mann aus der Gruppe hatte sich vor die anderen gestellt, an seiner Seite einer der Stubenreinen und ein paar Neuankömmlinge, die aussahen wie Studenten. Evy Berge hob die Schultern und kämpfte sich ebenfalls in die erste Reihe vor.

Ich wollte in ihr Kielwasser gehen, als Karin mich zurückhielt.

»Warte, Varg, es könnte . . .«

»Ich bin nicht zum ersten Mal an einem Februarabend unterwegs, meine Liebe.«

»Warte einfach mal ab, was passiert.«

»Okay.«

Der massive Typ im Wintermantel sprach ein auffallend sauberes Bergensisch, als sei er unter einem Rhododendronbusch in Kalfaret gezeugt worden. »Darf ich fragen, ob ihr für diese Demonstration eine polizeiliche Genehmigung habt?«

Evy Berge zog einen Briefumschlag aus der Tasche und wedelte damit vor seinen Augen herum. »Mit Stempel und Unterschrift! Du kannst ruhig nachsehen!«

Er betrachtete sie mit kohlschwarzen Augen. »Und wie lange gedenkt ihr uns, die wir hier im Viertel wohnen, noch um den Nachtschlaf zu bringen?«

»Um den Nachtschlaf bringen, dich!« piepste es von ziemlich weit hinten aus dem Haufen, und ein glucksendes Lachen breitete sich in der Gruppe aus.

»Wir haben die Genehmigung, bis Mitternacht weiterzumachen«, sagte Evy Berge.

»Geh doch nach Hause und sieh dir so lange einen Pornofilm an!« rief eines der Mädchen, die behaupteten, sie bliesen gratis.

Der Mann stellte sich auf die Zehenspitzen und sah über die Köpfe der Vordermänner. »Wer hat das gesagt?«

Das Mädchen stellte sich auch auf die Zehenspitzen. »Hier!«

Er sah von ihr hoch auf ihr Plakat. »Ist das da als Angebot zu verstehen?«

»Komm du ruhig, und ich beiß ihn dir ab!«

Er fing an, sich nach hinten durchzudrängeln. »Komm her, du kleine Fotzenleckerin, dir werd ich . . .«

Der Mann, der aussah, als sei er als Leibwächter angeheuert, stellte sich ihm in den Weg. »Immer mit der Ruhe, okay?«

»Und was zum Teufel bist du für einer? Eunuch, oder was?

»Polizeibeamter außer Dienst, was dagegen?«

Die beiden Männer standen reglos und starrten einander an. Sie waren gleich groß und sahen aus, als beherrschten sie die gleichen Kniffe. Ich fühlte, wie es zwischen meinen Schulterblättern kribbelte, ich hatte eine glühende Lunte im Bauch und furchtbare Lust, mein Maul aufzureißen. Karin hielt mich noch fester am Arm.

Der Mann mit der blauen Strickmütze sagte: »Na komm, Bernhard. Du hast gehört, was der Typ gesagt hat. Es lohnt sich doch nicht. Um zwölf Uhr hauen sie ab.«

Ich stand da und lauschte. Diese Stimme . . .

Ich reckte den Hals und versuchte, sein Gesicht besser zu erkennen, aber es waren zu viele Köpfe im Weg. Meine Hoden schrumpften zwischen meinen Beinen, einer der letzten Instinkte, die uns noch nicht verlassen haben und ein sicheres Zeichen dafür, daß wir in Gefahr sind. War das denn möglich . . .

»Na gut! – Zuckerschwanz!« zischte er den großgewachsenen Polizeibeamten an. »Dafür kriegst du wohl eine Gratisnummer, was?«

Der Polizeibeamte folgte ihm auf die Straße, aber Evy Berge ging resolut hinterher und hielt ihn zurück. »Laß dich nicht provozieren. Er weiß jetzt, mit wem er es zu tun hat.« Sie hob die Stimme. »Und wir kommen wieder! Verlaßt euch drauf!«

»Das ist wohl verdammt noch mal auch das einzige, wobei ihr kommt!« rief er ihnen von der anderen Straßenseite her zu.

Der Mann mit der Holzfällerjacke drehte sich nicht einmal um, sondern ging vorweg auf die Straßenecke an der Holbergsalmenning zu. Ich stand da und beobachtete seine Art zu gehen. Irgendwann vor zwanzig Jahren . . .

»Scheiße«, sagte ich zu mir selbst.

»Mmh«, sagte Karin und rückte noch näher. »Glaubst du, wir können jetzt gehen?«

Ich sah mich um. Die Gruppe war schon im Begriff, sich in kleinere Einheiten aufzuteilen. »Es sieht aus, als sei die Show für heute abend vorbei.«

Evy Berge kam zu uns herüber. »Manchmal waren wir tatsächlich gezwungen, die Polizei zu rufen. Aber heute abend ging es Gott sei Dank gut. – Eine nette kleine Demo, was, Varg Veum?«

Ich nickte. »Ich danke dir.«

»Komm!« sagte Karin. »Ich friere . . .«

Später, im Bett von Fløenbakken, als sie sich aufgewärmt hatte, hob sie den Kopf von meiner Brust, sah mir tief in die Augen und sagte: »Ich kann nicht anders, ich muß an Siren denken, wenn ich so was höre.«

Ich legte die Arme enger um sie und drückte sie vorsichtig an mich.

»Ich kann dir versichern, daß es den Mädchen, die sich auf diese Art verkaufen, auch mit sich selbst nicht besonders gutgeht. Ich habe viele getroffen in den Jahren, die ich schon in dieser Branche arbeite.«

»Und so jung . . .«

»Auch Jungs, leider. Aber sie sind trotz allem in der Minderheit, weil da draußen weniger Schwule rumlaufen als Heteros, wenn man alle Chromosomen auszählt.«

»Aber was ist es, das sie treibt, Varg?«

»Geld, schlicht und einfach. Manche müssen ihren Bedarf an Stoff finanzieren, aber andere wollen auch nur die richtigen Klamotten kaufen, zum Beispiel, um mit den Freundinnen mithalten können. Und die hartgesottenen Feministinnen da draußen irren sich, wenn sie glauben, daß Männer da generell eine Meise haben. Prostitution dreht sich in erster Linie um Macht. Man kann sich die Herrschaft über einen Menschen für einen begrenzten Zeitraum kaufen. Selbst die armseligsten Kerlchen erfahren, daß also jemand noch schwächer dasteht als sie selbst. Warum glaubst du, werden so viele von diesen Mädchen schließlich in ihrer eigenen Umgebung vergewaltigt und mißhandelt? Huren sind die Parias, Karin, und sind es immer gewesen.«

»Und eine von ihnen war meine Schwester. Ich habe es nur nie verstanden! Wir hatten dieselbe Mutter und denselben Vater, wir kamen aus demselben Milieu, sind zusammen aufgewachsen. Was war der Grund dafür, daß sie da gelandet ist, und ich . . .?«

»Tja, gute Frage. Geschwister sind eben verschieden. Die Gene verteilen sich unterschiedlich. Aber in erster Linie, glaube ich, geht es darum, mit wem du umgehst, was für Freunde du hast in den Jahren, in denen du ernsthaft den Kurs für dein Leben bestimmst. Siren hatte Pech, was das betrifft, das weißt du sicher selbst, und du . . .«

Sie legte den Kopf wieder auf meine Brust und murmelte: »Wenn wir nur geahnt hätten, daß es so kommen würde, damals, als wir klein waren, hätten wir es dann anders gemacht? Hätten wir das, was passiert ist, verhindern können? Hätten wir, Varg?«

Ich konnte ihr die richtige Antwort darauf nicht geben. Niemand konnte das.

Es wurde eine unruhige Nacht. Als ich endlich einschlief, trieb ich in einen unheimlichen Traum hinein. In einem Hotelzimmer mit Aussicht auf das Letzte Gericht traf ich den Mann mit der Holzfällerjacke wieder. Jetzt nahm er die Strickmütze ab und zeigte mir sein Gesicht. Aber es war kein Gesicht, es war ein nackter Totenschädel, als sei der Tod selbst auf Tournee in der Provinz und hätte endlich einen dankbaren Zuhörer gefunden.

Ich wachte schweißgebadet auf und war nicht in der Lage, wieder einzuschlafen.

28

Der Dienstag war ein Tag mit ruhigem, klarem Himmel, einem pfirsichfarbenen Licht im Osten und einem blassen Mond, von dem jemand über dem Damgårdsfjell und dem Lyderhorn ein Stück abgebissen hatte.

Wir gingen durch Kalfaret in die Stadt, folgten der Strömung in der Fußgängerzone von Marken, und am Strandkai gaben wir uns einen hastigen Abschiedskuß, bevor sie weiter zu den Büros des Einwohnermeldeamtes in Myrhjørnet ging und ich die Treppen hinauf in den dritten Stock, die Zeitung unter dem Arm und den Schlüssel in der Hand.

Im Laufe des vergangenen Tages hatte der ›Zeuge‹ den Status eines ›Verdächtigen‹ bekommen, aber man ließ ihn nach wie vor anonym bleiben.

Den Zeitungsartikeln zufolge stritt der ›Verdächtige‹ allerdings jegliche Beteiligung an dem Mord ab, abgesehen davon, daß er Torild Skagestøl ›bei ein paar Gelegenheiten‹ getroffen hatte. Eine der Zeitungen zitierte allerdings eine Quelle, die bestätige, daß der ›Verdächtige‹ zusammen mit Torild Skagestøl ›und einem anderen Mädchen‹ am Donnerstag nachmittag in ›der kombinierten Spielhalle und Snackbar *Jimmy* im Zentrum Bergens‹ gesehen worden war.

Ich blätterte in meinen Notizen zurück. Hatte Astrid Nikolaisen nicht dasselbe gesagt? Doch, da stand es, Torild und Åsa zusammen mit ›irgendeinem Typ‹. Helge Hagavik, der geheimnisvolle ›Verdächtige‹?

Ich notierte mir in Gedanken drei Dinge. Ich mußte mit Astrid Nikolaisen reden, ich mußte noch einmal mit Åsa reden und – wenn möglich – mit Helge Hagavik.

Damit würde ich den größten Teil des Tages beschäftigt sein und es würde mir weitgehend dabei helfen, die Gedanken an das Datum des folgenden Tages wegzuschieben.

Das Haus, in dem Kenneth Persen wohnte, lag auf der Schattenseite der Straße, in dem Stadtteil, der im Schatten des Klein-Manhattan in Nygårdstangen ruht und der kaum jemals wieder Licht sehen wird.

Sein Name stand an einem der acht Postkästen im Treppenhauseingang, aber als ich hinaufstieg, stand an keiner einzigen Tür ein Name, als seien alle Bewohner anonyme Alkoholiker.

Ich ging von Etage zu Etage, blieb stehen, um nach Geräuschen zu lauschen, die verrieten, daß jemand zu Hause war, und klopfte an einige der Türen, hinter denen ich meinte, Anzeichen von Leben zu vernehmen. Aber niemand öffnete.

Schließlich beschloß ich, daß ich genug Zeit in diesen Teil des Projektes investiert hatte und verließ das Haus.

Vor der Bystasjon saß eine Handvoll Jugendlicher, die Schultaschen zu ihren Füßen, rauchend auf einem Betonzaun am Zugang zur Fußgängerunterführung und rief den Passanten wenig aufmunternde Kommentare nach.

Ich ging in die Wartehalle und sah mich um. Der Geruch von Schmalz und Druckerschwärze stand wie eine Wolke der Selbstverachtung um die Snackbar auf der einen und den Kiosk auf der anderen Seite. Die grellen Plakate vor den Geschäften im ersten Stock gaben Auskunft, daß der Winterschlußverkauf noch immer andauerte, aber den Thrill hatte er längst verloren. Astrid Nikolaisen sah ich nirgends, aber im Laufe weniger Minuten beobachtete ich zwei offensichtliche Transaktionen auf dem Drogenmarkt, die man nicht einmal halbherzig zu verbergen sich bemühte.

Ich traf Sigrun Søvik wie verabredet im Café im ersten Stock.

Ihr Profil hob sich schwer von dem klaren Tageslicht ab, wie sie da an einem der Tische mit Blick auf das Lille Lungegårdsvann saß. Sie war genauso gekleidet wie bei unserer letzten Begegnung: rotes Hemd, blaue Jeans und graue Strickweste. Auf dem Stuhl neben ihr hing eine graubraune, etwas altmodische Schafslederjacke mit einem Atomkraft-Nein-Danke-Anstecker.

Ich begrüßte sie schon von weitem und holte mir am Tresen eine Tasse Kaffee, bevor ich zu ihrem Tisch schlenderte und mich ihr gegenüber setzte.

Ich pulte zwei Stück Zucker aus dem Papier, steckte eines in den Mund und nahm einen Schluck von dem heißen Kaffee.

Sigrun Søvik beobachtete mich dabei, als demonstrierte ich ihr gerade ein halsbrecherisches Kunststück – wenn sie nicht einfach nur froh war, noch eine Galgenfrist zu haben.

Ich warf ihr einen schnellen Blick zu.

Sie hatte auffällig rote Wangen, als hätte sie sich beeilen müssen, um nicht zu spät zu unserer Verabredung zu kommen. Ihr

Blick flackerte zwischen der Kaffeetasse und meinem Gesicht hin und her, ohne irgendwo zur Ruhe zu kommen.

»Sie wollten mir etwas erzählen«, begann ich vorsichtig.

»Ja, das ... Hinterher ... Mir fiel plötzlich ein ... So, wie ich mich ausgedrückt habe, hätten Sie auf den Gedanken kommen können, daß sich zwischen Frau Furubø und Holger Skagestøl etwas abgespielt hätte. Als sie uns draußen auf Radøy besucht haben.«

Ich nickte leicht. »Nj-ja, nicht unbedingt.«

»Aber ich ... ich weiß, daß es nicht so war!«

»Aha?«

Sie sah mich erschrocken an. »Ja, ich meine, das weiß ich nicht, aber ... Hatten sie denn was miteinander?«

Ich mußte gut nachdenken. »Jetzt versteh ich nicht ganz, worauf Sie ...«

»Ich meinte nur ... Ich weiß jedenfalls, warum Torild und Åsa aufgehört haben, das wollte ich sagen.«

»Und das hatte nichts mit ...«

»Nein! Und deshalb dachte ich ... Dann brauchen Sie jetzt jedenfalls niemanden damit zu quälen, wo diese schreckliche Sache mit Torild passiert ist –«

»Tja ...« Ich nickte ihr aufmunternd zu. »Und was war der Grund dafür, daß sie aufhörten?«

»Ich ... Na ja, ich habe sie auf frischer Tat ertappt.«

»Auf frischer Tat?«

Sie sah aus dem Fenster zum Elektrizitätswerk, ohne daß es ihre Laune aufzuhellen schien. »Wissen Sie, Jugendliche in dem Alter haben gerade – sie sind dabei, sich selbst zu entdecken. Und an dem Freitagabend, nachdem schon alles ruhig sein sollte, machte ich die Runde und inspizierte die Zelte, wie immer. Ich hörte – Geräusche aus dem Zelt, in dem Torild und Åsa lagen. Das Licht einer Taschenlampe. Ich rechnete natürlich damit, daß sie lasen oder Schokolade aßen oder ... so was. Aber als ich den Reißverschluß aufzog und den Kopf hineinsteckte ...«

Ich wartete.

»Sie waren – nackt, und sie ...« Ihr Blick rotierte wie ein Suchscheinwerfer. »Ich habe ja viele Jahre lang Jugendarbeit gemacht, ich lasse mich nicht so leicht schockieren, aber so jung, und schon so verdorben!«

»Mit anderen Worten, sie . . .«
»Ja, ich sage nicht mehr! Nicht, wie!«
»Na gut, okay, aber was haben Sie gemacht?«
»Ich habe sie zurechtgewiesen, natürlich! Trennte sie und ließ sie in verschiedenen Zelten schlafen für den Rest der Zeit, aber natürlich habe ich niemandem etwas gesagt, niemandem, verstehen Sie, bis jetzt! Ich will nicht, daß es herauskommt, daß so was passieren konnte, während sie unter meiner Aufsicht standen! Verstehen Sie!«
»Ich verstehe. Aber ich kann auch nicht einsehen, warum man darum viel Aufhebens machen sollte. Wir waren doch alle mal jung –«
»Ich nicht!«
»Nein?«
»Nicht so, meine ich . . .«
»Nein, das . . .«
Sie sah auf die Uhr. »Aber jetzt muß ich gehen. Ich wollte nur, daß Sie wissen, daß sie deshalb aufgehört haben! Weil es ihnen peinlich war, natürlich! Sie trauten sich nicht mehr, mir in die Augen zu sehen, alle beide nicht, die ganze restliche Zeit im Pfingstlager.«
Sie stand auf und zog die Lammfelljacke an. Einen Augenblick lang zögerte sie. »Sie behalten es für sich, ja? Jetzt, wo Sie wissen . . .«
Ich sah sie beruhigend an. »Das wird kein . . . Wie Sie selbst gesagt haben, sie haben jetzt mehr als genug andere Sorgen, als alte Jugendsünden –«
Als sie gegangen war, leerte ich langsam die Kaffeetasse, bevor ich es ihr gleichtat.
Um das Lille Lungegårdsvann herum war der Entenschwarm deutlich kleiner geworden. Nur die allesfressenden Möwen liefen auf dem alten, brüchigen Eis umher und pickten an einer der offenen Wasserstellen, in der Hoffnung, etwas Eßbares zu finden. In der Glasfassade des Anbaus am Hotel Norge spiegelte sich der Winterhimmel in blassen Pastellfarben. Der Musikpavillon im Bypark war bar jeglicher Blumenpracht, und die Beete waren mit Tannenzweigen abgedeckt, um die Hoffnung auf den Frühling wachzuhalten. Wer wollte schon im Februar sterben und begraben werden, wenn das Leben langsam wieder erwachte, die neuen

Triebe langsam ihre Fühler durch die Winterdecke streckten und die Sonne bald anfangen würde zu wärmen.

Ich nicht, und niemand sonst.

29

Ich traf Dankert Muus in seinem Büro an.

Er sah auf, als ich an die Tür klopfte, und wirkte so begeistert, als wäre ich an einem freien Samstag mitten durch sein Tulpenbeet getrampelt.

»Kann ich ein paar Takte mit Ihnen reden?«

»Wenn es sich nicht vermeiden läßt.« Er sah mich mißtrauisch an. »Ich hab Ihnen 'ne klare Anweisung gegeben, stimmt's, Veum?«

»Schon, aber jetzt geht es tatsächlich um etwas anderes.«

»Und das wäre?«

»Aber ich lese ja in den Zeitungen, daß ihr große Fortschritte macht.«

»Ach ja?«

»Der, den ihr da in der Mangel habt . . . Ihr habt wahrscheinlich klare Indizien, weil er jetzt zum ›Verdächtigen‹ aufgestiegen ist?«

»In den Zeitungen, ja! Sie müssen nicht alles glauben, was Sie lesen. Aber ich gebe keine Kommentare ab, weder an Sie noch an irgend jemand anderen außerhalb des Hauses.«

»Es ist immer noch keine Anklage erfolgt, stimmt's?«

Er sah mich matt an. »Was wollten Sie denn, Veum?«

»Sie meinen nicht, es könnte helfen, wenn ich mit ihm reden würde?«

»Er sitzt in U-Haft, Veum. Die lassen keine Menschenseele zu ihm rein, die nicht einen äußerst triftigen Grund hat.«

»Wer ist sein Anwalt?«

»Vidar Waagenes, der Arsch. Aber ich hab Sie gewarnt, oder?«

Ich sah ihn an. Obwohl er klang wie immer, war es doch nicht derselbe alte Muus, der da saß. Er hatte etwas Resigniertes und Müdes an sich, als sei der rote Kreis auf seinem Wandkalender alles, was ihn aufrecht hielt.

Ich beugte mich vor. »Ich war gestern kurz hier. Helleve hat mir grünes Licht gegeben, meine Nachforschungen im Prostitutionsmilieu anzustellen.«

»Ach ja?«

»Ich meine, wir wissen, daß Torild Skagestøl . . .«

»Veum!« Er schloß die Augen, als ich nur den Namen erwähnte.

»Nein, hören Sie zu, Muus, ich hab Ihnen was zu sagen.«

Er öffnete die Augen wieder und nickte resigniert. »Na gut, na gut!« sagte er mit müder Miene und lehnte sich schwer im Sessel zurück.

»Wir wissen, daß sie in einer Reihe von Lokalen verkehrte, die, wie wir wissen, mit diesem Milieu in Verbindung stehen. Ich habe mit einer Frau gesprochen, die sie als diejenige wiedererkannte, die mit Richter Brandt zusammen war, an dem Tag, als . . .«

Er stampfte hart mit beiden Füßen auf den Boden und richtete sich auf. »Veum!«

»Und ein Lokal, in dem sie oft verkehrte, war die Spielhalle *Jimmy,* von der die Zeitungen heute auch berichten, und die die meisten als eine offensichtliche Vermittlungszentrale betrachten, und da rede ich nicht von Telefongesprächen, Muus, ich rede von Geschäften.«

Ich ließ mir die Initiative nicht aus der Hand nehmen. »Ein Tip, den ich von den Frauenrechtlerinnen bekommen habe, die für die Demonstration gestern abend in der C. Sundts Gate verantwortlich sind, geht in Richtung der Bar im ehemaligen *Week End,* das heutige *Pastell,* das eine entsprechende Kontaktstelle sein soll. Und wem gehören sowohl das *Jimmy* als auch das *Pastell,* Muus? Keinem anderen als Birger Bjelland, dem verlorenen Sohn aus Stavanger!«

Er sah mich streng an. »Das unterliegt einer anderen Abteilung, Veum.«

»Auch wenn es in direktem Zusammenhang mit dem Mord steht?«

»N-ja . . . Nein, dann vielleicht nicht.«

»Nichts wäre euch lieber, als endlich Birger Bjelland in die Finger zu bekommen und zuzudrücken, oder?«

»Das wird nicht mehr in meiner Zeit passieren.«

»Wenn ich ihr wäre, hätte ich Helge Hagav . . .«

»Von wem haben Sie den Namen, Veum?«

»Ich . . . Von einem Informanten bei der Presse«, log ich schnell.

»Scheiße, Scheiße, Scheiße! Da sind wieder die Geier am Werk. Und was wollten Sie uns empfehlen, ihn zu fragen, sagten Sie?«

»Was er mit Birger Bjelland zu tun hat. Wer Torild Skagestøl dazu gebracht hat, Drogen zu probieren, und wo sie den Stoff her hatte.«

»Okay, Veum. Ich nehm Sie beim Wort. Sollte das ein Motiv für den Mord sein, meinen Sie?«

»Das, oder Eifersucht.«

»Weil sie ...« Er machte ein paar illustrierende Handbewegungen.

»Zum Beispiel.«

Muus stand auf, ging zum Wandkalender, als wollte er dem Tag mit dem roten Kreis möglichst nahe sein, drehte sich um und nagelte mich mit seinem schweren Blick fest. »Aber Sie haben gesagt, Ihr Besuch gelte eigentlich was ganz anderem, Veum.«

Ich schob den Stuhl ein wenig nach hinten, um ein bißchen aus seiner Schlagweite zu sein. »Ja. Ich bin gekommen, um eine Anzeige zu erstatten.«

Er hob die Augenbrauen. »Und gegen wen?«

»Das weiß ich nicht.«

»Was Sie nicht sagen.« Er seufzte schwer, ging an seinen Schreibtisch zurück und setzte sich wieder. »Wie buchstabieren Sie das?«

Ich steckte die Hand in die Manteltasche, zog den Umschlag mit dem Drohbrief heraus und legte ihn hin. »Vor dem letzten Wochenende bekam ich das hier.«

Stumm öffnete er den Umschlag. Wortlos las er, was auf dem Papier stand. Dann hob er seinen Blick wieder. »Wann findet die Beisetzung statt? Damit ich mir freinehmen kann, meine ich.«

Ich verzog die Mundwinkel zu einem schiefen Grinsen.

»Sie nehmen das doch nicht ernst, oder?«

»Sollte ich das?«

»Veum ... Im Laufe der bald vierzig Jahre, die ich in dieser Abteilung bin, habe ich unzählige Drohungen bekommen, die meisten wohl allerdings mündlich, und dann meistens im Gerichtssaal, aber auch nicht wenige schriftlich. Nie, nicht ein einziges Mal, hat jemand auch nur andeutungsweise versucht, die Drohung in die Tat umzusetzen.«

»Also Sie meinen, ich sollte sie einfach ignorieren?«

»Wir können Ihnen jedenfalls nur auf dieser Grundlage hier keinen persönlichen Schutz anbieten. Aber ich kann die Streifenwagen natürlich anweisen, ihre Route zu verlegen und öfter mal durch Ihre Straße zu fahren, wenn Sie wollen. Wann war das noch mal?« Er sah auf den Brief hinunter. »Morgen. Aha. Dann wird es wohl am Montag oder Dienstag sein.«

»Äh, was?«

»Die Beisetzung«, sagte Muus zynisch. Dann wechselte er den Gesichtsausdruck. »Aber, mal ehrlich, Veum. Haben Sie persönliche Feinde, ich meine, so große Feinde, daß sie darauf kommen könnten, Ihnen so was zu schicken?«

Ich zögerte ein wenig.

Er sah es. »Ja?«

»Erinnern Sie sich an Messer?«

Es blitzte in seinen Augen auf. »Nun gab es ja mehrere mit dem Namen. Aber ich nehme mal an, Sie meinen den, den Sie damals hinter Gitter gebracht haben, wie hieß er noch gleich – Harry Hopsland?«

»Ich glaube, ich habe ihn in der Stadt gesehen ...«

»Hat er nicht damals Sie angezeigt?«

»Das wissen Sie also noch?«

»Als könnten wir das jemals vergessen, Veum. Daß das Verfahren eingestellt wurde, meine ich.«

»Ich habe gehört, daß er sich nach seiner Freilassung meist im Østland aufgehalten hat?«

»Schon möglich. Eine Minute, ich hole seine Karte aus dem Archiv.«

Ein paar Minuten später war er mit einer kleinen Karteikarte in der Hand zurück, zum Teil maschinenbeschrieben, aber mit Zusätzen in Kugelschreiber und Bleistift. »Mal sehen. Das stimmt. Er hat sechs Jahre gesessen. Nachdem er rauskam, hielt er sich hauptsächlich in Vestfold auf, ab und zu in der Umgebung von Oslo. Er hatte Kontakte zu dem Milieu um die großen Geldkettenbriefe in der ersten Hälfte der achtziger Jahre. Zweimal wurde er wegen Körperverletzung angeklagt, verschärft wegen Gebrauchs gefährlicher Waffen. Das eine Mal saß er neun Monate. Das zweite Verfahren wurde eingestellt aus Mangel an Beweisen. Außerdem wurde er im Sommer 1989 in Sandefjord festgenommen wegen Verdacht auf Zuhälterei in einem Touristenhotel, aber auch der

Fall kam nicht vor Gericht, wahrscheinlich aus demselben Grund.«

»Und was ist mit ... Als wir ihn damals hier in der Stadt gekriegt haben, weil er die Zuhälterei mit Dealen verband. Er war sowohl Henne als auch Ei, sozusagen.«

»In dem Fall hat er es geschafft, nicht erwischt zu werden.« Muus drehte die Karte um. »Aber Sie meinen, er könnte wieder in Bergen sein?«

»Darüber steht da also nichts?«

»Nein, aber wir registrieren hier ja auch nicht alles, wissen Sie.« Er nickte. »Aber er hat Familie hier in der Stadt, wie ich sehe.«

»Ach ja?«

»Einen Sohn. Ole Hopsland, geboren 1971. Und dann hat er noch zwei Brüder, das heißt, Halbbrüder müßten es wohl sein. Auch von derselben Sorte. Die Persen-Brüder.«

Ich beugte mich abrupt nach vorn. *»Persen?!«*

»Ja, kennen Sie sie?«

»Nein, aber ich habe gerade ...«

»Sie haben sich die letzten fünfzehn bis zwanzig Jahre im halbkriminellen Milieu hier bewegt. Kalle arbeitet im ...« Er hielt einen Augenblick inne. »Genau. Im *Jimmy.*«

»Eben.«

»Kenneth hat wohl nie einen ordentlichen Job gehabt, denke ich. Arbeitssuchend, ist das nicht der moderne Ausdruck dafür, damit wir sozusagen vergessen, daß sie -los sind, und daß einige das den Rest ihres Lebens sein werden ...«

»Ihn habe ich übrigens auch getroffen, im Zusammenhang mit diesem Fall.«

»Haben Sie?«

»Ja. Zu Hause bei einem der Mädchen, die ihr sicher als Zeugen vernommen habt. Astrid Nikolaisen.«

»Das ist möglich. Jensen hat sich um die jungen Mädchen gekümmert.«

»Abgesehen davon, daß sie seit Sonntag nicht mehr zu Hause aufgekreuzt ist.«

Er runzelte die Stirn. »Nicht aufgekreuzt, sagen Sie?«

»Ja, ich ... Aber alles deutet darauf hin, daß sie mit Kenneth Persen zusammen ist.«

»Großer Gott. Jaja, ich werde wohl Jensen darauf ansetzen, das zu überprüfen.«

»Ich kann euch zeigen, wo sie wohnt.«

»Es reicht, wenn Sie uns die Adresse geben, Veum.«

»Sicher?«

»Wie das Amen in der Kirche?«

Ich gab ihm die Adresse in Nedre Nygård. Nachdem er sie aufgeschrieben hatte, sah er schräg zu mir auf. »Was war das eigentlich mit Ihnen und dem Messer damals, Veum? Irgendwas mit einem Mädchen, oder?«

30

Ich parkte direkt vor der Nattland-Schule. Es waren noch zehn Minuten bis zum Klingeln nach der letzten Stunde.

Ja, es war irgend etwas mit einem Mädchen gewesen. Aber nicht so, wie Dankert Muus es immer gerne dargestellt hatte.

In den Jahren, in denen ich beim Jugendamt arbeitete, hatten zwei Fälle mich besonders beschäftigt. Der eine war Siren, Karin Bjørges Schwester. Der andere war Eva-Beate.

Um Siren hatte ich mir nicht viele Sorgen gemacht. Sie kam aus einer Familie, die sie liebte, und hatte eine Schwester, die ein paar ihrer besten Jugendjahre opferte, um sich um sie zu kümmern. Daß es schließlich so kam, wie es kam, daran trugen weder die Familie noch die Schwester eine Schuld.

Mit Eva-Beate war es anders gewesen. Sie war ein Heimkind. Ihre Mutter war drogensüchtig gewesen und hatte sich das Leben genommen, als die Tochter gerade erst drei Jahre alt war, und ich habe nie wirklich herausbekommen, ob sie sich an diese erste, chaotische Phase ihres Lebens erinnern konnte. Der Vater gehörte zur Familie Unbekannt. Er war nicht einmal ein Name beim Einwohnermeldeamt. Die Versuche, sie bei Pflegeeltern unterzubringen, waren mißglückt. Sie lief jedes Mal weg. Der einzige Ort, an dem sie sich einigermaßen zu Hause fühlte, war das Kinderheim. Das ging gut, solange die alte Heimleiterin noch da war. Als sie pensioniert wurde, kamen neue Kräfte ans Ruder. Sie setzten darauf, Eva-Beate Möglichkeiten zu verschaffen, die sie früher nicht gehabt hatte, und versuchten, sie in die Schule und zu berufsvorbereitenden Kursen zu zwingen. Aber da war das Weglaufen zu so was wie einem Lebensstil für sie geworden. Sie war eines dieser verzweifelten Kinder, die nichts mehr halten konnte, die dem Licht auswichen, wo sie nur konnten, und die von Dunkelheit angezogen wurden, wo immer sie zu finden war.

Am Anfang war sie nur eines der bekannten Gesichter, die immer auftauchten, wenn wir durch abbruchreife Häuser gingen, auf der Jagd nach anderen. Eine von denen, die immer wieder eingefangen wurden, wenn die Polizei ihre Razzien in der Drogenszene machte. Dann entwickelte sich plötzlich eine Art Beziehung zwischen uns, als würde ich sie an irgend jemanden erinnern. Ich lud sie bei mir zu Hause zum Essen ein. Zusammen mit einer Kollegin machten wir Wanderungen im Fjell. Langsam, aber sicher zogen wir sie weg vom Drogenmilieu und fanden heraus, wer ihr Zuhälter war. Aber sie wollte nicht, daß wir ihn anzeigten. Sie traute sich nicht einmal, daran zu denken, gegen ihn aussagen zu müssen. ›Er nimmt das Messer‹, erzählte sie. ›Ein Mädchen, das gequatscht hat, hat er hier – und hier – und hier aufgeschnitten!‹ Sie zeigte auf beide Wangen und dann auf die Brüste.

Dann, eines Tages im Oktober 1973, suchte ich ihn persönlich auf, an seinem Stammtisch ganz hinten im *Ugla*. Er forderte mich auf, mit vor die Türe zu kommen, und wir gingen die Olav Kyrres Gate hinauf in Richtung Nygårdshøyden. Wir gingen auf den Hof vor der alten Villa, in dem sich das Musikkonservatorium befand, und plötzlich zog er das Messer. Aber ich war vorbereitet und trat ihm gegen den Oberschenkel und drehte seinen Arm auf den Rükken, so daß er die Waffe fallen lassen mußte. Während ich das Messer wegkickte, hielt ich eine meiner Reden: ›Ich kann dir den Arm brechen, Messer, oder ich kann es lassen. Aber ich weiß alles, was es über dich zu wissen gibt, und wenn du nicht verdammt noch mal deine dreckigen Pfoten von Eva-Beate läßt, dann sag ich der Polizei alles, was ich weiß, und schick einen Durchschlag an den Teufel höchstpersönlich.‹ Er stöhnte: ›Und warum machste's nich'?‹ Ich schraubte seinen Arm noch ein Stückchen höher, ohne zu antworten. ›Hör auf!‹ stöhnte er schließlich. ›Ich laß sie in Ruh'!‹

Ich ließ ihn los, so daß er nach vorn taumelte, beugte mich hinunter, hob sein Messer auf und steckte es in die Tasche. Er sah mich an mit den Augen einer in die Enge getriebenen Ratte: ›Aber fühl dich verdammt noch mal bloß nich' zu sicher, Veum! Eines Tages krieg ich dich, und wenn das ganze Jugendamt drumrumsteht und aufpaßt!‹ ›Warten wir's ab‹, sagte ich, jung und verwegen wie ich damals war.

Aber er war wie die meisten anderen in seinen Kreisen auch nur ein Großmaul. Ich sah und hörte anderthalb Jahre nichts von ihm.

In der Zwischenzeit ging es Eva-Beate besser, als alle es je erwartet hatten. Sie ging wieder richtig in die Schule, bekam endlich eine Pflegefamilie, in der sie sich wohl fühlte, verliebte sich und hatte Liebeskummer, so wie das Leben für eine Fünfzehnjährige eben sein sollte, obwohl sie wohl noch immer etwas zu viele schlechte Erinnerungen hatte, um sich im Freundeskreis ganz gehenzulassen. Ich selbst verfolgte ihre Entwicklung mit Zufriedenheit, wie ein freundlicher Onkel am Rande ihres Lebens, und ich führte sie mehrmals als Beispiel dafür an, daß es doch gelingen konnte, wenn ich an Fällen arbeitete, die mindestens genauso hoffnungslos aussahen, wie ihrer ausgesehen hatte.

Dann plötzlich, am Ersten-Mai-Wochenende 1975, verschwand sie. Die Pflegefamilie war verzweifelt, ich ließ alles stehen und liegen, setzte die Sauerstoffmaske auf und ging auf Tieftauchgang in dem Milieu, in dem sie sich früher bewegt hatte. Eines Tages begegnete ich Messer auf der Straße. Er zeigte mir den Stinkefinger, mit unverhohlenem Triumph in den Augen, aber als ich versuchte, ihn zu fassen zu bekommen, machte er sich aus dem Staub.

Eine Woche nach ihrem Verschwinden erreichten uns die ersten Gerüchte, daß sie wieder an der Nadel hinge und auf den Strich ginge. Vierzehn Tage, nachdem sie die Pflegefamilie verlassen hatte, fand ich sie.

Die Spuren führten zu einer kleinen Pension im Zentrum. Ich kam, ohne es zu wissen, an einem Überwachungsposten der Drogenpolizei vorbei, stieg in den zweiten Stock hinauf und betrat einfach und ohne anzuklopfen ihr Zimmer.

Eva-Beate lag auf dem Rücken im Bett. Sie hatte die Beine gespreizt und ihr Schoß klaffte wie das Maul eines Bluthundes. Ihr Blick war jenseits von Gut und Böse, und auch in Messer war nicht viel Leben, wie er da nur mit einem Slip bekleidet neben ihr auf dem Bauch lag, den einen Arm wie eine verwachsene, bleich-feiste Raupe über ihren kleinen Brüsten.

Als ich zur Tür hereinkam, drehte er sich mit verschlafenem Gesicht herum. Als er die Beine auf den Boden schwang und sich nach dem Messer streckte, das auf dem Nachttisch lag, setzte Eva-Beate sich verwirrt im Bett auf und griff nach ihm, als sei sie mitten in einem Alptraum und wüßte noch nicht, ob sie schlief oder wach war.

Zuerst plazierte ich mein Knie in seinem Gesicht, und diesmal brach ich ihm wirklich den Arm. Ich zog ihn aus dem Bett und auf den Boden und trat auf ihn ein, bis ich Schritte auf der Treppe hörte und die beiden Polizisten von der Drogenfahndung hereingestürmt kamen und den Polizeiangriff anwenden mußten, um mich zu beruhigen.

Da lag Messer scheinbar leblos vor mir auf dem Boden, während Eva-Beate in dieselbe Stellung zurückgesunken war, in der ich sie vorgefunden hatte, mit einem Schoß wie ein geschlachtetes Hühnchen.

Und dann hieß es, wieder von vorn anfangen, ganz vom Fuß des Berges. Aber dieses Mal waren es andere, die ihr halfen. Das Jugendamt hat mich nie gefeuert. Aber einige Personen in zentralen Positionen legten mir nahe, meine Beurlaubung zu beantragen, ›solange ich wollte‹, und ich verstand den Wink und kam nie mehr zurück.

Im Herbst desselben Jahres eröffnete ich mein Büro am Strandkai. Eva-Beate erging es schlechter. Sie starb an einer Überdosis in einer Wohnung in Møhlenpris ein paar Jahre später, ohne jemals wieder ganz clean geworden zu sein.

Und jetzt saß ich hier, fast zehn Jahre später, und wartete auf ein anderes Mädchen in einer nicht ganz so dramatischen Lebenssituation. Aber auch Åsa balancierte am Abgrund entlang, fürchtete ich.

Die Schulglocke läutete, und es dauerte kaum ein paar Sekunden, dann strömten die Schüler aus dem flachen Gebäude. Ich stieg aus dem Wagen und stellte mich daneben, damit sie mich sah.

Sie kam in einer kleinen Gruppe, aber trotzdem wirkte sie einsam und niedergeschlagen. Als sie mich entdeckte, schien sie fast erleichtert darüber, eine Entschuldigung zu haben, sich abzusetzen. Außerdem reagierte auch keiner der anderen sichtbar, als sie sich verabschiedete.

»Hei, Åsa«, sagte ich.

Sie runzelte die Brauen. »Hat Papa Sie geschickt?«

»Nei-nein. Warum sollte er?«

»Er hat mich, seit – seit Torild verschwunden ist, jeden Tag von der Schule abgeholt.« Sie warf einen Blick auf die Uhr. »Dann hat er sich sicher nur ein bißchen verspätet.«

»Ich wollte dir nur ein paar Fragen stellen. Wollen wir uns ins Auto setzen?«

Sie sah den Merkurvei hinauf. »Wir können genausogut hier stehen bleiben.«

»Als wir das letzte Mal miteinander gesprochen haben ...«

»Ja?«

»Da warst du nicht ganz ehrlich, oder?«

»Klar war ich das!«

»Es ist viel passiert seitdem, Åsa. Du mußt jetzt nichts mehr verheimlichen.«

»Was sollte das denn sein?«

Ich wies mit einem Nicken auf ihre neue, rostrote Jacke. »Dein Vater wußte, daß du kein Geld hattest, um eine Jacke zu kaufen wie die, die ihr dann zurückgegeben habt. Und in dem Laden zeigte sich, daß sie noch nicht einmal gestohlen war. Kein Wunder, daß er hierher kommt und dich abholt.«

Sie sah weg.

»Woher hattest du das Geld, Åsa?«

Sie antwortete nicht.

Ich trat einen Schritt näher. »Ist dir klar, was du da mit dir tust, Åsa? Mit deiner Jugend?«

Sie wandte mir ihr Gesicht wieder zu und sah mich frech an. »Es sind solche wie du, die hinter ihr her sind!«

»Solche wie ...«

»Ja, ich hab wohl gemerkt, wie du mich angesehen hast!«

»Ich sehe auf deine Jacke, Åsa!«

»Na, dann fandest du die Jacke aber verdammt spannend, stimmt's?«

»Hör lieber zu, was ich dir sage, Åsa! Torild und du, ihr wart zusammen mit Helge Hagavik an dem Donnerstag, als sie nicht nach Hause kam, stimmt's?«

»Na und? Ich bin früh nach Hause gegangen, hab ich doch gesagt!«

»Dann war es also tatsächlich Helge Hagavik?«

»Ja, ich ...« Plötzlich verschloß sich ihr Gesicht wieder. Scheiße! murmelte sie stumm.

Oben im Merkurvei hörte man einen Automotor auf Hochtouren: Irgend jemand hatte es in den viel zu scharfen Kurven furchtbar eilig. Dann kam er in Sicht. Der weiße Mercedes bog zur Schule ein und glitt ganz an das Hinterteil meines Toyotas heran. Trond Furubø zog die Handbremse an, und die Tür öffnen und neben uns stehen war eine einzige Bewegung.

»Was zum Teufel tun Sie hier, Veum?« Ohne eine Antwort abzuwarten, drehte er sich zu Åsa um. »Ich bin fünf Minuten länger aufgehalten worden. Tut mir leid. Ich hatte es versprochen.«

Sie betrachtete ihn mit einem Blick, der mit größtmöglicher Deutlichkeit ausdrückte, daß es genau das war, was Eltern am besten konnten: Versprechen nicht einhalten.

Er wandte sich wieder an mich. »Ich hab Sie was gefragt!«

»Sie haben mir keine Chance gegeben, zu antworten.«

»Er hat mir einen Vorschlag gemacht, Papa«, sagte Åsa schlagfertig.

Ich starrte sie ...

»Vorschlag?! Du meinst –«

... gerade lange genug an, daß er seinen ersten, impulsiven Schlag direkt auf meinem Kiefer plazieren konnte.

Ich taumelte rückwärts. Es knisterte in meinem Kopf, und als ich versuchte, den Blick scharf zu stellen, sah ich sie einen Augenblick alle beide doppelt.

Trotzdem gelang es mir, den nächsten Schlag zu parieren, jedenfalls gut genug, um in Verteidigungsposition zu kommen, und er war kein geübter Kampfhahn, sondern es war nur sein Temperament, das ihn sofort zum Platzen gebracht hatte. »Scheiß noch mal, Veum, hier tun wir Eltern alles, um unsere Kinder zu schützen, ich mache früher, als ich sollte, Feierabend, nur um rechtzeitig hier oben zu sein und sie abzuholen, mit den Konsequenzen, die das für meinen Feierabend hat, und dann kommen Sie hier an und ...«

»Sie glauben ihr doch nicht etwa, Furubø? Denken Sie, ich bin ein Idiot, oder was? Ich hab ihr verdammt noch mal gar nichts vorgeschlagen! Ich habe ihr ein paar Fragen gestellt, und wenn Sie das nicht glauben, dann können wir alle drei zum Polizeirevier runterfahren und sie da wiederholen!«

Er beruhigte sich. Sein Blick flatterte zu seiner Tochter. »Åsa?«

Sie sah ihn trotzig an.

»Ich habe gefragt, ob es nicht so gewesen sei, daß sie und Helge Hagavik ungefähr die letzten waren, die Torild sahen, bevor sie verschwand. Das hat sie bestätigt. Helge Hagavik sitzt als sogenannter ›Zeuge‹ in U-Haft. Er weiß in jedem Fall mehr, als er zugeben will. Das bringt mich auf die Idee, daß auch Åsa mehr weiß –«

Er hatte die Fäuste jetzt gesenkt. Seine Arme hingen herab, als gehörten sie gar nicht zu ihm. »Åsa –«

»Ich hab gesagt, was ich zu sagen hab. Torild und ich waren im *Jimmy,* und da saßen wir und quatschten mit diesem Typen, ich weiß nicht, wie er hieß oder wer er war, und dann bekam Torild – dann kam – aber ich ging nach Hause.«

»Dann bekam Torild was?« fragte ich.

»Einen Anruf!«

»Und von wem?«

»Was weiß denn ich? Sie müsse gehen, sagte sie zu He . . ., also zu dem Typen, und dann gingen wir.«

Ich sagte so ruhig ich konnte: »Das Schwierigste beim Lügen, Åsa, ist, daß es die ganze Zeit so unmöglich ist, zu behalten, was man gesagt hat und was man nicht gesagt hat. Du fängst an, deine Karten zu vermischen.«

»Scheiße, das tu ich nicht! Ich sage es genau so wie es war! Torild ging, und ich ging, um mit dem Bus nach Hause zu fahren! Fragen Sie doch Mama, wann ich nach Hause gekommen bin!«

»Das stimmt, Veum«, sagte Trond Furubø leise. »Meine Frau kann bestätigen, daß sie überraschend früh nach Hause kam an dem Abend.«

»Aber das erklärt noch nicht, ich meine, ich glaube, du weißt nur zu genau, wo Torild an dem Abend hinwollte!«

»Nein, weiß ich nicht! Ich weiß es nicht!« Sie wandte sich an ihren Vater. »Können wir jetzt fahren?«

»Ja, wir . . .« Trond Furubø raffte sich auf. »Das hier geht Sie streng genommen gar nichts an, Veum. Setz dich ins Auto, Åsa. Wir fahren.«

Ich seufzte schwer.

Wenn sie die Wahrheit sagte, gab es nur zwei Leute, die das bestätigen konnten. Die eine davon war tot. Der andere war Helge Hagavik, und der saß in U-Haft.

31

Vidar Waagenes war Anwalt in einer Gemeinschaftspraxis im vierten Stock eines Gebäudes in der Strandgate. Er war kleiner, als er auf dem Bild wirkte, das ich von ihm in der Zeitung gesehen hatte. Sein dunkler Pony fiel ihm die ganze Zeit in die Stirn, und er hatte sich eine typische Handbewegung angewöhnt, um ihn wieder zurückzustreichen.

Er war wenig über dreißig, aber obwohl er so jung war, hatte er sich hinter den Schranken des Gerichts deutlich hervorgetan. Deshalb überraschte es mich, daß er so verhältnismäßig weichlich wirkte, freundlicher und nachgiebiger als ein Banker, der ein riesiges Investitionsobjekt wittert.

Es war fast drei Uhr, bevor er dazu kam, mich zu empfangen, weil die Gerichtsverhandlung, an der er teilgenommen hatte, ›etwas vor der Zeit‹ beendet war, wie er mir sagte, als er aus dem Gerichtsgebäude geeilt kam. Seine freundliche Sekretärin, die mir einen großen Becher Kaffee angeboten hatte, während ich wartete, gab ihm einen noch größeren Stapel Gerichtsakten, mit denen er sich, seinem Blick nach zu urteilen, zu Hause im Bett einen gemütlichen Abend machen würde.

Er winkte mich in sein Büro, ließ den Aktenstapel auf den ebenholzschwarzen Schreibtisch fallen, hängte seinen grauen Mantel und den burgunderfarbenen Wollschal auf einen Kleiderständer und bat mich, in einem ungewöhnlich gemütlichen Kundensessel mit hohen, gepolsterten Armlehnen und einem Rücken, an dem man sich richtiggehend ausruhen konnte, Platz zu nehmen.

Er bot mir eine Zigarette aus einem eleganten Taschenetui an, und als ich ablehnte, nahm er selbst eine.

»Womit kann ich Ihnen behilflich sein, Veum?« fragte er und zündete die Zigarette an.

»Helge Hagavik.«

Er sog den Rauch nachdenklich ein und blies ihn dann ebenso langsam wieder aus. »Aha. Und in welcher Hinsicht?«

»Ich würde sehr gerne kurz mit ihm sprechen.«

»Und worüber?«

»Darüber, was er in der Zeit getan hat, nachdem Torild Skagestøl verschwand, unter anderem.«

»Nichts, was damit zu tun hätte, jedenfalls, wenn man der Aussage glauben soll, die er bei der Polizei gemacht hat.«

»Und Ihnen gegenüber?«

Er schüttelte den Kopf. »Ich habe Ihnen auch nicht mehr zu erzählen, Veum. Auch wenn ich wollte. – War das alles, was Sie wollten?«

Mich packte ein plötzliches Mißtrauen. »Sagen Sie, wer hat Sie eigentlich für diesen Fall engagiert, Waagenes?«

»Ich bin von der Staatsanwaltschaft als Pflichtverteidiger berufen worden. Warum fragen Sie?«

»Na ja ... Er hat Ihnen gegenüber nicht Birger Bjelland erwähnt?«

»Nein.«

»Die Persen-Brüder?«

Er strich sich mit einem müden Gesichtsausdruck über die Stirn. »Nein. Ich habe ihn einfach noch nicht richtig zum Reden gekriegt.«

»Vielleicht könnte ich Ihnen gerade dabei behilflich sein. Wenn ich nur mit ihm sprechen könnte.«

»Können Sie mir nicht erzählen, was Sie wissen? Dann kann ich es mit ihm besprechen –«

»Ich würde es vorziehen, das von Angesicht zu Angesicht zu tun. Ich bin dafür bekannt, daß ich die Leute zum Reden bringe. Vielleicht käme ich ihm so inoffiziell vor, daß er sich ein bißchen mehr entspannen würde –«

»Ich kann Sie nicht zu ihm lassen, ohne daß ich selbst dabei bin, Veum. Dazu würden wir nie die Erlaubnis bekommen.«

»Selbstverständlich! Darf ich das so verstehen, daß Sie bereit sind, es zu versuchen?«

»Ich werde erst Hagavik fragen. Morgen früh bin ich kurz da. Sie können versuchen, mich anzurufen, so gegen Mittag, in der Lunchpause.«

»Ich danke Ihnen.«

»Bedanken Sie sich nicht zu früh.«

Von meinem Büro aus rief ich Karin an.
»Privat oder geschäftlich?« fragte sie.
»Eine Art Kombination.«
»Dann das Geschäftliche zuerst.«
»Okay. Es geht um einen Mann namens Harry Hopsland, in meinem Alter, vielleicht etwas älter. Ich möchte wissen, ob er wieder in Bergen gemeldet ist, und wenn ja, wo er wohnt. Er hat nämlich früher hier gewohnt. Und dann sein Sohn, Ole Hopsland, geboren 1971. Wenn du rausfinden könntest, wo er gemeldet ist.«
»Mmh.«
»Das andere ist vielleicht komplizierter. Es geht um einen Typen aus der Stavanger Gegend. Birger Bjelland, und er muß wohl auch so ungefähr in meinem Alter sein. Soweit ich weiß, kam er vor circa zwanzig Jahren nach Bergen.«
Ihre Stimme hatte einen bedächtigen Ton angenommen, als sie sagte: »Das war der, der dahintersteckte, als sie dich damals fast umgebracht hätten, stimmt's?«
»Stimmt.«
»Was möchtest du über ihn wissen?«
»Ich möchte dich bitten, mit Stavanger Kontakt aufzunehmen, wenn du nicht über den Computer direkten Zugang zu ihren Archiven hast.«
»Doch, in gewissen Grenzen schon –«
»Ich möchte wissen, ob er dort nahe Verwandte hat, ganz einfach.«
»Weiter nichts?«
»Nein. Nur eins noch, und jetzt kommen wir dann zum Privaten. Fährst du nach der Arbeit gleich nach Hause?«
»Ja, das hatte ich vor.«
»Ich werde jetzt zu Birger Bjelland rausfahren.«
»Nein –«
»Wenn ich dich bis fünf Uhr noch nicht angerufen habe, könntest du mir dann den Gefallen tun und die Polizei alarmieren?«
Sie antwortete mit einem unheilverkündenden Schweigen.
»Es ist nicht gefährlich, Karin. Der Mann ist ein höchst respektabler Geschäftsmann, wenn man die Schokoladenseite betrachtet. Ich will nur mit ihm reden, ein paar Tretminen auslegen, viel-

leicht. Aber du kannst ganz beruhigt sein, ich werde weit weg sein, wenn sie hochgehen.«

»Bist du sicher?«

»Ganz sicher.«

Aber eines hatte das Leben in dieser Branche mich gelehrt. Ganz sicher konnte man nie sein. Besonders, wenn man Leuten wie Birger Bjelland einen Besuch abstattete.

32

Die Birger Bjelland AG befand sich in einem der alten Speicher am Kai in Sandviken, deren Restaurierung irgend jemand, möglicherweise Birger Bjelland selbst, gesponsert hatte. Zwischen dem Duft von Tang und Algen auf der einen Seite und Abgasen und Öldunst auf der anderen lagen die weiß gestrichenen Speicher wie eine Barriere zwischen dem Verkehr in der Sjøgate und den dümpelnden Möwen auf der Skutevikbucht.

Der Name der Firma stand in großen schwarzen Buchstaben an die Front gemalt, aber die grüne Tür war verschlossen, und nur eine Klingel ohne Namensschild und eine Gegensprechanlage ließen darauf schließen, daß jemand auf die Idee kommen könnte, dich hereinzubitten.

Ich klingelte.

Eine Frauenstimme antwortete: »Ja?«

»Ist Birger Bjelland da?«

»Wer sind Sie?«

»Mein Name ist Veum. Varg Veum.«

Es wurde still.

Nach einer Weile knisterte es wieder aus dem Lautsprecher. »Ist in Ordnung. Zwei Treppen nach oben.«

Das Türschloß summte und ich trat ein.

Den Geruch von Stockfisch ganz wegzukriegen ist unmöglich. Obwohl das Balkenwerk an der Decke neu aussah, alle Innenwände frisch gestrichen waren und der Teppichboden auf der Treppe noch keine Anzeichen von Abnutzung zeigte, hing der Duft dessen, wofür der Speicher einmal gebaut worden war, noch immer in der Luft. Wenn man so wollte, hatte Birger Bjelland sich die richtige Umgebung gesucht für den offiziellen Teil seiner Geschäfte. Dies war der Duft der Handelsbeziehungen des alten Bergen, als Brückenkopf zwischen Nordnorwegen und Europa, Brønnøysund und Rostock.

Zwei Treppen höher endete die Treppe vor einer Tür, die einer anderen Epoche angehörte. Die geriffelte Oberfläche der mahagonibraunen, gebeizten Tür und das vergoldete Schild, in das schwarz *Birger Bjelland AG* eingraviert war, hätten zum Eingangsportal jedes x-beliebigen Agenturbüros Mitte der sechziger Jahre gehören können.

Ich öffnete die Tür und kam in eine Art Empfangsraum mit niedriger Decke und überall spärlicher Beleuchtung, bis auf einen kleinen Schreibtisch, wo ein starkes, weißes Neonlicht die Frau einhüllte, mit der ich über den Lautsprecher gesprochen hatte. Sie war Anfang Sechzig und so brav gekleidet, daß sie Buchhalterin beim Missionsverein hätte sein können, und niemand wäre jemals auf die Idee gekommen, sich an ihr oder am Kasseninhalt zu vergreifen.

Sie sah mich mit einer Miene an, als sei ich ein rückständiger Zahler, und nickte zur nächsten Tür. »Sie können gleich reingehen. Er erwartet Sie.«

Ich klopfte trotzdem an und wartete ein paar Sekunden, bevor ich die Tür öffnete.

Das Büro von Birger Bjelland lag zum Byfjord hinaus. So wie der alte Speicher gelegen war, konnte er das Fenster öffnen, eine Angelschnur auswerfen und sich zum Abendessen einen Kohlfisch fangen, wenn er keinen Widerwillen gegen allzu hohe Quecksilberwerte hatte.

Jetzt saß er am Schreibtisch, die eine Hand unter der Tischkante, wie der Erzschurke in einem James-Bond-Film, bevor er den versteckten Knopf drückt, der eine Falltür öffnet und den unerwünschten Gast direkt zu den Krokodilen in den Keller befördert.

Er war nicht allein. Hinten, an einem Fenster, als würde er eigentlich die Aussicht genießen, stand einer der massiven Typen, die Birger Bjelland fast immer begleiteten. In anderen Zusammenhängen hätte man sie als Leibwächter bezeichnet. Bjelland nannte sie, nicht ohne eine gewisse Selbstironie, seine Bürochefs. Dieses Exemplar sah jedenfalls so aus, als hätte es in seinem Leben mehr Kartons mit anabolen Steroiden geöffnet als Rechnungsbücher.

Birger Bjelland selbst erinnerte leicht an einen Fisch an Land. Sein kleiner Mund war halb geöffnet und die auffallend hellen Augen waren ausdruckslos und glasig. Er trug einen gepflegten kleinen Schnauzbart, hatte allerweltsfarbenes Haar mit hohem Ansatz und etwas darüber, das vermutlich ein Toupet war. Obwohl er recht schmal war, hatte er etwas Abgerundetes und Stromlinienförmiges an sich, das verriet, daß er sich wohl auf dem Rücksitz eines Taxis wohler fühlte als auf den Trimmrädern seiner Bürochefs.

Sein verfeinerter Predigertonfall aus Stavanger hatte in meinen schlimmsten Alpträumen widergehallt, seit ich ihn vor bald sechs Jahren das erste Mal gehört hatte. Auge in Auge war ich ihm beim Austausch einer Handvoll reservierter Floskeln im Travpark begegnet, irgendwann im Oktober letzten Jahres. Beim nächsten Mal würde ich es vorziehen, selbst einmal der Überlegene zu sein.

»Setzen Sie sich, Veum«, sagte Birger Bjelland und wies mit der freien Hand auf den großen, karmesinroten Ledersessel, der auf der Kundenseite des Schreibtisches thronte.

Während ich Platz nahm, schielte ich zu seinem Bürochef hinüber. »Störe ich vielleicht?«

»Nein, nein, Fred und ich haben nur hier gesessen und geplaudert. Es ist bald Zeit, nach Hause zu fahren.«

Fred ... Ich fühlte, wie meine Handflächen schweißnaß wurden.

Der Mann, den er Fred nannte, trug den gleichen Bart wie sein Chef, aber seine Haare waren bis fast auf die Schädeldecke abrasiert, und die Nase sah aus, als habe jemand ein paarmal mit dem Kopf dagegengeschlagen.

Als sich unsere Blicke trafen, entstand sofort ein gegenseitiges Verständnis dafür, mit wem wir es zu tun hatten – aber es war klar, daß ich nie den Beweis dafür erbringen könnte, wer mich damals im Büro aufgesucht und mich mit Schnaps vollgefüllt hatte, während meine Maschine mit Antabus fuhr, und das einzige, woran ich mich hinterher erinnerte, war der Tonfall von Birger Bjelland und der Name seines Kompagnons: Fred.

Ich sah demonstrativ auf die Uhr. »Ja, ich habe auch eine Verabredung ... Um fünf.«

Birger Bjelland betrachtete mich säuerlich erwartungsvoll. »Na, dann lassen Sie uns keine Zeit vergeuden, was?«

»Nein.« Ich versuchte, mich im Sessel zurückzulehnen, als sei ich eigentlich nur vorbeigekommen, um ein wenig informell zu plaudern. »Mir ist zu Ohren gekommen«, begann ich, »daß Sie der offizielle Eigentümer einer Spielhalle im Zentrum sind, nämlich des *Jimmy* –«

Er hob fragend die Hände. »Das ist doch kein Geheimnis, Veum.«

»Ich wüßte gern, ob Sie wissen, was in dem Laden vor sich geht?«

Er lehnte sich einen Deut nach vorn. »Nein. Was meinen Sie damit?«

»Daß sowohl ich als auch andere beobachtet haben, daß junge Mädchen für gewisse Dienste bestellt werden – Sie können sich denken, zu welchen – in gewissen, einschlägigen Hotels. Und daß die Vermittlung im *Jimmy* vor sich geht.«

»Und auf welche Weise sollte das vor sich gehen?«

»Allem Anschein nach durch telefonische Nachrichten eines der Geschäftsführer. Kalle Persen«, fügte ich hinzu, um zu zeigen, wie gut ich informiert war.

Birger Bjelland krümmte die Finger und betrachtete gelangweilt seine Fingernägel. »Dazu habe ich nichts zu sagen, Veum. Wie meine Leute die Etablissements führen, deren Miteigner ich bin, geht mich im Prinzip nichts an, solange sie keine Verluste machen.«

»Sie haben ja auch das frühere *Week End Hotel* gekauft, stimmt's?«

»Kein Grund, das abzustreiten. Es hat schließlich in der Zeitung gestanden.«

»Die gleiche Art von Betrieb läuft da auch, mit der Bar als Ausgangspunkt und noch leichter zugänglichen Hotelzimmern, nehm ich mal an.«

Er runzelte die Stirn, als dächte er nach.

»Es ist Ihnen vielleicht auch egal, welchen Ruf Ihre Hotels haben?«

»Ein Ruf ist etwas so Relatives, Veum.«

»Genau. Stand Richter Brandt vielleicht auf der Kundenliste?«

»Ich mache mit so vielen Geschäfte«, sagte er bedächtig, »aber an den Namen kann ich mich gerade nicht ...«

»Nein? Sie haben sicher von dem jungen Mädchen gelesen, dessen Leiche auf dem Fanafjell gefunden wurde. Torild Skagestøl, sagt Ihnen *der* Name was?«

»Überhaupt nichts.«

»Nein, der Name wohl vielleicht nicht, aber als Einnahmeposten in Ihrer Buchführung?«

»Das müssen Sie mit meinem ...«

»... Bürochef besprechen, vielleicht?« Ich warf einen schnellen Blick zu Fred.

»Ja, er taugt zu so vielem.«

»Das glaub ich gern. Helge Hagavik trieb sich viel im *Jimmy* rum. Sie erinnern sich doch an ihn?«

Mit einer Engelsgeduld erwiderte Birger Bjelland: »Ich bin viel zu selten in den Läden, die mir gehören, Veum, und wenn, dann immer, um mit dem Personal zu reden, selten, um Kunden zu begrüßen. Woher haben Sie denn Ihre ganzen Behauptungen?«

»Kontakte bei der Presse und von den Vertreterinnen einer Frauengruppe, die sich aus unerfindlichem Grund Ottar nennt.«

Er machte eine Mundbewegung, als hätte ich ihm ein Stück verdorbenen Fisch serviert. »Neofeministinnen?«

»So was Ähnliches.«

»Das sind die Schlimmsten, Veum. Die malen den Teufel an die Wand vom Bethaus, wenn es ihnen paßt.«

»Ganz ohne Grund?«

»Ganz ohne Grund, Veum!«

Ich zögerte ein wenig. »Sagen Sie, was ich schon immer mal wissen wollte: Was ist eigentlich der Hauptarbeitsbereich Ihrer Firma hier, Bjelland?«

Er hob kaum die Lider. »Finanzhilfe, Investitionen und andere Formen von Geldanlagen, Darlehen auf allen möglichen Ebenen. Wie wär's mit einem kleinen Kredit? Die Zinsen sind niedrig zur Zeit –«

»Eine Kniescheibe statt zwei?«

»Das war nicht witzig, Veum. Wir betreiben völlig legale Geschäfte, genau in dem Rahmen, den die Gesetze uns setzen. Unsere Steuererklärungen sind makellos und unangreifbar, unsere Beziehung zum Finanzamt allerbestens.« Als hieße er mich im neuen Jerusalem willkommen, breitete er die Arme aus und sagte mit salbungsvoller Predigerstimme: »Ich bin das weißeste Schaf auf Gottes Erde, Veum. Es gibt keinen Flecken auf meiner Weste.

Mein Unternehmen arbeitet nach den höchsten moralischen Prinzipien.«

»Amen. Halleluja«, sagte ich.

»Spotten Sie nicht«, sagte Birger Bjelland mit einem trägen Lächeln.

Ich erhob mich halb aus dem Sessel. »Und warum taucht Ihr Name dann ständig in Zusammenhang mit allen möglichen und unmöglichen Schweinereien auf? Warum sind neun von zehn der Objekte, in die Sie investieren, in Prostitution und illegalen Alkoholvertrieb, Glücksspiel und andere schöne Künste verwickelt? Können Sie mir das erklären?«

»Können Sie mir den Weg nach Sodom und Gomorrha zeigen, Veum?«

Ich sah mich um. »Sind wir denn nicht da?«

»Die Wege des Herrn sind unergründlich.«

»Und in welcher Sonntagsschule waren Sie? In der der Heidengemeinschaft?«

Mit einer langsamen Bewegung hob er die eine Hand. »Veum, lassen Sie sich einen guten Rat geben, in aller Freundschaft –«

»Na, vielen Dank«, murmelte ich.

»Treiben Sie es nicht zu weit, lieber Freund. Glauben Sie nicht, daß Sie aus irgendeinem Grund unverletzbar seien. Nichts ist trauriger, als guten Wein versauern zu sehen, um es mal so auszudrücken.«

»Das hat die Braut in Kanaan auch gesagt.«

Er seufzte hörbar, sah hinüber zu Fred und sagte: »Frau Helgesen ist sicher schon nach Hause gegangen. Kannst du Veum hinausbegleiten? Ganz hinaus?«

Ich stand auf und ging zur Tür.

»Und vergessen Sie nicht, was ich gesagt habe«, sagte er an meinen Rücken gewandt.

Fred hatte schon die Hand auf der Türklinke, als ich mich noch einmal zu Birger Bjelland umdrehte und zu ihm sagte: »Und Sie, fühlen Sie sich lieber auch nicht zu sicher. ›Sei wachsam, Little Foot, wohin du trittst.‹ Haben Sie das nicht auch in der Sonntagsschule gelernt?«

Er ließ sich nicht dazu herab, mir zu antworten, lächelte nur sein altes, träges Lächeln, das mich an einen wachsamen Hai erinnerte.

Fred brachte mich hinaus. Er sagte mir nicht einmal auf Wiedersehen.

33

Ich rief Karin rechtzeitig vor fünf Uhr an, um sie zu beruhigen und ihr zu sagen, daß alles in Ordnung sei. Niemand stand hinter der Telefonzelle und hatte eine abgesägte Schrotflinte auf meinen Kopf gerichtet, und niemand hatte mich zu einer Fahrt eingeladen, zu der ich nicht nein sagen konnte.

»Kommst du?«

»Ich habe noch eine Sache zu erledigen. Aber wenn ich auf das Angebot bis so gegen Mitternacht zurückkommen könnte, dann . . .«

»Aber nicht später«, sagte sie in resigniertem Ton.

»Auf keinen Fall später«, sagte ich.

Das Hotel *Pastell* hob sich von den anderen Gebäuden in der Häuserreihe ab wie ein bunt bemalter Schneidezahn.

Das *Week End* war eines dieser anonymen Frühstückshotels mit Bar und abendlichem Tanz und einem Hinterhof, an den ich selbst die unangenehmsten Erinnerungen hatte. Die neuen Besitzer hatten den gesamten früheren Fassadenschmuck entfernt, ohne daß dabei etwas verlorengegangen wäre. Als Ersatz hatten sie es in einem unbestimmbaren blaßrosa Farbton angemalt, der wie die Faust aufs Auge zu dem neuen Namen paßte.

Es war schon fast halb acht, als ich frisch geduscht und mit einem lässig geknoteten Dienstagsschlips durch die Rezeption in die Bar spazierte, wo sich außer ein paar Männern mittleren Alters und einer nicht ganz so mittelalten Frau niemand aufhielt.

Ich schlenderte zum Tresen, kletterte auf einen Hocker und bestellte ein Clausthaler und einen Aquavit. »Du reitest heute das lahmende Pferd, was?« sagte der Barkeeper mit einem schiefen Lächeln.

Ich maß ihn mit einem schnellen Blick. Der Schnauzbart war offensichtlich die Clubnadel, obwohl dieser aussah, als sei er etwas stacheliger als der Birger Bjellands. Sein Haar war dunkel und bestand aus dichten, aufstrebenden Locken, allerdings schien schon ein beginnender Mond durch. Das schiefe Lächeln hätte außerdem einer Teufelsmaske ausgezeichnet gestanden.

»Bist du der, den sie Robert nennen?« fragte ich, als er wiederkam.

Er setzte das Schnapsglas ab, schenkte das alkoholfreie Bier direkt in ein Glas und stellte es daneben, griff nach einem Tuch und wischte zwischen uns einen unsichtbaren Fleck vom Tresen. »Und wer ist es, der das fragt?«

Ich schob ihm das Geld hinüber. »Wilhelmsen.«

Er betrachtete das Geld, als sei es falsch. »Und warum fragst du?«

»Du wurdest mir empfohlen ...«

Er sah mich mißtrauisch an.

»... als jemand, der wüßte, wo man an einem freien Abend ein bißchen Unterhaltung bekäme.«

»Striptease und so was? Da mußt du woanders hingehen.«

»Ich dachte eigentlich an etwas intimere Unterhaltung, sozusagen.«

Er sah mich höhnisch an. »Ich weiß, daß du kein Bulle bist, und du heißt sicher nicht Wilhelmsen. Was zum Teufel bist du also? Journalist? Sozialarbeiter? Ein Gesandter vom Kirchenhilfswerk?«

Ich drehte mich halb um und warf einen Blick durch den Raum. »Sag das lieber nicht zu laut, Robert. Meine Frau weiß nicht, daß ich hier bin.«

Er ging ein paar Meter weg, nahm ein paar Gläser und begann, sie demonstrativ zu spülen.

Ich hob die Stimme. »Ruhig hier heute abend, was?«

Er antwortete nicht.

»Der Abend der Stummen, was?«

Er kam wieder etwas näher. »Hör zu, Wilhelmsen oder wie du sonst heißt, trink aus, wofür du bezahlt hast und kümmere dich um etwas anderes, okay?«

»Klare und deutliche Aussage. Meldung angekommen. Over.«

Eine Frau von Ende Dreißig betrat den Raum, warf einen kundigen Blick in die Runde, konstatierte, daß die Auswahl nicht groß war und setzte sich dann strategisch günstig zwei Hocker von mir entfernt.

Mit einem Wink zum Barkeeper bestellte sie ›wie immer‹.

Ich fing ihren Blick im Spiegel über der Bar ein und sie hielt ihn fest, wie eine magere Hand sich um zwei Glasmurmeln schließt.

Der Barkeeper kam mit ›wie immer‹, das nichts weiter zu sein schien als Whisky on the Rocks. Als er das Glas vor sie stellte, sagte er etwas, das ich nicht verstand, und nach einer angemessenen Pause warf sie einen erneuten, scheinbar zufälligen Blick in meine Richtung.

Ich hob das Aquavitglas und prostete ihr zu. Nachdem sie zurückgeprostet hatte, stieg sie von ihrem Barhocker und kam zu mir herüber. »Einsam?«

»Ich habe nichts gegen ein bißchen Gesellschaft.« Ich nickte zu einem Tisch und ein paar Stühlen, die ein Stück von der Bar entfernt standen. »Wollen wir uns nicht ein wenig bequemer hinsetzen?«

Der Barkeeper folgte uns mit dem Blick, als wir hinübergingen.

Es entstand eine kleine Pause, während wir beide versuchten, die Situation richtig einzuschätzen. Sie trug ein kleines schwarzes Abendkleid, das aussah, als sei es schon öfter mit ihr in der Bar gewesen. Ihr Gesicht war mager, das Haar künstlich blond, und von nahem schätzte ich, daß sie tatsächlich eher an die Vierzig war als um die Dreißig.

Das Telefon an der Bar klingelte. Der Barkeeper nahm den Hörer ab und wandte uns gleichzeitig den Rücken zu. »Hat er was über mich gesagt?« fragte ich.

Sie lächelte leicht. »Daß ich mich vor dir in acht nehmen sollte. Daß er glaubt, du seist ein Bulle. Stimmt das?«

Ich schüttelte langsam den Kopf. »Nein.«

»Und überhaupt, wenn du als Privatperson hier wärst – ich habe hier abends schon viele nette Polizisten getroffen.«

»Das glaub ich dir gern.«

Der Barkeeper drehte sich um und sah in unsere Richtung, noch immer mit dem Hörer in der Hand. Mir kam es so vor, als versuchte er, mein Aussehen zu beschreiben, und ich bekam ein unangenehmes Gefühl in der Magengegend.

»Und was machst du wirklich?«

»Ich bin bei einer Versicherung«, sagte ich, und das war noch nicht einmal gelogen. Ein paarmal im Jahr war ich das tatsächlich. »Und du?«

Sie trank einen Schluck. »Ich habe als Guide angefangen, unter anderem in Alt-Bergen. Später habe ich dann mehr bei Hostessendiensten und so gearbeitet.«

Ich legte den Kopf schief und fragte: »Hostessendienst und so?«

»Mmh«, sagte sie munter.

Der Barkeeper legte den Hörer auf, aber wenige Sekunden später klingelte es wieder. Er nahm ab, lauschte und ließ den Blick im Lokal umherschweifen. Dann hielt er die Hand vor die Muschel, sah mich direkt an und sagte: »Veum? Da fragt jemand nach dir.«

»Ich ... Das hast du vielleicht nicht mitgekriegt ... Wilhelmsen heiße ich! Es muß für jemand anders sein ...«

Der Barkeeper sah mir in die Augen, lächelte schief, sagte etwas in den Hörer und legte wieder auf.

Sie sah mich an. »Und wie heißt du sonst, außer Wilhelmsen?«

»Svein Vegard. Und du, wie heißt du?«

»Gry.«

»O ja. Von dir hab ich gehört.«

Sie sah plötzlich besorgt aus. »Oh?«

»Tante Gry ist wieder jung, wieder jung, wieder jung«, trällerte ich. »Geht es nicht so?«

»Hast du vielleicht Lust zu tanzen?« fragte sie und warf einen Blick auf die kleine Tanzfläche.

»Wir werden jedenfalls mit niemandem kollidieren«, sagte ich und stand auf.

Sie hakte sich eng bei mir ein, mit dem Unterleib in vorgeschobener Position und nicht gerade schüchtern in ihrer Art, sich zu bewegen. Ich spürte die Ecken ihres Körpers jetzt deutlicher. Die Schulterblätter waren wie die Stümpfe abgeschnittener Flügel, und auch die mageren Oberarme waren nicht sonderlich flugtauglich.

Die Musik kam von irgendwo unter der Decke, ein Tanzpotpourri, wo der Rhythmus wichtiger war als der Klang.

»Und in welchem Bereich bist du bei der Versicherung, Svein?«

»Ich bin freier Mitarbeiter. Oft arbeite ich in der Abteilung für Autoschäden. Relativ häufig auch in der für Lebensversicherungen.«

»Dann bist du also auch so eine Art Freelancer in allen Lebensfragen?«

»Wenn du so willst, ja. Bist du oft hier?«

Sie sah sich um. »Ja. Es ist meistens nett hier, ein bißchen später am Abend. Guter Service.«

»Und wie ist die Klientel hier normalerweise so?«

»Etwas älter als in den gewöhnlichen Sauflokalen. Und nicht ganz so mondän wie in den größeren Hotels. Es paßt eigentlich gut zu meinem Stil. So eine Mitten-im-Leben-Stimmung, verstehst du?«

»Keine jungen Mädchen?«

Sie zog sich ein paar Zentimeter zurück und starrte hoch in mein Gesicht. »Bist du etwa darauf aus?«

»Nein, nein. Ich hab nur . . .«

»Oder bist du doch im Dienst?«

Ich murmelte etwas, das verneinend klingen sollte, und zog sie an mich.

Eine Weile tanzten wir stumm. Es schien so, als hätte sie sich wieder beruhigt. Ihr Haar kitzelte meine Wange, und sie atmete sanft und dicht an meinem Hals. Ihre eine Hand lag wie zufällig in meinem Nacken, wo sie langsam begann, mich mit ihren langen, kühlen Fingern zu streicheln.

»Wenn du willst . . .«, sagte sie leise.

»Was dann?«

». . . dann steht mir ein Zimmer im dritten . . .«

Ich warf einen Blick zur Bar. Der Barkeeper war nicht mehr allein. Er hatte von zwei anderen Gesellschaft bekommen. Sie standen leicht zurückgelehnt mit dem Rücken zur Theke und sahen in unsere Richtung.

Den einen kannte ich nicht. Der andere war Kenneth Persen.

34

»Vielleicht gar keine schlechte Idee«, murmelte ich ihr ins Ohr und spürte, wie sich mein ganzer Körper anspannte.

Der dritte Mann war dunkelhaarig, gut gekleidet und hatte ein wieselartiges Äußeres. Er gehörte zu dem Typ, den ich grundsätzlich verdächtigen würde, gern zum Messer zu greifen. Der Eindruck wurde dadurch verstärkt, daß er die rechte Hand in der Jackentasche hatte, als sei sie dort festgewachsen.

Als sie sahen, daß ich sie bemerkt hatte, drehte Kenneth Persen sich um und sagte etwas zum Barkeeper, der nickte und mich mit einem Hab'-ich's-dir-nicht-gesagt?-Blick ansah.

»Was kostet es?« fragte ich.

Ihre Stimme wurde ganz plötzlich geschäftlich. »Das kommt darauf an, was du haben möchtest. Von dreihundert an aufwärts.«

Ich zog sie noch ein wenig enger an mich. »Gibt es einen anderen Weg nach oben als durch die Bar?«

»Die an der Rezeption kümmern sich nicht. Wir haben eine Absprache.«

»Aber wenn ich nun nicht gesehen werden möchte?«

»Diskretion ist eine Selbstverständlichkeit«, sagte sie, fast ohne daß es ironisch klang. »Es gibt natürlich eine Hintertreppe, für den Brandfall. Aber . . .«

Kenneth Persen und das gutgekleidete Wiesel hatten jetzt die Tanzfläche betreten, aber kaum, um miteinander Walzer zu tanzen.

Schnell sagte ich: »Zimmernummer?«

»412, aber . . .«

»Geh du ruhig schon mal vor . . .«

Ich ließ sie los, just in dem Moment, als die beiden Parkettlöwen neben uns waren, und schob sie in Richtung Ausgang.

»Aber . . .«

»Na, auf der Piste, Veum?« sagte Kenneth Persen, der die schwarze Lederjacke gegen eine etwas bartauglichere Wildledervariante ausgetauscht hatte.

Ich nickte ihr zu, daß sie zur Tür gehen solle, aber sie folgte dem Rat nicht. Sie blieb stehen.

»Wo ist Astrid?« kläffte ich, um in die Offensive zu kommen.

War es nur Einbildung, oder zielte sein Blick einen winzigen Augenblick seitlich nach oben?

»Dir ist klar, daß nach ihr gefahndet wird?«

»Mir – ist überhaupt nix anderes klar, als daß wir gebeten worden sind, Sie nach draußen zu begleiten, Veum.«

»Was du nicht sagst. Ganz nach draußen, stimmt's?«

Ich warf einen Blick zu Tante Gry. Sie sah plötzlich nicht mehr so jung aus, und der Blick, den sie mir zuwarf, war weder sonderlich warm, noch sonderlich freundlich. Mit einem verächtlichen kleinen Schulterzucken ging sie zurück an die Bar, allem Anschein nach auf der Suche nach neuen Investoren, denen sie ihre Aktien anbieten konnte. Von dreihundert an aufwärts.

Kenneth Persen und sein gutgekleideter Freund nahmen mich in ihre Mitte. »Ich würde Ihnen nicht empfehlen, sich zu wehren, Veum.«

»Ich dir auch nicht«, sagte ich und ging auf die Bar zu. »Ich will nur mein Glas leertrinken.«

Als ich am Tresen vorbeikam, sagte der Barkeeper laut: »Na, lange nicht gesehen . . . Wilhelmsen.«

Tante Gry hatte sich schon einen neu angekommenen Herren geangelt, zehn Jahre älter als ich und glücklicher Inhaber eines Prahlalbums voller Kreditkarten, die er ihr denn auch schon zeigte, mit einem Stolz, als seien es Bilder seiner Enkelkinder.

Draußen an der Rezeption drehte ich mich so plötzlich und schnell um, daß die beiden hinter mir aufeinanderprallten. »Was zum Teu . . .?« platzte Kenneth Persen heraus.

»Auf welchem Zimmer ist sie?«

Er war nicht der Hellste, und noch einmal dauerte es eine Weile, bis er etwas sagte. »Um wen geht's?«

»Das weißt du genau.« Ich wandte mich an den Mann an der Rezeption, einen blaßen, hellhaarigen Jugendlichen, der dem Aussehen nach Theologe hätte sein können. »Astrid Nikolaisen.«

»Niko . . .«

Er blätterte im Gästebuch, aber Kenneth Persen unterbrach ihn barsch. »Laß das! Sie steht auf keiner Gästeliste!«

»Sie ist inkognito hier, mit anderen Worten?«

Das gutgekleidete kleine Nagetier sagte zum ersten Mal etwas. »Kenneth, wir haben Order, ihn rauszuexpedieren, nicht Konversation zu machen.«

»Die Fremdworte sitzen, wie ich höre. Wo hast du studiert? An der Handelshochschule?« Ich wandte mich wieder an Kenneth Persen. »Ich könnte natürlich die Polizei anrufen. Sie bitten, herzukommen und nachzusehen.«

»Dazu haben sie Scheiß noch mal kein Recht!«

»Sie wird gesucht, hab ich doch gesagt! Hast du ihr etwa auch den Stoff besorgt, hä? Die Mädels an den Stoff bringen und wenn's sich ergibt, eine Gratisnummer schieben und dir deine Rente sichern!«

Die Rechte des Wiesels war dabei, die Jackentasche zu verlassen. Das irritierte mich, so daß Kenneth Persen eine Faust in meiner Schulter landen konnte, und ich taumelte auf die Ausgangstür zu.

Ich stützte mich schnell gegen die Wand und hatte mich kaum ganz umgedreht, als ein neuer Schlag folgte, auch diesmal in die Schultergegend.

Kenneth Persen stand wuchtig vor mir, und das Wiesel hatte noch immer die Hand in der Tasche. »Hast du verstanden, Veum? Spreche ich deutlich genug, damit du's kapierst?«

Ich brauchte keine weiteren Argumente, um das Lokal zu verlassen. »Deutlicher findest du's im Duden auch nicht«, murmelte ich. »Die Sonne ist schon vor ein paar Stunden untergegangen.«

Ich schlug die Tür hart hinter mir zu und ging demonstrativ nach rechts, zum Zentrum hinunter. An der ersten Ecke blieb ich stehen und schaute zurück.

Kenneth Persen stand in der Tür, um sicherzugehen, daß ich tatsächlich verschwand.

Aber er sollte sich nicht zu sicher sein. Ich war vom alten Schlag, Modell Bogart 1956: je härter sie fallen, desto fürchterlicher schlagen sie zurück.

35

Es war wie ein guter, alter Beschattungsauftrag.

Ich war eine kurze Runde durchs Viertel gelaufen, hatte mir in einer Snackbar zwei heiße Würstchen mit massenweise Zwiebeln gekauft, um den einen Aquavit, den ich mir in der Bar genehmigt hatte, zu neutralisieren, hatte die Strickmütze aus der Tasche gezogen, den Mantelkragen hochgeschlagen und mich in einem Hauseingang hundert Meter vom Haupteingang des Hotels entfernt aufgestellt, von dem aus ich auch noch den Ausgang des Hinterhofs schräg einsehen konnte.

Das Wetter schlug gerade um. Der Wind ließ von Südwest die Frackschöße flattern, und es lag Schnee in der Luft. Der Ausblick wurde körnig und undeutlich, wie bei einem im Vorbeifahren aufgenommenen Foto.

An einem ungemütlichen Dienstagabend im Spätwinter kamen

nicht viele Gäste. Einige, durchweg einzelne Männer, kamen mit einem Koffer an. Einige wenige strebten in die Bar. In dem einen oder anderen Fenster ging das Licht plötzlich an und dann wieder aus. Vielleicht war es Tante Gry, die den Mann mit den vielen Kreditkarten mit auf ihr Zimmer genommen hatte. Sie hatte sicher einen Schlitz, durch den er seine Karte führen konnte, um sein Konto zu belasten.

Nach ungefähr einer halben Stunde hielt ein Taxi vor dem Hoteleingang. Die Tür wurde geöffnet und das gutgekleidete Wiesel lief mit gegen den Wind gebeugtem Oberkörper zu dem Wagen. Ein Auftrag wurde erteilt, das Taxi blinkte und bog an der nächsten Kreuzung rechts ab.

Eine halbe Stunde später tauchte eine Gestalt in der Tür zum Hinterhof auf. Dann krümmte sie sich plötzlich zusammen, lehnte sich an die Wand und zog sich wieder zurück.

Ich sah mich nach beiden Seiten um, kontrollierte die Eingangstür und überquerte die Straße in einer Diagonalen, die direkt in den Hinterhof führte.

Astrid Nikolaisen stand zusammengekrümmt und übergab sich hinter drei Abfalltonnen. Ihr Haar war zerzaust, die Kleider sahen aus, als hätte sie sie in großer Eile übergezogen, und sie war graubleich im Gesicht. Die unterdrückten Laute, die sie ausstieß, erinnerten an das Grunzen eines halberstickten Tieres, und sie machte ruckartige, fast spastische Bewegungen mit den Händen, während sie sich mit einer Schulter und dem Oberarm an der Wand abstützte.

Ich umfaßte sie vorsichtig. »Astrid, ich . . .«

Sie zuckte zusammen, als hätte ich sie geschlagen. Ihr Blick war schwarz und leer. »Faß mich nicht an!« zischte sie. »Laß mich!«

Ich hörte, wie hinten im Hof ein Fenster geöffnet wurde und zwei Stimmen aufgeregt miteinander sprachen, und danach wurde das Fenster laut wieder zugeschlagen.

Ich faßte sie am Oberarm. »Komm, Astrid! Ich will dir doch helfen! Erinnerst du dich nicht an mich? Ich bin Veum –«

Sie versuchte, sich aufzurichten. Dann wischte sie sich mit dem Handrücken den Mund ab, spuckte grün und sah mich mit neuen Augen an. »Doch«, murmelte sie.

Hinten im Hof schlug eine Tür. »Astrid? Bist du hier?« rief Kenneth Persen von dort.

Ich zog sie, und sie folgte mir widerwillig auf die Straße und den Hügel hinunter zu den stärker bevölkerten Straßen im Zentrum.

Als wir zehn, fünfzehn Meter vom Hotel entfernt waren, hörte ich seine Stimme wieder: »Veum! Verdammte Scheiße!!!«

Ich schob sie vor mir her. »Um die Ecke und die nächste Seitenstraße bergauf. Der graue Toyota bei der zweiten Parkuhr. Warte da auf mich.«

Dann drehte ich mich um und baute mich mit erhobenen Fäusten in Verteidigungsposition auf.

Kenneth Persen blieb abrupt stehen. Er sah sich um, als wäge er ab, welche Möglichkeiten er hätte, mich zu kriegen, ohne aufzufallen. Aber es waren schon Leute auf der anderen Straßenseite stehengeblieben, um uns zuzusehen. Ein paar Straßen weiter entfernt rief eine Handvoll Jugendlicher: »Mehr Blut! Mehr Blut!«, gefolgt von schallendem Gelächter.

Mit gedämpfter Stimme sagte er: »Das wird dir noch leid tun, Veum! Sie gehört mir, verstehst du?«

»Besser, als dir lieb sein kann!«

»Das letzte Wort is' noch nich' gefallen!«

»Nein?«

Er starrte mich grimmig an. Dann machte er mit der Rechten eine brutale Handbewegung, als täte er etwas sehr Drastisches mit mir, kehrte uns den Rücken zu und ging breitbeinig wieder zurück zum Hotel.

Die Jugendlichen waren jetzt näher gekommen und zollten den Darstellern ihren ungeteilten Applaus. Die Leute auf der anderen Straßenseite hatten sich langsam in Bewegung gesetzt, einige mit neugierigen Blicken in meine Richtung, andere mit deutlichen Anzeichen von Enttäuschung, daß die Show schon vorbei war.

Ich selbst drehte mich schnell um und ging hinter Astrid Nikolaisen her, in der Hoffnung, daß sie die Gelegenheit nicht genutzt hatte, um abzuhauen.

Überraschenderweise stand sie an mein Auto gelehnt, die Unterarme auf dem Autodach und den Kopf in den Händen.

Ich lächelte ihr beruhigend zu. »Alles in Ordnung.« Ich holte den Autoschlüssel hervor und öffnete die Tür. »Na komm . . . Setz dich rein.«

Sie sah mich aus rotumrandeten Augen an. Die Schminke war

verlaufen und hatte Zebrastreifen auf ihre fahlen Wangen gemalt. Ihre Kleidung war noch immer in Unordnung. Ein heller Blusenzipfel guckte unter der kurzen Fliegerjacke hervor, und aus einer Jackentasche hing etwas, das an den Träger eines schwarzen BHs erinnerte. »Die alten Schweine«, maulte sie zwischen zusammengebissenen Zähnen hervor. »Was die verlangen, da fällt dir echt nix mehr zu ein, ey! Ich kotze!«

»Das hab ich gesehen.«

Sie hielt Daumen und Zeigefinger der rechten Hand ein paar Zentimeter auseinander hoch. »Solche kleinen Würstchen! Und dann woll'n sie, daß wir, daß ich ...« Sie übergab sich wieder. Aber der Magen war leer. Alles, was herauskam, war ein häßliches, schnarrendes Stöhnen, das mich an ein Tier mit dem Fuß in einer Schlinge erinnerte.

Ich konnte nicht verhindern, daß auch mein Magen ein klein wenig rumorte. »Willst du darüber reden?«

Sie sah mich verständnislos an. »Reden? Was zum Kuckuck hilft das denn, hä?«

›Willst du vielleicht, daß ich zurückgehe und Kenneth Persen die Fresse poliere? Ist es das, was du erwartest?‹ »Setz dich rein, Astrid –«

Mit steifen Bewegungen tat sie, was ich ihr gesagt hatte. Ich schloß die Tür hinter ihr, ging um den Wagen herum auf die Fahrerseite, schloß auf und setzte mich ans Steuer.

Unsere Blicke trafen sich. Für einen Augenblick blitzte ein Funken gegenseitigen Verständnisses zwischen uns auf, wie bei Vater und Tochter, die sich endlich in einem gemeinsamen Schicksal ausgesöhnt haben. Dann bewölkte sich ihr Blick wieder, und ihr Gesicht verschloß sich.

Ich sah an ihr vorbei. »Noch sind zehn Minuten Zeit, bis die Parkuhr abläuft. Wollen wir hier sitzen bleiben, oder soll ich dich gleich nach Hause fahren?«

Sie rückte energisch von mir ab. »Nach Haus'? Ich will nich' nach Haus'!«

»Deine Mutter macht sich Sorgen um dich, Astrid.«

»Das tut sie nich'. Sie haßt mich!«

»Das tut sie ni ...«

»Du weißt nich', was passiert is'!«

»Doch, ich weiß es. Alles.«

»Was?! Hat sie das erzählt?« Sie sah mich mit weit aufgerissenen Augen an.

Ich nickte. »Sie ist deine Mutter, Astrid. Du kannst doch nicht glauben, daß sie sich nicht um dich sorgt.«

»Aber nach dem, was ich . . .«

»Sie ist ja noch so jung, im Vergleich zu . . . Du mußt verstehen, daß sie geplatzt ist, aber sie hat dir jetzt verziehen, das garantiere ich dir. Es hat dich doch nicht gewundert, daß sie stinksauer wurde?«

Ihr Blick wich meinem aus. »Es war nich' so, wie sie . . . Ich hab ja noch geschlaf'n! Plötzlich war er bei mir im Bett und . . . Ich hab ja versucht, mich zu wehr'n, natürlich, aber . . . Das is' nich' so leicht – Er is' stark.«

»Du kannst ihn wegen Vergewaltigung anzeigen.«

»Ha, ha, ha! Und wer würd mir glaub'n, meinste? Ich hör schon Gerd im Zeugenstand . . .«

»Ich glaube dir, Astrid. Und wenn du es ihr erklärst, richtig, dann bin ich sicher, deine Mutter tut es auch.«

»Gerd . . .«, sagte sie, fast mit einer Art Verwunderung in der Stimme.

»Hat er das schon öfter getan, Astrid?«

»Was glaubst'n du? Wenn sie nur aus'm Zimmer ging, fing er an zu fummeln! Er wußte ja, wo er mich hatte, wo ich doch auf der sichern Liste steh!«

»Auf der ›Sicheren Liste‹?«

»Ja! Wieso glaubste, stehn wir wohl so hoch im Kurs? Hä?«

»Du meinst – daß ihr auf einer Liste steht?«

»Nich' nur ich! Torild auch!«

»Und diese Liste – die beinhaltete – was, Astrid?«

»Beinhaltete?«

»Ja, na gut – bedeutete was?«

»Na, daß wir sicher waren, eben! Daß wir keine Krankheiten hatten.«

»Ich verstehe. Wurdet ihr von einem Arzt untersucht?«

Sie sah zur Seite. »Einmal im Monat. Ich konnte das nich' ausstehn, aber wir kriegten halt besser bezahlt.«

Die Antwort legte sich wie ein Eisenring um meinen Kopf. Als handelte es sich um nichts anderes als einen Sommerjob in einem Souvenirgeschaft.

Ich mußte Anlauf nehmen, um weiterzusprechen. »Und wie heißt der Betriebsarzt?«

»Doktor Evensen. Er hat 'ne Praxis in der Strandgate.«

»Ja, kamt ihr denn da zu den normalen Sprechzeiten hin?«

»Nein, immer abends. Und es war'n nie andre da.«

»Und dieser Doktor Evensen, hat er euch nur untersucht, oder?«

»Nich' nur. Aber es war nich' immer, daß er – daß wir – na, du verstehst schon!«

»Ich fürchte, ja. Und . . . und wer hat das Ganze organisiert?«

Sie senkte den Blick. »Das war der K-K-Kenneth, der hat mich überredet. Er hat gesagt – man kann so viel Kohle damit machen.« Sie zog eine angeekelte Grimasse. »So leicht verdientes Geld . . . Sich einfach auf'n Rücken legen und die Augen zumachen, sozusagen.«

»Hör zu, Astrid. Ich weiß, daß es nicht so einfach ist, darüber zu reden. Aber das meiste weiß ich schon – Ihr wurdet angerufen, im *Jimmy*, stimmt's?«

»Wir wurden nich' angerufen!«

»Nein, okay, aber ihr bekamt den Auftrag im *Jimmy*, oder? Kalle hinter der Theke. Du weißt, daß er der Bruder von Kenneth ist?«

»Mmh . . .«

»Und dann – seid ihr einfach angetreten?«

Sie nickte.

»Und wo?«

». . . Das war verschieden.«

»Autos?«

»Auch.«

»Andere Hotels als das *Pastell*?«

»Ein paar. Aber meistens war es da. Die Kunden mieteten das Zimmer, und der Kenneth brachte uns rauf.«

»Und wie waren sie, die Kunden?«

Ihr Gesicht fror wieder zu. »Manche konnten ganz okay sein. Und 'n paar kamen mir auch irgendwie bekannt vor, aus der Zeitung, und so.«

»Politiker?«

Sie zuckte mit den Schultern. »Da kenn ich mich nich' so aus.«

»Sie haben nie gesagt, wie sie heißen?«

Sie zögerte. »Manchmal wollten sie, daß wir sie irgendwie nennen. Aber dann nur beim Vornamen, wenn nich' James oder irgendwas anderes völlig Beknacktes.«

»James?«

»Ja? Wieso siehste mich so an? Aber die allermeisten waren eklige, alte Schweine, so wie der heute! Er war Lehrer, da bin ich sicher!«

»Und das Geld, wie bekamt ihr das?«

»Bar auf die Hand! Aber ... der Kenneth behielt das meiste. Wir mußten ja ... und es war zwecklos, ihn zu verarschen, er wußte immer, wieviel wir gekriegt hatten!«

Wieder verkrampfte sich mein Bauch. »Aber der Kenneth ... Es ist nicht sein Stil, so einen Laden alleine zu betreiben.«

»Nee?«

»Hatte er den Kontakt zu Doktor Evensen, zum Beispiel?«

»Jedenfalls hat er die Termine gemacht.«

»Du hattest nie das Gefühl, daß noch jemand hinter ihm stand?«

»War mir doch wohl wurscht, ob noch jemand dahinter stand, ey.«

»Was hast du mit dem Geld gemacht?«

Sie sah aus dem Fenster. »Eingekauft. Klamotten, CDs. Einen draufgemacht.«

»Stoff?«

Sie murmelte irgend etwas.

»Wie bitte?«

»Ich hab schon ab und an mal Koks eingepfiffen – Und mal 'n paar Pillen. Mehr nich'.«

»Nicht gespritzt, also?«

»Nee!« Sie sah mich direkt an, während sie den Jackenärmel hochzog. »Willste etwa sehen?«

»Das ist nicht nötig. Ich glaube dir, wenn du ...«

»Ich glaube dir, wenn du! Du redest genau so'n Blech wie die Sozialfreaks vom Jugendamt un' so! Ihr seid alle gleich bekloppt! Ihr kapiert überhaupt nix, sag ich dir – gar nix! – wie das heute is', wenn man jung is' ...« Plötzlich hatte sie Tränen in den Augen.

Ich legte die Hand vorsichtig auf ihre Schulter, um sie zu beruhigen. »Schon gut, Astrid, schon gut.«

Oben in der Straße kam uns langsam ein Wagen von der Parkplatzwache entgegen, auf der Suche nach abgelaufenen Uhren. Ich warf schnell einen Blick auf die Parkuhr. Dann ließ ich den Motor an und blinkte nach links.

»Wie lange läuft das schon, Astrid?«

»Seit letzten Herbst.«

»Schon bevor du sechzehn wurdest?«

Sie schüttelte heftig den Kopf. »Ich hab im August Geburtstag!«

»Aber Torild hatte erst jetzt, im Januar.«

Sie zuckte mit den Schultern.

»Und sie war dabei?«

Es blitzte in ihren Augen. »Sie war genauso verrückt drauf wie ich! Glaub bloß nich', nur weil sie aus 'ner feineren Gegend is' . . . Ihr hat's sogar gefallen! Das hat's mir nie.«

»Und wenn ihr einen draufgemacht habt, war sie dann auch dabei?«

»Schlimmer als irgendwer!«

»Rauchte und nahm Pillen?«

»Daß es in ihren Augen nur so blubberte, ja!«

»Und warum, glaubst du?«

»Sicher um – sich an ihren Eltern zu rächen, wegen dem, was sie ihr angetan hatten.«

»Angetan? Was meinst du?«

Der Wagen von der Parkplatzwache stand mit laufendem Motor und wartete, daß ich herausbog. Ich grüßte die Männer müde mit einer Hand und setzte den Wagen in Bewegung den Berg hinauf. Keiner von ihnen grüßte zurück.

»Der Mann, der jetzt wegen Mordes an ihr sitzt, Helge Hagavik – kanntest du ihn?«

»Keinen Schimmer, wer das is'! Aber seine Visage kenn ich sicher. Ich hab dir ja erzählt, daß ich sie im *Jimmy* geseh'n hab, zusammen mit einem Typ.«

Ich kam in die Nygårdsgate hinunter und hielt mich auf der äußeren rechten Spur, um die Fahrer hinter mir nicht mit meinem Gesprächstempo zu irritieren.

Ich schielte kurz zur Seite. »Hast du einen Verdacht? Kannst du dir denken, warum sie umgebracht wurde?«

»Nein! Wenn sie nich' . . . Wenn es nich' war, um sie zu bestrafen.«

»Ziemlich harte Strafe.«

»Du hast ja keine Ahnung, was die sich einfallen lassen, solche wie Kenneth.«

»O doch! Ich ahne es, Astrid. Ich habe einmal einen von ihnen beinahe umgebracht.«

»Einen von . . .«

»Einen von derselben Sorte.«

Ich überquerte die Gamle Nygårdsbro und wechselte auf die linke Spur hinauf zum Danmarksplass. Vor dem Forum-Kino stand eine Traube Jugendlicher ungefähr in ihrem Alter. Sie warf nur einen gleichgültigen Blick in ihre Richtung.

Ich folgte der Ibsens Gate nach Haukeland hinauf und von dort aus dem Nattlandsvei bis Mannsverk. Wir hatten nichts mehr zu bereden.

Ich parkte vor dem Hochhaus und sagte: »Ich bring dich rauf.«

»Das is' nich' nötig!«

»Ich tue es trotzdem.«

»Na gut!« antwortete sie und schlug die Autotür hart hinter sich zu.

Wir gingen ins Haus, drückten auf den Knopf beim Fahrstuhl und warteten.

»Bist du bereit, alles, was du mir heute abend erzählt hast, bei der Polizei zu wiederholen?«

Sie zuckte mürrisch mit den Schultern. »Vielleicht.«

»Wir können ihn hinter Gitter bringen. Ist dir das klar?«

Eine vage Angst tauchte in ihren Augen auf. »Aber – was glaubst du denn, was er dann macht?«

»Er wird nichts mehr machen können, Astrid.«

Der Fahrstuhl kam und wir stiegen ein.

Sie drückte auf einen Knopf. »Aber wenn er wieder rauskommt?«

»Dann befördern wir ihn wieder rein.«

»Dann befördern wir ihn wieder rein!« äffte sie mich nach. »Aber dann sind Gerd und ich tot, vielleicht – haste daran gedacht, du Klugscheißer?«

»Gewöhnlich kommt es nicht so weit. Meistens sind das nur leere Drohungen.«

»Meistens ja! Und was ist mit dem einen Mal, wo sie nich' leer sind?«

Tja, was war damit? Galt das vielleicht auch für mich?

Wir waren oben, stiegen aus dem Fahrstuhl und gingen über die äußere Veranda. Sie klingelte selbst.

»Hast du keinen Schlüssel?«

»Hab ich vergessen.«

Gerd Nikolaisen öffnete. Ihre Lippen waren jetzt weniger geschwollen, aber sie zeugten noch deutlich von der Mißhandlung. Die Schwellung um das Auge war zurückgegangen, statt dessen war das Blau besser zu erkennen als beim letzten Mal, trotz der dicken Schminkschicht.

Einen Augenblick standen die beiden nur da und sahen einander an.

Dann platzte Astrid heraus: »Gerd! Was is' denn –! War das Kenneth?«

Die Mutter nickte. Ihr Gesicht war eine starre Maske, aber sie hatte Tränen in den Augen, und am Hals flammte das Blut unter ihrer Haut auf.

»Oh, Gerd!« Sie warf sich ihr um den Hals.

Ich wandte mich ab, weil das hier zu privat war, als daß es mich etwas anging. Wenn ich den Blick hob, sah ich an Landås vorbei und an Ulriken hinauf, wo der Fernsehmast dastand wie ein flutlichtbeschienener erhobener Zeigefinger, der uns allen sagte: Der große Bruder sieht dich. Wenn du dich nicht anständig benimmst, dann holen dich die Nachrichten.

»Braucht ihr mich noch?« fragte ich.

Sie sahen mich an, als hätten sie vergessen, daß ich da war. Die Mutter sagte: »Nein. Danke, daß du sie gefunden hast.« Die Tochter schüttelte nur den Kopf.

»Ihr solltet euch mal richtig über alles aussprechen.« Ich sah zu Astrid. »Und ich erzähle der Polizei, was du mir erzählt hast.«

Gerd Nikolaisens Gesichtsausdruck veränderte sich plötzlich. Mit einer Bewegung schob sie die Tochter hinter sich und trat ganz auf die Veranda heraus. »Ich will nicht, daß die Polizei sich da einmischt, Veum! Das hier ist eine Privatangelegenheit, die ... auch wir haben ein Privatleben!«

»Ich verstehe, aber Astrid hat mir gerade erzählt, daß ...«

»Astrid!« Sie drehte sich zur Tochter um. »Du willst doch auch nicht, daß er was davon weitererzählt, oder?«

Astrid sah zögernd von ihrer Mutter zu mir. »N-nein, wenn du ...«

»Hier geht es nicht um dein Privatleben«, sagte ich zur Mutter. »Es geht darum, was deine Tochter das letzte halbe Jahr getrieben hat. Dies ist von Bedeutung für einen Mordfall! Es hat keinen Sinn, das unter den Teppich kehren zu wollen!«

»Wir streiten alles ab! Wir sagen kein Wort mehr! Stimmt's, Astrid?« Sie wandte sich an ihre Tochter, um Unterstützung zu bekommen.

Astrid Nikolaisen nickte matt, zuckte mit den Schultern und sah mich nicht mehr an, sondern ging in die Wohnung.

Gerd Nikolaisen sah mir triumphierend ins Gesicht. »Na also!« sagte sie entschieden, folgte ihrer Tochter und schlug die Tür so heftig zu, daß ich fast erwartete, die Nachbarn würden ihre Türen öffnen, um zu sehen, was da vor sich ging. Aber wenn ich nachdachte, dann – nein, wohl eher nicht. An so was waren sie wahrscheinlich gewöhnt.

Als ich mich ins Auto setzte, sah ich wieder auf die Uhr. Fünf vor elf. Fløyenbakken wartete.

Ich sah mich gründlich um, bevor ich den Wagen vor dem flachen Block parkte, in dem Karin wohnte. Aber es war kein lebendiges Wesen zu sehen. Nicht einmal ein lüsterner Kater.

Karin war noch wach und erwartete mich mit einer Furche auf der Stirn. Irgend jemand hatte angerufen und sie zur Beerdigung eingeladen.

36

»Ein Mann?«

»Ja.« Sie sah mich unglücklich an. »Er sagte, er riefe vom Beerdigungsinstitut aus an, aber er klang nicht so.«

»Bergenser?«

»Ja. Vielleicht von etwas außerhalb, aber ich bin nicht sicher. Ich meine, es klang irgendwie – wie nicht so ganz . . .«

»Wann war das?«

»Vor einer halben Stunde.«

»Was hat er gesagt? Kannst du es so exakt wie möglich wiedergeben?«

»Er . . . Es klingelte, und ich nahm ab. Ein Mann fragte: ›Spreche ich mit Karin Bjørge?‹ ›Ja‹, sagte ich. ›Du bist eine Bekannte von Varg Veum, stimmt das?‹ Mir wurde ganz eiskalt, Varg, ich war überzeugt, daß was passiert war! ›Ich bin vom Nedre-Nygård-Beerdigungsinstitut‹, sagte er. Ich wäre beinahe ohnmächtig geworden, Varg!«

»Nedre Nygård? Es gibt kein Beerdigungsinstitut Nedre Nygård, soweit ich weiß.«

»Das hat er jedenfalls gesagt. Es hätte natürlich ›Brødrene‹ sein können –«

»Brødrene Nygård?«

Sie nickte.

»Tja . . .« Ich gab ihr ein Zeichen, daß sie fortfahren solle.

»Und dann sagte er: ›Wir haben den Auftrag, alle Freunde und Bekannten Veums anzurufen, um ihnen mitzuteilen, daß die Beerdigung am Montag um dreizehn Uhr in der Kapelle der Hoffnung in Møllendal stattfindet.‹«

»Dann gibt es jedenfalls Hoffnung.«

»Da begriff ich ja, daß es nur ein . . . daß es nicht sein konnte – Also fragte ich ihn so ruhig ich konnte nach seinem Namen . . .«

»Und?«

»Aber da legte er einfach auf. Ich stand da mit dem Telefonhörer in der Hand. Ganz benommen. Es war grauenhaft, Varg! Kannst du mir sagen, was da vor sich geht?«

Ich drückte sie an mich und murmelte ihr ins Ohr: »Das sind nur leere Drohungen, Karin. Vergiß es einfach. So was gehört eben dazu in dieser – in meiner Branche.«

»Dann solltest du dir vielleicht eine andere Branche suchen?«

»Ich werde dir alles erzählen.« Und dann erzählte ich ihr von dem Anruf mit der Orgelmusik und von der Todesanzeige, die ich mit der Post bekommen hatte, und während ich sprach, spürte ich, wie sich in mir eine Wut aufbaute, ein Drang, herauszufinden, wer das war, der sich nicht mehr damit begnügte, mich persönlich zu bedrohen, sondern auch die Menschen, die mir am nächsten standen, und wenn ich es herausfände, dann würde der Betreffende eine gute Deckung brauchen, denn es würde ein harter Kampf werden, ohne eingeplante Auszeiten.

Sie sah mich mit großen Augen an. »Stand da wirklich – stand da auch ein Datum in der Anzeige?«

Ich sah auf die Uhr. Es war mittlerweile fünf nach halb zwölf.

»Morgen«, sagte ich ruhig. »Es ist ja ein Mittwoch, so gesehen paßt es wohl gut, wenn die Beerdigung am Montag ist.«

»Mach' keine Witze mit so was, Varg! Hast du . . . hast du mit der Polizei geredet?«

»Ja. Sie können nicht viel tun.«

»Aber könntest du nicht einen – einen bekommen, der auf dich aufpaßt?«

»Ich fürchte, dafür erscheint ihnen das Risiko, daß was passieren könnte, nicht groß genug. Polizisten sind oft selbst solchen Drohungen ausgesetzt. Wenn sie all so was ernst nehmen würden, hätten sie mehr damit zu tun, aufeinander aufzupassen, als die Gesellschaft um sich herum einigermaßen im Auge zu behalten.«

»Aber was . . . Hast du was Besonderes auf dem Programm morgen?«

»Ich muß nach Stavanger.«

»Nach Stavanger?«

»Hast du was rausbekommen zu meinen Fragen?«

»Ja, ich – hab es hier . . .« Sie ging zum Wandregal und holte ein paar Papiere. »Ich habe Ausdrucke gemacht. Hier hast du . . .«

Sie setzte sich neben mich, und ich beugte mich über das erste Blatt.

»Hier«, sagte sie. »Birger Bjellands Mutter, Kathrine Haugane –«

»Haugane?«

»Ja, so heißt sie. Geboren 1912. Und hier. Vater unbekannt.«

»Aha!«

»Jetzt lebt sie in einem Pflegeheim. Seelenfrieden.«

»Klingt sehr nach Stavangergegend.«

»Birger Bjelland selbst ist 1945 geboren. Und dann gibt es offensichtlich noch eine Schwester, Laura Haugane Nielsen, geboren 1948. Verheiratet mit Ove Nielsen.«

»Aha.«

»Und hier ist der andere . . .«

»Hier haben wir Messer, ja. Harry Hopsland, geboren 1940. Außer Landes gezogen 1981. Zurück letztes Jahr. Adresse im Nordre Skogvei. Sohn Ole Hopsland, geboren 1971. Mutter – was steht da?«

»Grete Pedersen, umgezogen nach Førde 1978. Sie waren nie verheiratet. Aber der Sohn wohnt noch immer in Bergen.«

»Ja, genau. Du hast sogar rausgefunden, wo er arbeitet?«

»Ja, ich ... Digi-Data. Eine Computerfirma, wie man sich denken kann.«

Ich notierte alles in meinem Buch, dann faltete ich die Papiere zusammen und steckte sie in die Innentasche meiner Jacke. Ich legte den Arm um Karin und küßte sie leicht auf den Mund. »Dann muß ich morgen nach Stavanger. Das Flugzeug könnte natürlich abstürzen, aber das Risiko geht man ja jedes Mal ein, also ... Ich glaube, ich bin in vielerlei Hinsicht außerhalb von Bergen sicherer als in der Stadt, falls wir das hier überhaupt ernst nehmen, Karin.«

»Ich hab es jedenfalls ernst genommen, als er anrief.«

»Ich bin nicht zum ersten Mal allein in einer Winternacht unterwegs«, tröstete ich sie. Aber während ich es sagte, merkte ich, daß der Trost nicht einmal mich selbst überzeugte. Jemand hatte Kälte in mein Herz gesät, ich hatte eine Eisrose in der Brust.

Ich schlief nicht viel in dieser Nacht.

Würde ich es ernst nehmen, was könnte ich dann eventuell unternehmen?

War es einer oder waren es mehrere, die dahintersteckten? Wäre nicht der erste Anruf gekommen, noch bevor ich ernsthaft begonnen hatte, in der Torild-Skagestøl-Geschichte herumzuwühlen, läge es nahe, Birger Bjelland und seine Leute zu verdächtigen. Aber höchstwahrscheinlich war es ein Idiot, der so was trieb, um Angst und Schrecken zu verbreiten, ohne jemals einen Versuch zu unternehmen, die Drohung in die Tat umzusetzen.

Aber daß er bei Karin angerufen hatte, irritierte mich. Das bedeutete, daß er einen ziemlich guten Einblick in mein Privatleben haben mußte, daß er mich vielleicht sogar beschattet hatte – oder uns – und herausgefunden hatte, wer sie war. Aber das konnte auch bedeuten, daß er einen Apparat zur Verfügung hatte, wenn nicht gar eine ›Organisation‹.

Karin schlief unruhig neben mir, murmelte irgend etwas und warf den einen Arm zur Seite.

Ich streckte die Hand zum Boden vor dem Bett aus, fand meine Uhr, hob sie auf und drückte auf den Knopf, der die Zifferblattbeleuchtung auslöste: 01.35.

Also gut. Mal angenommen, ich wäre tatsächlich in Gefahr. Wovor sollte ich mich dann besonders in acht nehmen?

Wir befanden uns nicht auf Sizilien, mein Büro lag nicht auf der North Side von Chicago, und selbst der Name Soho klang exotisch für einen Privatdetektiv aus einem langgestreckten Land irgendwo ganz oben beim Nordpol. Mit anderen Worten, es war sehr unwahrscheinlich, daß jemand eine Autobombe in meinem Toyota deponiert haben würde, bevor ich im Morgengrauen nach Flesland fuhr. Es gab auch kaum einen Grund, zu befürchten, daß oben hinter den Büschen in dem alten Schulgarten ein Scharfschütze läge, um mich mit seinem Zielfernrohr einzufangen, während ich mein Auto aufschloß.

Am wahrscheinlichsten war es, daß jemand einen direkten Angriff auf mich mit Schußwaffe oder Messer versuchen würde. Allein der Gedanke daran ließ mich so abrupt im Bett hochfahren, daß Karin die Hand nach mir ausstreckte und im Halbschlaf fragte: »Ist es schon Morgen?«

»Nein, nein«, sagte ich leise. »Schlaf du ruhig weiter. Ich muß nur kurz aufstehen.«

Ich stieg aus dem Bett, verließ das Schlafzimmer und ging durch den Flur ins Wohnzimmer.

Am Fenster blieb ich stehen und sah hinaus.

Es war ein merkwürdig friedlicher Anblick. Bergen nachts um viertel vor zwei, mit verstreuten Schneeflocken in der Luft, von schwarzen Bergen beschützt, die nur zum Teil bebaut waren. Die Straßenbeleuchtung schien wie das Muster einer vergoldeten Pfauenfeder in der Dunkelheit. Store Lungegårdsvann lag wie eine schwarze Lagune da, die Oberfläche eine hufeisenförmige dünne Eisschicht, und in den großen, häßlichen Hochhäusern von Vetle-Manhattan waren alle Bürolichter erloschen. Nur von einem Hausdach leuchtete die Botschaft, wie spät und wieviel Grad es da oben eben waren, herüber.

Nur wenige Autos waren unterwegs, und ich konnte mir nicht vorstellen, daß eines davon auf dem Weg zu mir war.

Ich atmete tief und ruhig. Ein und aus. Ein und aus.

Langsam fühlte ich, wie die Anspannung in der Schultergegend abnahm. Der schmerzhafte Kloß im Bauch begann zu schrumpfen und hinter den Augenlidern vibrierte mit seinen Elfenflügeln langsam der Schlaf.

Ich ging wieder ins Bett und schmiegte mich eng an Karin, die Arme um sie geschlungen, in einer Art Embryostellung fur zwei.

Ich erwachte erst, als der Radiowecker mit der schmetternden Fanfare einer Nachrichtenredaktion zuschlug, die uns die letzten Weltkatastrophen anvertrauen wollte, bevor wir einen neuen Arbeitstag begannen.

37

Sogar die Wettergötter waren unruhig an meinem Todestag. Ein böiger Wind aus Nordwest schüttete unregelmäßige Hagelschauer über die Stadt und ließ die Körner gegen die Autoscheiben trommeln, so als hörte man den Klang des ersten Musikkorps dieses Frühlings.

Karin gab mir einen langen, heißen Kuß, bevor ich ging. »Soll ich mit runterkommen?«

»Nein. Aber du kannst mich ja vom Fenster aus verfolgen, bis ich gefahren bin.« Einer plötzlichen Eingebung folgend, fügte ich hinzu: »Und paß auch gut auf dich auf. Ich rufe sofort an, wenn ich angekommen bin.«

Dann starben wir noch ein bißchen, bis ich sagte, daß ich nun gehen müsse, und sie mich zögernd losließ, als sei sie nicht ganz sicher, ob sie mich je wiedersehen würde.

Noch einmal hatte sie Tränen in den Augen. Ich wußte nicht, ob ich mich darüber freuen sollte. Es gefiel mir nicht, Menschen einen Grund zum Weinen zu geben.

Unten öffnete ich vorsichtig die Haustür. Es waren noch nicht viele auf den Beinen. Ein Nachbar aus einem der anderen Blocks ging gerade in Richtung Årstadsvei hinauf, und eine Frau mittleren Alters führte ihren Hund spazieren.

Schnell trat ich hinaus und ging zum Parkplatz hinüber. Ein paarmal beugte ich mich hinunter, wie um meine Schnürsenkel neu zuzubinden. Als ich beim Auto ankam, achtete ich darauf, nirgends zu lange stillzustehen. Ich ging schnell um den Wagen herum, während ich die Scheiben freikratzte. Der leichte Schneefall der Nacht hatte mir jedenfalls einen Dienst erwiesen: Ich konnte ziemlich sicher sein, daß niemand am Auto herumgebastelt hatte, weder an den Schlössern noch anderswo, seit ich es abgestellt hatte. Außer meinen eigenen gab es keine anderen Fußspuren. Nichts als das Muster des Hagels vom letzten Schauer, wie eine folkloristische Stickerei.

Ich steckte den Autoschlüssel ins Schloß, drehte ihn um, öffnete die Tür, nickte zu Karin hinauf und stieg ein.

Weil ich viel zu viele amerikanische Filme gesehen hatte, warf ich einen Blick auf den Rücksitz, um zu kontrollieren, ob er leer war. Das war er.

Ich wußte, daß jetzt der kritische Punkt kam. Die meisten Autobomben waren an die Zündung gekoppelt.

Es gab nur eine Möglichkeit, das herauszufinden. Ich ließ die Tür angelehnt (als ob das etwas geholfen hätte), steckte den Schlüssel ins Zündschloß und startete den Motor. Er sprang bei der allerersten Berührung an, wie eine Seemannswitwe.

Als ich vom Parkplatz fuhr, winkte ich wieder zu Karin hinauf. Sie winkte zurück, aber es kam nicht von Herzen. Mir war, als könnte ich ihr besorgtes Gesicht trotz der Entfernung vor mir sehen.

Oben im Årstadveien bog ich nach Süden in Richtung Haukeland-Krankenhaus ab. Ich sah in den Spiegel. Ein paar Autos kamen in einer Schlange über Årstadvollen. Vom Fløyenbakken herauf kam ein Motorrad und fuhr vorsichtig an den Bürgersteig, zwei, drei Wagen hinter mir. Ich spürte, wie sich meine Nackenhaare sträubten.

Im Fridal bog ich ab und fuhr durch den Christiepark, während ich in den Rückspiegel sah. Zwei der Wagen – und das Motorrad – folgten mir.

An der Ampel am Inndalsvei blieb ich bei Rot stehen und wartete. Der Motorradfahrer hielt sich zurück und blieb stehen, noch immer zwei Wagen hinter mir, obwohl reichlich Platz gewesen wäre, um an der Seite vorzufahren.

Ich versuchte, mir einen Eindruck des Fahrers zu verschaffen, aber es war noch zu dunkel, und er war dick bekleidet, in voller Ledermontur und Helm mit dunkelgetöntem Visier.

Der Fahrer des Wagens hinter mir hupte irritiert, und ich fuhr so abrupt an, daß das Auto auf der glatten Fahrbahn ins Rutschen kam, aber ich bekam es schnell wieder in den Griff. Der Motorradfahrer hatte keine Probleme.

Wir begleiteten einander wie siamesische Zwillinge den ganzen Weg bis nach Flesland. Die Autos zwischen uns wechselten zwar, aber der Abstand blieb immer derselbe, zwei bis drei Wagen. Als ich aber zum Langzeitparkplatz einbog, um das Auto abzustellen, war er plötzlich weg.

Ich parkte und ging schnell auf den Terminal zu, während ich mich umsah. Mir schien, als hörte ich immer noch das schwache Brummen des Motorrads, aber das konnte Einbildung sein. Ich sah nichts.

In der Halle liefen Menschen in eilige Dialoge vertieft in verschiedene Richtungen, je nachdem, was das Ziel ihres Besuches war. Ich stieg die Treppe hinauf in die Abflughalle im ersten Stock. Auf halber Höhe hatte ich eine perfekte Übersicht über das meiste, was sich auf der unteren Ebene befand, aber der schwarzgekleidete Motorradfahrer war nirgends zu sehen.

Kurz darauf war ich auf dem Weg zum Flugzeug. Zwei, drei Köpfe vor mir in der Schlange entdeckte ich eine große schlaksige Gestalt, die mir bekannt vorkam. Aber erst als er sich oben auf der Treppe umdrehte, bestätigte sich, daß er es wirklich war. Holger Skagestøl und ich hatten das gleiche Ziel.

Er fand einen Sitzplatz, und ich blieb neben ihm stehen. »Macht es etwas, wenn ich mich hier hinsetze?«

Er sah auf und runzelte die Stirn. »Veum? Was zum T . . .! Sie verfolgen mich doch hoffentlich nicht?«

»Nein, bewahre! Ich habe einen Auftrag in Stavanger.«

»Na ja, dann . . .« Aber er beäugte mich mißtrauisch, als ich mich hinsetzte, so als fühlte er sich ganz und gar nicht sicher.

Die allermeisten empfinden eine natürliche Angst, wenn die Türen geschlossen werden, wenn man aufgefordert wird, die Sicherheitsgurte anzulegen und das Flugzeug zum Abheben von der Rollbahn ansetzt.

Dieses Mal empfand ich nur Erleichterung, als sich die Türen schlossen und ich sicher war, daß der Mann im Motorraddreß nicht unter den Passagieren war. Wenn er sich nicht blitzschnell auf der Toilette umgezogen hatte, denn dann konnte es jeder x-beliebige sein. Sogar . . .

Ich betrachtete Holger Skagestøl.

. . . Nein. Ich glaubte es nicht.

Skagestøl hatte genauso angespannte Gesichtsmuskeln wie bei unserer letzten Begegnung. Er trug einen grauen Anzug und hatte einen hellbraunen Wintermantel an den Haken über dem Sitz gehängt.

»Beruflich unterwegs?« fragte ich vorsichtig.

Er fuhr sich mit der Hand über die Stirn. »Ja. Leiterkonferenz vom Landesverband der norwegischen Zeitungen.«

»Über mehrere Tage?«

»Bis morgen. Ich hätte selbstverständlich auch absagen können, in Anbetracht der Umstände, aber irgendwie ... es kann guttun, an etwas anderes zu denken.«

»Steht schon fest, wann sie beerdigt wird?«

»Nein, die Polizei ... Aber es wird wohl irgendwann in der nächsten Woche sein. So früh wie möglich, hoffe ich.« Als glaubte er, sich erklären zu müssen, fügte er hinzu: »Ich meine ... es ist irgendwie erst dann vorbei.«

Das Flugzeug hob ab, und wir saßen stumm, bis es den richtigen Kurs eingeschlagen hatte und das Signal, daß wir die Sicherheitsgurte wieder lösen konnten, blinkte.

»Ihr seid natürlich froh, daß der Täter so verhältnismäßig schnell gefaßt wurde.«

Er warf mir einen schnellen Blick zu. »Doch, doch. Er hat noch nicht gestanden.«

»Nein, das tun sie nie sofort. Erst wenn sie sehen, daß die Schlacht verloren ist, dann ... Und dann plätschert es nur so aus ihnen heraus, als sollten sie sich plötzlich vor einer höheren Macht erklären.«

»Wer weiß, vielleicht müssen sie das ja auch.«

Eine Stewardeß kam mit einer Dose Juice und einem halben Brötchen auf einem kleinen Plastiktablett. »Eine Zeitung?« fragte sie mit einem Lächeln.

Ich schüttelte den Kopf, aber Holger Skagestøl sagte ja. »Gerne beide, bitte.«

Er bekam sie, überflog schnell die Titelseiten, legte die eine auf den Schoß und breitete die andere aus, um sie dann aufzuschlagen und die ersten Seiten schnell und mit besorgter Miene durchzublättern. In der Mitte angekommen, legte er die Zeitung abrupt aus der Hand, griff nach der anderen und wiederholte die Prozedur.

Der ganze Mann schien unter einer Last gebeugt, als er zu mir herübersah und sagte. »Zum ersten Mal in meinem Leben weiß ich, wie es ist, wenn man den Leitartikeln der Zeitungen ausgeliefert ist, Veum.«

»Eine neue Erfahrung?«

»Wirklich grauenhaft! Man ist ja – sogar ich, der mittendrin ist, und bei dem man eigentlich erwarten sollte, daß er ein wenig Einfluß auf das hat, was geschrieben wird – machtlos, schlicht und einfach. Machtlos«, wiederholte er, wie um sicherzugehen, daß ich es auch mitbekommen hatte.

Ich nickte.

»Plötzlich begreift man, daß viele Dinge, die man selbst gemacht hat, Übergriffe waren. Man erfährt am eigenen Leib das, womit andere früher zu einem gekommen sind, um ihr Leid zu klagen: daß man nicht gehört wird, daß alle Einwände, alle Bitten, deine privaten Erlebnisse auszusparen – daß niemand darauf hört, weil du plötzlich zu einem Nachrichtenthema geworden bist.« Dabei zog er eine Grimasse.

Durch ein paar vereinzelte Öffnungen in der Wolkendecke unter uns erkannten wir ein dunkles Fjordstück und die windverwehte Hügellandschaft von Sunnhordaland. »Jetzt hol ich die Morgenzeitung rein – meine eigene Zeitung, Veum – und habe jeden Tag gleich große Angst. Ich bekomme die Osloer Zeitungen auf den Schreibtisch, sobald sie da sind, und ich habe Magenschmerzen, jeden Tag, aus Furcht davor, was drinsteht, welche Bilder sie ausgesucht haben. Einfach nur seine eigene Tochter, das Bild von deiner eigenen Tochter, in Serie wie ein Logo oben auf den Nachrichtenseiten zu sehen –! Zum Kotzen!«

»Das hört jetzt auf, wo sie Hagavik festgenommen haben. Ein Fall, der aufgeklärt ist, hat nicht den gleichen Nachrichtenwert wie ein unaufgeklärter.«

»Aber er hat noch nicht gestanden, Veum! Das ist ja das Beschissene! Solange noch kein Geständnis vorliegt, können sie weiterhin wild drauflos spekulieren – mit ihrem Satanismus und wer weiß was noch.«

»Oder noch Schlimmerem?«

»Ja!« Er dämpfte die Stimme, und nach einer Pause sagte er: »Jetzt im nachhinein haben wir ja begriffen, daß Torild – in so einiges verstrickt war. Drogen . . .«, er hatte Probleme, das Wort auszusprechen, »Pr-prosti-tu-tion!« Mit einer schnellen Kopfbewegung, wie ein Vogel, der in der Luft ein Insekt fängt, fügte er hinzu: »Aber es war der letzte Herbst, daß sie auf die schiefe Bahn gekommen ist! Nachdem ich die Kontrolle über sie verloren hatte!«

»Geben Sie Ihrer Frau die Schuld?«

»Ich gebe niemandem die Schuld! Ich sage nur, was Sache ist! Noch letztes Jahr zu Pfingsten, da war sie ... da haben wir sie draußen auf Radøy in einem Pfadfinderlager besucht –«

»Ich habe davon gehört. Aber nicht Ihre Frau.«

Er sah mich verwundert an. »Was wollen Sie damit sagen?«

»Ihre Frau war nicht dabei, als Sie die Mädchen besucht haben. Das waren nur Sie und Randi Furubø, haben Sie das vergessen?«

»Vergessen?« Wieder fuhr er sich mit seiner charakteristischen Handbewegung über die Stirn. »Nein, aber ... Was spielt denn das für eine Rolle?«

»Ein paar Monate später haben Sie sich getrennt.«

Endlich schien er zu verstehen, worauf ich hinauswollte. »Sie meinen, daß da ein Zusammenhang bestünde, daß ... Nein, mal ehrlich.«

Er drehte sich fast einmal um sich selbst auf seinem Sitz, um mich davon zu überzeugen, wie sehr ich mich irrte. »Jetzt hören Sie mal zu, Veum. Punkt eins: Randi und Trond, Sidsel und ich, wir sind seit Jahren die besten Freunde, wir haben zusammen Urlaub gemacht, haben Abendessen und Frühstück miteinander geteilt, Schulreisen zusammen gemacht und so weiter. Trond und ich sind alte Kumpel, wir teilen alles miteinander. Wenn sein Auto kaputt ist, dann leiht er sich meins. Ist meins in der Werkstatt, dann kriege ich seins. Aber nicht unsere Frauen, die haben wir immer jeder für sich behalten. Randi und ich, wir hätten zusammen an die Südspitze Italiens fahren können, wir hätten im Auto oder in Campinghütten übernachten können, aber es wäre mir niemals in den Sinn gekommen, auch nur daran zu denken, mit ihr zu schlafen!«

»Wirklich nicht? So unattraktiv ist sie doch nun auch wieder nicht.«

»Davon rede ich ja auch gar nicht! Aber sie ist Tronds Frau, verstehen Sie? Wir sind Kumpel!«

»Und Ihre Frau und Trond, haben die genauso hohe Ideale?«

»Sidsel und Trond? Wenn Sie von der Pfingstfahrt reden, da ging es Sidsel nicht gut, und außerdem mochte sie noch nie besonders gern Auto fahren, und Trond war irgendwo im Fjell wandern. Ich weiß es nicht mehr genau. Punkt zwei: Veum. Sidsel und ich sind nach vielen Jahren langsamer Zermürbung auseinandergegangen. Es war kein einzelner Vorfall, der die Trennung ausgelöst hat. Es war nur ein In-die-Tat-Umsetzen – vor allem von meiner Seite – dessen, daß wir am Ende des Weges waren, schon längst. Wir waren längst am letzten Schild vorbei, wenn Sie verstehen, was ich meine? ›Jeglicher Verkehr über diesen Punkt hinaus geschieht auf eigene Gefahr.‹ Von da an haben wir riskiert, den ganzen Jostedalgletscher auf den Kopf zu bekommen. Und Punkt drei: Nichts von alledem hat auch nur das Geringste mit dem zu tun, was mit Torild passiert ist!«

»Abgesehen von dem, was Sie selbst gesagt haben«, warf ich ein, »daß Sie aus diesem Grund, also wegen der neuen Familiensituation, keine Kontrolle mehr über sie hatten.«

Er hob resigniert die Arme. »Und dabei bleibe ich. Wäre ich noch zu Hause gewesen, wäre das nicht passiert.«

Das letztere kommentierte ich nicht weiter. Alle hatten das Bedürfnis, ihre eigenen Erklärungsmodelle aufzubauen, die Verteidigungsmauern um ihr Ich. Dies war Holger Skagestøls Version. Seine Frau würde ihre eigene haben. Ich selbst hatte die Erfahrung gemacht, daß sich die Wahrheit irgendwo ungefähr in der Mitte befand.

Ich versuchte es mit einem neuen Einfallswinkel. »Also . . . nicht daß es mich etwas anginge, aber – Wer hat eigentlich wen verlassen – von euch?«

»Tja, genau. Nicht daß es Sie etwas anginge!«

Nach einer Weile konnte er sich trotzdem nicht beherrschen. Er drehte sich halb zu mir herum und schlug sich demonstrativ auf die linke Brust. »Ein Herz aus Stein, verstehen Sie? – Es gibt so viele verlassene Trottel von Männern da draußen, die einmal in der Woche Besuchsrecht für ihre Kinder haben.«

»Als ob ich das nicht wüßte.«

»Mich finden Sie nicht in der Kompanie, Veum. Ich schaue niemals zurück! Niemals!«

»Niemals ist ein großes Wort, Skagestøl. Viel zu groß für die meisten von uns.«

Er schnaubte, drehte sich zur Seite und sah aus dem Fenster.

Das Flugzeug näherte sich jetzt Sola. Auf die Anweisung hin

legten wir die Sicherheitsgurte an und tauchten dann unter die Wolkendecke. Das Meer lag grau und griesgrämig unter uns, wie das Abwasser eines allzu flüchtigen Winters. Die Badestrände waren menschenleer und erinnerten schwach an abgenagte Knochenreste gigantischer Kadaver.

Holger Skagestøl blätterte ziellos in einer der Zeitungen, allem Anschein nach über sich selbst verärgert wegen seiner Reden. Kurz darauf waren wir unten.

Es wäre vielleicht normal gewesen, wenn wir uns ein Taxi in die Stadt geteilt hätten, wo wir doch trotz allem irgendwie Bekannte waren. Aber keiner von uns unternahm den nötigen Anlauf, und schließlich nahm er allein eins, in königlicher Isolation, während ich mit dem Flughafenbus in die Stadt fuhr.

38

Wenn man mit dem Flugzeug von Bergen nach Stavanger fliegt, muß man sich damit abfinden, mehr Zeit im Auto oder Bus zu verbringen als in der Luft, selbst wenn der Verkehr so reibungslos ins Zentrum von Stavanger fließt wie an dem Tag, an dem ich sterben sollte.

Die Landschaft um die Stadt herum war ausgebleicht und nackt, und die Baumkronen schaukelten im Wind. Trotzdem konnte man jetzt schon ahnen, warum der Frühling hierher früher kam als irgendwo sonst ins Land. Kein Schneekörnchen war zu sehen, nur ein paar zerstückelte Kreidezeichen irgendwo in den Weiten des Ryfylke. Die Sonne zeichnete scharfe Einschnitte in die Wolken, stach durch die Busfenster und blieb schwelend auf der Haut liegen. Aber als ich ausstieg, spürte ich den Meereswind wie das Kratzen einer schmutzigen Kralle auf der Wange, und mir lief ein kalter Schauer den Rücken hinunter. Noch hatte der Winter die Oberhand.

Ich stieg beim Dom aus, grüßte die Alexander-Kielland-Statue und sah mich um. Als ich das letzte Mal in der Stadt gewesen war, schien sie ein modernes Klondyke zu sein, hektisch und aufgedreht durch den plötzlichen Reichtum. Jetzt hatte sich alles wohl etwas beruhigt. Die Stadt hatte sich endlich mit ihrem neuen Status abgefunden, ein Ort, an dem Neil Young mit erhobenem Haupt ›After the goldrush‹ singen konnte, ohne ausgepfiffen zu werden.

Stavanger war einer der Orte, die Gott vergessen hatte. Vielleicht hatte man hier gerade deshalb so viele Bethäuser errichtet, in dem vergeblichen Versuch, den Kontakt wiederherzustellen. Als man endlich aufgegeben hatte, verfiel man statt dessen dem Mammon, obwohl die alten Neonbuchstaben, die verkündeten, daß Jesus das Licht der Welt sei, noch immer wie ein vorzeitliches Denkmal über Breiavatnet leuchteten.

Stavanger war eine Stadt, zu der ich schon immer ein ambivalentes Verhältnis gehabt hatte. Von 1966 bis 1969 hatte ich hier die Hochschule für Sozialwissenschaften besucht. Anfangs wohnte ich in einer ziemlich kümmerlichen Einzimmerwohnung hinter Banevigå. Im Jahrgang über mir war ein Mädchen aus Jørpeland, Beate Larsen, und bei einem farbenfrohen Meeting in einer Art Kollektiv irgendwo in der Gegend von Egeland endeten wir schließlich in der Küche wie zwei selbstversunkene *screw-ball*-Komödianten, ohne im geringsten zu merken, was um uns herum vor sich ging.

Am Tag danach nahmen wir den Bus nach Sola und gingen Hand in Hand den Strand entlang, obwohl es schon Ende September und der Sommer längst in Richtung Süden gezogen war. Und als wir in die Stadt zurückkamen, lud sie mich in ihre Wohnung ein, wo wir die frische Bekanntschaft noch weiter vertieften. Mit ihren weißen Schenkeln zu beiden Seiten meines Kopfes und das Gesicht tief im Hafrsfjord verankert hörte ich ihren Rogalanddialekt wie einen fernen Abzählreim in der Luft über mir: O ja, o ja, o ja, Varg!

Nur wenige Monate später zog ich in ihre deutlich geräumigere Einzimmerwohnung in der Wesselsgate ein. Als sie eineinhalb Jahre später mit der Schule fertig war, fuhr sie mir voraus nach Bergen, wo sie eine Vertretungsstelle beim Sozialamt bekommen hatte, während ich den Rest der Zeit in Stavanger damit verbrachte, hin und her zu pendeln. Im Mai dieses letzten Jahres heirateten wir, und zwei Jahre später bekamen wir Thomas. Keiner von uns hatte den Namen Lasse Wiik jemals auch nur gehört.

In Stavanger verbrachte ich ein paar meiner glücklichsten Jahre, und ich konnte nicht in diese Stadt zurückkommen, ohne daran erinnert zu werden, daß das Glück ein flüchtiges Gefühl ist, genauso leicht einzufangen wie ein Strahl Mondlicht.

Das Pflegeheim Seelenfrieden lag irgendwo gleich außerhalb von Bjergsted. In dem modernen Betongebäude mit Aussicht auf den Byfjord fragte ich an der Rezeption nach und wurde zwei Etagen höher und dann nach rechts geschickt. »Die Tür ist abgeschlossen, es ist die Abteilung für die Dementen, aber man braucht nur zu klingeln, dann kommen sie und schließen Ihnen auf«, rief die Dame an der Rezeption freundlich hinter mir her, als ich auf die Treppe zuging.

Ich folgte dem Rat, und eine kleine dunkelhaarige Schwester mit einem runden, freundlichen Gesicht und großen blauen Augen zeigte mir den Weg zu Kathrine Haugane, während sie fragte: »Ein Verwandter?«

»Nein, ein Bekannter – von ihrem Sohn.«

»Von Birger?«

»Ja, kennen Sie ihn?«

»Nein, aber mein Bruder ging mit ihm in eine Klasse, in der Grundschule«, sagte sie mit einem plötzlichen Anflug von Wehmut, wie um zu unterstreichen, wie lange das her war.

»Sie waren natürlich älter als Sie.«

Ihr Gesicht wurde wieder rund. »Ja, das waren sie allerdings. Da sind wir.«

Kathrine Haugane hatte schon Besuch. Neben ihrem Bett, mit einem Strickzeug in der Hand und einer aufgeschlagenen Wochenzeitschrift neben sich, saß eine Frau in den Vierzigern, mit schon ergrautem Haar und einem Gesicht, in dem das Leben viel zu früh seine Narben hinterlassen hatte.

»Hier ist Besuch«, sagte meine Begleiterin mit einem munteren Lächeln.

Die Frau im Bett klimperte kaum merklich mit den Lidern. Die andere stand erstaunt auf. »Oh?«

Ich lächelte freundlich. »Ich bin ...«, ich zögerte einen Augenblick, »Veum aus Bergen. Varg Veum. Ich bin ein Bekannter von Birger.«

»Oh.« Sie streckte die Hand aus. »Ja, ich bin seine Schwester, Laura Nielsen. Freut mich.«

»Danke, gleichfalls.«

Sie war mit wenig Geschmack gekleidet, trug eine rote Hemdbluse, einen braunen Rock und eine weiße Strickjacke, die aussah, als sei sie ein Gewinn vom letzten Missionsbasar. Ihr Gesicht war ungeschminkt, und sie trug keinen Schmuck. Ihre Augen waren hellblau, fast farblos und hatten rote Ränder, als litte sie an irgendeiner Augenkrankheit. Nichts an ihr erinnerte an den Bruder, aber wenn ich den Notizen in meiner Jackentasche glauben konnte, dann war es auch keineswegs sicher, daß sie denselben Vater hatten, eher im Gegenteil.

»Sie sind ... Hat Birger Sie gebeten, uns zu besuchen?«

»Mmh, ich ... Nur, wenn ich Zeit hätte. Und jetzt war ich gerade auf dieser Seite der Stadt.«

»Er selbst ist jetzt zwei Jahre nicht hiergewesen«, sagte sie und hatte den Mund so voller Speichel, daß sie schlucken mußte.

»Ach nein?«

»Nicht, daß ich es nicht verstehen könnte! Von ihr hat man nicht viel!« Sie nickte zur Mutter hin, und ich folgte ihrem Blick.

Kathrine Haugane lag auf dem Rücken im Bett, die Decke bis unter das Kinn gezogen, so daß man den Hals kaum sah. Ihr Gesicht war mager und runzlig, die Nase, das Markanteste, sehr scharf und spitz. Ihr kreideweißes Haar in der Mitte gescheitelt, und die Haut war grau und dünn, als sei sie allzulange eingestaubt, ohne daß sich jemand die Mühe gemacht hätte, sie abzuwischen. Wären die kaum bemerkbaren Bewegungen ihrer Lippen nicht gewesen, hätte man denken können, sie sei tot.

»Ist sie schon lange so?«

»Im Sommer sind es acht Jahre. Völlig weg.«

»Aber ist sie denn nie wach?«

»Doch, doch, aber wenn sie spricht, dann ist es nur wirres Gebrabbel. Von ihr kommt kein vernünftiges Wort mehr, nein.« Sie setzte sich und griff wieder nach dem Strickzeug. Dann nickte sie zu dem zweiten Stuhl im Zimmer zum Zeichen, daß ich mich doch setzen könne, wenn ich nun schon vorbeigekommen war.

Ich sah zu dem anderen Bett. Es war leer und ungemacht.

Sie folgte meinem Blick. »Martha Lovise Bredesen. Sie ist vor zwei Tagen gestorben. Sie erwarten morgen jemand Neues.« Sie nahm ein paar Maschen ab und murmelte, wie zu sich selbst: »Ach ja, dann haben die ihre Ruhe –«

Klares, helles Tageslicht erfüllte das Zimmer. An der Wand

über Kathrine Hauganes Bett hingen ein paar Familienfotos. Auf einem davon saß eine Frau mit zwei kleinen Kindern vor der gemauerten Wand von etwas, das einer dieser typischen Jærenhöfe sein mochte, in so starkem Sonnenschein, daß es zur Mittsommerzeit gewesen sein mußte.

Ich nickte zu dem Bild. »Seid ihr das?«

Sie sah fast schüchtern hin. »Ja, das ... das war im Sommer, es muß wohl um 1950 herum gewesen sein. Wir waren auf Nærbø.«

»Birger ist der ältere von euch«, stellte ich fest.

»Ja, das – daran war wohl nie ein Zweifel.«

»Sie sind verheiratet, stimmt's?«

»Ja, das stimmt.«

»Haben Sie auch Bjelland geheißen, bevor Sie geheiratet haben?«

»Nein, ich habe immer Haugane geheißen.«

Ich sah durch das Fenster zu den Inseln auf der anderen Seite des Fjords. »Aber ... habt ihr denn verschiedene Väter?«

Sie preßte die Lippen zusammen und nickte.

»Und Birgers Vater – hieß der Bjelland?«

»Nein, das ...« Sie sah zu ihrer Mutter, die mit geschlossenen Augen und zitternden Lidern dalag, als träumte sie – oder als täte sie nur so, als ob sie schliefe.

Laura Nielsen dämpfte die Stimme. »Birger wurde im Dezember 1945 geboren. Niemand hat jemals erfahren, wer der Vater war, aber es gab wohl Gerüchte, natürlich, und für die Leute war es dann schließlich so, daß der Vater, ja – Deutscher war, wissen Sie?« Ihr Gesicht bekam einen bitteren Zug, als sie daran zurückdachte. »Mutter arbeitete als Serviererin in einem Café damals, und da traf sie natürlich sowohl feine Leute als auch andere. Also hätte es ja genausogut einer der Bessergestellten der Stadt gewesen sein können, wenn man es genau nimmt, oder?«

Ich nickte aufmunternd. »Doch, natürlich.«

»Und als Birger dann fast erwachsen war und Himmel und Hölle in Bewegung setzte, um herauszufinden, wer sein Vater wirklich war, da hätte es genausogut einer sein können wie der, den er sich dann ausgesucht hat. Und der war ja schon tot, also wer sollte es abstreiten?«

»Nein, d ...«

»Eins kann ich Ihnen sagen, Birger und ich – wir wurden beide getriezt in der Schule wegen dem Ganzen. Aber Birger am meisten. Sie liefen hinter ihm her und riefen Deutschenbalg! Deutschenbalg! Manchmal kam er blutend nach Hause, weil er sich geprügelt hatte. Und es hörte nie auf. Kein Wunder, daß er, sobald er nur konnte, die Stadt verlassen hat. Stavanger ist ein Dorf, daß Sie es nur wissen!«

»Na, Bergen ist nun auch nicht gerade eine Großstadt.«

»Nein, aber da kannte ihn wenigstens niemand!«

Ich hieß sie mit einer Handbewegung innehalten und nickte zu ihrer Mutter hin. Kathrine Haugane hatte plötzlich die Augen geöffnet. Sie starrte mit strengem Blick an die Decke. »Birger! Laß das! Roger! Oh, nein ...« Dann klappten die Lider wie durch einen verborgenen Mechanismus wieder herunter.

Ich sah Laura Nielsen an.

Sie zuckte mit den Schultern. »Das ist einer ihrer Standardsätze. Eine von den Szenen, die immer wiederkommen. Natürlich irgendeiner von Birgers Dummejungenstreichen, die sie immer und immer wieder erlebt.«

»Haben Sie eine Ahnung, welcher?«

»Keinen Schimmer!«

»Aber, was hat sie gesagt ... Roger?«

»Roger ... Das war damals ein Freund von Birger. Ich denke, die beiden Lausejungs haben zusammen irgendwas ausgefressen.«

»Roger ... Und weiter?«

»Mmh ... Hansen, meine ich. Er ist seit vielen Jahren tot.«

»Tja ...« Ich wollte sie nicht weiter drängen. Wahrscheinlich war es auch nicht wichtig. »Aber nachdem Birger geboren wurde ... Wie war da ihr Leben?«

»Wie das einer Ausgestoßenen. Auch wenn der Vater kein Deutscher gewesen wäre, das Kind war immerhin unehelich, und in Stavanger, zu der Zeit – das war fast genauso schlimm! Sie lebte halt von der Fürsorge, wohnte eine Weile in verschiedenen christlichen Mütterheimen. Da waren sie sicher nett, aber die Regeln waren zum Heulen für eine Frau, die schließlich erst in den Dreißigern war!«

»Aber, als Sie geboren wurden –«

»Na ja, da ... da hatte sie da unten in Nærbø eine Stelle bekommen, auf einem Bauernhof, und dann traf sie da einen Seemann aus der Gegend: Ja, er machte ihr ein Kind und ging auf große Fahrt und kam erst zwei Jahre später wieder. Und wie konnte er wissen, ob ihr Kind wirklich auch seins war? Also ging sie wieder nach Stavanger, und seitdem wohnen wir hier.« Sie seufzte. »Aber ich beklag mich nicht. Ich habe einen guten Mann bekommen und komme zurecht. Die Zeit arbeitet für uns. Bald erinnert sich niemand mehr an Kathrine Haugane oder an ihren deutschen Bastard. Sie können also Birger grüßen und ihm sagen, es sei nur gut, daß er sich nicht blicken läßt! Hier vermißt ihn keiner!«

»Birger? Bist du das, Birger?« Die Mutter hatte sich plötzlich im Bett aufgesetzt.

»Nein, Mutter«, sagte Laura Nielsen. »Das ist nicht Birger, das siehst du doch!« Sie sah mich entschuldigend an. »So ist es jedes Mal, wenn sie eine Männerstimme hört. Es ist dasselbe, wenn Ove mitkommt. Sie vergißt ihn jedenfalls nicht!«

Kathrine Haugane sah in meine Richtung mit ihren hellblauen, wäßrigen Augen. Irgendwie schien sie völlig durch mich hindurchzusehen. »Birger! Ich habe nichts gesagt! Zu niemandem! Du warst den ganzen Tag zu Hause! Den ganzen Tag, hörst du, Birger?«

»Ja ja, Mutter!« Die Tochter verdrehte die Augen. »Immer wieder die gleiche Leier! – Leg dich jetzt hin und ruh dich aus, Mutter!« Fast mit Gewalt legte sie die Mutter wieder auf das Bett zurück und seufzte zufrieden, als sich die verzweifelten Augen wieder schlossen.

Sie sah zum Nachbarbett. »Wenn sie nur endlich auch Frieden fände. – Ja, so was sollte man seiner eigenen Mutter vielleicht nicht wünschen, aber manchmal ... Gott vergib mir, ist das ein unchristlicher Gedanke?«

»Nein, unchristlich ... Aber das muß doch etwas – das muß doch etwas ziemlich Wichtiges gewesen sein, wenn es so tiefe Spuren bei ihr hinterlassen hat?«

»Ja, was weiß denn ich, was sie da brabbelt!« Sie beugte sich vor und packte die Bettdecke fest um den Hals der Mutter, die aussah, als habe sie sich wieder völlig beruhigt. »Und jetzt können Sie ruhig wieder nach Bergen hochfahren und Birger erzählen, wie's uns hier geht! Falls es ihn interessieren sollte.«

»Ja, Birger ... Wissen Sie, was er macht, in Bergen?«

Sie sah mich fragend an. »Ob ich ... Geschäfte, oder nicht?«

»Aber was für welche?«

»Nein, das ... Ich weiß nicht mehr über ihn als ... Er ist der Inneren Mission beigetreten, meine ich!«

»Finden Sie das wahrscheinlich?«

»Ja, stellen Sie sich vor, das finde ich. Ich kann Ihnen jedenfalls sagen, daß Mutter, als sie von Nærbø und der zweiten großen Enttäuschung – jedenfalls von der ich weiß – ihres Lebens nach Stavanger zurückkam, da wurde sie bekehrt.« Sarkastisch fügte sie hinzu: »Es war wohl eher ein fahrender Prediger, der seine Maria Magdalena in ihr sah, fürchte ich, aber auf jeden Fall wurde sie bekehrt, so total, daß Birger und ich von sechs Jahren an bis weit in die Teenagerzeit mehr im Bethaus waren als zu Hause. Ja, Birger sogar, bis er zum Militär ging. Ich bin früher ausgebrochen, aber da war auch bei Mutter langsam die Luft raus, und es war kein großer Akt mehr.«

Ich sah auf die Uhr und stand auf. »Tja, dann werd ich wohl nicht weiter stören.«

»Das war doch kein Stören! Im Gegenteil, es war eine Abwechslung. Trotz aller bitteren Worte müssen Sie Birger grüßen, wenn Sie ihn sehen.«

Nicht ganz ohne schlechtes Gewissen sagte ich, daß ich das tun würde, bevor ich Mutter und Tochter in einer Art stummer Symbiose zurückließ, die eine mit geschlossenen Augen im Bett liegend, die andere den leeren Blick auf das Nachbarbett und die Hoffnung, die es für sie darstellte, gerichtet.

Draußen im Flur hielt ich eine Schwester an, die mit einer Bettpfanne in der Hand vorbeilief. »Entschuldigung, aber ... Ich habe hier vorhin mit einer Schwester geredet, klein und dunkelhaarig –«

»Trude Litlabø?«

»Ja, ich weiß nicht ...«

»Versuchen Sie es im Schwesternzimmer.« Sie zeigte auf eine Tür fast am Ende des Korridors.

Ich ging und sah hinein.

Trude Litlabø sah von einem PC-Monitor auf, als ich an den Türrahmen klopfte. »Oh, hallo! Alles in Ordnung bei Kathrine?«

»Tja, in Ordnung ist gut. Ich habe mich jedenfalls nett mit ihrer Tochter unterhalten. Ist sie immer so weggetreten, ich meine – die Mutter?«

»Ja, leider. Ihr Zustand ist, als wäre sie in ein Zimmer gegangen, dessen Schlüssel jemand verloren hat und niemals wiederfinden wird.«

»Aber manchmal sieht sie doch etwas durch das Fenster?«

Sie sah mich überrascht an. »Ja, das tut sie. Manche Erinnerungen sind wie festgenagelt.«

»Sie hat etwas von einem Jungen namens Roger gesagt. Können Sie sich an ihn erinnern?«

»Roger, Roger ... War das nicht der, der ertrunken ist?«

»Ertrunken?«

»Ja, oder ... ich bin nicht sicher. Das sollten Sie lieber Einar fragen.«

»Ihren Bruder?«

»Ja.«

»Wo finde ich ihn?«

»Na ja, er ...« Ein Schatten flog über ihr Gesicht. »Den finden Sie nicht so leicht.«

»Nein, warum nicht?«

»Er ist nicht gesund. Was heißt, gesund ... Im Klartext – er ist in einer Entziehungsanstalt für Alkoholiker, unten in Jæren.«

»Ich hätte sehr gern ein paar Worte mit ihm gewechselt.«

Sie sah mich forschend an. »Und warum?«

»Das kann ich Ihnen nicht sagen. Aber ich glaube wirklich, es könnte ziemlich wichtig sein.«

Nachdem sie noch eine Weile überlegt hatte, faßte sie einen Entschluß. »Na gut, das wird ja wohl ... Wenn es nur dazu führen könnte, daß er sich spürt, daß er fühlt, daß er etwas wert ist, dann ... Hier ...«

Sie schrieb Namen und Adresse ihres Bruders auf einen Zettel und gab ihn mir. Danach schloß sie mir die Tür auf, ließ mich hinaus und wünschte mir viel Glück. Ich bedankte mich, ging zur Rezeption hinunter und bestellte mir ein Taxi zum Bahnhof.

39

Nirgendwo in diesem Land ist der Himmel so schwer wie über Jæren. Nirgendwo trägt er so viel Meer in sich. An Grauwettertagen gehen Himmel und Meer da draußen ineinander über, als hätte jemand einen Zipfel der Wolkendecke unter das Festland geschlagen, wie eine tüchtige Hilfsschwester im Krankenhaus beim Bettenmachen. An Sonnentagen zieht das Meer hinauf und wird zu Regen, lange bevor man es ahnt.

An diesem Tag lag eine Haut aus Frost über dem Horizont, ein Federstrich, den selbst das Nachtdunkel nicht ganz würde wegwischen können.

»Das Wahrzeichen des Februar«, murmelte Einar Litlabø und nickte in die Richtung.

»Was meinen Sie damit?«

»Daß das Meer zu dieser Jahreszeit dunkler ist. Als sei die Farbe aus allen Winternächten da runtergetropft in eine Art Schmelztiegel. Deshalb haben wir so starke Stürme im Spätwinter, damit vor dem Frühling alles befreit ist. Wußten Sie das nicht?«

Er hatte mich zu einem Spaziergang auf schmalen Seitenwegen eingeladen, der durch die windgeschütztesten Senken in dem vom Wind gepeitschten Terrain führte. Der Weg war mit düsteren Steinwällen markiert, den ewigen Grenzwällen im norwegischen Bauernland, die immer dem einen oder anderen ein Dorn im Auge waren und Anlaß für Hunderte von Rechtsstreitigkeiten und Tausende von Nachbarschaftsfehden. Es schien so, als sei er erleichtert über die Unterbrechung in der täglichen Routine, und als ich dem diensthabenden Arzt von meinem eigenen Aufenthalt in Hjellestad vor ein paar Jahren erzählte, ließen sie uns ohne schriftliche Sondererlaubnis aus dem inneren Anstaltsgelände heraus, in der Hoffnung, daß er in guten Händen sei.

Die Verwandtschaft mit seiner Schwester zeigte sich vor allem in der Haarfarbe. Einar Litlabø hatte dunkles, schulterlanges Haar mit grauen Rallyestreifen, als sei das Leben allzu schnell an ihm vorbeigegangen und als habe er nie Zeit gehabt, zum Frisör zu gehen. Sein Gesicht war mager, mit tiefen Furchen von den Nasenflügeln bis zu den Mundwinkeln hinunter. Die Stirn wirkte sorgenvoll, und aus seinem Blick sprach die schwelende Angst, die mir erzählte, warum er war, wer er war.

»B-B-Birger? Sie wollen über Birger reden? Warum denn das?«

»Haben Sie noch Kontakt zu ihm?«

»Zu Birger? O nein! Seit vielen Jahren nicht! Das war, als wir klein waren. Lange bevor er aus Stavanger wegzog.«

»Aber damals kannten Sie ihn gut? Als ihr klein wart?«

»J-j-ja sicher! Wir waren die besten Kumpels. Der Birger und ich. Die besten Kumpels.«

»Und Ihnen war es also egal, daß ihn die anderen ›Deutschenbalg‹ nannten?«

»Ach, ›Deutschenbalg‹ ... Der Birger, der war in Ordnung. Wir stammten ja selbst von Zigeunern ab. Hat Trude Ihnen das nicht erzählt? Nein, hat sie wohl nicht. Nein.«

»Ich hab nur kurz mit ihr geredet.«

»Is' schon klar. Zigeuner, die sich niedergelassen haben, und Deutschenbalg, das war irgendwie eh derselbe Haufen, wissen Sie.«

»Ihr wurdet gemobbt – aufgezogen hieß das vielleicht damals –, auch Sie und Ihre Schwester?«

»Und alle anderen Geschwister auch. Wir waren sechs, na ja, eigentlich sieben, aber die eine, die ist gestorben, als sie noch klein war.«

Ich versuchte mich wieder dem Thema zu nähern. »Und wer hat euch aufgezogen? Birger Bjelland und Sie?«

»Na ja, er nannte sich damals ja noch nich' Bjelland. Da war er noch Birger Haugane ... Na, was glauben Sie, wer das war? Alle die Feinen und Cleveren, alle die Mutter und Vater hatten und blondes Haar, deren Zähne alle noch heil waren und die Gottes Segen hatten für ihr Schulbankbuch. Wir hatten noch nich' mal für fünf Kronen, verstehen Sie.«

»Aber ihr habt euch doch wohl gewehrt?«

»Ob wir uns gewehrt haben? Sie kamen mit Nasenbluten und dreckigen Klamotten nach Hause, alle wie sie da waren. Aber was glauben Sie, wer die Schuld bekam? Die oder wir? Wem haben sie angedroht, sie ins Heim zu schicken, wenn wir uns nicht zusammennähmen?«

»Es gab da einen, der hieß Roger ...«

Plötzlich verstummte er. Sein Blick wanderte über den nächsten Steinwall und weiter zum Meer. Es schien, als nähmen seine Augen die Farbe dessen an, was sie sahen, eine Mischung aus Grau und Weiß, mit einem schwarzen, pulsierenden Herzen, das plötzlich beinahe zu schnell schlug.

»Roger Hansen, stimmt's?«

Er hielt in der Bewegung inne und zeigte in die Ferne. »Sehen Sie . . . das Schiff da. Ich denke oft, wenn ich hier gehe, daß man an Bord von so einem Schiff sein sollte, das weggesegelt ist und nie wieder zurückkommt. Das Problem ist nur, daß die Erde rund ist, und wenn du weit genug wegsegelst, dann landest du trotzdem immer wieder da, wo du losgefahren bist.«

Ich stimmte ihm bei und fügte dann hinzu: »Und so ist das auch mit unserem Leben. Wir glauben, daß die Zeit nur in eine Richtung geht. Aber nicht nur die Senilen kehren in ihre eigene Kindheit zurück. Jeder von uns muß das tun, in einigen Lebenssituationen, Einar.«

Er blieb stehen, in Gedanken versunken, als sei er ganz woanders, in einer ganz anderen Zeit als hier und jetzt.

»Er ist ertrunken, stimmt's?« sagte ich leise.

»Was . . .« Er drehte sich abrupt zu mir um. »Warum sind Sie hergekommen, Veum? Wer schickt Sie? Was wollen Sie?«

»Haben Sie Kinder, Einar?«

»Ob ich . . .« Sein Blick begann wieder zu flackern. Er sah nach unten, wie um etwas zu finden, auf das er ihn stützen konnte. »Zwei Mädchen und einen Jungen. Zwei Ehen. Zu dem Jungen hab ich noch Kontakt. Die Mädchen darf ich nicht sehen. Nicht bevor ich – ganz . . .«

»Dann werd ich Ihnen etwas von Ihrem Kindheitsfreund erzählen und von der Art von Geschäften, hinter denen er meiner Meinung nach da oben in Bergen steckt.«

Und dann erzählte ich ihm von den jungen Mädchen im *Jimmy* und den Tätigkeiten, zu denen sie herangezogen wurden. Ich trug vielleicht etwas dick auf, besonders wenn es darum ging, wie sicher ich war, daß Birger Bjelland der Kopf hinter dem Ganzen war, aber es wirkte. Je mehr ich erzählte, desto fester und fester wurde sein Blick und das Gesicht sah auf eine Weise markanter, fast ausgehungert aus. »Es hätte eines Ihrer Kinder sein können, Einar, es hätte meins sein können.«

Er wandte dem Meer den Rücken zu und sah ins Land hinein, als sei dort hinten, in dem norwegischen Grundgestein, mehr Hoffnung zu finden. »Ich glaube, wir sollten jetzt umkehren.«

Wir gingen wieder zurück.

»Wer hat Ihnen von Roger erzählt?«

»Kathrine Haugane.«

Er warf mir einen schnellen Blick zu, wie um zu sehen, ob ich mich über ihn lustig machte.

»Auf ihre Art.« Ich versuchte, ihren Tonfall nachzuahmen: »Birger! Tu das nicht! Roger! O nein ...«

»Hat sie ...« Er machte große Augen. »Sie hat es auch gesehen!«

»Was gesehen, Einar?«

Er zögerte noch ein paar Sekunden. Dann kamen die Worte, langsam zuerst, als müßte er das Ganze rekonstruieren, dann immer schneller, als er sich warmgeredet hatte. »Wir waren sieben Jahre alt, gingen in die erste Klasse. Ich kam zu Birger nach Hause, um mit ihm zu spielen. Aber es war keiner da. Dann ging ich runter zum Mosvatten, da haben wir oft gespielt. Es war Januar, und auf dem Wasser lag Eis. Plötzlich sah ich die beiden, ihn und Roger, weit draußen auf dem See, und plötzlich passierte etwas. Ich glaube, sie fingen an, sich zu streiten. Jedenfalls schubste Birger Roger so doll, daß er taumelte, so, nach vorne, und dann ... Dann brach das Eis, und er ging unter.«

Er schluckte schwer. Aber diesmal half ich ihm nicht weiter. Dies war eine Geschichte, mit der er selbst zurechtkommen mußte, vorläufig.

»Ich ... Roger tauchte wieder auf, fuchtelte mit den Armen, aber Birger, er – er drehte sich nur um und lief weg. Zuerst glaubte ich, er wollte vielleicht einen von diesen Rettungshaken holen, die am Ufer standen, aber dann ... Er verschwand einfach, lief nach Hause, glaube ich. Und das tat Roger auch. Verschwand, meine ich. Er – er tauchte nicht wieder auf.« Dann sah er mir in die Augen, mit einem Ausdruck, als bitte er um Vergebung. »Wir waren so klein, das müssen Sie verstehen! Es ging so schnell. Es war in einer Sekunde passiert. In der nächsten war alles wieder ruhig. Nur ein Riß im Eis. Als wäre nichts ...«

»Und Sie – haben Sie auch nichts gesagt?«

»Nein, ich ... Als er gesucht wurde, später an dem Tag, waren da andere, die ihn auf dem Weg runter zum See gesehen hatten, und als die Polizei den Riß fand ... Sie haben ihn schnell gefunden. Und hinterher wurden auch nicht viele Fragen gestellt. Es war ja nur ein Kind! Ein gewöhnlicher Unfall!« Nachdenklich fügte er hinzu: »Aber daß Frau Haugane es auch ... Warum, um Himmels willen, meinen Sie, hat sie nichts getan?«

Ich zuckte mit den Schultern. »Wer kann darüber urteilen, so viele Jahre später? Sie hatte es am eigenen Leib erfahren, wie es war, ausgestoßen und getriezt zu werden. Vielleicht erkannte sie ihre eigenen Plagegeister wieder in denen, die ihren Sohn plagten. Denn Roger war doch einer von denen, die ihn ärgerten?«

»Einer der Schlimmsten. Das steht jedenfalls fest.«

Ich sah ihn von der Seite an. »Und das haben Sie mit sich herumgetragen, die ganzen Jahre?«

Der Schmerz in seinem Gesicht war sichtbar. »Nicht nur das ...«

»Nicht nur ... Gibt es noch mehr? Was mit Birger zu tun hat?«

»Aber das ist nur eine Theorie. Aber ist es nicht so, daß das erste Mal das schlimmste ist?«

»Meinen Sie, daß er noch öfter ...?«

In der Ferne sahen wir wie ein Schulgebäude auf einer Bergspitze die Anstalt liegen, in die er zurückging.

»Es stand einiges darüber in den Zeitungen, als es passierte, aber es wurde nie ein ›Fall‹ daraus.«

»Ja?«

»Das war in dem Jahr, als er beim Militär war. In Evjemoen. Ein Soldat wurde getötet bei einem Schießunfall, oder wie sagt man, wenn der Gewehrlauf mit Schnee verstopft ist, so daß das ganze Gewehr explodiert.«

»Und dann?«

»Na ja, weiter nichts, als daß ganz schön viel zusammenkommen muß, bevor so was passiert. Aber der, der getötet wurde, war auch einer von den Plagegeistern aus der Schulzeit. Da ...« Er öffnete die linke Hand und zeigte mir eine schräge Narbe in der Handfläche. »Ich hab noch immer die Narben von seinem Fahrtenmesser! Und Birger war in der gleichen Kompanie wie er.«

»Sie meinen, daß er den Lauf zugestopft hat?«

Er nickte. »Vielleicht.«

»Wie hieß dieser Soldat?«

»Ragn ... Ragnar Hillevåg.«

»Und wann war das ungefähr?«

»Sie finden das in der Zeitung, aber – ich wurde 1964 eingezogen. Ich glaube, es war im Jahr drauf.«

»Aber das sind alles nur Vermutungen, oder? Wurde später nie mehr darüber gesprochen?«

»Nee, nur daß ich viele Jahre später, in einer Bierbar unten in der Stadt, mit einem von denen ins Gespräch kam, die zu der Zeit auch im Lager waren. Und der erzählte, daß unter allen Soldaten aus Stavanger während der ganzen Grundausbildung eine ziemlich gereizte Stimmung geherrscht hätte, eben weil dieser Hillevåg die Stimmung von Anfang an aufgeheizt hatte.«

»Auch mit anderen als Birger?«

»Ja, wohl auch mit anderen, aber ... Nur Birger hatte schon mal jemanden umgebracht! Ich meine ... Und ich habe es gesehen!«

Wir waren jetzt angekommen. Er sah zu den Lichtern im Tagesraum hin, als bedauerte er den ganzen Spaziergang und als sei das einzige, auf das er sich freute, sich vor den Fernseher zu setzen und alles zu vergessen.

»Sie brauchen diese Last nicht mehr allein zu tragen, Einar«, sagte ich tröstend. »Wie Sie selbst gesagt haben, ihr wart noch Kinder. Kathrine Haugane hätte es besser wissen müssen. Aber was tut man nicht für seine Kinder?«

Er nickte. »Kinder sind für uns die Schrift an der Wand, Veum.«

Ich zuckte innerlich zusammen. »Die Schrift an ... Was meinen Sie damit? Die Schrift an der Wand ist doch ein Zeichen, eine Warnung!«

»Und genau das sind unsere Kinder. Wenn es mit ihnen schiefgeht, dann geht es mit uns auch schief. Und ich sage nicht, daß wir die Schuld haben, wenn es schiefgeht. Es kann genausogut – ha! – die Gesellschaft sein, oder die Zeit oder schlicht und einfach etwas in ihnen selbst, eine Anlage, die sich von lange vor unserer Zeit vererbt hat ...«

»Die Erbsünde?«

»Ich weiß nicht. Ich weiß nur, wenn es mit denen, die hier im Leben neu sind, schiefgeht, dann geht es auch mit allem anderen abwärts! ›Gewogen und für zu leicht befunden‹, oder, Veum? Gewogen und für zu leicht befunden, alle miteinander.«

Ich rief Vidar Waagenes von Sola aus an. Er war beschäftigt, aber seine Sekretärin hatte eine Nachricht für mich: Donnerstag um zwölf Uhr, auf dem Polizeirevier.

Während ich auf die erste Abendmaschine wartete, aß ich in der Cafeteria irgendein lauwarmes Fleisch, trank eine Tasse Kaffee und blätterte in einer mitgenommen aussehenden Ausgabe einer der Morgenzeitungen, deren gestrige Nachrichten auch schon lange abgekühlt waren.

Die Aktivitäten des Tages hatten die Gedanken daran, welches Datum wir schrieben, vertrieben. Aber jetzt, wo ich im Begriff war, die Nase wieder in Richtung Heimat zu wenden, kamen sie mit einem so kräftigen Bumerangeffekt zurück, daß ich schon in der Wartehalle anfing, mich nach bekannten Gesichtern umzusehen. Aber ich fand keines.

Die Maschine nach Bergen war voll. Auf dem Platz neben mir saß ein Mann in den Dreißigern mit einer randlosen Lesebrille und einer Aktentasche. Er sah aus, als hätte er vor, im Laufe der knappen halben Stunde, die wir in der Luft waren, seine gesamte Jahresabrechnung durchzugehen, und er schielte auch nicht eine Sekunde in meine Richtung.

Auch sonst zog niemand die Notbremse, und wir kamen ohne weitere Turbulenzen in Flesland an, abgesehen von denen von Backbord direkt vor der Landung.

Auf dem Weg nach draußen landete ich ungefähr in der Mitte der Schlange. Auf dem Weg zur Ankunftshalle hinunter ließ ich auf der Treppe meinen Blick durch den Raum schweifen, solange ich noch die Übersicht hatte. Niemand war gekommen, um mich abzuholen, und auch sonst kam mir keiner bekannt vor.

Da ich auf kein Gepäck zu warten hatte, ging ich schnell in Richtung Ausgang. Da war ich nicht der einzige. Die meisten hatten nicht viel mehr als eine Aktentasche dabei.

Draußen war es dunkel, es wehte ein kalter, beißender Wind, und es war deutlich kälter als in Stavanger. Ich war auch nicht der einzige, der seinen Wagen auf dem Langzeitparkplatz stehen hatte. In gewisser Weise war es beruhigend, Gesellschaft zu haben. Aber andererseits . . . Wer waren sie alle?

Ich fand meinen Wagen und ging schnell einmal herum, um die

Schlösser und die Scheiben zu kontrollieren. Danach öffnete ich die Fahrertür, nahm den Eiskratzer heraus und schabte eine dünne Eisschicht von der Windschutzscheibe, bevor ich mich hineinsetzte, den Schlüssel ins Zündschloß steckte und ihn herumdrehte.

Der Corolla startete wie eine Eins, wie er es in all den Jahren immer getan hatte.

Ich sah mich nach beiden Seiten um, bevor ich den Wagen langsam in Bewegung setzte.

Auf dem Flyplassvei hielt ich ständig nach hinten Ausschau. Wenn an diesem Abend Motorradfahrer unterwegs waren, dann jedenfalls nicht in dieser Gegend; und wenn sie in ein Auto umgestiegen waren, dann hatte ich keine Ahnung, in welches.

Das Radio war gestört, und ich schaltete den Suchlauf ein. Ein Lokalsender warnte vor glatten Straßen in Bergen und Umgebung und forderte die Autofahrer auf, vorsichtig zu fahren und die Geschwindigkeit den Gegebenheiten anzupassen. Ich paßte mich augenblicklich an, zum großen Ärger meiner Hinterleute. Aber von ihnen hatte wohl auch kaum jemand seine eigene Todesanzeige zugeschickt bekommen.

Statt auf die Autobahn zu gehen, bog ich nach Nesttun ab und folgte dem Fanavei in Richtung Stadt. Zwischen Nesttun und Paradis blieb ich hinter einem großen, dunkelblauen Lieferwagen hängen. Auf den Fußwegen um das Tveitavann herum machten die Menschen schon ihre Abendspaziergänge, und ich nahm den Hagerupsvei nach Landås.

Es war Viertel vor acht, als ich zum Fløyenbakken abbog. Ich zählte die Bremsschwellen unterwegs, während ich mich nach rechts und links umsah.

Auf dem Parkplatz vor dem Block war gerade noch für ein Auto Platz, solange man nicht allzu große Gegenstände durch die Seitentüren herausnehmen wollte.

Ich hatte keine Ahnung, woher der große, schwere Sattelschlepper kam. Ich war gerade dabei, mich aus dem Auto zu aalen, als er mit einem Motorenlärm über die nächste Bremsschwelle donnerte, der sogar einen Elch zu Tode erschreckt hätte. Er drehte abrupt nach links ab, dann griffen die Bremsen mit einem Quietschen, das mir durch Mark und Bein ging. Ich sah zum Fahrersitz. Hoch dort oben hinter dem Steuer, wie ein erhöhter Deus ex machina, konnte ich vage einen glänzenden, schwarzen Motorradhelm schimmern sehen.

Ich schloß die Tür und versuchte verzweifelt, um den Wagen herumzukommen. Als er sein Ziel traf, hatte ich die Hand noch am Türgriff.

Der Knall war ohrenbetäubend, und es ging ein Ruck durch meinen ganzen Körper. Während der Wagen nach vorn geschoben wurde, gegen den Zaun und in die Luft, begriff ich noch immer nicht richtig, was passiert war. Die Autotür, an deren Griff ich mich noch immer klammerte, wurde abgerissen und in hohem Bogen flog ich auf die dornigen Berberitzenbüsche zu, die den Parkplatz umrahmten. Unwillkürlich versuchte ich, mich mit der Tür zu schützen, und prallte wie hinter einem fliegenden Teppich auf dem Boden auf. Um mich herum regnete es Autoteile.

41

Die Geräusche kamen von allen Seiten.

Eine Frauenstimme schrie hysterisch aus einem Fenster des Blocks. Eine Männerstimme wurde vor Aufregung zur Fistel. Ein Hund bellte höllisch und aus mehreren Richtungen hörte ich schnelle Schritte sich nähern. Irgendwo in der Nähe ertönte das Geräusch eines Motorrads, das startete und verschwand; weit entfernt das Heulen von Sirenen.

Es roch stark nach versengtem Gummi, Öl und Benzin.

Eine Stimme rief: »Hallo? Ist da jemand?«

Ich erhob mich aus dem Busch, in der einen Hand noch immer den Griff der herausgerissenen Autotür. Einen Augenblick lang war es totenstill um mich herum.

Dann löste sich Karin aus dem dunklen Haufen herbeiströmender Menschen. »Varg! Bist zu verletzt?«

»Nein, ich . . .« Abgesehen von einem unangenehmen Gefühl im Oberarm und in meinem Gesicht, das sich anfühlte, als habe jemand die Gemüsereibe daran ausprobiert, fühlte ich mich überraschend gut. Aber als ich den Kopf schüttelte, um zu sagen, daß alles in Ordnung ist, hörte ich ein Geräusch, das ich noch nie zuvor gehört hatte, und mit dem Echo kamen die Schmerzen, so spitz und scharf wie der Ton hoch und dünn gewesen war. Ich beugte mich nach vorn und hielt mir die Hand vor den Mund, von einer plötzlichen Übelkeit übermannt.

»Hallo, Sie!« ertönte die gleiche Männerstimme wie zuvor. »Waren Sie das, der am Steuer dieses Fahrzeugs gesessen hat?«

»N-nein«, murmelte ich.

»Nein!« vermittelte Karin.

»Wer zum Henker war es dann?«

Die Sirenen hatten jetzt Fløyenbakken erreicht. Mit großer Kraftanstrengung richtete ich mich auf, und zum ersten Mal sah ich mich richtig um.

Der Anblick erinnerte am ehesten an einen Bombeneinschlag. Die Pfarrersfrau aus Fana würde ihren Toyota niemals wiedererkennen. Man brauchte nicht viel Phantasie, um sich vorzustellen, daß die Besitzer der beiden Wagen, zwischen denen ich geparkt hatte, auch ziemlich verärgert waren.

Bei dem einen war zwar nur die eine Seite und das Hinterteil abgeschält worden, aber ich bezweifelte, daß man ihn jemals wieder fahrtüchtig kriegen würde. Die beiden anderen erinnerten eher an Ziehharmonikas als an Fahrzeuge. Meiner war nach dem Zusammenstoß aufs Dach geworfen worden und lag in den Büschen, keinen halben Meter von dort entfernt, wo ich selbst gelandet war. Der Nachbarwagen sah auch nicht besonders schön aus. Türen, Rahmen, Scheinwerfer und Reste von Stoßstangen lagen verstreut in der Gegend herum.

Wie ein Monster thronte der große Schlepper über dem Ganzen. Die Tür auf der Fahrerseite hing wie ein abgerissenes Ohr herunter, aber es bestand kein Zweifel daran, wer als Sieger aus dem Zusammenstoß hervorgegangen war.

»Veum! ... Sind Sie's?«

»Na ja ...«

Ich erkannte die beiden Polizisten wieder. Ristesund und Bolstad waren beide von der Sorte, mit der man reden konnte. Beide aus dem Vestland, beide mit Schnauzbart. Aber Bolstads war rotbraun und Ristesunds schwarz.

»Wissen Sie, was passiert ist?« fragte Bolstad.

Ich wedelte locker mit einem Arm. »Ist wohl jemand mit einem Sattelschlepper Amok gelaufen.«

Ristesund betrachtete den Fahrersitz der Schleppers. »Allerdings Amok gelaufen, ja. Und danach? Hat er sich einfach in Luft aufgelöst?«

»Ich war nicht ganz da . . .«

»Seht ihr denn nicht, daß ihm schlecht ist?« sagte Karin ärgerlich.

Bolstad hatte sein Notizbuch hervorgeholt. »Waren Sie vielleicht Zeugin des Vorfalls?«

»Nein, ich wohne nur hier!«

»Ist etwas von dem hier Ihr Auto, Veum?« fragte Ristesund.

»Das da«, murmelte ich. »Oder was davon übrig ist.«

Er schmunzelte leicht. »Ich hoffe, Sie sind gut versichert.«

»Es ist im Himmel versichert; meinen Sie, das ist gut genug?«

»Hatten sie es auf Sie abgesehen?« fragte Bolstad.

Ich sah mich um und sagte leise: »Ich würde auch darüber nicht zu laut reden, wo all diese Autobesitzer in der Nähe stehen.«

»Aber?«

»Ich war vor ein paar Tagen bei Muus und hab ihn von einem Drohbrief in Kenntnis gesetzt, den ich bekommen habe. Man könnte sagen, jetzt hab ich einen zweiten gekriegt, mit einem richtigen Ersttagsstempel drauf.«

»Haben Sie eine Ahnung, wer dahinterstecken könnte?«

Ich machte eine vage Handbewegung. »Nicht mehr als vorher.«

Ich spürte Karins Blick auf meinem Gesicht und sah zu Boden. Sie kannte mich besser als Ristesund und Bolstad.

»Und haben Sie denn nicht gesehen, wer es war?«

»Nein, Herrgott noch mal, es ging so schnell. Ich stieg gerade aus dem Auto, und dann knallte es. Hätte ich noch im Auto gesessen, wär auch von mir nicht mehr so viel übrig.«

»Nichts, was dabei helfen könnte, ihn zu identifizieren?«

»Er hatte einen Helm auf dem Kopf.«

»Einen Helm?«

»Und . . . als ich da hinten in den Büschen lag, hörte ich ein Motorrad starten.«

Bolstad ging zum Streifenwagen. »Ich sag den anderen Wagen, sie sollen nach einem Motorradfahrer Ausschau halten. Und gleichzeitig überprüfe ich mal das Kennzeichen von dem da.«

Bei dem kalten Wetter hatten die meisten Nachbarn ihre Neugier schon gestillt. Die einzigen, die noch da waren, waren die beiden unglücklichen Autobesitzer und eine Frau, die, wie ich vermutete, mit einem von ihnen verheiratet war. Sie standen da und schüttelten die Köpfe, während sie sich leise unterhielten und in regelmäßigen Abständen in Karins und meine Richtung schielten.

Bolstad kam zurück. »Der Sattelschlepper gehört einer Firma in Åsane. Sie rufen jetzt den Direktor an, um in Erfahrung zu bringen, ob er möglicherweise gestohlen wurde.«

Ristesund sah mich an. »Sie sollten wohl mal bei der Unfallambulanz vorbeigehen, oder nicht?«

Karin sagte schnell: »Doch.«

Bolstad war derselben Meinung. »Wir können einen Wagen rufen. Allerdings müssen wir selbst leider noch eine Weile hierbleiben. Wenn Ihnen noch etwas einfällt, dann geben Sie uns bitte Bescheid.«

»Nein, ich muß morgen vormittag sowieso bei euch vorbeikommen. Dann können wir weiterreden.«

»Ruft ihr dann gleich an?« fragte Karin in sorgenvollem Ton. Ich behielt es für mich, aber es klang, als fiele sie sich selbst ins Wort.

Bei der Ambulanz stellte man fest, daß ich überraschend glimpflich davongekommen war. Der Arm war nicht gebrochen, und mein Kopfschmerz rührte nur von einer leichteren Gehirnerschütterung. Wenn ich es nur ungefähr eine Woche lang ruhig angehen ließe, würden die Symptome von selbst verschwinden.

Ich nickte nicht mit dem Kopf, denn das tat weh. Ich schüttelte ihn auch nicht. Und ich sah in alle möglichen Richtungen, nur nicht zu Karin.

Eine Woche – das war eine ganze Ewigkeit, nach meiner Zeitrechnung. Und ich hatte eine Verabredung, Donnerstag um zwölf Uhr, auf dem Polizeirevier.

Sie versorgten die Wunden in meinem Gesicht, wo die Zweige und Dornen es aufgekratzt hatten, und entließen mich ohne strengere Ermahnungen wieder ins Leben.

Während wir dastanden und auf ein Taxi warteten, sagte ich: »Ich glaube, ich fahre heute abend zu mir nach Hause, Karin.«

»Aber warum . . .«

»Ich habe das Gefühl, daß deine Nachbarn nicht so begeistert wären, mich wiederzusehen.«

»Darum solltest du dich nicht ...«

»Außerdem will ich dich nicht in Gefahr bringen.«

»Würdest du bitte auch mal ein bißchen an dich selbst denken, ja?«

Das Taxi kam. »Ich komme mit dir«, sagte sie.

Die Taxifahrt nach Hause reichte schon, damit mir wieder übel wurde. Die Haustür unten war verschlossen. Bei dem Witwer im Erdgeschoß war es dunkel.

Als ich oben aufgeschlossen hatte, öffnete ich die Tür vorsichtig und sah mich ausgiebig um, bevor ich eintrat. Aber es standen keine Aufziehautos in der Küche, die sofort durchstarteten, wenn ich mich zeigte.

Als wir auf meinem alten Sofa saßen, 1974 beim Trödelmarkt der Heilsarmee erstanden, jeder eine Tasse Tee in Händen, sah sie mich besorgt an. »Du siehst so – verbissen aus, Varg.«

Ich ballte die Faust. »Ich bin stinksauer.«

»Wegen – dem heute abend?«

»Deswegen auch ... Aber am meisten wegen der Geschichte mit Torild Skagestøl und den anderen wie sie ... Die Ärsche da im Dunkeln haben Scheiß noch mal einen mächtigeren Apparat als die, die versuchen, zu helfen! Hotelangestellte, Ärzte, Taxifahrer und Zuhälter – und solche wie Birger Bjelland, Pontius Pilatus aus Stavanger!«

»Hast du da unten was rausbekommen?«

»Ja, das hab ich tatsächlich. Diesmal werde ich ihn kriegen, Karin!«

»Aber erst in einer Woche!«

»Jedenfalls nicht vor morgen ...«

Sie sah mich vorwurfsvoll an. »Varg ...«

Ich legte ihr die Hand auf den Mund. Unsere Blicke verhakten sich ineinander. Dann tauchte ich in ihr Gesicht ein. Ich legte die Hände um ihren Kopf und hielt ihn fest. Ich war fünfzig, sie ein paar Jahre jünger. In keiner Landschaft bewegte ich mich mit größerer Ruhe als in ihrer.

›Wie schön du bist, meine Geliebte ... Deine Lippen sind rot wie Kirschen ... Wie die Scheibe eines Hardangerapfels deine Schläfe ... Deine Brüste sind wie zwei Hirschkälber, irgendwo draußen in Lindås ... Wenn der Tag versiegt und die Schatten fliehen, dann gehe ich zu den Maiglöckchen, zu dem Hügel, der nach Harz duftet ... Meine Geliebte, alles an dir ist schön; du bist ohne Makel ...‹

Später, als sie eingeschlafen war, lag ich wieder einmal da und horchte auf ihren Atem, ohne selbst schlafen zu können.

Der Schlaf ist das Präludium des Todes. Bleibst du zu lange liegen, kann alles geschehen.

42

Ich wachte davon auf, daß sie neben dem Bett stand.

Ihre Stimme klang, als wäre sie mit dem Mund zur Hälfte unter Wasser. »Varg? Wie geht es dir?«

»Wie Jonas im Bauch des Wals. Sind wir schon da?«

»Du hast so gut geschlafen, daß ich es nicht über mich gebracht habe, dich zu wecken. Aber jetzt muß ich gehen.«

»Hast du gegessen?«

Sie nickte. »Und du läßt es heute ruhig angehen, okay? Versprichst du mir das?«

»Ich werde versuchen, mich nicht aufzuregen. Ich werde mich langsam bewegen und tief ein- und ausatmen. Mehr kann ich nicht versprechen, nicht mit der Hand auf dem Herzen, bevor dieser Fall endgültig unter Dach und Fach ist.«

Sie seufzte. »Tja, ich sollte ja wohl Problemkinder gewöhnt sein –«

Ich lächelte ihr aufmunternd zu.

»Du siehst fürchterlich blaß aus.«

Ich fühlte mich auch blaß, und sie hatte kaum die Tür hinter sich geschlossen, da war ich schon am Küchenschrank und holte meine stärksten Kopfschmerztabletten heraus. Und ich ließ sie auch nicht zurück, sondern steckte mir zur Sicherheit das ganze Glas in die Tasche, als ich ging.

Draußen wartete niemand auf mich. Der Schnee fiel in leichten Körnern von einem bleigrauen Himmel, und es war gerade kalt genug, daß er wie ein Leichentuch über den Hausdächern liegenblieb.

Ich öffnete den Briefkasten und nahm die Post mit ins Büro, ohne sie anzusehen.

Als ich das Büro betrat, sah ich zum Anrufbeantworter. Keine Nachfragen. Dann blätterte ich die Post durch. Nichts Interessantes.

Wie ein verspäteter Schock durchfuhr mich der Gedanke, daß die Stille bedrohlicher war als alles andere. Es war, als ...

Als würde ich nicht mehr existieren, als sei ich schon ...

Tot.

Dann rief ich die Versicherung an und schilderte, was von meinem Auto noch übrig war. Sie waren nicht besonders erfreut. Aber laut Vertrag war ein Leihwagen selbstverständlich in Ordnung, vorausgesetzt, ich brauchte ihn für die Arbeit. Das tat ich, und sie erzählten mir, an welche Autovermietung ich mich wenden sollte.

Nachdem ich aufgelegt hatte, war ich überzeugt, daß sie mich augenblicklich auf die Liste der unerwünschten Kunden setzen würden. Jedenfalls würden sie sicher nicht den roten Läufer ausrollen, wenn ich das nächste Mal vorbeikam.

Ich verschloß die Tür gründlich, als ich ging.

Der Leihwagen war ein Opel, und ich hatte nicht den klaren Kopf, um die Unterschiede zu meinem eigenen Wagen sofort zu verarbeiten, so daß ich ziemlich ruckartig um Nøstet herum und über die Puddefjordbrücke fuhr, bis ich mich nach und nach an das neue Pedalset gewöhnt hatte.

Die Digi-Data AG befand sich als einer der Anteilseigner in einem restaurierten Fabrikgebäude in Laksevåg. Die Sekretärin an der Rezeption sah diskret in mein zerschundenes Gesicht und fragte mich, ob ich wisse, wo ich Ove Hopsland fände. Nein, sagte ich, und sie begleitete mich bis zu seinem Büro und hielt mir sogar die Tür auf.

Ein junger, blonder Mann mit einem blassen Gesicht sah durch große, runde Brillengläser zerstreut zu uns auf, als wir hereinkamen. Ich dankte der Sekretärin für ihre Hilfe und versicherte mich, daß sie auf dem Weg zurück zur Rezeption war, bevor ich mich vorstellte.

»Mein Name ist Veum. Varg Veum. Und tu nicht so, als hättest du den Namen noch nie gehört.«

Er wurde tiefrot und sein Blick flackerte. Bevor er antwortete, heftete er ihn an meine Hemdbrust. »W-was wollen Sie?«

»Auch der beste Spaß geht irgendwann zu weit, sind wir uns da einig?«

»I-ich weiß nicht ...«

»O doch, du weißt, und wenn du darauf bestehst, kann ich bei der Polizei anrufen und jemanden mit den entsprechenden Kenntnissen herbitten, der deinen Computer auseinandernimmt, kostenlos eine Runde auf der Festplatte dreht und nachsieht, was er findet. Einverstanden?«

»D-das ist nicht nötig.«

»Nein? Gut. Dann komm mit deiner Geschichte, und mach es kurz.«

Sein Blick verirrte sich für einen Augenblick zu meinem Gesicht, lange genug, um sowohl die Schürfwunden als auch das wütende Funkeln in meinen Augen wahrzunehmen, und fiel dann rasch wieder herab.

»D-da gibt es nichts zu erzählen.«

»Ach nein. Also dann das Ganze noch mal. Ich kann die Polizei anrufen und ...«

»Ja, ja, ja! Das hab ich kapiert! Es war nur der Alte, der ... Er sagte, er wolle Ihnen eins auswischen.«

»Mir?«

»Ja.«

»Hat er dir erzählt, wer ich bin?«

Er zuckte mit den Schultern. »Ein alter Kumpel, hat er gesagt.«

»Und er hat die Angewohnheit, alten Kumpels Todesanzeigen mit der Post zu schicken, was?«

»Das war nur ein Wi-Witz.«

»Ja, ich hätte mich beinahe totgelacht. War das vielleicht der Sinn der Sache?«

Er sah wortlos in eine andere Richtung.

»Fährt dein Vater immer noch Motorrad?«

»Ja, er ... Wieso?«

»Och, ich frag nur mal so ... Hab ihn lange nicht gesehen. Vielleicht sollte ich ihm einen Besuch abstatten, so kurz vor der Beerdigung, meine ich.«

Er sah auf seinen Monitor, als gäbe es dort ein Versteck, in das er kriechen könnte.

»Du bist nicht vorbestraft, nehme ich an?«

Er antwortete nicht, bewegte sich aber unruhig.

»Das bleibst du nicht mehr lange, wenn ich noch einen Brief von der Sorte kriege. Ist das klar?«

Er nickte.

»Und wenn du deinen Vater siehst, dann grüß ihn nicht von mir. Ich werde den Gruß selbst überbringen.«

43

Das Wartezimmer von Dr. Evensen war halb voll, aber es saßen keine jungen Mädchen da. Seine Sprechstundenhilfe sah mich skeptisch durch eine Glasscheibe vor dem Vorzimmer an. Als ich zum Fenster trat, schob sie die Luke auf und betrachtete mich abwartend. Es war eine Frau in den Vierzigern, mit dunklem, braunem Haar und dem glänzenden Blick einer Kontaktlinsenträgerin.

»Ist Dr. Evensen da?«

»Ja, aber wir nehmen keine neuen Patienten an.«

»Ich wollte nur mit ihm reden.«

Sie warf einen Blick auf die wartenden Patienten. »Wie Sie sehen, warten schon viele.«

»Sagen Sie Dr. Evensen, daß es um Torild Skagestøl geht.«

»Torild Skage . . .«

»Schon mal gehört, ja?«

Sie drückte auf ein paar Tasten und sah auf den Bildschirm. »Sie ist keine Patientin bei uns.«

»Und Astrid Nikolaisen?«

»Nein. Auch nicht. Worum geht es denn?«

Ich lehnte mich näher an die Luke und dämpfte die Stimme. »Sie können Dr. Evensen ausrichten, daß ein Mann namens Varg Veum hier ist und daß er mit dem Doktor über Torild Skagestøl, Astrid Nikolaisen und all die anderen reden will. Und wenn er es vorziehen sollte, nicht mit mir zu sprechen, können Sie ihm sagen, dann käme ich das nächste Mal in Begleitung der Polizei.«

Sie sah mich mit großen Augen an, knallte dann die Luke wenige Zentimeter vor meiner Nase zu, griff zum Telefonhörer, drückte eine Taste, wartete einen Moment und begann zu sprechen.

Als sie fertig war, sah sie aus, als habe er etwas Häßliches zu ihr gesagt, und sie öffnete die Luke nur gerade so weit, daß sie mir ausrichten konnte, Dr. Evensen würde mich empfangen, sobald er mit der Patientin, die gerade bei ihm war, fertig sei.

Die anderen im Wartezimmer, die den Auftritt mit mehr oder weniger offener Neugier verfolgt hatten, sahen mich ärgerlich an. Eine ältere Frau stand auf, trat an die Luke und pochte an. Als sie geöffnet wurde, bellte sie: »Was soll denn das bedeuten? Ich warte jetzt schon seit über einer Stunde!«

»Ja, es tut mir wirklich leid«, sagte die Sprechstundenhilfe angestrengt, »aber es ist . . . Wir sind leider etwas verspätet, und es gibt einzelne Fälle, die einfach vorgehen müssen! Ich hoffe, Sie verstehen das –«

»Pah! Einzelne Fälle!« Auf dem Weg zurück zu ihrem Stuhl maß sie mich von Kopf bis Fuß. »Sie – Sie sind wohl Politiker, stimmt's? Die kommen ja immer als erste an die Reihe«, sagte sie an die anderen gewandt, mit einem Gesichtsausdruck, als erwarte sie Applaus. Aber alles, was sie als Reaktion bekam, war das nervöse Rascheln von Wochenzeitschriften und das eine oder andere zustimmende Nicken.

Kurze Zeit später kam ein älterer Herr mit auffallend roter Nase und aufgeknöpftem Hemd aus dem Sprechzimmer. Die Sprechstundenhilfe öffnete die Luke und nickte mir zu. »Jetzt sind Sie dran.«

In Anbetracht der wütenden Blicke, die mich verfolgten, war es gar nicht so unwahrscheinlich, daß auch ich bald einen Arzt brauchen würde. Aber in dem Fall würde ich zu einem anderen gehen. Das einzige, was sich Dr. Evensen vermutlich vorstellen konnte, mir auszuschreiben, war eine einfache Fahrkarte zum Mond.

Er saß hinter seinem Schreibtisch, mit einem Gesicht so ausdrucksvoll wie das eines Dorschkopfs auf dem Fischmarkt. Er war in meinem Alter, vielleicht zwei, drei Jahre älter, aber mit deutlich mehr Grau in dem dünnen, nach hinten gekämmten Haar. Er trug einen weißen Arztkittel, aus dessen einer Tasche ein Stethoskop hervorschaute. Seine Brille war altmodisch, mit dunkelbrauner, fast schwarzer Fassung, seine Lippen schmal und sein Blick kalt. Das einzige Anzeichen seiner Nervosität war die Art, wie er mit flattrigen Fingern leise auf den Schreibtisch trommelte.

»Wie war noch gleich der Name?« fragte er mit einem kleinen Rülpsen, als sei er seekrank

»Veum«, sagte ich und blieb gleich an der Tür stehen.

»Und was wünschen Sie?«

»Ich möchte mit Ihnen ein paar Worte bezüglich einer sogenannten ›Sicheren Liste‹ und einiger junger Damen wechseln, von denen eine ...«

»Und in wessen Namen kommen Sie?«

»Im Namen der ganzen Welt«, sagte ich, »im Namen aller, die Kinder haben!«

Er betrachtete mich irritiert. Dann nickte er zum Sessel, als sei ich ein Patient, dem er sein endgültiges Todesurteil aussprechen mußte.

Ich setzte mich. »Ich denke, Sie wissen, wovon die Rede ist. Es gibt keinen Grund, um den heißen Brei herum zu reden. Torild Skagestøl ist tot, eines der anderen Mädchen hat alles erzählt. Das einzige, was Ihnen ein Stück weit helfen kann, wenn die Polizei sich einschaltet, ist, zu sagen, womit Birger Bjelland Sie erpreßt hat.«

Er reagierte nicht im geringsten auf den Namen. Sein Blick war genauso tot und wäßrig wie zuvor. Dann hob er den Telefonhörer ab und wählte eine achtstellige Nummer.

»Hier ist Dr. Evensen. Ist er da? Ja, genau. Danke.«

Ich hörte in der Ferne eine Frauenstimme antworten.

Er sah zum Fenster. Es schneite immer noch. Das Dröhnen des Verkehrs auf der Strandgate klang merkwürdig gedämpft. Ich fragte mich, ob das am Schnee lag, oder ob er besonders gut isolierte Fenster hatte.

»Ja, hier ist ... Ich hab hier einen Typ, der sich Veum nennt. Er ...«

Diesmal war es eine Männerstimme, und der Tonfall klang alles andere als liebenswürdig. Ich bemerkte, daß sich auf Dr. Evensens Stirn inzwischen eine dünne Schweißschicht gebildet hatte.

»Was? Ja, er sitzt ... Er behauptet, daß er alles weiß. Er sagt sogar ... Ja. Nein. Okay. Dann verlaß ich mich drauf. Auf ...« Die Verbindung wurde mit einem scharfen Laut am anderen Ende unterbrochen.

Dann wandte er sich wieder mir zu. »Ich habe nichts zu sagen. Wenn die Polizei kommt, dann verlange ich nach meinem Anwalt.«

»Die Mädchen, die Sie abends untersucht haben, hätten vielleicht auch ihren Anwalt dabeihaben sollen, was?«

»Ich habe gesagt, ich sage nichts!«

»Sie haben schon mehr als genug gesagt. Dieses Telefonat ... Die ›Sichere Liste‹!« Ich beugte mich nach vorn, mit einer so plötzlichen Bewegung, daß es wie von eisigen Nadeln in meinem Kopf stach. »Oh, Scheiße!«

Er betrachtete mich ohne den leisesten Anflug von Mitgefühl.

»Solche wie Sie hab ich schon öfter kleingekriegt«, sagte ich, »also fühlen Sie sich bloß nicht zu sicher! Und so was nennt sich Arzt! Hippokrates hätte an der Tür kehrtgemacht, wenn er Sie gesehen hätte. Ihnen war es egal, daß Sie es mit jungen Mädchen zu tun hatten – mit Kindern! Daß sie Eltern hatten, die sich um sie sorgten?«

Sein verärgerter Gesichtsausdruck signalisierte mir, daß ich es war, der sich gerade lächerlich machte. »Ich glaube, Sie sollten jetzt gehen, Veum. Mein Wartezimmer ist voller Patienten, und ...«

»Und ich habe große Lust, rauszugehen und ihnen zu erzählen, was für ein Arzt Sie eigentlich sind, Doktor Evensen!«

»Wenn Sie das tun, dann kriegen Sie es auf jeden Fall mit meinem Anwalt zu tun! Ist das klar?«

»Ich hab selbst einen Anwalt, Evensen. Warten Sie's nur ab, bis Sie die Zeitungsartikel sehen, an dem Tag, an dem wir vor Gericht gehen. Nicht ich werde meine Klienten verlieren, da können Sie sicher sein!«

Ich spürte, wie mir sein Blick bis zur Tür kalt wie eine feuchte Pranke im Nacken folgte.

Auch seine Sprechstundenhilfe sah nicht sonderlich liebenswürdig aus, und beim Durchqueren des Wartezimmers fühlte ich mich, als würde ich mitten im Winter bei starkem Gegenwind auf Skiern durch Grönland laufen. Als ich an der verärgerten Frau von vorher vorbeikam, murmelte ich ihr zu: »Dann bekomme ich Ihre Stimme, nicht wahr? Versprechen Sie mir das?«

44

Ich traf Vidar Waagenes auf dem Polizeirevier.

»Was um Himmels willen ist denn mit Ihnen passiert?« fragte er und meinte mein Gesicht.

»Ein Autounfall.«

»Schwer?«

»Vor allem für das Auto.«

Als wir die Treppe zum Untersuchungsgefängnis hinuntergingen, sagte er: »Sie sind engagiert, pro forma, um die Arbeit der Verteidigung zu unterstützen. Aber ich habe nicht vor, Ihnen ein Honorar zu zahlen, nur damit das klar ist.«

»Sitzen Sie in der Klemme?«

»Es sei denn, Sie kommen mit irgendwas, das mir von Nutzen wäre. In dem Fall bin ich bereit, darüber zu diskutieren. *Fair enough?*«

»*D'accord.*«

Der diensthabende Wärter kontrollierte die Papiere gründlich, bevor er uns in die Zelle ließ, in der Helge Hagavik saß und in einer Männerillustrierten blätterte, die sich hauptsächlich mit Jagd und Fischen, Kriminalgeschichten und nackten Frauen befaßte.

Helge Hagavik war sowohl größer als auch physisch beeindruckender als ich erwartet hatte. Sein Haar war hellblond, kurz geschnitten und lockig, und seine Haut hatte noch einen leichten Schimmer von Solariumbräune. Er war gerade richtig gut gebaut, kein Muskelprotz, aber auch kein klappriger Langläufer. Als er sich erhob, sah ich, daß er fast 1.90 groß war, und er hatte hübsche, regelmäßige Gesichtszüge. Es war nicht schwer zu verstehen, daß dies ein Typ war, auf den sechzehnjährige Mächen unglaublich flogen.

»Hallo, Helge!« sagte Vidar Waagenes gewollt munter. »Das hier ist Veum. Er meint, er hätte vielleicht was zu deinem Fall beizusteuern.«

Helge Hagavik sah mich mißtrauisch an. »In welcher Hinsicht?«

»Ich bin Privatdetektiv. Und ich hatte den Auftrag, Torild zu finden, als sie von zu Hause verschwand.«

Das machte ihn nicht weniger mißtrauisch. »Und was sollten Sie beizusteuern haben?«

»So einiges an Fakten, die ich im Laufe meiner Nachforschungen gesammelt habe.«

»Wollen wir uns vielleicht setzen?« schlug Vidar Waagenes vor. Er hatte von draußen einen Stuhl mitgenommen, den er mir hinschob. Er selbst setzte sich auf die Pritsche neben Helge Hagavik.

»Und was für Fakten sollen das sein?«

»Wir sind uns einig, daß du Torild Skagestøl kanntest?«

Er schielte zu seinem Verteidiger, der gnädig nickte. »Ja«, murmelte er.

»Wo hast du sie kennengelernt?«

Er zuckte mit den Schultern. »In irgendeinem Lokal. In einer Discothek oder einem Pub.« Sein Blick verschleierte sich. »Ich weiß es nicht mehr genau.«

»Also nicht im *Jimmy*?«

Er biß sich nervös auf die Unterlippe. »Nein, nicht – da.«

»Aber da habt ihr euch später getroffen?«

»Ja, aber das war, weil ich da gearbeitet habe, manchmal.«

»Du gehst also nicht zur Schule?«

»Nein, hab ich geschmissen.«

»Wie alt bist du?«

»Achtzehn.«

»Auf welcher Schule warst du?«

»Gymnasium. Wirtschaftslinie. Aber ich hatte die Nase voll. Viel zu viele Hausaufgaben. Hatte die Schule einfach satt.«

»Und wie bist du zu dem Job im *Jimmy* gekommen?«

»Ich trainiere ziemlich viel. Mache Krafttraining, laufe und fahre Rad, surfe und so, alles, was Bock bringt. Ich hab den Bruder von dem, der das *Jimmy* hat, unten im Fitneß-Center getroffen . . .«

»Kenneth?«

Er wiegte den Kopf langsam hin und her, als würde er die Muskulatur dehnen. »Ja.«

»Das ist alles schon gebongt, Veum«, unterbrach uns Vidar Waagenes. »Helge hat zugegeben, daß er Torild kannte. Auch, daß sie eine Weile zusammen waren. Aber von da aus bis . . .«

Ich unterbrach ihn. »Eine Weile zusammen waren? Also war es vorbei?«

Helge Hagavik sah fast ein wenig peinlich berührt aus. »Ja. Jedenfalls von meiner Seite.«

»Aber am letzten Donnerstag wurdet ihr zusammen gesehen.«

Er blinzelte mit beiden Augen. »Letzten . . .«

»Ja, in der Woche, als sie verschwand eben! Du warst einer der letzten, mit dem sie zusammen gesehen wurde. Und du warst es, der sie gefunden hat. Du weißt, die Polizei ist nicht blöd. Du sitzt nicht ohne Grund hier.«

»Veum«, hob Vidar Waagenes an.

»Aber ich hab sie nicht umgebracht!«

»Nein, das glaube ich auch nicht.« Ich ließ sie den Satz einen Augenblick verdauen, bevor ich hinzufügte: »Um so wichtiger ist es, daß du die Wahrheit sagst! Verstehst du das nicht? Und wenn sie noch so peinlich oder schmerzhaft sein sollte.«

»Ich . . . Ich hätte sie nie umbringen können . . .«

»Nein? Wie lange wart ihr zusammen?«

Er wiegte den Kopf etwas hin und her. »Ein paar Monate.«

»Wann?«

»Letzten Herbst.«

»Und ihr wart richtig zusammen? Du verstehst, was ich meine? Hast du mit ihr geschlafen?«

Er senkte den Blick. »Sie hat gesagt, sie sei sechzehn! Sie sah älter aus, als sie war!«

»Also: ja. Und wann war Schluß?«

»Es – es war nicht richtig Schluß.« Plötzlich sah er mir direkt in die Augen. Mit einem etwas zu selbstbewußten Lächeln sagte er: »Ich glaube nicht an die große Liebe. Ich hatte auch noch andere.«

»Andere Freundinnen? Im selben Alter?«

Er nickte, um dann rasch hinzuzufügen: »Und ältere! Die triffst du im Fitneß-Center, heißhungrige Vierzigjährige, die Aerobic machen, um in Form zu bleiben. Die fallen schon um, wenn du sie nur ansiehst.«

Ich lächelte im stillen. Der Weg zum Herzen des Mannes geht über den Magen, heißt es. Aber der Weg zum Herzen mancher Männer führt über den Appell an ihre Eitelkeit. Ich hatte Helge Hagaviks schwachen Punkt gefunden. Jetzt mußte ich nur noch darauf drücken.

»Also du hattest viele?«

»Mehr, als Sie zählen können!«

Ich versuchte, sowohl beeindruckt als auch neidisch auszusehen. Eigentlich war das gar nicht so schwer. »Was hattest du für einen Eindruck von Torild?«

Er setzte eine weltgewandte Mine auf. »Sie war geil wie ein Kaninchen. Das sind sie ja in dem Alter, wenn du sie erst mal in Fahrt bringst. Aber sie hatte nicht viel Erfahrung.«

Gegen meinen Willen spürte ich, wie es in mir wieder zu brodeln anfing. »Aber du warst nicht der erste, mit dem sie geschlafen hat?«

Mit leichtem Widerwillen mußte er es zugeben. »Nein, sie war keine Jungfrau mehr.«

»Hat sie gesagt, mit wem sie vorher zusammengewesen war?«

»Sie hat was von einem Jungen aus der Klasse gemurmelt. Ich denke, es war kein besonderer Knüller.«

»Sicher nicht. Im Vergleich mit dir.«

Sein Blick wurde wieder mißtrauisch. Was meinte ich eigentlich damit?

»Aber zurück zu dem Tag, als sie verschwand. Donnerstag, der 11. Februar. Da hast du sie also im *Jimmy* getroffen –«

»Ja. Aber wir haben nur gequatscht. Sie war da mit dieser Freundin von ihr, Åsa –«

»Hast du mir der auch geschlafen?«

»Hä? Mit Åsa? Nein, die war irgendwie zu ... Außerdem hat sie mich nicht interessiert. Ich nehm schließlich auch nicht alles, was sich anbietet!«

Ich lehnte mich einen Deut nach vorn. »Du weißt natürlich, was da im *Jimmy* so läuft?«

»Läuft?«

»Ja, wo du da doch gejobt hast und so. Das weiß jeder, auch die Polizei. Die Anrufe aus der Bar im *Pastell*. Die Aufträge für die Mädchen. Da hat ja auch Torild mitgemacht.«

Er schielte zu Vidar Waagenes. »Na und?«

»Ich möchte gern, daß du eins weißt, Helge. Wenn du nicht schon ... Was sagst du, wer das *Jimmy* führt?«

»Kalle –«

»Aber er ist nicht der richtige Besitzer.«

»Nein, das ...« Jetzt fühlte er sich auf unsicherem Boden.

»Jeder, der will, kann in Brønnøysund anrufen und rauskriegen, wem es gehört, du kannst es also ruhig sagen.«

Sein Blick flackerte, aber er sagte nichts.

»Birger Bjelland, stimmt's?«

Vidar Waagenes sah seinen Klienten an. »Das wußtest du, Helge, oder nicht?«

»Doch, ich hab ihnen ja ab und zu geholfen. Hab ja 'n Führerschein.«

»Auto?«

»Einen Ford Sierra. Gebraucht gekauft.«

»Von der Polizei für technische Untersuchungen beschlagnahmt«, sagte Waagenes.

»Willst du damit sagen, du warst Chauffeur für Birger Bjelland?«

»Für ihn auch. Ich hab sie gefahren, wenn sie zum Pokern wollten oder so.«

»Birger Bjelland, und wen noch?«

»Na ja –«

»Fred, Kenneth, Kalle –«

Er zuckte mit den Schultern und sah mich trotzig an.

»Hör zu . . . Nein, anders herum. Erzähl mir, wie du Torild gefunden hast.«

Er knirschte mit den Zähnen. »Das hab ich den Bullen schon hundertmal erzählt!«

»Mir auch«, sagte Vidar Waagenes, aber ich sah an seinem Blick, daß er es gerne noch einmal hören wollte. »Aber trotzdem, Helge, es schadet nichts, es für Veum noch mal zu tun.«

»Na gut!« Sein Blick ging wieder in die Ferne. »Also – ich war beim Joggen, letzten Donnerstag. Ich wohne noch zu Hause, und ich laufe oft zum Fanafjell rauf, um ordentlich zu trainieren, an zähen Steigungen.«

»Klingt vernünftig.«

»Aber dann, vielleicht hatte ich irgendwas gegessen, oder irgendwelche Tabletten nicht vertragen – ich nehme ja so einiges an Stärkungsmitteln. Ich mußte also – scheißen. Und mir gefiel der Gedanke nicht recht, mich direkt neben die Straße zu setzen, also ging ich rechts die Böschung runter. Und da unten im Gebüsch sah ich plötzlich jemanden liegen.«

»Und du warst überrascht, weil es sogar jemand war, den du kanntest?«

»Überrascht? Ich war wie gelähmt. Und ich wußte ja sofort, wie ich dabei dastehen würde. Aber scheiß drauf, sagte ich . . .«

»Im wahrsten Sinne des Wortes.«

»Ich konnte ja auch nicht einfach nichts sagen!«

Ich kratzte mich an der Wange. »Aber dir ist klar, in welche Situation du dich selbst gebracht hast, und damit meine ich nicht gegenüber der Polizei, sondern gegenüber Birger Bjelland & Co.?«

»Nein, ich . . .«

»Dadurch, daß du Torild Skagestøl irgendwie ›gefunden‹ hast, trägst du dazu bei, daß die ganze Operation Gefahr läuft, aufgedeckt zu werden.«

»Operation?«

»Und ich garantiere dir, daß in dem Milieu Verräter nicht mit Samthandschuhen angefaßt werden.«

»Verräter? Ich bin kein Verräter!«

»Nein? Es könnte jedenfalls sehr leicht so aufgefaßt werden! Und ich garantiere dir – du bist nirgends sicher. Sie haben ihre Leute, vielleicht nicht hier im Haus, aber wenn du ins Gefängnis überführt wirst – Sie kriegen dich, Helge. Das laß dir gesagt sein!«

Er drehte sich wieder zu Waagenes. »Aber ich hab sie doch bloß gefunden!«

Vidar Waagenes seufzte. »Ja, das hast du die ganze Zeit gesagt, Helge. Aber wenn es stimmt, daß du so tief in diesen Kreisen drin bist – Veum hat recht. Das einzige, was dir helfen kann, ist zu erzählen, wie es war. Wenn du lügst, riskierst du ganz einfach, für etwas verurteilt zu werden, was du vielleicht nicht einmal getan hast. Begreifst du das nicht? Die Polizei hat sehr handfeste Indizien, es hat keinen Sinn, etwas anderes zu behaupten.«

»Sie sind doch mein Verteidiger, oder etwa nicht?«

»Doch, aber wir befinden uns hier nicht im Gerichtssaal, Helge. Jeder Anwalt wird seinem Klienten sagen, daß unter uns alles auf den Tisch muß. Verstehst du? Das ist der einzige Weg, wie wir dir helfen können.«

»Wenn es so ist, wie ihr sagt, dann spielt es ja wohl keine Rolle, ob ich was sage oder nicht. Dann bin ich in jedem Fall verratzt.«

»Du gibst ja zu, daß du Chauffeur für sie gewesen bist«, warf ich schnell ein. »Also warum kannst du nicht zugeben, daß du das diesmal auch warst? Daß du die Leiche von Torild da raufgebracht hast, allein oder mit jemandem zusammen, und sie abgeladen hast, und daß du später ein schlechtes Gewissen bekamst – du bist schließlich mit ihr zusammengewesen! Sie muß dir irgendwas bedeutet haben! Und deshalb hast du getan, als hättest du sie gefunden. Aber du hast sie nicht umgebracht, oder?«

Ich hatte schon früher Leute zusammenbrechen sehen. Es geschieht nach einer Art Gesetzmäßigkeit. Wenn sie sich tagelang, vielleicht wochenlang an die gleiche Lüge geklammert haben, und jemand plötzlich den Riß im Deich findet und einen Keil hineintreibt, dann bricht etwas in ihnen auf, und sie erzählen alles, oft mit einem Ausdruck von fast rührender Erleichterung.

Helge Hagaviks Machomaske zersprang, als sei sie aus Ton. Er weinte wie ein kleines Kind, und Vidar Waagenes mußte einen Arm um ihn legen und ihn trösten, so gut er konnte. In einem anderen Zusammenhang hätte es komisch ausgesehen: der kleine adrette Vidar Waagenes mit der dunklen Jungsfrisur, der die Arme um das große, blonde Kind gelegt hatte, das sich den letzten Rest der Solariumbräune aus der Brust weinte.

Ich selbst saß regungslos auf meinem Stuhl, mit demselben bitteren Geschmack im Mund, den ich in solchen Situationen immer verspürte. War der Geschmack des Sieges so bitter, weil man wußte, auf wie vielen Schicksalen man herumgetrampelt hatte, um so weit zu kommen?

Als er endlich wieder zu mir aufsah, waren seine Augen rotumrandet, und die Wangen glühten vom Weinen. Er sah aus, als sei er sechs Jahre alt und ausgeschimpft worden, weil er im Kindergarten nicht brav gewesen war.

»Und nun erzähl«, sagte ich. »Was ist mit ihr passiert?«

»Sie ... Ich blieb noch im *Jimmy*, nachem sie ... Saß im Hinterzimmer mit Kenneth, trank Kaffee und sah fern. Sie haben da Eurosport. Dann kam ein Anruf. Es war etwas passiert, und ob wir kommen könnten und aufräumen.«

»Von wem kam der Anruf, sagtest du?«

»Das weiß ich nicht.«

»Und wie ging es weiter?«

»Dann sind wir hingefahren, und da lag sie.«

»Torild?«

Er nickte.

»Und sie war tot?«

»Ja! Sie war tot. Daran war kein Zweifel.«

»Das muß ein furchtbarer Schock für dich gewesen sein.«

Er zuckte mit den Schultern. »Na ja ...«

»Aber es war sonst niemand im Zimmer?«

»Nein, nur sie. Sie lag auf dem Bett, nackt, und wir – wir sahen es sofort, den starren Blick . . .«

»Habt ihr herausgefunden, was passiert war?«

»Nein, einige Kunden waren ja manchmal ein bißchen grob. Kenneth sagte, es sei sicher einer gewesen, der sich nicht unter Kontrolle hatte.«

»Und . . . Aber wer hat euch reingelassen?«

»Ins Hotel? Kenneth hat einen Universalschlüssel.«

»Kenneth? Sag mal, von welchem Hotel sprechen wir denn?«

»Vom *Pastell*, natürlich! Was dachten Sie denn?«

»Und von welchem Tag?«

»Donnerstag! Da ist es doch passiert!«

»Also nicht am Freitag?«

»Freitag? Es war am Donnerstag! Glauben Sie mir, ich weiß es!«

»Okay. Und wie habt ihr den Auftrag ausgeführt?«

Wieder begann es um seinen Mund herum zu zittern. »Kenneth hatte so einen Abfallsack aus Plastik. Wir hievten sie da rein, trugen sie zum Auto runter, legten sie auf den Rücksitz und fuhren los. Wir diskutierten eine Weile, wo wir sie hinbringen sollten, ob wir sie ins Meer werfen sollten, oder . . . Aber dann kamen wir auf die Idee, sie da rauf zu schaffen, zum Fanafjell, und es war Kenneth, der die Idee hatte, ihr ein Satanistenzeichen in die Haut zu sch-schneiden, um den Verdacht von uns abzulenken. Sie war ja schon tot, für sie spielte es ja keine Rolle mehr!«

»Also habt ihr das gemacht?« sagte ich, erstaunt darüber, wie ruhig meine Stimme klang.

Er nickte stumm.

»Und danach?«

»Äh, danach . . . Ich fuhr Kenneth wieder zurück in die Stadt, und dann fuhr ich wieder zurück. Ja, ich machte noch einen Umweg über Ulven und Lysekloster –«

»Aus Angst, sie könnte plötzlich am Straßenrand stehen und trampen, vielleicht?«

Vidar Waagenes sah mich verständnislos an. »Helge –« Er öffnete seine Aktentasche und holte einen braunen Briefumschlag heraus. Dann breitete er einen Fragebogen aus, räusperte sich vorsichtig und sah fast feierlich in die Runde, bevor er fortfuhr: »Ich habe eine Kopie des endgültigen Berichts vom Gerichtsmedizinischen Institut bekommen, mit der Feststellung der Todesursache und den Ergebnissen von einigen anderen Untersuchungen.«

Er machte eine Pause. Helge Hagavik und ich saßen stumm da und sahen ihn an. Er sah von einem anderen, ehe er fortfuhr: »Daraus geht hervor, daß Torild Skagestøl erstickt wurde, höchstwahrscheinlich dadurch, daß jemand ein Kissen oder ähnliches auf ihr Gesicht gepreßt hat. Das Satanistenzeichen ist ihrem Körper tatsächlich zugefügt worden, nachdem sie schon tot war. Et cetera, et cetera. Wir brauchen nicht alles durchzugehen. Aber eines sollte dir klar sein, Helge, nach dem, was du heute und auch davor erzählt hast.«

Er machte eine Kunstpause, bevor er seinen Blick wieder an seinen Klienten heftete und sagte: »Infolge dieses Berichtes hier war Torild Skagestøl HIV-positiv.«

Ein plötzlicher Schrecken breitete sich auf seinem Gesicht aus. »HIV? Aber – aber sie stand doch auf der ›sicheren Liste‹!«

»Genau«, sagte ich. »Die ›sichere Liste‹ . . .«

45

»Lassen Sie es mich Muus selbst erzählen«, sagte Vidar Waagenes, als wir die Treppen wieder hinaufgingen. »Daß mein Klient bereit ist, ein vollständiges Geständnis seiner Beteiligung an dem, was nach dem der Mord geschehen ist, abzulegen, daß er aber daran festhält, mit dem Mord selbst nicht das geringste zu tun zu haben.«

»Da wird er sich aber tüchtig freuen, Muus, meine ich.«

»Aber sagen Sie, Veum, was sollte das Gerede über den Freitag?«

»Freitag war der Tag, an dem Richter Brandt starb, in einem Hotel im Zentrum, nachdem er mit einer jungen Frau zusammen war. Es war eine falsche Fährte.«

Er blieb mitten auf der Treppe stehen. »Vielleicht doch nicht.«

»Nein? Warum nicht?«

Er stieß mir leicht mit dem braunen Umschlag vom gerichtsmedizinischen Institut an die Brust. »Wenn Richter Brandt Umgang mit Prostituierten pflegte . . . Wenn ich mich nicht sehr irre, dann hat er letztes Jahr an einer Vortragsreise nach Zentral-Afrika teilgenommen. Eine Maßnahme zur Verbreitung unserer westlichen Rechtssysteme.«

»Sie meinen, daß er ... Daß wir es hier mit einer Ansteckungsquelle zu tun haben?«

»Wenn ich mich nicht sehr täusche, dann zeigt die nordische Statistik, daß es einen auffallend hohen Prozentsatz an HIV-Positiven unter Hetersosexuellen gibt, die während einer Afrikareise, besonders in den zentralen Regionen, mit Prostituierten zusammen waren.«

»Und er hätte dann also etwas mit nach Hause gebracht.«

»Aber ob das was mit diesem Fall zu tun hat, das wage ich nicht zu beurteilen.«

»Alles oder nichts, wahrscheinlich.«

In der Abteilung für Kapitalverbrechen erwartete uns Dankert Muus mit der Miene eines drohenden Tyrannen. »Was zum Teufel habt ihr beiden euch da ausgedacht? Sind Sie in schlechte Gesellschaft geraten, Waagenes? Ich meine, in noch schlechtere Gesellschaft?«

»Veum hat mir geholfen, meinen Klienten zum Reden zu bringen. Er ist bereit, ein Geständnis abzulegen, Muus.«

Ein Ausdruck widerwilliger Anerkennung breitete sich auf dem normalerweise so bissigen Gesicht des Hauptkommissars aus. »Ich muß schon sagen!«

»Aber nicht für den Mord selbst«, fügte Vidar Waagenes schnell hinzu. »Nur was die Mitwirkung danach angeht.«

Die Begeisterung fiel wie ein Kartoffelsack zu Boden. Muus sah den Anwalt mißtrauisch an. »Bedeutet das, er weiß, wer den Mord begangen hat?«

»Ein Kunde, behauptet er.«

»Aha? Aber dann weiß doch sicher jemand, wer dieser Kunde ist?«

»Das ist allerdings durchaus möglich«, fiel ich ein. »Wie Sie wissen, habe ich schon einige Nachforschungen im Umkreis von Birger Bjelland & Co. angestellt.«

»Ja? Und?«

»Wenn wir Helge Hagavik dazu kriegen, das, was er uns gerade erzählt hat, zu wiederholen, dann hätte man in jedem Fall genug Grund, um Birger Bjelland zu einem – wie soll ich sagen – Gespräch? – vorzuladen. Und möglicherweise kann ich noch etwas beisteuern.«

»Wie zum Beispiel?«

Ich erzählte ihnen das meiste, was ich über ihn herausgefunden hatte. Über die Persen-Brüder und die Vermittlungszentrale im *Jimmy.* Über Robert in der Bar im *Pastell* und die Aktivitäten in den Gästezimmern desselben Hotels. Über Astrid Nikolaisen und die ›sichere Liste‹. Und schließlich über Dr. Evensen, den ich ihnen empfahl, so schnell wie möglich anzusprechen, in oder ohne Anwesenheit des Anwalts. Das einzige, worüber ich nichts sagte, waren die Geschichten aus Birger Bjellands Vergangenheit in Stavanger. Sie waren beide verjährt, wenn sie sich überhaupt aufklären ließen, und eigneten sich besser als Joker im Ärmel, denn als Indiz in einer öffentlichen Anklage.

»Sie sind fleißig gewesen, Veum. Das muß ich sagen. Und was ist mit ... Ich habe gehört, Sie hätten einen Unfall gehabt?« Er deutete auf mein Gesicht. »Glauben Sie, das hängt auch mit dem hier zusammen?«

»Wenn, dann äußerst peripher. Ich hab es Ihnen ja erzählt, als ich das letzte Mal hier war. Und Ihnen den Brief gezeigt. Heute habe ich die Bestätigung bekommen, bei Ole Hopsland, Messers Sohn. Ich kann natürlich nicht beweisen, daß es Messer war, der im Auto saß, aber nach seinen Fingerabdrücken solltet ihr als erstes darin suchen. Wenn ihr sie findet, werde ich euch mit Freuden den Drohbrief überreichen und auf der Stelle Anzeige erstatten.«

»Der Wagen wurde jedenfalls gestohlen. Das wissen wir hundertprozentig sicher.«

»Und wann?«

»Nach fünf gestern abend, von einem Abstellplatz in Åsane.«

»Und Zeugen, die ihn im Fløyenbakken beobachtet haben?«

»Noch nicht. Aber das muß nichts bedeuten. Um die Tageszeit kannst du da einen Panzerwagen aufstellen, ohne daß es jemand bemerkt.«

»Tja ... Ich habe alles gesagt. Und ich werde wohl selbst noch ein paar diskrete Nachforschungen in dieser Sache anstellen. Zurück zu Birger Bjelland. Es ist ja noch ein neues Moment aufgetaucht, aufgrund des Berichts vom gerichtsmedizinischen Institut.«

Seine Augen wurden schmal, und er sah Vidar Waagenes an. »Ist der nicht vertraulich?«

»Ich habe – äh – Veum engagiert, um für mich ein paar Nachforschungen anzustellen. Meiner Auffassung nach berechtigt ihn das zur Einsicht in alle den Fall betreffenden Dokumente.«

»Es könnte durchaus sein, daß wir diese Auffassung hier bei uns nicht teilen.«

»Und wenn schon, Muus. Ich habe ihn gesehen. Hören Sie zu. Nehmen wir an, Doktor Evensen unterrichtete seine Auftraggeber von Torild Skagestøls HIV-Infizierung – und lassen Sie uns unter uns jedenfalls vorläufig davon ausgehen, daß das Birger Bjelland & Co. sind. Die Konsequenz ist, daß sie sich ihrer entledigen müssen – was sie auch tun.«

»Aber – doch wohl nicht, indem sie so tun, als sei es ein Kunde gewesen? Dann würde doch das ganze Unternehmen auffliegen.«

»Es war Helge Hagavik, der behauptete, es sei ein Kunde gewesen. Sie sollten nicht vergessen, wo wir sie gefunden haben, auf dem Fanafjell mit einem Satanistensymbol in den Hintern geritzt! Sie haben alles getan, was sie konnten, um die Aufmerksamkeit von ihren Machenschaften abzulenken. Es war Helge Hagavik, der nicht dichtgehalten hat und der auf fast rührend naive Weise so tat, als habe er sie bei einer Joggingtour gefunden! Das war nicht eingeplant. Schlechtes Gewissen steht in solchen Kreisen nicht hoch im Kurs.«

»Also Sie behaupten, daß sie aus dem Weg geräumt wurde, weil sie HIV-positiv war?«

»Ich halte es für eine Möglichkeit. Sie konnten sie nicht als Ansteckungsquelle weitermachen lassen. Nicht ohne daß sie irgend jemanden ansteckte und mit der Gefahr, daß das herauskäme. Vergessen Sie nicht, daß wir nicht von einer zufällig organisierten Straßenprostitution reden, Muus. Wir haben es mit einem erstklassigen Service-System zu tun, auf dessen Kundenliste sowohl Richter als auch sicher viele andere Spitzen der Gesellschaft stehen.«

Er nickte. »Wir werden mit diesem Arzt reden. Und wenn wir meinen, ausreichend viele Indizien in der Hand zu haben, dann denke ich wohl, daß wir auch Herrn Birger Bjelland zu einer kleinen Unterredung bitten werden.« Er rieb sich zufrieden die Hände. »Ich kann nichts anderes sagen, als daß ich mich freue.

Das wäre kein schlechter Abgang, diesen Fisch ins Netz zu kriegen!«

»Abgang?« fragte Vidar Waagenes.

Ich zeigte auf den roten Kreis auf dem Wandkalender.

»Hauptkommissar Muus geht bald in Pension. Wenn wir das nächste Mal vorbeikommen, serviert er uns vielleicht Sahnetorte.«

46

Wieder im Büro, rief ich Laila Mongstad an, um ihr zu erzählen, was ich über Birger Bjelland herausgefunden hatte. Aber sie war mit einer anderen Sache beschäftigt und hatte keine Zeit, mit mir zu sprechen. »Ich rufe dich heute abend an, Varg«, sagte sie noch schnell, bevor sie wieder auflegte.

Danach fuhr ich wieder in den Nordre Skogvei hinauf, zu der Adresse, die Harry Hopsland beim Einwohnermeldeamt angegeben hatte. Das Haus, in dem er wohnte, war ein beiger Flachdachbau mit braun gestrichenen Türen, und ich fand seinen Namen auf einem der Briefkästen.

Näher kam ich nicht an ihn heran.

Eine Nachbarin mittleren Alters mit dicken Tränensäcken unter den Augen und einer Zigarette im Mundwinkel bestätigte, daß vor relativ kurzer Zeit ein Hopsland dort eingezogen sei. »Aber normalerweise hören wir keinen Mucks von ihm. Er ist so ruhig wie man nur sein kann, jedenfalls meistens, außer wenn er sein Motorrad anwirft.«

»Und wo hat er das?«

»Auf dem Hinterhof.«

»Da stand jetzt kein Motorrad.«

»Nein, dann ist er sicher nicht da.«

Meine Kopfschmerzen waren mit frischer Kraft zurückgekehrt. Ich fuhr nach Hause, nahm eine weitere Portion Schmerztabletten, rief Karin an und sagte, ich ginge ins Bett und daß sie sich keine Sorgen zu machen brauche, da ich mich jetzt ernsthaft ausruhen wolle.

Es war dunkel, als sie anrief und mich weckte.

Als sie die Knäckebrotkrümel auf meinen Stimmbändern hörte, sagte sie: »Oh, hast du noch geschlafen?«

»Ja, ich denke schon. Wie spät ist es?«

»Zehn Uhr abends.«

Ich bewegte langsam den Nacken, um mich zu versichern, daß er nicht festgewachsen war. »Ich muß wie ein Stein geschlafen haben.«

»Das hat dir sicher nur gutgetan.«

Nachdem sie sich hatte versichern lassen, daß ich vorhatte, weiterzuschlafen, wünschte sie mir eine geruhsame Nacht und legte auf. Ich sank in Zeitlupe zurück in den Schlaf, aber diesmal näher an der Oberfläche, als brauchte ich ihn eigentlich nicht mehr.

Laila Mongstad rief gegen elf an. Ihre Stimme klang aufgeregt.

»Varg? Kannst du runterkommen? Ich muß dir etwas zeigen.«

»Runter in die Redaktion?«

»Ja. Es war doch nicht Hallstein Grindheim.«

Ich fühlte mich immer noch ziemlich groggy, und mein Oberarm begann wieder zu schmerzen. »Nicht? Wer war es dann?«

»Kommst du?«

»Ja, selbstverständlich. Aber gib mir eine knappe halbe Stunde.«

»Ich warte. In der Zwischenzeit kann ich . . . Tschüs, bis gleich.«

»Tschüs.«

Ich sprang schnell unter die Dusche, wechselte das Hemd, ging in den Blekevei hinauf und setzte mich ins Auto. Ich parkte am Hang neben dem Zeitungsgebäude und ging um die Ecke zum Haupteingang. An der Tür kam mir Sidsel Skagestøl entgegen.

Ich trat zur Seite, und sie sah auf. »Oh!« sagte sie erschrocken. »Sie hier?« Sie blieb in der Tür stehen.

»Wie geht es Ihnen?«

Sie sah in eine andere Richtung. »Na ja – Holger ist nicht da, wenn Sie zu ihm . . .«

»Nein, das hatte ich nicht vor. Und Sie?«

Sie schien das Bedürfnis zu haben, zu erklären, weshalb sie da war. »Es gibt so vieles, was wir regeln müssen, und ich hatte nicht damit gerechnet – mir war etwas eingefallen, aber er war schon gegangen. Und ich fahre nicht zu ihm nach Hause.«

»Warum nicht?«

»Wenn er nun jemanden bei sich hat?«

»Eine Frau?«

»Ja.« Sie sah auf die Straße. »Tja, ich . . .« Sie nickte zur Grieghalle. »Mein Auto steht da hinten. Gute Nacht.«

»Gute Nacht.«

Einen Augenblick lang blieb ich stehen und sah ihr nach. Dann ging ich zur Rezeption.

Der Portier sah mich skeptisch an. »Haben Sie einen Termin?«

»Ja. Mit Laila Mongstad.«

»Okay. Ich kann sie anrufen . . .«

»Sie erwartet mich.«

»Ja, aber trotzdem. Hier.« Er reichte mir einen Besucherausweis, und ich befestigte ihn pflichtschuldig an meinem Jackenaufschlag.

Er saß da, mit dem Telefonhörer in der Hand. »Sie antwortet nicht.«

»Aber sie ist noch nicht gegangen?«

»Nein, nein. Einen Augenblick, ich ruf mal die Redaktion an.« Er wählte eine neue Nummer, während er mich wachsam im Auge behielt. »Ja, hallo, hier ist die Rezeption, ist Laila da? Nein, hier unten ist jemand, der sagt, er sei mit ihr verabredet.« Er wandte sich an mich. »Wie war der Name?«

»Veum.«

»Veum. Okay. Gut.« Er legte auf und nickte mir zu. »Furubø kommt runter und holt Sie ab.«

»Furubø?«

»Er sagte, er kennt Sie. Wir lassen abends niemanden allein raufgehen. Dabei haben wir uns schon früher die Finger verbrannt.«

Die Fahrstuhltür ging auf und Trond Furubø kam heraus. »Veum . . . Ich begleite Sie nach oben.«

Wir stiegen beide in den Fahrstuhl, und er drückte auf den Knopf mit der 4. »Tut mir leid mit den Formalitäten, aber wir müssen nun mal den geltenden Regeln folgen.« Er sah auf die Tür. »Es geht nicht um Torild, nehme ich an?«

»Nein, nein«, sagte ich leichthin. »Heute geht es um etwas ganz anderes.«

Die Tür ging auf und wir stiegen aus.

»Jetzt finde ich den Weg schon selbst.«

»Ich wollte sowieso mit ihr sprechen, wegen einer Sache, an der sie heute morgen gesessen hat.«

Er ging mit mir den leeren Korridor entlang.

Eine Bürotür ging auf, und ein Mann trat heraus mit einem Computerausdruck in der Hand.

Trond Furubø verlangsamte seinen Schritt. »Holger! Zum Teufel, warst du doch da! Sidsel war gerade hier und hat nach dir gefragt, aber wir konnten dich nicht finden . . .«

Holger Skagestøl sah unangenehm berührt zur Seite. »Ich war nicht in der Stimmung, um . . . Und deshalb . . .« Er nickte zu dem leeren Büro, aus dem er gerade gekommen war. Dann sah er zu mir. »Was tun Sie hier?«

»Ich bin mit Laila Mongstad verabredet.«

»Aha? Wegen . . .?«

»Nein«, sagte ich und wiederholte die nicht ganz korrekte Versicherung, daß es um eine ganze andere Sache ginge.

»Tja, ich – hab noch was zu tun.« Er ging an uns vorbei und steuerte die Treppe zur Redaktionszentrale an. »Kommst du auch, Trond?«

»Ich will nur kurz Veum begleiten.«

Wir gingen weiter.

Die Schwingtür schlug hinter uns zu. In der großen Bürolandschaft waren die meisten Schreibtischlampen erloschen. Nur noch ein paar Computerbildschirme leuchteten.

Hinten an Laila Mongstads Platz leuchtete beides.

»Laila?« rief Trond Furubø. »Bist du da?«

Niemand antwortete.

Ich erhöhte mein Tempo. »Laila?«

Er sah sie zuerst – und blieb wie angewurzelt stehen. »Laila?« sagte er ein drittes Mal, und es klang wie eine Beschwörung.

Ich selbst ging weiter hinein, nicht in der Lage stehenzubleiben, bis ich die Finger an ihrem Hals hatte und nach ihrem Puls fühlte.

Mein Herz schlug wie ein Hammer in meiner Brust, und meine Finger waren kalt wie Eis auf ihrer Haut.

Laila Mongstad lag über ihrem Schreibtisch, in einer unbequemen, verrenkten Stellung, als wollte sie auf keinen Fall zur falschen Zeit auf die Tasten drücken.

Ich sah auf ihren Bildschirm. Die eine Hand war auf einer Taste liegengeblieben, wo sie ihre letzte Mitteilung an die Welt geschrieben hatte:

kkkkkkkkkkkkkkkkkkkkkkkkkkkkkkkkkkkkkkkkkkkkk-kkkkkkkkkkkkkkkkkk

Ich drehte mich um und sah Trond Furubø an. Er stand da und starrte mit hängenden Armen und einem Ausdruck von unendlichem Abscheu im Gesicht: »I-ist sie ...?«

»Ja. Ich glaube, Sie sollten gehen und die Polizei rufen.«

47

Erst als ich mit ihr allein war, ging mir auf, was eigentlich geschehen war.

Ich stand da mit einem Gefühl der Lähmung, Ohnmacht und Wut, so als würde ich langsam mit Brackwasser angefüllt, einer dunklen und ekelhaften Flüssigkeit, von der ich mich nie wieder würde reinwaschen können.

Ihr Kopf lag auf der Seite, die Lesebrille auf dem Tisch, und in ihren weit aufgerissenen, glasigen Augen konnte man noch einen Ausdruck von Unglauben lesen. Aus diesem Blickwinkel konnte man eine schwach getarnte Krone auf ihrem Hinterkopf erkennen, aus der das Haar in einem Wirbel herausstand, und der dünne silbergraue Haaransatz verriet, daß sie sicher vorhatte, bald zum Frisör zu gehen.

Es war unmöglich festzustellen, ob sie bei der Arbeit überrascht oder ob sie infolge eines Streits umgebracht worden war. Aber es war wenig wahrscheinlich, daß sich jemand in der leeren Redaktionsetage von hinten an sie herangeschlichen hatte, ohne daß sie etwas gehört und sich umgedreht hätte. Wenn sie nicht so in das vertieft war, woran sie gerade saß, daß ...

Ich beugte mich vor und las den Dateinamen auf dem Bildschirm: Bjelland.doc.

»Oh, Scheiße!« sagte ich zu mir selbst.

Trond Furubø kam zurück. »Sie sind unterwegs«, sagte er ernst. »Ich habe auch dem Redakteur Bescheid gesagt.«

»Solange Sie nicht auch den anderen Zeitungen einen Tip gegeben haben ...«

Er blickte mich angewidert an.

»Tut mir leid, war nicht so gemeint.«

»Kannten Sie sie, Veum?«

»Ja, wir waren – alte Bekannte.«

Die Tür zum Großraumbüro sprang auf, und Holger Skagstøl kam herein. »Was höre ich da? Ist das wahr?«

Wir antworteten nicht, sondern folgten seinem Blick, bis er die Antwort fand. Er blieb mit einem Gesichtsausdruck vor Laila Mongstad stehen, der meinen eigenen Gefühlen entsprach: Wut, Ohnmacht und ein dumpfer Schock. »Das kann nicht wahr sein!« Er sah sich hilflos um. »Hier drinnen? Im Haus!« Er richtete den Blick auf mich. »Was hat das zu bedeuten, Veum? Hatte es etwas mit – mit Torild zu tun?«

»Das weiß ich nicht.« Ich sah Trond Furubø an. »Woran hat sie gearbeitet? Ich meine, heute früh?«

»Ein Fall vom Jugendamt. Das war immer ihr Lieblingsthema. Wenn sie irgendwo ein unglückliches Kind witterte, dann ging sie ganz Feuer und Flamme ans Werk und gönnte sich keine Ruhe, bis sie – eben ...« Er sah beschämt auf sie hinunter, als fürchtete er, etwas Falsches gesagt zu haben. »Was ... was glauben Sie, ist passiert?«

»Jemand hat sie zu hart angefaßt«, sagte ich bitter. »Hat sie sich vielleicht mit der Schlußredaktion über einen Leitartikel gestritten?«

»Veum!« stieß Holge Skagestøl hervor, und Trond Furubø stimmte ihm bei: »Ich kann nicht behaupten, daß mir Ihr Ton gefällt.«

»Nein, irgendwie setzen so unerwartete Todesfälle immer Gift in mir frei. Es spritzt einfach so heraus.«

Skagestøl sah auf den kurzen Nacken Laila Mongstads. »Sie war eine erstklassige Journalistin. Gab nie auf, bevor sie einer Sache auf den Grund gekommen war, und was sie präsentierte, war so sorgfältig recherchiert wie überhaupt möglich.«

Laute Stimmen vom Korridor veranlaßten uns, zur Tür zu sehen. Atle Helleve, Peder Isachsen und ein uniformierter Polizist kamen herein.

Helleve begrüßte mich kurz. »Ich habe Muus unterrichtet. Er ist auf dem Weg.«

»Ach, auf dem hölzernen?« Wieder das Gift.

Isachsen sah mich säuerlich an. »Ja, ja ... Veum, der Leichensammler!«

Ich ignorierte ihn und wandte mich an Helleve. »Laila Mongstad. Journalistin. Ich habe vor einer knappen Stunde mit ihr telefoniert. Als ich ankam, hat sie nicht abgenommen, als der Mann an der Rezeption sie anrief. Furubø hat mich raufbegleitet, und wir – wir haben sie so gefunden.«

Trond Furubø nickte bestätigend. »Das stimmt.«

»Und worüber haben Sie mit ihr gesprochen, Veum?«

Ich zeigte auf den Bildschirm. »Über den Mann da.«

Er kratzte sich den Bart und beugte sich vor. Dann nickte er mit verbissenem Gesicht.

Isachsen las über seine Schulter hinweg. »Wer? Birger Bjelland?«

»Meinen Sie, es gibt da eine Verbindung?« fragte Helleve.

»Schon möglich.«

Helleve sah zu Furubø. »Ist es möglich, einen Ausdruck von der Datei zu bekommen?«

»Das ist es sicher. Ich kann . . .«

»Aber am liebsten über eins der anderen Geräte«, unterbrach ihn Helleve. »Dieses hier müssen wir erst auf Fingerabdrücke untersuchen.«

»Kein Problem«, sagte Furubø und sah Skagestøl an.

»Aber der Form halber sollten wir vielleicht auf den Chefredakteur warten und ihn die Entscheidung treffen lassen.«

Helleve nickte.

»Überprüft zuallererst die Löschtaste«, sagte ich.

»Sie meinen, der Täter könnte versucht haben, etwas zu löschen?«

»Ja.«

»Helleve!« ertönte es aufgergt von der Tür. Dort war ein weiterer Beamter in Uniform aufgetaucht. »Eines der Fenster zum Hinterhof steht offen, und im Schnee sind Fußspuren.«

Helleve trat an das nächste Fenster. »Wo geht es da hin?«

Furubø sah ihn nachdenklich an. »Zu unserer eigenen Hintertür, aber die ist sehr gut gesichert, auch gegen Drüberklettern. Dann zum SV-Parteigebäude, zur Universität und zur St.-Pauls-Schule.«

»Die Fußspuren führen in die Richtung«, sagte der Beamte und zeigte nach Norden.

»Das ist Richtung St.-Pauls-Schule«, sagte Skagestøl. »Wenn

man fit genug ist, kommt man von da sicher hoch zum Hinterhof.«

»Hoch?« fragte ich.

»Ja. Ich meine, abends ist es schwerer, in dieses Gebäude reinzukommen als raus!«

Helleve ergriff wieder das Wort. »Sie meinen also, daß der Täter auch über diesen Weg reingekommen sein kann?«

Skagestøl sah ihn verwirrt an. »Bitte? Ja, was weiß denn ich!«

Helleve wandte sich wieder an seinen Beamten. »Haben Sie sich die Fußspuren näher angesehen?«

»Es sah aus, als sei es nur einer gewesen. Eine Spur rein und eine wieder raus.«

Helleve sah zu Skagestøl, der murmelte: »Ja, ungefähr das meinte ich auch.«

Helleve winkte den anderen Beamten herbei. »Können Sie den Streifenwagen durchgeben, daß sie nach allem Ausschau halten sollen, was sich im Viertel hier herum bewegt? Vielleicht hauptsächlich in Richtung Nygårdshøyden. Da ist es am leichtesten, unterzutauchen«, fügte er hinzu, als habe jemand von uns um eine Begründung gebeten.

Daraufhin wandte er sich wieder an den ersten. »Sie gehen runter und sichern die Fenster und deren Umgebung, bis wir die nötigen technischen Untersuchungen vorgenommen haben.«

Der Beamte nickte, drehte sich um und ging zur Tür. Dort hatte Isachsen alle Hände voll damit zu tun, die Mitarbeiter, die noch im Hause waren, auf gebührlichem Abstand zu halten. »Wir müssen den Tatort untersuchen, bevor wir Unbefugte heranlassen!«

»Unbefugte!« hörte ich Bjørn Breviks Stimme brüllen. »Das hier ist ein Fall für die Nachrichten, der sich noch dazu in unserem eigenen Zeitungshaus abspielt. Hier stellen wir die Bedingungen!«

»Stell' sie auf mich drauf und kletter drüber, wenn du dich traust«, fauchte Isachsen.

»Warte du nur, bis Muus kommt«, murmelte Helleve. »Der verspeist ihn lebendig.«

Trond Furubø räusperte sich. »Ich werde mit ihm reden.«

»Braucht ihr mich?« fragte Holger Skagestøl.

»Nein«, sagte Helleve kurz. »Aber bleiben Sie so lange im Haus, bis wir uns notiert haben, wer hier war, während es passiert ist.«

»Aber, ist denn das notw . . .« Skagestøl sah auf das Fenster zum Hinterhof.

»Ja«, sagte Helleve, diesmal noch kürzer angebunden.

Holger Skagestøl blickte mißmutig in meine Richtung, als sei das alles allein meine Schuld.

»Er hat es sicher nicht selbst getan«, sagte ich.

Helleve sah mich an. »Wer?«

»Bjelland! Er hat immer jemanden, der die Arbeit für ihn macht. Aber wenn ihr den Handlanger findet, könnt ihr ihn dieses Mal festnageln.«

Er stand da mit dem Notizbuch in der Hand. »Wollen Sie auf Muus warten, oder haben Sie erst mal gesagt, was Sie zu sagen haben, Veum?«

»Sie haben es notiert?«

»Ja.«

Ich sah zum Fenster. Von weitem hörte ich den Klang von Kriegstrommeln. Ein neuer Kopfschmerzanfall kündigte sich an. »Dann, glaube ich, fahre ich wohl besser nach Hause. Ihr wißt, wo ihr mich erreicht, wenn was ist.«

»Dann sind Sie entlassen«, sagte Helleve und wandte sich wieder Laila Mongstad zu.

Ich warf einen letzten, langen Blick auf sie. Aber ich wollte sie nicht so in Erinnerung behalten. Sie sollte mir als die Frau in Erinnerung bleiben, die ich einmal in den Armen gehalten hatte – ihren warmen Blick, ihr offenes Lächeln und die weichen Lippen. Ich wollte mich an sie erinnern, wie sie lebendig gewesen war, nicht als eine leere Hülle. Und ich würde mich an sie erinnern.

Ganz entlassen war ich denn doch nicht.

Auf dem Korridor traf ich Muus, den Polizeiarzt an den Fersen.

»Veum«, knurrte er auf mehrere Meter Abstand. »Können Sie nicht mal halblang machen? Warten, bis ich abgetreten bin, zum Teufel! Nicht noch mehr für uns finden! Wie oft soll ich Sie noch darum bitten?«

»Diese hätte ich liebend gerne nicht gefunden, Muus.«

»Gib diesem Mann eine Einbalsamierungsspritze«, sagte er zu dem Arzt, als sie an mir vorbeigingen.

»Hilft die gegen Kopfschmerzen?« fragte ich, aber keiner von ihnen machte sich die Mühe, zu antworten.

Ich nahm den Fahrstuhl nach unten, gab den Besucherausweis an der Rezeption ab und wurde ordnungsgemäß von dem Wachmann ausgetragen, unter der Aufsicht eines pingeligen Polizisten.

Draußen blieb ich stehen und sog die Luft tief in die Lungen.

Es hatte aufgehört zu schneien. Auf der anderen Straßenseite erinnerte die Grieghalle mehr denn je an ein auf Grund gelaufenes Schiff. Hinter der Konzerthalle lagen das Fløyenfjell, Vidden und Ulriken wie mit Puderzucker bestreute Zuckerhüte. Der Fernsehmast auf Ulriken war mit der Halle verwandt: eine nie abgeschossene Rakete, ein Denkmal des Raumfahrtprogramms, das niemand sich hatte leisten können.

Neuschnee mit frischen Spuren.

Ich wunderte mich –

Aber nicht mehr, als daß ich doch den Berg hinauf ging, mich ins Auto setzte, zwei Kopfschmerztabletten schluckte und nach Hause fuhr.

Ich parkte am steilsten Teil des Blekeveien, in einer zufälligen Lücke zwischen zwei anderen Fahrzeugen.

Vor der Eingangstür blieb ich stehen und suchte einen Moment nach dem Schlüssel. Vielleicht bemerkte ich sie deshalb erst, als sie genau hinter mir standen. Kenneth Persen griff meinen Arm und drehte ihn im Polizeigriff auf den Rücken. Fred hielt etwas Spitzes und Kaltes an meinen Hals, während er brummte: »Bist verdammt spät dran, Veum. Wir dachten schon, du kämst nicht mehr.«

»Was wollt ihr?« murmelte ich.

»Dich zu einer Autofahrt einladen«, sagte Fred.

»Letzte Chance«, fügte Kenneth Persen mit einem kleinen Freudenruck an meinem Arm hinzu, so daß mir vor Schmerz der Atem stockte.

48

»Willkommen im Hotel Zwischenstation, Veum«, hörte ich die Stimme von Birger Bjelland sagen, als die beiden Laufburschen mich losließen und mich auf dem staubigen Betonboden vor sich her schubsten. Die grelle Lampe, die er auf mein Gesicht gerichtet hatte, blendete mich und machte es unmöglich, mehr als nur seine Silhouette zu erkennen.

Ich drehte mich ein Stück herum.

Fred und Kenneth Persen richteten ihre Lampen auf meine Augen. Sie hatten sich auf beiden Seiten hinter mich gestellt, so daß ich mich in der Mitte von etwas befand, das an ein gleichschenkliges Dreieck erinnerte. Es bestand kein Zweifel darüber, wer die Situation unter Kontrolle hatte.

Sie hatten mich hinten im Wagen auf den Boden gelegt, aber wir waren nicht weit gefahren, und als sie mich vom Auto zu dem verlassenen Fabrikgebäude führten, hatte ich gesehen, wo wir waren. Wir befanden uns auf einem Industriegelände in Sandviken, direkt am Meer, hinter hohen Maschendrahtzäunen und auf etwas, das an eine Baustelle erinnert hätte, wenn da nicht die rostigen Reste alter Flaschenzüge, Kräne und Stellwerke gewesen wären. Die Fenster im ersten Stock des großen, grauweißen Gebäudes waren mit Brettern abgedeckt und fest zugenagelt. An der Fassade gähnten dunkle Öffnungen, wo jemand die alten Fenster eingeschlagen hatte.

»Habt ihr gecheckt, ob er sauber ist?« fragte Birger Bjelland. »Keine elektronischen Schweinereien dabei?«

»Nein«, murmelte Fred hinter mir.

»Na, dann mal los!«

Kenneth Persen hielt den Abstand, während Fred mich mit einer Pingeligkeit abtastete, als hätte er Gefallen daran.

»Vergiß es«, murmelte ich, »du hast bei mir sowieso keine Chance.«

»Halt die Schnauze, oder ich schraub ihn dir ab!« zischte er als Antwort. Laut sagte er: »Er ist okay, Birger!« Dann entfernten sich seine Schritte wieder.

Das Adrenalin, das durch meine Adern jagte, verursachte einen inneren Sog, eine Art Schwindelgefühl, als sei ich völlig überdreht. Ich spürte, wie sich der fast neutrale Nachgeschmak der Kopfschmerztabletten mit etwas Neuem und Saurem mischte, das direkt aus dem Magen kam.

Ich wandte mein Gesicht langsam wieder in Birger Bjellands Richtung. »Was wollt ihr?«

»Ich dachte, es würde Sie interessieren, von meinen Plänen zu hören, Veum.« Die Predigerstimme war dieselbe wie immer, aber der Ton war von jemandem, der mich entweder in die Verbannung oder zur Hölle schicken wollte.

»Was für Pläne?«

Er schwang die Lampe herum. Der Lichtstrahl lief die Wände entlang, über die Betontreppe, die nach oben führte, und über die Eindrücke im Boden, die die abgebauten Maschinen hinterlassen hatten, um dann wieder auf meinem Gesicht zu landen.

»Meine Hotelpläne. Ich dachte, Sie hätten davon gehört? Ich denke, ich nenne es Ufer-Hotel, und das wird vielleicht ein Hotel, kann ich Ihnen sagen! Aussicht auf den Byfjord, überdachter Swimmingpool in der Dachetage mit Schiebetüren aus Glas, die man zu einer Sonnenterrasse erster Klasse öffnen kann, wenn das Wetter dazu einlädt . . .«

»Diesen einen Tag?«

»Luxussuiten und normale Touristenzimmer, Tanzlokal und Feinschmeckerrestaurant, Spielräume im Keller, alles im legalen Rahmen, versteht sich –«

»Versteht sich.«

»Aber wir fangen nicht an, bevor wir die Finanzierung geregelt haben, die Konzession und die volle Unterstützung aller kommunalen Instanzen auf dem Tisch liegen.«

»Das sollte Ihnen doch nicht so schwerfallen, wo Sie doch genug Bestechungsgelder zur Verfügung haben.«

»Es wird jeden verdammten Tag schwerer, an dem solche wie Sie in der Stadt rumlaufen und meinen Ruf in den Dreck ziehen.«

»Darüber wollten Sie also mit mir reden.«

Der Lichtkegel begann wieder zu tanzen. »Jeden einzelnen Tag, an dem dieses Loch leersteht, verliere ich Geld!«

»Fehlinvestitionen macht jeder mal. Größere oder kleinere natürlich.«

Er kam näher heran, und das Licht wurde stärker. »Jedesmal, wenn Sie mich bei den Bullen anschwärzen, wird es schwieriger für sie, mich für die Schankrechtbewilligung zu empfehlen. Und ich erfahre es, wenn Sie da waren, Veum, nur daß Sie es wissen!«

»Isachsen, ist der mit in Ihrer Pokerrunde?«

»Jedesmal, wenn in den Zeitungen Mist über mich steht, wird es schwerer, bei den großen Kreditinstituten Geld zu leihen.«

»Aber Journalisten kann man aus dem Weg räumen, stimmt's?«

Als er nicht reagierte, fügte ich hinzu: »Außerdem dachte ich, Sie seien selbst ein großes Kreditinstitut, mit einem Zinsniveau, das weit höher liegt als die Kniescheiben, die Sie zertrümmern, wenn die Raten nicht gezahlt werden.«

»Sie können reden, soviel Sie wollen, Veum, von Ihnen wird sowieso keiner mehr etwas hören.«

»Ach nein? Sie sollten sich da nicht so sicher sein! Sie haben doch sicher schon mal was von Briefen gehört, oder?«

Nach einer winzigen Pause fragte er: »Und an wen haben Sie geschrieben? An den König?«

»Sie können jedenfalls sicher sein, daß der Brief in die richtigen Hände kommt, wenn mir was passieren sollte.«

»Wenn Ihnen was passieren sollte? Ich kann keine Verantwortung dafür übernehmen, was passieren kann, wenn Sie an einem dunklen Winterabend draußen herumlaufen.«

»Anders ausgedrückt, Bjelland, Sie haben jetzt ganz einfach die Verantwortung. Denn scheißegal, was passiert, und scheißegal, wer die Schuld daran hätte, in jedem Fall müssen Sie es ausbaden. So gesehen sollten Sie eigentlich von jetzt an auf mich aufpassen.«

Es war ganz deutlich eine Unsicherheit in seiner Stimme zu erkennen. »Und was sollte in dem Brief stehen, Veum?«

»Ein ausführlicher Bericht, von A–Z. Wollen Sie die Kurzfassung hören?«

Er antwortete nicht. Ich faßte es als Zustimmung auf.

»Unter anderem handelt er von dem System, das Sie um die Achse *Jimmy–Pastell* aufgebaut haben. Wie Sie die Mädchen ranziehen, wie sie arbeiten, wer die Kunden sind . . .«

»Darüber wissen Sie verdammt noch mal gar nichts, Veum!«

»Sind Sie sicher? Ich weiß nämlich recht viel. Ich weiß alles über die ›sichere Liste‹. Sie waren selbst am Telefon, als ich mit Doktor Evensen gesprochen habe. Ich habe auch mit Robert im *Pastell*, mit Kalle Persen im *Jimmy* gesprochen – aber viel wichtiger als all das sind die Mädchen, die bereit sind, zu reden. Ein paar von ihnen haben die Nase voll. Nicht zuletzt wegen dem, was Sie mit Torild Skagestøl gemacht haben. Das hat sie ganz schön erschüttert.«

»Ich . . . Wir haben verdammt noch mal nichts mit Torild Skagestøl gemacht!«

»Ach nein? Sind Sie sicher?«

Er dämpfte unwillkürlich die Stimme. »Warum zum Teufel

glauben Sie, hab ich alles drangesetzt, um ihren Tod zu vertuschen?«

»Na vielen Dank, und als Chauffeur sucht ihr euch einen Anfänger, der schon längst umkippt, bevor ihr überhaupt auf die Idee kommt, in seine Richtung zu gucken!«

»Der Schwanz wird nicht alt.«

»Nein? Dafür werden Sie sorgen?«

Noch einmal wählte er die Stille als Kommentar.

»Und wer soll es dann gewesen sein? Ein Kunde? Ihr wußtet ja wohl, mit wem sie an dem Tag zusammen war?«

Noch immer keine Antwort.

»Oder war es vielleicht so, daß einer Ihrer engeren Vertrauten, so wie diese beiden Supermänner hier hinter mir, als Kunde auftrat, den Mord beging – und es dann anderen überließ, aufzuräumen? Wem vertrauen Sie mehr? Fred ohne Nachnamen? Oder anderen? Einem angeheuerten Torpedo aus Oslo vielleicht? Ein kleiner Freundschaftsdienst, unter Kollegen?«

»Und warum in aller Welt hätte ich sie umbringen sollen? Wenn es so war, wie Sie behaupten, dann war sie ja eine Einnahmequelle für mich!«

»Weil sie HIV-positiv war, von der ›sicheren Liste‹ gestrichen, eine potentielle Ansteckungsquelle und deshalb für die ganze Organisation ein höchst unangenehmer Klotz am Bein.«

»Altweibergewäsch, Veum. Wenn das alles ist, was Sie in Ihrem angeblichen Brief zu bieten haben, dann . . .«

»O nein, da ist mehr, Bjelland. Wollen Sie es hören?«

Keine Antwort.

»Das Problem mit Ihnen, aus Sicht der Polizei und in gewisser Weise auch der Presse, ist doch, daß sie nie etwas Konkretes gegen Sie in der Hand hatten. Sie kaufen und verkaufen, gehen Konkurs und fangen wieder von vorne an, mit Hotels, Kneipen, Spielhallen und ähnlichen Etablissements. Alle wissen, daß Sie an der Spitze des grauen Geldmarktes hier in der Stadt sitzen, mit Zinssätzen, von denen man in jedem Fall den König in Kenntnis setzen sollte. Aber niemand hat es je geschafft, Ihnen mal richtig an den Karren zu fahren. Bis jetzt.«

Die Stille wurde jetzt bedrohlicher. Seine Sohlen regten sich, und das Geräusch des Betonkieses erinnerte mich an zerschlagene Zähne auf einem mitternachtlichen Trottoir.

»Ich soll Sie von Ihrer Mutter grüßen, Bjelland. Und von Ihrer Schwester. Und vielleicht auch von ein paar anderen, mit denen ich da unten geredet habe.«

»Waren Sie in Stavanger?« fragte er, als sei das ein ebenso großes Unternehmen wie die Besteigung des Mount Everest.

»Es ist nicht weit«, vertraute ich ihm an. »Eine halbe Stunde in der Luft, und schon bist du da.«

»Und was zum Teufel haben Sie aus meiner Mutter rausgelockt?«

»Sie wußten natürlich, daß sie Augenzeugin war.«

»Augenzeugin? Un' von was?« Aus der Fassung gebracht, verfiel er für einen Augenblick in seinen Dialekt.

»Oder hat sie es Ihnen nie erzählt?«

Er nahm sich zusammen, jedenfalls verbal. »Wovon, habe ich gefragt!«

»Davon, was Sie mit Roger Hansen gemacht haben, damals am Mosvatten, das haben Sie doch nicht etwa vergessen?«

Die Stille legte sich wie eine Lunte zwischen uns. Schon ein kleiner Funke konnte sie zünden.

Als er wieder das Wort ergriff, war seine Stimme so leise, daß man sie kaum hörte. »Das war ein Unglück – ein Unfall – und wenn es das nicht war, dann ist der Fall jetzt verjährt –«

»Vielleicht. Aber als ein erschwerendes Moment ... Und was ist mit Ragnar Hillevåg und dem verstopften Gewehrlauf in Evjemoen? Der Fall ist selbstverständlich auch verjährt.«

Er behielt denselben leisen Tonfall bei, aber mit einem knurrenden Unterton. »Sie haben gründliche Arbeit geleistet, muß ich sagen.«

»Ich könnte einen ganzen Roman über Sie schreiben, Bjelland. Aber ich hab mich mit einem Bericht von vier, fünf Seiten begnügt. Zusätzlich zu diesen anderen Geschichten ...«

»Was für andere Geschichten? Ich hatte nichts mit Torild Skagestøl zu tun, hab ich doch gesagt!«

»Und was ist mit H. C. Brandt?«

»Dem Richter? Er –«

»Ja? Er starb, als er mit einem Ihrer Mädchen zusammen war, stimmt's? Oder habt ihr auch ihm nachgeholfen, weil der die Ursache für ihre HIV-Infizierung war?«

»Brandt? Jetzt machen Sie Witze!«

»Und schließlich Laila Mongstad, die möglicherweise mit den Nachforschungen, die sie und ihre Zeitung schon seit Monaten über Ihre Machenschaften anstellen, kurz vor einem Durchbruch stand ...

»Die Journalistentante? Was ist mit der?«

»Tja, was ist mit ihr, Bjelland? War das notwendig?«

»Ich bin nicht zum Rätselraten hergekommen, Veum!«

»Nein, das sagten Sie schon. Aber jetzt hab ich es gesehen, Ihr Hotel. Sie haben mir von Ihren Plänen erzählt, und ich habe Ihnen auch so einiges erzählt.« Ein kalter Windhauch streifte meinen Nacken. »Also – und was jetzt?«

Er bewegte sich, aber der grelle Strahl der Lampe blieb an meinem Gesicht hängen. Seine Stimme schwankte. »Wie gesagt, Veum, ich kann nicht die Verantwortung dafür übernehmen, was passiert, wenn Sie abends draußen rumlaufen.«

»Aber der Brief, Bjelland, der Brief!«

»Ich hab schon viele Unwetter überlebt. Mein Anwalt wird wohl auch dieses bändigen.«

Der Lichtstrahl kam jetzt von der Seite. Ich stand mitten im Raum, gefangen von Licht.

Ich hätte natürlich versuchen können, mich zur Seite zu werfen. Aber ich war geblendet. Sie würden keine großen Probleme haben, mich wieder einzufangen.

Sie bewegten sich jetzt in Richtung Eingangstür. Ich drehte mich langsam zu dem Geräusch um.

Ich fühlte mich unsicher. Was hatten sie vor?

Die Tür wurde geöffnet, und ein frischer Luftzug kam herein. Obwohl die grellen Lichtstrahlen noch immer auf mein Gesicht gerichtet waren, sah ich sie jetzt als drei Silhouetten in der Türöffnung.

»Fühlen Sie sich einsam, Veum?« rief Birger Bjelland.

Jetzt war es an mir, zu schweigen.

»Machen Sie sich keine Sorgen. Einer von uns ist noch da drinnen. Einer, der darauf brennt, Sie wiederzusehen. So sehr, daß er sogar eine Annonce aufgegeben hat, sagt er!«

Ein rohes, schallendes Lachen begleitete sie hinaus. Die Tür wurde zugeschlagen, und ich hörte, wie draußen der schwere Riegel vorgeschoben wurde.

Das Licht war jetzt aus meinen Augen verschwunden. Blind trat ich ein paar Schritte zur Seite. Irgendwo in der Nähe hörte ich plötzlich ein Geräusch.

49

Ich beugte mich hinunter, zog meine Schuhe aus und bewegte mich eilig auf Socken von dort weg. Dann blieb ich stehen und hielt die Luft an, während ich sanft meine Augen massierte, um die großen, weißen Sonnenflecken wegzuwischen.

Ich blieb stehen und lauschte.

Woher kam das Geräusch, und was hatte ich eigentlich gehört?

Hatte er eine ähnliche Lampe wie die anderen, die er nur noch nicht einschaltete? Oder verließ er sich darauf, daß er lange genug die Oberhand haben würde, um das Urteil zu vollstrecken, daß ich fertig sein würde, bevor ich wieder richtig sehen konnte?

Sollte ich versuchen, ihn mit Worten davon abzubringen?

Aber würde ihm in dem Fall nicht meine Stimme verraten, wo ich mich befand?

Ich versuchte mich an den Raum zu erinnern, so wie ich ihn bei dem kurzen Schwenker von Birger Bjellands Lampe wahrgenommen hatte. Bjelland hatte ungefähr da gestanden, und die Treppe nach oben war zehn, fünfzehn Meter hinter ihm gewesen.

Aber hatte die Treppe ein Geländer? Oder war es nur ein großes, offenes Treppenhaus?

Womit hatte er vor, mich umzubringen? Mit einer Schußwaffe? Dem Werkzeug, dem er seinen Spitznamen verdankte? Oder nur mit den Fäusten?

Wieder hörte ich ein schwaches Geräusch, eine Bewegung in der Dunkelheit.

Unwillkürlich bewegte ich mich von dem Geräusch weg. Ich versuchte, mich davonzuschleichen, aber das schwache Knirschen des Kieses verriet, wo ich war.

Ich sperrte die Augen auf und atmete so ruhig ich konnte. Als ich das Gefühl hatte, langsam ein paar Konturen um mich herum zu erkennen, wurde die Dunkelheit plötzlich dichter. Ich hörte das Geräusch schwerer Schritte plötzlich ganz in der Nähe. Unwillkürlich duckte ich mich nieder und warf mich zur Seite.

Er fluchte lautstark, als er vorbeitaumelte. Ich sauste auf Zehenspitzen in die Richtung, in der ich die Treppe vermutete. Der eine Fuß streifte etwas Hartes und Spitzes – einen Nagel? – und riß das mit sich, aus dem es herausragte.

Schnell bückte ich mich, griff nach etwas, das sich anfühlte wie ein Stück Brett, und tastete mich mit den Fingern über körnige Zementreste zu dem Nagel vor. Dann huschte ich weiter.

»Veum!« brüllte er hinter mir her. »Du hast nicht die geringste Chance, Veum!« Sie hatte recht gehabt. In seiner Aussprache lag ein leichter Ton von außerhalb.

Ich gab ihm keine weitere Chance. Ich sagte kein Wort

Jetzt war ich an der Treppe angekommen und fühlte die unterste Stufe an den Zehen. Ich bewegte die linke Hand, suchte nach der Wand.

Da . . .

Mit dem Unterarm an der Wand stieg ich die Treppe hinauf zum ersten Absatz, weiter nach rechts, bis ich an eine weitere Wand kam, und noch einmal nach rechts.

Unter mir hörte ich schwere Schritte auf der Treppe. »Du entkommst mir nicht, du Dreckskerl! Jetzt hab ich dich!«

Ich war im ersten Stock. Von einem Fenster hoch oben fiel schwaches Licht in den großen, offenen Raum. Direkt an der Tür stand eine große Metalltonne. Ich stemmte den Fuß dagegen und trat zu. Mit einem Knall fiel sie um und rollte in den Raum hinein.

Im Schatten des Lärms lief ich weiter nach oben.

Es schien die erhoffte Wirkung zu haben. Verwirrt blieb er in der Türöffnung stehen und lauschte dem Geräusch der rollenden leeren Tonne nach.

»Veum! Komm raus! Ich seh dich!« rief er.

Aber ich dachte gar nicht daran. Ich war schon im zweiten Stock. Und jetzt konnte ich sehen, wo ich war.

Hier waren die großen, eingeschlagenen Fensteröffnungen, nackt gegen die Nacht. Die Meeresluft schlug mir durch den langen Korridor entgegen, der zu kleinen Abteilen führte, wahrscheinlich dem, was einmal der Bürotrakt der Fabrik gewesen war. Ich trat in den Korridor, blieb stehen und sah mich um.

Er mußte seine Taktik geändert haben. Jetzt hörte ich ihn nicht mehr.

Ich ging ans Ende des Korridors, wo eine intakte Scheibe aus mattem Verbundglas die Aussicht versperrte. Es mußte doch irgendwo eine Hintertreppe geben?

Plötzlich stand er oben an der Treppe, wie ein massiver Schatten im Halbdunkel. In seiner einen Hand blitzte etwas. An der anderen hing . . .

Er atmete schwer.

. . . eine Fahrradkette?

Wir standen da und starrten einander wie zwei Boxer an, jeder von seinem Ende eines länglichen Kampfareals, zurückgehalten von der Furcht voreinander.

Ich fühlte mich nackt, wie ich da stand, auf Socken und mit nichts weiter als dem kleinen Stück Brett mit dem spitzen Nagel, um mich zu verteidigen.

»Jetzt bist du am Ende, Veum.«

»Buchstäblich. Sollen wir nicht sagen, unentschieden? Dann gehen wir beide unserer Wege und bleiben dieselben alten Freunde?«

»Und wann zum Teufel waren wir alte Freunde?«

»Na ja, da magst du –«

»All die Jahre, die ich gesessen hab, hab ich mich auf den Augenblick gefreut, wenn wir uns wiedertreffen würden, in einem dunklen Raum und nichts weiter auf dem Programm, als miteinander abzurechnen.«

»Ich habe keine Rechnung o . . .«

»Aber ich!!!« Er kam ein paar Schritte näher.

Ich spannte die Hand um das Brett. »Also warst du auch an diesem Komplott beteiligt, Messer?«

»Ich bin Scheiß noch mal an keinem Komplott beteiligt! Ich bin nach Bergen zurückgekommen, um hierzubleiben. Aber damit ich mich in der Stadt wohl fühlen kann, muß einer weg, muß eine Ratte vernichtet werden, und das bist –« Er schwenkte die eine Hand in meine Ricthung, so daß die Fahrradkette klirrte.

Ich hob das Brett. »Du mußt den Alten nicht alles glauben. Diese Stadt ist mehr als groß genug für uns beide.«

»Ich bin schon zu weit gegangen, Veum.«

»Ja, das kann sein. Schade, daß du gestern abend nicht etwas besser getroffen hast.«

»Ach ja?«

»Das gilt auch für deinen Sohn! Er wird als Mittäter angeklagt!«

»Keiner wird jemals den Zusammenhang verstehen!«

»Ach nein? Muus weiß von dem Drohbrief! Und was, wenn sie deine Fingerabdrücke in dem gestohlenen Sattelschlepper finden?«

»Bjelland hat versprochen, mir ein Alibi zu verschaffen. Er...«

»... ist Experte in solchen Dingen. Vielen Dank, das weiß ich.«

Plötzlich und unerwartet machte er einen Vorstoß. Er schwang die Fahrradkette vor sich durch die Luft, während er das Messer von der Seite her in tödlicher Stellung vorstreckte: mit der Spitze nach oben.

Ich schützte mich mit dem Brett. Die Fahrradkette biß sich darin fest, und ich machte eine ruckartige Bewegung, um ihn aus dem Gleichgewicht zu bringen. Das glückte nur zum Teil.

Ich bewegte mich vorwärts, in der Absicht, um ihn herum zu kommen. Er zog die Fahrradkette an sich, und jetzt war ich es, der das Gleichgewicht verlor. Das Messer blitzte auf, ich griff nach dem nächsten Türrahmen, hielt mich fest und wurde seitwärts in den Raum hineingeschleudert.

Ein rauher Seewind schlug mir entgegen. Schockartig ging mir auf, daß das Büro keine vierte Wand hatte. Ich stoppte abrupt und stand schwankend da, von einem jähen Schwindelgefühl ergriffen. Langsam drehte ich mich um.

Er stand in der Türöffnung und fletschte die Zähne zu etwas, das nur entfernt an ein Lächeln erinnerte. »Jetzt sitzt du in der Falle!«

Ich sah sein Gesicht nun deutlich. Er trug dieselbe blaue Strickmütze wie an dem Abend, als ich ihn in der C. Sundtsgate wiedererkannt hatte. Seine Züge waren dieselben, genauso rund wie 1975, nur ein wenig gedehnter und langgezogener, wie eine Gummimaske, die wegen Fabrikationsfehlern wieder eingezogen wurde. Seine Augen hatten einen manischen Glanz, als habe er irgendwelche Pillen geschluckt, wenn es nicht nur der Widerschein seines entgleisten Lebens war.

Der Raum war eine lange, schmale Zelle. Schritt für Schritt kam er auf mich zu, die Arme ausgestreckt, das Messer in der einen, die Kette in der anderen Hand.

Jetzt galten nur noch die brutalsten Regeln.

Ich trat in seinen Schritt, traf aber daneben, auf die Innenseite des Schenkels. Es reichte trotzdem, damit er das Gleichgewicht verlor und zuerst gegen die Wand, dann auf mich zu fiel. Ich schlug mit dem Brett verzweifelt auf die Hand ein, die die Fahrradkette hielt.

Sein Schrei sagte mir, daß ich getroffen hatte, mit dem Nagel.

Als er an mir vorbeitaumelte, zog er den Arm mit einem so kräftigen Ruck an sich, daß ich das Brett losließ.

Ein paar sinnlose Sekunden lang standen wir mit fuchtelnden Armen da, er mit vor Schmerz dunklem Blick und dem Messer wippend in der unverletzten Hand. In der anderen hielt er noch immer die Fahrradkette. Das Brett mit dem Nagel lag zwischen uns auf dem Boden. Einen Augenblick überlegte ich, ob ich es erwischen konnte.

Dann, fast reflexartig, machte ich zwei schnelle Schritte nach vorn und verpaßte ihm einen festen Tritt in die Magengegend, so daß er nach hinten fiel. In derselben Sekunde bereute ich es bitter.

Er warf die Arme zur Seite. Einen Augenblick oder zwei ruderte er verzweifelt in der Luft. Dann fiel er rücklings durch die Öffnung in der Wand.

Für den Bruchteil einer Sekunde begegneten sich unsere Blicke, und ich wußte ohne den geringsten Zweifel, daß mich dieser Blick für den Rest meines Lebens verfolgen würde.

»Ve . . .!« schrie er.

Hilflos streckte ich die Hand aus, viel zu spät.

Er verschwand. Sein langgezogener Schrei verstummte abrupt.

Lange stand ich einfach nur da. Dann trat ich langsam an die Öffnung in der Wand, hielt mich gut fest, reckte den Hals und sah nach unten.

Er lag reglos auf dem Rücken auf dem Kai vor der Fabrik.

Der Kreis hatte sich geschlossen. Die Todesanzeige war korrekt gewesen. Es hatte nur der falsche Name darin gestanden.

Als ich wieder am Fuß der Treppe angelangt war, dauerte es eine Weile, bis ich meine Schuhe fand. Danach kostete es mich ungefähr zehn Minuten, durch eines der eingeschlagenen Fenster im ersten Stock hinauszugelangen.

Ich ging um das Gebäude herum und auf den Kai. Harry Hopsland lag mit zerschmettertem Kopf da, und eine Mischung aus Blut und Hirnmasse lag wie ein schlecht gezeichneter Heiligenschein um seinen Kopf. Sein Blick war starr und ziellos, als stünde er vor dem Untersuchungsrichter und bekäme den ersten einer langen Reihe von Anklagepunkten vorgelesen. Ich brauchte mich nicht damit zu beeilen, einen Krankenwagen zu rufen. Er war sowieso am Ziel.

Ich schlenderte den Hellevei hinauf, wo ich endlich ein Taxi anhalten konnte. Der Fahrer warf mir einen raschen Seitenblick zu, als ich ihn bat, mich zur Polizeiwache zu fahren.

Bei der Kripo traf ich auf einen Beamten namens Paulsen, dem ich vorher nur einmal flüchtig begegnet war. Er war bartlos, blond, Marke allerweltsfarben, und nicht ganz ohne Ideale, was seinen Anspruch betraf, sich wie ein ordentlicher Mensch zu benehmen.

Als ich ihm von Harry Hopsland berichtete, wies er unverzüglich die Zentrale an, einen Krankenwagen zu rufen und einen Streifenwagen hinzuschicken. Als ich ihm von Birger Bjelland erzählte, war er überfordert. »Dafür muß ich Muus anrufen», sagte er.

»Glauben Sie, ich kann morgen wiederkommen?«

Er sah mich besorgt an. »Brauchen Sie irgendeine Hilfe?«

»Nein, aber ein ordentlicher Nachtschlaf wäre nicht schlecht.« Ich schrieb eine Telefonnummer auf einen Notizblock. »Ich bin unter dieser Nummer hier zu erreichen.«

Er nickte. »Okay. Das geht sicher in Ordnung. Wir wissen ja, wo wir Sie haben.«

»Ja? Ich wünschte, ich könnte dasselbe sagen.«

Dann fuhr ich zu der Telefonnummer, die ich angegeben hatte. Ich klingelte, bevor ich mir aufschloß.

50

»Wir müssen aufhören, uns auf diese Weise zu treffen«, sagte sie am nächsten Morgen, während sie sich auf meine Seite des Bettes herüberlehnte und mir sanft über die Schrammen im Gesicht streichelte.

Ich zog eine Grimasse.

»Ich meine es ernst!« sagte sie. »Eines Tages rufen sie mich, damit ich dich in Einzelteilen aufsammle.«

»Hauptsache, daß du keins davon verlierst«, sagte ich versuchshalber.

»Das ist nicht witzig!«

Ich fuhr mir mit der Zungenspitze über die trockenen Lippen. »Wollen wir Kaffee trinken?«

»Aber es hat ja keinen Zweck, dir Vernunft einzubleuen! Du bist genau wie –« Sie nahm sich zusammen, aber ich wußte, was sie hatte sagen wollen: genau wie Siren.

»Die Journalistin, die umgebracht wurde, du kanntest sie gut, stimmt's?«

»Nicht so gut wie das hier.«

»Weißt du – wissen sie – wer es getan hat?«

Ich sah zur Seite. Tja, gute Frage!

»Wenn es meine Schuld gewesen sein sollte, daß sie ... Dann sind es zwei in den letzten vierundzwanzig Stunden, für deren Tod ich die Verantwortung trage.« Ich sah mit schweren Lidern zu ihr auf. »Ich kann fast schon die Last auf meinen Schultern fühlen.«

Das Licht vor ihren Fenstern war grell und weiß. Das Thermometer war plötzlich um zehn Grad gestiegen, die Schneeschicht vom Vorabend war geschmolzen, durch das offene Schlafzimmerfenster hörte man Vogelgezwitscher aus den Bäumen im alten Schulgarten – es lag eindeutig Frühlingsstimmung in der Luft. Der März stand ungeduldig trippelnd hinter der nächsten Ecke, erwartungsvoll wie ein junges Mädchen auf dem Weg zu seinem ersten Rendezvous.

Außerdem war Samstag, und wir hatten soviel Zeit wie wir wollten, um zu frühstücken. Wir brieten Spiegeleier und Speck, schnitten Tomaten und ließen sie kurz in dem Fett dünsten, bevor wir sie auf unsere Teller legten. Wir tranken Milch und Kaffee, aßen Brot mit Honig und Hagebuttenmarmelade, teilten uns die Samstagszeitung und lasen sie so langsam, daß es aussehen mochte, als suchten wir nach etwas Bestimmtem, einem verschlüsselten Text.

Laila Mongstad war wieder auf der Titelseite gelandet, aber dieses Mal nicht als Autorin. Sie hatten noch nicht einmal ihren Namen veröffentlicht. Der Fall wurde vorläufig unter dem abgehandelt, was sie einen ›abendlichen Einbruch ins Verlagshaus‹ nannten. Es war noch zu früh, um mit Bestimmtheit zu sagen, ob es ein

Zufall war, daß eine ›Journalistin der Spätschicht‹ dem Täter zum Opfer fiel oder ob der Anschlag gegen diese Journalistin persönlich gerichtet war.

Alles, was ich über den anderen Fall fand, war eine kleine einspaltige Meldung, die lautete:

Toter in Sandviken gefunden. Ein Mann in den Fünfzigern wurde spät gestern abend verunglückt auf einem Industriegelände in Sandviken gefunden. Der Tote war der Polizei bekannt. Der Wachhabende der Kripo, Kommissar Arvid Paulsen, will vorläufig keinen Kommentar zu dem Vorfall abgeben, außer daß die gewöhnlichen Untersuchungen vorgenommen werden.«

Karin schob mir ihren Teil der Zeitung über den Tisch und sagte: »Heute steht die Todesanzeige für diesen Richter drin.«

»Aha?«

Ich drehte die Zeitung herum und las:

†
Mein lieber Mann, unser geliebter Vater und
Großvater, mein Bruder
Hermann Christoffer Brandt
ist plötzlich von uns gegangen
Bergen, den 12. Februar
Tora
Elisabeth – Lars
Henning – Live
Ole-Petter, Terja, Anne
Elisabeth, Gro Therese
Hugo Andreas
Bitte keine Blumen
Die Beisetzung hat in aller Stille stattgefunden.

»Tora«, sagte ich, wie zu mir selbst. »T für Tora.«

Karin sah mich über den Rand ihrer Kaffeetasse hinweg an. »Wovon sprichst du?«

»Ach, ich hab nur laut gedacht.«

Nach dem Frühstück duschte ich lange und heiß, während Karin unterwegs war, um weitere Zeitungen zu kaufen. In den Osloer Artikeln wurde der Mord an Laila Mongstad ausführlich behandelt und auch ihr Name genannt. Sie hatten sogar aus einem der Mitgliederkataloge des Presseverbands ein zehn Jahre altes Foto von ihr ausgegraben. In einer Zeitung stand ein ausführliches Interview mit einem ›Kollegen der Spätschicht‹, Bjørn Brevik, der nicht ausschloß, der Mord könnte damit in Zusammenhang stehen, daß Laila Mongstad in den letzten Monaten intensiv an einer enthüllenden Reportage über das, was er ›die Unterwelt der Stadt‹ nannte, gearbeitet hatte. Der Chefredakteur der Zeitung wollte den Fall überhaupt nicht kommentieren, abgesehen davon, daß er ihn sowohl ›schockierend als auch sehr bedauerlich‹ fand.

Der Tote in Sandviken wurde in keiner der Zeitungen erwähnt.

Es war nach ein Uhr, als sie von der Polizeiwache anriefen. »Veum? Hier Muus. Wir haben Birger Bjelland festgenommen. Könnten Sie eventuell herkommen und eine umfassende Erklärung abgeben?«

»Jetzt? Sofort?«

»Sehen Sie einen Grund, es aufzuschieben?«

Ich sah mit einem bedauernden Blick zu Karin und murmelte: »Nein, nein, eigentlich nicht.«

Eine halbe Stunde später war ich auf der Wache, wo mich Muus mit einem Gesicht empfing, als habe er die königliche Verdienstmedaille in Gold bekommen. Ich konnte mich tatsächlich nicht erinnern, ihn jemals so gesehen zu haben. »Diesmal haben wir ihn, Veum!«

»Hoffen wir's.«

Ich ging mit ihm hinauf ins Büro, wo Atle Helleve saß und wartend in einer Zeitung las.

»Haben Sie heute auch keinen freien Samstag?« fragte ich leichthin.

Er faltete die Zeitung mit einem kleinen Seufzer zusammen. »An einem Tag wie diesem? Na, und wie geht's dem einsamen Wolf?«

»Na so was, ein gebildeter Polizist«, staunte ich.

»Uns gibt es in allen möglichen Ausführungen.«

Muus sah einen Augenblick leicht desorientiert aus. »Laßt uns keine Zeit verschwenden. Setzen Sie sich, Veum, und laßt uns alle Details durchgehen.«

Und genau das taten wir dann.

Noch einmal ging ich alles durch, was ich über Birger Bjellands

Netz herausgefunden hatte, die ›sichere Liste‹, *Jimmy* und *Pastell*, Dr. Evensen und seine übrigen Mitarbeiter.

Dieses Mal fügte ich das hinzu, was ich in Stavanger erfahren hatte, auch wenn es zu nichts weiter dienen sollte, als seine Vorgeschichte ein wenig farbiger zu gestalten.

Helleve notierte. Er war nicht nur gebildet, er war auch ein As auf der Tastatur.

Als ich bei den Ereignissen des vergangenen Tages angelangt war, wuchs das Interesse beträchtlich. Die Schlägerei mit Messer lockte wieder einen Hauch des alten Muus hervor. Er beugte sich nach vorn, entblößte die Zähne und sagte: »Könnte so aussehen wie das, was die Juristen als fahrlässige Tötung bezeichnen würden, Veum . . .«

»Es war Notwehr«, sagte ich.

». . . nicht zuletzt, wenn man die Vorgeschichte von euch beiden mit in Betracht zieht – ich meine, die gemeinsame.«

»Tja, wenn wir euer Vorstrafenregister ansehen . . .«, begann Helleve.

Muus unterbrach ihn. »Auf der anderen Seite . . . Das wäre eine verdammte Menge Schreibarbeit.« Er schielte zu dem magischen roten Kreis auf dem Kalender.

Ich folgte seinem Blick. Dann sah ich auf das Datum meiner digitalen Armbanduhr: 27. Februar. »Mensch, zum Teufel, Muus! Herzlichen Glückwunsch! Ist dies – ist dies tatsächlich Ihr letzter Tag?«

Er betrachtete mich hin- und hergerissen. »Im Prinzip, ja, Veum, aber ich fürchte, daß es in der nächsten Woche noch ein bißchen Papierkrieg geben wird, sozusagen Überstunden. Also mit anderen Worten, ich denke, wir bedanken uns bei Messer für die Mitarbeit, aber . . .«, er beugte sich etwas zur Seite und heftete seinen Blick wieder an mich, ». . . sollte mir jemals zu Ohren kommen, daß Sie in etwas Ähnliches verwickelt sind, dann kehre ich aus meinem Rentnerdasein zurück, und wenn es aus dem Jenseits sein sollte, verstanden?«

Ich nickte, unsicher, wie deutlich ich meine Dankbarkeit zeigen sollte. »Aber . . . was ist mit dem Mord an Laila Mongstad? Habt ihr da was gefunden?«

»Noch nichts Definitives.«

»Und die Todesursache?«

Muus ließ seinen Blick einen Augebnlick auf mir ruhen, bevor er sich entschied zu antworten. »Ein harter Schlag auf den Hinterkopf, von dem sie bewußtlos geworden sein muß. Danach wurde sie regelrecht erwürgt.«

Ein Kälteschauer durchfuhr mich. Geschlagen – und erwürgt ... Der Hals, den ich ...

Muus fuhr fort: »Wir überprüfen auch da die Umgebung von Birger Bjelland, ausgehend von der Datei, die sie gerade bearbeitete. Aber bis auf weiteres sind wir in alle Richtungen offen.«

»Es war ein ganz schön reges Treiben da, so spät abends, glaubt man dem Protokoll der Rezeption«, sagte Helleve.

»Ja, ich habe jemanden getroffen.«

»Und wen?«

»Sidsel Skagestøl.«

»Das stimmt. Sie war da – mußte aber unverrichteter Dinge wieder gehen. Die Frau und die Tochter von Furubø waren kurz da ...«

»Ach ja? Und wann?«

»Ganz knapp bevor Sie kamen. Sie waren im Kino gewesen und kamen vorbei, um zu fragen, ob er schon mit nach Hause führe.«

Es dämmerte vor meinen Augen. »Sie hat etwas gesagt, als sie anrief ...«

»Wer?«

»Laila Mongstad. ›Es war doch nicht Hallstein Grindheim!‹«

»Grindheim? Der Politiker?« fiel Muus ein. »Und wer war es dann?«

»Tja, das war es ja, was sie mir erzählen wollte. Deshalb bat sie mich zu kommen.«

»Und was zum Teufel meinte sie damit?«

»Sie hat da eine Sache am Wickel gehabt, und Grindheim ... Sie hatte Grindheim mit Hilfe eines Fotos seines Autos identifiziert.«

Muus sah Helleve an. »Haben wir da drüben nicht einen Umschlag mit Fotos beschlagnahmt?«

»Doch, ich habe sie eingeschlossen. Ich kann sie holen gehen.«

Während er draußen war, sah Muus mich nachdenklich an.

»Grindheim, Grindheim ... Ist das derselbe Fall, Veum?«

»Ja, aber wie gesagt, er war es nicht ...«

»Nein, wie sie gesagt hat ... Aber sie ist tot, stimmt's?«

»Sagen Sie, Muus, glauben Sie eigentlich, daß Sie es sich leisten können, abzutreten?«

»Führen Sie mich nicht in Versuchung, Veum. Führen Sie mich nicht in Versuchung . . .«

Helleve kam mit den Bildern zurück. Ich erkannte sie sofort wieder und suchte schnell das richtige heraus.

Ich legte es vor sie hin und zeigte mit dem Finger drauf: »Die Autonummer.«

»Kann sie sie verwechselt haben, was meinen Sie?« fragte Muus.

»Wenn sie Grindheim aufgrund der Autonummer identifiziert hatte, dann . . . Die Acht da, zum Beispiel, ist so undeutlich, daß es auch eine drei sein könnte«, sagte Helleve.

Ich sah sie an. »Können wir es ausprobieren? Überprüft ihr die Nummern?«

Helleve hatte die Finger schon auf der Tastatur und den Blick auf den Bildschirm gerichtet. »Wir haben hier zwar nur Bergen und Hordaland drin. Aber es war eine hiesige Nummer, oder?«

Ich nickte.

Er gab ein paar Codes ein und dann die Autonummer. Dann saß er da und wartete, während das Computerhirn die Antwort suchte.

Als sie auf dem Bildschirm auftauchte, blieb er baß erstaunt ganz stumm.

»Ja?« fragte Muus ungeduldig und kam von seinem Stuhl hoch. »Wer ist es?«

»Holger Skagestøl«, sagte Atle Helleve und drehte sich mit schlappohrigem Gesichtsausdruck zu uns um.

51

»Um den Teil des Falles kümmern wir uns selbst«, sagte Dankert Muus und sah mich scharf an.

Ich nickte matt. »Das brauchen Sie mir nicht zu sagen.«

Muus sah zu Helleve. »Weißt du, wo er wohnt?«

Helleve blätterte in seinen Unteralgen. »Er hat von einem Kollegen eine Souterrain-Wohnung gemietet. In Bønes.«

»Dann fahren wir hin, je eher, desto besser.«

»Wissen wir denn, was wir sagen sollen?«

»Uns fällt schon etwas ein.«

Ich stand auf. »Ich wünsche Ihnen einen schönen Tag, Muus. Für den Rest Ihres Lebens.«

»Ohne Sie, Veum«, sagte er mit einem seligen Lächeln. »Ohne Sie.«

Im Auto auf dem Weg nach Åstadvollen hatte ich über so vieles nachzudenken, daß ich ganz verwirrt war. Holger Skagestøl, als Hurenkunde, in demselben Kreis, wo . . . Aber wie paßte das zusammen, und was hatte es mit all dem andern zu tun? Hatte er aufgrund eines Versehens seine eigene Tochter bestellt? Und hatte er dann . . . Waren es doch nicht Birger Bjelland und seine Kumpane gewesen? Hatte Helge Hagavik recht damit gehabt: daß es ein Kunde war?

Als ich zum Fløyenbakken kam, bog ich nicht nach rechts ab, sondern fuhr weiter in Richtung Süden.

Ich kam an dem Hochhaus in Mannsverk vorbei, ohne anzuhalten, und oben auf dem Birkelundsbakken bog ich rechts ab.

Ich sah auf die Uhr. Viertel vor drei, an einem Samstagnachmittag.

Gab es jemanden in der Familie Furubø, der jetzt möglicherweise auf die Toto-Ergebnisse wartete?

Ich parkte hinter dem weißen Mercedes in der Einfahrt.

Randi Furubø öffnete mir die Tür, in makellosem Aufzug wie immer. Dieses Mal trug sie ein einfaches, graues Kleid mit einer halblangen, schwarzen Weste.

Sie kämpfte darum, ihre Gsichtszüge unter Kontrolle zu halten, als sie sah, wer vor der Tür stand.

»Entschuldigen Sie die Störung«, sagte ich, »aber ich müßte sehr dringend noch einmal ein paar Worte mit Åsa reden.«

»Ein paar Worte?« wiederholte sie, als wollte sie mich der Lüge bezichtigen. Und sie hatte im Grunde recht. Ich würde wohl mehr brauchen.

»Ist sie zu Hause?«

Sie nickte und trat resigniert zur Seite. »Sie ist in ihrem Zimmer.«

»Kann ich dort mit ihr sprechen?«

»Ja, das . . .«

Von oben ertönte die Stimme Trond Furubøs. »Wer ist da, Randi?«

»Es ist . . .«, sie mußte die Stimme heben. »Veum!«

Furubø kam schon die Treppe herunter. »Und was zum Teufel will er?«

»Ich muß kurz mit Åsa sprechen«, wiederholte ich.

Er trug eine Art Trainingsanzug aus glattem, dunkelblauem Stoff. Das Oberteil stand offen. Darunter trug er ein weißes T-Shirt mit dem Aufdruck ›Bergensløpet‹ und den Namen einiger gewichtiger Sponsoren. »Nicht ohne daß wir dabei sind«, sagte er scharf.

Ich warf einen Seitenblick auf seine Frau. »Wenn Sie glauben, daß das klug ist –«

»Wir wollen alles wissen!« sagte sie schnell, mit einem Gesichtsausdruck, als wäre sie den Tränen nahe. »Es hat keinen Sinn, noch etwas zu verbergen.«

Trond Furubø warf den Kopf in den Nacken. »Wir gehen rauf. Holst du sie, Randi?«

Sie nickte, und ich folgte Furubø nach oben in das große Wohnzimmer. Ganz richtig. Der Fernseher lief, und Furubø hate es sich schon im Sessel mit den Totoscheinen, einer halben Flasche Bier und einer Schale Chips bequem gemacht. Jetzt drehte er den Sessel etwas herum, machte den Fernseher leiser und wandte sich mit irritiertem Gesichtsausdruck wieder an mich. »Ist denn das nötig, Veum, an einem Samstagnachmittag?«

Ich seufzte. »Wenn es nach mir ginge, nicht.«

»Und wer zum Teufel entscheidet das? Gott Vater im Himmel?«

»Da haben Sie ja schon mal zwei von ihnen genannt.«

Åsa und ihre Mutter kamen die Treppe herauf. Åsa mit der Miene eines beleidigten Kleinkinds, die Mutter auf dem Weg in ein ewiges Martyrium.

»Hallo, Åsa«, sagte ich und versuchte wieder einmal, einen leichten Ton anzuschlagen. Das war nicht so einfach.

Sie zog nur eine Grimasse, ohne etwas zu sagen.

Randi Furubø sah ihren Mann an. »Kann er ein Bier haben, wenn er möchte?«

»Er muß noch fahren, deshalb würde er ein alkoholfreies vorziehen«, sagte ich.

Randi Furubø nickte und ging in die Küche.

»Veum hat gesagt, daß er dir ein paar Fragen stellen will, Åsa«, sagte Furubø.

Sie sah in meine Richtung, aber ohne den Blick zu heben. Sie trug hellblaue Jeans und eine weiße Hemdbluse. Ihr Haar sah frisch gewaschen aus, an den Spitzen noch naß. Das einzige, was nicht stimmte, war ihr verschlossenes, fast versteinertes Gesicht.

»Ich würde gern noch mal ein bißchen über den Tag sprechen, als Torild verschwand – und den Tag danach«, begann ich vorsichtig.

»Den Tag danach?«

»Freitag.«

Sie sah ihren Vater an. »Ich hatte von Freitag an Hausarrest.«

Randi Furubø kam aus der Küche mit einem runden Tablett, auf dem eine geöffnete Flasche Clausthaler und ein Glas standen. »Doch keinen Hausarrest«, sagte sie. »Das war nur, weil wir Angst um dich hatten, Åsa!« Sie sah mich an und stellte das Tablett auf den Tisch neben mich. »Wir hatten ja keine Ahnung, was da passiert sein konnte!«

»Nein ... Danke«, sagte ich und schenkte mir ein. »Und von wann an hattest du Hausarrest?«

»Nachdem ich aus der Stadt zurückkam. Wir hatten ja schulfrei an dem Tag.«

»Wir haben erst am Nachmittag erfahren, daß Torild nicht nach Hause gekommen war«, fügte die Mutter hinzu.

Trond Furubø räusperte sich. »Hören Sie, Veum, worauf wollen Sie eigentlich hinaus?«

Ich hielt meinen Blick auf Åsa gerichtet. »Am Tag davor wart ihr, du und Torild, zusammen im *Jimmy*, als sie einen Anruf bekam, richtig?«

Sie wand sich.

»Richtig?« wiederholte ich.

»Mmh.«

»Du wußtest, wo sie hin sollte, richtig?«

»Sie mit Ihrem ›richtig‹, ey! Woher sollte ich das wissen?«

»Du hattest solche Anrufe doch selbst schon mal bekommen, oder nicht?«

»Veum!« Jetzt war es die Mutter, die eingriff. »Was wollen Sie damit andeuten? Das hier geht entschieden zu ...«

»Sehen Sie sie an! Leuchtet ihr nicht die ...« Ich hielt rechtzeitig inne und wandte mich in deutlich milderem Ton an Åsa. »Man konnte damit Geld machen, stimmt's? Viel mehr, als du von zu Hause erwarten konntest, und wenn du noch so sehr um eine Taschengelderhöhung gekämpft hättest.«

Furubø stellte mit einem Knall sein Bierglas ab. »Wollen Sie ... Sie kommen doch nicht etwa hier an und ...«

»Torild und Astrid haben ... Ich war nur dabei«, sagte Åsa mit schwacher Stimme. »Ich bin nicht so.«

»Aber sie?«

Sie nickte.

»Sie nahmen Drogen, stimmt's?«

»Nicht richtig! Haben nur probiert.«

»Tabletten?«

»Helge hatte was aus England bekommen, irgendwelche Pillen, die – die dich – sogar wenn du ...« Ihr Blick flatterte heimatlos zwischen Mutter und Vater hin und her.

»Sogar wenn du ...«, wiederholte ich.

»Sogar wenn du es mit dir selbst gemacht hast!« stieß sie hervor.

Ich sah schnell zu Furubø. »Extasy.«

»Was ist das?« bellte seine Frau hitzig.

»Pillen, die die Lust erhöhen sollen. Besonders populär auf sogenannten *house parties.* In Bergen ist es noch nicht so häufig aufgetaucht, aber in Oslo kennen sie es schon seit vielen Jahren.«

Bitter fügte ich hinzu: »Aber es erhöht die Lust nicht, Åsa! Es macht dich ganz einfach nur völlig bekloppt im Kopf, deine Nerven flattern und du verlierst so total jede Selbstkontrolle, daß ... Im Ausland hat es mehrere Morde gegeben unter Einfluß von solchen Mitteln. Es wird wohl nicht mehr lange dauern, dann kriegen wir die ersten auch hier. Wenn wir sie nicht schon haben.«

»War es vielleicht das, was der Satanist genommen hatte?« fragte Randi Furubø, bemüht, das Thema zu wechseln.

Ich legte den Kopf schief und lächelte ironisch, um ihr nicht zu viele Hoffnung zu machen.

»Am Tag danach, am Freitag, warst du wieder im *Jimmy.* Aber da waren weder Astrid noch Torild da. Hast du deshalb – diesmal ja gesagt?«

»Ich bin nicht so! Ich konnte doch nicht wissen –!«

»Aber sie haben dich mit viel Geld gelockt, richtig?«

Sie sah zu Boden, zur Seite, an die Decke, überallhin, nur nicht ihre Eltern an.

»Nun erzähl mir bloß nicht, das sei deine Jungfernfahrt gewesen!«

»Ja und, okay! Dann hab ich es eben schon mal gemacht! Aber ich war nicht so! Ich hab es nicht immer gemacht! Ich hab versucht, es zu lassen!« Endlich ließ sie den Blick zu ihren Eltern schweifen. »Versteht ihr?«

»Verstehen?« murmelte ihr Vater. »Kann man denn so was verstehen? Die eigene Tochter?«

»Åsa!« schluchzte die Mutter, als habe sie irgendwo Schmerzen und die Tochter sei die Ursache.

»Du warst es, die mit Richter Brandt zusammen war, als er starb, stimmt's?«

Sie nickte. Noch immer kämpfte sie darum, nicht die Kontrolle über sich zu verlieren.

»Sie haben ein Pillenglas im Bad gefunden. Hast du die genommen, um es leichter durchstehen zu können?«

Der Damm brach, und sie fing an, hemmungslos zu weinen. Es lief in Strömen aus den Augen und den Nasenlöchern, während sie schluchzte: »Er ... er war ekelhaft! Das alte Schwein! Er hatte sich – er trug – Damenunterwäsche – und er wollte – ich mußte mich ausziehen und etwas anziehen, was er mitgebracht hatte, aus Leder und hohe Lackstiefel und – und eine Art Peitsche – und er verlangte, daß ich – er kroch auf dem Boden herum und ich mußte ihn treten und peitschen, und zum Schluß wollte er – er lag auf dem Rücken, die Beine in der Luft, wie ein kleines Baby, und da war eine Öffnung in – ich sollte mich hinsetzen und auf ihn pinkeln!«

Die Mutter schluchzte laut. Der Vater biß die Zähne zusammen, daß die Kiefer knirschten.

»Aber ich konnte es nicht!«

»Na Gott sei Dank«, stieß die Mutter hervor, als sei selbst der kleinste Lichtblick wert, festgehalten zu werden.

»Und als ob das nicht schon genug war, wurde – wurde ihm auch noch übel, und er kriegte eine Art Anfall, und – war weg!«

»Er starb, meinst du.«

»Ja! Ich wußte es da nicht genau, aber ich ...«

»Was hast du gemacht? Hast du jemanden gerufen?«

»Ich ...« Ihr Kopf schaukelte hin und her. »Ich bin aus den ekligen Klamotten gesprungen und hab meine eigenen angezogen und bin dann einfach weggelaufen ...«

»Wohin?«

»Zurück ins *Jimmy* und hab es ihnen da gesagt ...«

»Wem genau?«

»Kalle und Helge! Sie ... sie haben mich mit ins Hinterzimmer genommen und mir gesagt, ich sollte mich nicht drum kümmern, ich sollte es einfach vergessen, sie würden alles in Ordnung bringen, und dann riefen sie jemanden an, und ich ... ich fuhr nach Hause.«

»Du fuhrst nach Hause«, sagte ich beklommen. »Und bekamst Hausarrest.«

Sie nickte.

»Ohne ein Wort zu verraten?«

»Sie glauben doch nicht etwa, ich würde was ...« Ihr Blick wich wieder aus. »Darüber?«

»Aber Hausarrest bekamst du trotzdem.«

Randi Furubø öffnete den Mund und schloß ihn wieder.

Ich sah sie an. »Weshalb?«

Sie machte eine vage Handbewegung und sah ihren Mann an. »Das ... Wir wußten ja nicht, was mit Torild passiert war.«

»Das ist sicher richtig. Aber trotzdem. Haben Sie ihr nicht vertraut?«

»Åsa? Denken Sie, wir hätten Grund dazu gehabt, nach dem, was Sie heute gehört haben?« Noch einmal sah sie ihren Mann an, als erwartete sie, daß er etwas sagen würde.

Aber Furubø starrte nur seine Tochter an, als sei sie eine vollkommen Fremde, die sich ihm aufdrängte und verlangte, ernst genommen zu werden.

»Diese Episode mit der Lederjacke –«

Furubø richtete den Blick wieder auf mich und knurrte: »Ja, was ist damit?«

»Ich kann den Zusammenhang nicht ganz verstehen.«

»Da gab es auch keinen Zusammenhang! Diese ... Meine Tochter, die wir hier vor uns sehen, hätte ich beinahe gesagt, hatte sie geklaut. Ich habe verlangt, daß sie sie zurückgibt, und ...«

»Aber die Geschäftsführerin war sicher, daß sie gekauft und bezahlt war.«

»Sicher? Das war eine dumme Kuh! Das Ganze war ja ein paar Wochen her, wie konnte sie da so sicher sein?«

»Ein paar Wochen? Es war doch am letzten Donnerstag, daß ich das erste Mal hier war, und da ...«

»Ja und, was da?«

Ich wandte mich wieder an Åsa. »Wie ist deine Version der Geschichte?«

»Mit der Lederjacke?«

»Ja.«

»Die ...« Ihr Blick huschte wieder in Richtung ihres Vaters. »Es stimmt, was er sagt. Ich hatte sie gestohlen.«

Ich betrachtete sie milde. »Hör mal ... Jetzt ist alles andere auf dem Tisch, Åsa. Sie wissen, wie du dir etwas dazuverdient hast. Kannst du nicht genausogut zugeben, daß du sie gekauft hast, wie die Frau gesagt hat, für das Geld, das du auf diese Weise verdient hast?«

»Schon, aber ... Es ist nur, daß Papa die Jacke erst gefunden hat an dem Tag, als Sie ...«

Ich wandte mich wieder an Furubø. »Haben Sie da begriffen – oder sind Sie mißtrauisch geworden, in was Åsa da verwickelt war?«

»Ja, ich ...«

Seine Frau sah ihn gekränkt an. »Davon hast du mir gar nichts gesagt!«

»Nein, ich wollte nicht, daß du ...«

»Aber trotzdem bekam sie schon ab Freitag Hausarrest – vor fünf Tagen.«

»Ja?«

Sie sahen mich beide gleich fragend an. Sogar Åsa richtete ihre Aufmerksamkeit einen Augenblick lang auf etwas anderes als ihr eigenes schwarzes Gewissen.

Ich sah noch immer Furubø an. »Nein, nicht weil Torild verschwunden war, sondern weil Sie wußten, warum sie verschwunden war, vielleicht sogar, wo sie geblieben war?«

»Was?!«

Randi Furubø sah verständnislos zu ihrem Mann. »Trond? Wovon redet er eigentlich?«

Ich beugte mich vor und starrte ihn an. »Wo waren Sie am Donnerstag abend, Furubø?«

»Bei der Arbeit, wie immer!«

»Das werden wir schon noch überprüfen. Es ist doch nicht so abwegig anzunehmen, daß Sie auch kurz was in der Stadt erledigt haben, oder?«

»In der . . . Trond!«

»Die Polizei ist jetzt bei Holger Skagestøl. Sie haben das Auto anhand eines Fotos identifiziert. Er wurde auf frischer Tat ertappt, als Hurenkunde auf dem Strich.«

»Welches Auto?«

»Holger!« Randi Furubø sah von ihrem Mann zu mir. »Jetzt glaub ich aber, Sie spinnen. Ich könnte mir Holger doch niemals als – als Hurenkunden vorstellen?«

»Nein? Und Ihren Mann?«

»Veum! Dafür haben Sie keine Beweise!« platzte Furubø dazwischen.

»Ach nein?« Ich wandte meine Aufmerksamkeit wieder ihm zu. »O doch! Holger Skagestøl hat mir als Beispiel dafür, was für gute Freunde Sie waren, erzählt, daß Sie öfter die Autos getauscht haben, wenn eines in der Werkstatt war. War das auch so an dem Januarabend, als Sie mit seinem Wagen ein Mädchen aufgegabelt haben? Genau darauf ist Laila Mongstad gestoßen. Das heißt, sie glaubte vielleicht noch, daß es sich um Holger handelte. Hat sie Sie angerufen, um zu fragen, was Sie dazu meinen? Hatte sie begriffen, daß Holger, wenn man ihn mit diesen Anklagen konfrontierte, den Ball wieder Ihnen zuwerfen würde?«

»Sie . . . Aber was ist mit . . . Sie vergessen den Einbruch – von außen.«

»Das kann jeder Lausbube vortäuschen, vor allem, wenn sich derjenige schon im Gebäude befand. Eine Spur in die eine Richtung und eine in die andere. Aber es ist nicht ausgeschlossen, daß die Spur zuerst nach draußen und dann wieder hinein führte und nicht, wie wir glauben sollten: rein und danach wieder raus.«

»Das sind bloße Behauptungen.«

»Die Polizei wird sie schon zu beweisen wissen.«

»Dann sollte ich also . . .«

»Sie wußten, was Åsa und Torild und ihre Freundinnen trieben, denn Sie hatten Torild aufs Zimmer bekommen, an dem Abend, als sie ermordet wurde, und deshalb haben Sie darauf bestanden, daß Åsa vom folgenden Tag an Hausarrest bekam. Sie konnten nur nicht verhindern, daß sie an dem Vormittag in die Stadt ging, denn noch ahnte ja niemand, was mit Torild geschehen war. Aber von Montag an holten Sie sie nach der Schule immer ab, stimmt's?«

Die Gesichtsausdrücke der beiden Frauen waren jetzt verändert. Åsa sah den Vater mit einem Spiegelbild desselben Unglaubens an, mit dem er ein paar Minuten vorher sie angesehen hatte. Über Randi Furubøs Gesicht liefen leise Tränen.

»Trond ... Das stimmt ja ... Alles, was er sagt, stimmt ... Du warst an dem Abend überhaupt nicht zu Hause. Am nächsten Tag warst du ganz unruhig beim Frühstück. Weißt du nicht mehr, daß ich dich gefragt habe, ob es bei der Arbeit etwas gegeben hätte? Du wurdest rasend vor Wut, als du hörtest, daß Åsa an dem Tag in der Stadt war, und von Montag an ... Es stimmt alles!«

Ich lehnte mich etwas im Sessel zurück, trank einen Schluck aus dem Bierglas und sah Trond Furubø abwartend an.

Er saß in einer Art Apathie da, grau im Gesicht und mit merkwürdig schiefen Lippen, fast wie nach einem Schlaganfall. Schließlich wandte er sein Gesicht den beiden Frauen zu und sagte mit heiserer Stimme: »Könnt ihr beide nicht ein bißchen rausgehen? Nach unten? Über das hier muß ich mit ihm reden – allein.«

52

Die beiden Frauen gingen zur Treppe, die in die untere Etage führte. Randi Furubø versuchte, den Arm um die Schulter ihrer Tochter zu legen, aber die Tochter entwand sich ihr mit einem irritierten Seitenblick, als sei ihre Mutter an allem schuld.

Trond Furubø sah ihnen schwermütig nach und wandte sich nicht eher wieder an mich, als bis er die Tür der Kellerstube hinter ihnen zuschlagen hörte.

Der Blick, den er auf mich warf, kam aus einer merkwürdigen Distanz, als stünde er am Ende eines langen, dunklen Korridors, von wo aus er mich am anderen Ende kaum erkennen konnte.

Als er endlich sprach, war seine Stimme so leise, daß ich mich vorbeugen mußte, um alles mitzubekommen, aber gegen die Intensität des Tonfalls war nichts einzuwenden. »Verdammte Scheiße, Veum, was ein Mann alles bezahlen muß!«

»Wofür denn?« fragte ich ruhig.

»Für dieses ganze verdammte Leben! Dafür, daß man sich mit den Ellenbogen einen Platz zum Atmen in der Welt erkämpft, oder um sich endlich einmal die Wurst dick aufs Brot legen zu können.«

»Haben Sie es denn so schwer gehabt?«

»Schwer? Sie haben ja Scheiß noch mal keine Ahnung, wovon Sie reden! Aber andere verurteilen, das können Sie.«

Ich schüttelte langsam den Kopf. »Ich habe mich nie – oder jedenfalls sehr selten – zum Richter über andere gemacht. Ich kann sogar die Prostitution als Phänomen akzeptieren, solange es sich um erwachsene Mädels handelt, die die Verantwortung selbst tragen. Aber wofür ich nichts übrig habe, sind die Zuhälter, die das dicke Geld damit machen, daß sie sie – ha! – ›beschützen‹, und ich habe genausowenig für die übrig, die sich junge Mädchen kaufen, die kaum das sexuelle Mindestalter erreicht haben und sie dazu bringen, unglaubliche Dinge mit ihnen zu tun!«

»Ich habe sie nicht dazu gebracht – alles, was ich gekauft habe, war reiner, purer Sex, als Ersatz für das, wovon ich hier zu Hause schon lange nur noch geträumt hab!«

»Reiner, purer Sex. Sie haben nicht mal einen norwegischen Namen dafür. *Can't buy me love,* um in derselben Sprache zu bleiben, stimmt's?«

»Liebe!« schnaubte er verächtlich. »Das ist etwas, wovon junge Mädchen in ihren Zeitschriften lesen, was sie im Kino sehen oder auf Platten hören. Die Wirklichkeit sieht ganz anders aus.«

»Die Wirklichkeit, das ist der Vater deiner besten Freundin, der dafür bezahlt, mit dir zu schlafen – ist es das, was Sie meinen?«

Er brach den Blickkontakt ab. »Genau das war ein Mißverständnis, Veum!«

»Ja? Kommen wir also vielleicht mal zur Sache? Es war im *Pastell,* stimmt's?«

Er nickte. »Ich hatte nicht so viel Zeit, ein, zwei Stunden höchstens, aber ich hatte ein Zimmer gemietet, wie . . .«

»Immer?«

»Nicht immer! Aber ein paarmal davor. Sie . . . Es kam ein Anruf von der Rezeption, daß sie auf dem Weg nach oben war. Als es klopfte ... Wir haben uns beide mächtig erschrocken, aber natürlich, in einer so kleinen Stadt wie dieser – daß du eines Tages in dem Gewerbe jemanden triffst, den du kennst, so unwahrscheinlich ist es ja nicht, oder? Ich meine, wissen Sie, wer hinter all den Kontaktanzeigen steckt, die in der Zeitung stehen?«

»Gut, und dann, was geschah weiter?«

»Sie ... Zuerst wollte sie gehen, aber ich zog sie rein, machte die Tür hinter ihr zu und preßte sie an mich – ›Onkel!‹ sagte sie. So hat sie mich genannt, seit sie klein war – Ich sagte: ›Vergiß, wer ich bin, mach einfach, was du immer machst, ich werde dir einen Zuschlag bezahlen, du bekommst, was du willst!‹«

Er sah mir tief in die Augen, als suchte er dort eine Form von Verständnis. »Sie müssen verstehen, es war so merkwürdig ... Es war, als ob – als ob ...« Sein Blick wanderte zur Kellertreppe.

Ich half ihm auf die Sprünge. »Als sei es Ihre eigene Tochter, mit der Sie ...«

»Ja! Sie sagte: ›Laß mich gehen!‹ Aber ich sagte: ›Willst du, daß ich es deinem Vater und deiner Mutter erzähle, was?‹ Sie stand stocksteif da, während ich sie auszog. Ich legte sie auf das Bett, zerrte mir meine eigenen Kleider runter, zwang sie, mich zu berühren, während ich sie küßte und streichelte, bevor ich ...«, sein Mung zog sich zusammen, »... den Geschlechtsverkehr vollzog. Sie ...«

»Ja?«

»Sie lag unter mir und weinte, es war abscheulich!«

»Sie waren ... Jemand hat mir früher einmal gesagt, daß Sie und die Familie Skagestøl sich so nah waren, daß es war, als seien ihre Kinder auch eure Kinder und – umgekehrt. Wenn man es so betrachtet ...«

»Ja! Es war genau das! Ich gebe es zu – es hat mich wahnsinnig heiß gemacht. Und ich empfand dabei eine Verachtung mir selbst gegenüber, die ich noch niemals gefühlt hatte.«

»Und dann ...«

»Dann ...« Die Worte kamen jetzt schwerer heraus. »Sie weinte die ganze Zeit, und mir war, als ob – als ob ich mich verstecken mußte, ihr Gesicht aussperren –«

»Und das taten Sie, indem Sie ...«

»Ich griff nach dem Kopfkissen, legte es über ihr Gesicht und – und drückte zu. Sie wehrte sich, aber ich dachte: Sie wird es verraten, sie wird es jemandem erzählen, Åsa, Randi, Holger ... Ich ... Und dann drückte ich und drückte, bis sie schließlich ganz ruhig dalag ... Verstehen Sie?«

Ich spürte einen scharfen Stich in der Brust, wie einen plötzlichen Muskelschmerz. »Ich verstehe, was Sie sagen, ja, aber ich ... Doch, rein psychologisch kann ich sogar verstehen, warum Sie getan haben, was Sie getan haben ... Aber zu verstehen, wirklich verstehen, Furubø, das beinhaltet so vieles ... Das können Sie nicht von mir erwarten. Dafür brauchen Sie einen Pfarrer und keinen Privatdetektiv.«

Er versuchte sich zusammenzureißen, richtete sich auf und sah sich um, als sei er erleichtert, es hinter sich zu haben.

»Und ... hinterher?«

Er sah verwundert zu mir auf, als fände er die Frage abwegig. »Ich habe unten in der Bar angerufen, Robert die Situation erklärt, daß ein Unfall passiert sei, und daß ich natürlich bereit sei, die Extraausgaben zu übernehmen, die das Hotel dadurch hätte ... Er sagte, das solle ich vergessen, dies sei eine mißliche Situation, die es in dem Betrieb nun mal manchmal gäbe ... Danach habe ich nichts mehr gehört, bis ich – ja ... Sie wissen.«

»Sie haben wirklich nichts mehr von ihnen gehört, danach?«

Er schüttelte heftig den Kopf. »Nicht das geringste ...« Sein Blick flackerte. »Aber ich ... ich gebe zu, daß ich erwartet habe, nicht so, nicht ganz ohne Blessuren davonzukommen. Alles hat seinen Preis«, sagte er mit einem zynischen kleinen Lächeln, als sei es diesen dennoch wert gewesen.

Ich stand auf. »Tja ... Sie sollten wohl einfach hierbleiben, bis die Polizei kommt.« Ich sah ihn nachdenklich an. »Den Namen der Strafe werden Sie noch früh genug erfahren.«

»Den Namen?«

»Als erstes werden Sie von Ihnen eine Blutprobe nehmen.«

Er wurde blaß. »Was meinen Sie damit? Blutprobe?«

»Ja.« Eine ausführlichere Antwort gab ich ihm nicht. »Vielleicht wollen Sie es zuerst Ihrer Frau und Åsa erzählen?«

»Was denn erzählen, zum Teufel?«

»Alles. Das, wozu Sie sich in der Lage fühlen.«

Er betrachtete mich mit ergebener Miene. »Sie können ... wenn Sie sie bitten würden, raufzukommen ...«

Ich nickte. Bevor ich ging, warf ich einen letzten Blick auf ihn. Er füllte sein Bierglas erneut und setzte sich in den Sessel vor dem Fernsehschirm, wo das Fußballspiel längst angefangen hatte. Aber er drehte die Lautstärke nicht höher, und es sah nicht so aus, als würde der Ausgang ihn besonders interessieren. Es würde in jedem Fall lange dauern, bevor er wieder Freude an einem eventuellen Totogewinn haben würde.

Ich ging die Treppe hinunter und klopfte an die Tür der Kellerstube, wo Åsa und ihre Mutter saßen, die Tochter auf dem Sofa, die Mutter auf einem der Sessel, mit verkniffenen Gesichtern und ohne ein Wort miteinander zu wechseln. Im Radio sprach eine Samstagsstimme über ein Buch, das sie niemals lesen würden und das ihnen wohl auch völlig egal war.

»Er will jetzt mit euch sprechen«, sagte ich, und sie standen mechanisch auf, als hätten sie im Sprechzimmer eines Frauenarztes gesessen.

Als sie an mir vorbeiging, zischte Åsa: »Es ist alles nur Sigruns Schuld!«

Ich blieb stehen und starrte sie an. »Sigrun Søvik? Die Pfadfindergruppenleiterin? Was meinst du damit? Weil sie euch überrascht hat?«

»Das wissen Sie?«

»Ja, sie hat mir erzählt, daß sie euch ertappt hat, als ihr ... Na ja ...«

»Ertappt hat! Wir haben nichts Böses getan! Wir sind nicht so drauf. Wir wollten nur ... wir haben einander nur untersucht, gefühlt, wie es war, wenn jemand anders – wo es guttat, wenn jemand ... Hat sie alles erzählt? Auch was hinterher passiert ist?«

»Hinterher? Sie sagte, sie habe euch ausgeschimpft und in getrennte Zelte geschickt.«

»Und das war alles?«

»War es das nicht?«

»O nein! Wir bekamen klar Bescheid, daß sie es entweder unseren Eltern sagen würde, oder ... Ja, sie müsse uns leider bestrafen, hat sie gesagt und fies gegrinst!«

Ich spürte wieder das merkwürdige Gefühl in meiner Brust aufsteigen. »Und dann ...?«

»Dann mußten wir mitkommen in ihr Zelt, zuerst Torild und dann ich, und dasselbe mit ihr machen, was wir vorher – und sie – als Strafe, verstehen Sie?«

Randi Furubø schnappte nach Luft wie ein Fisch an Land. »Was sagst du da, Åsa?!« Sie sah mich an. »Und so was läuft frei herum!«

Ich rieb mit der Hand den eigenwilligen Muskel in der Brust. »Also habt ihr gelernt, eure Körper als Tauschware zu benutzen?«

Sie sah mich herausfordernd an und schwieg.

Randi Furubø zupfte vorsichtig an der Bluse ihrer Tochter. »Åsa ... Ich glaube fast, wir müssen ...« Sie sah die Treppe hinauf.

Mit einem letzten Blick auf Åsa murmelte ich: »Ich finde allein hinaus.«

Keiner von ihnen begleitete mich zur Tür, aber sie blieben stehen und sahen mir nach, wie um sich zu versichern, daß ich auch wirklich ging und daß ich keine weiteren Überraschungen aus dem Ärmel zauberte.

Vor der Tür stieß ich auf Helleve und Muus. Der Blick, mit dem er mich ansah, ließ mich an den Vater von Michel in Lönneberga denken: Veeeeum!!!!! Aber als ihm einfiel, welcher Tag es war, nahm er sich zusammen, hob die Augenbrauen und behielt den kühlen Ton: »Veum?«

Ich sagte so ruhig ich konnte: »Er hat schon alles gestanden. Er tut es sicher auch vor euch.«

Sie blieben stehen und sahen zum Haus. »Furubø?«

Ich nickte. »Furubø.« Dann wandte ich mich an Helleve. »Könnten Sie vielleicht so nett sein und Ihr Auto ein bißchen weiter wegstellen, damit ich rauskomme?«

Von der Spitze des Birkelundsbakken hinunter entfaltete sich das Bergensdal in seiner vollen Breite. Es war Zeit für einen Frühjahrsputz. Die Stadt war bereit für die Reinigung in einem Säurebad aus weißem Frühlingslicht. Aber der Frühling hat es auch an sich, alle Fenster in einem selbst zu öffnen, auch die, die man am liebsten für immer verschlossen halten würde.

Unten in Mannsverk standen junge Mädchen und warteten in dichten, vertraulichen Trauben auf den Bus. Unwillkürlich kam mir in den Sinn: Was war ihr Ziel? Wo wollten sie hin? Zu einem verliebten Klassenkameraden, dem Vater der besten Freundin oder zu einem alten Knacker in Damenunterwäsche, der auf dem Boden herumkroch und von ihnen verlangte, sie sollten ...?

Aber das Leben war wie der Frühling. Es kam und ging. Plötzlich ist es Herbst, und du mußt sterben. Dachten sie wohl daran, wie sie dort standen und lachten? Dachten sie wohl daran?

Eine von ihnen sah nach meinem Auto und zeigte darauf. Eine andere zeigte mir den Stinkefinger, während eine dritte mit den Händen in den Jackentaschen dastand und mir nachdenklich nachsah, als ich vorbeifuhr, so langsam, als sei ich auf dem Weg zu irgendeiner Beerdigung – so langsam, als sei irgend jemand gerade gestorben.

Beim Fløyenbakken bog ich nach links ab.

Noch war es nicht Herbst.